DESMOND BAGLEY

LEBENSLÄNGLICH MIT RÜCKFAHRKARTE

Roman

WILHELM HEYNE VERLAG
MÜNCHEN

HEYNE ALLGEMEINE REIHE
Nr. 01/8378

Für Ron und Peggy Hulland

Titel der Originalausgabe
THE FREEDOM TRAP
Aus dem Englischen übersetzt
von Ulrich Günthner

Die englische Ausgabe erschien bei William Collins
Sons & Co. Ltd., London, Glasgow

Wilhelm Heyne Verlag GmbH & Co. KG, München
Printed in Germany 1992
Umschlagillustration: Photodesign Mall/Stuttgart
Umschlaggestaltung: Atelier Ingrid Schütz, München
Gesamtherstellung: Elsnerdruck, Berlin

ISBN 3-453-05307-9

ERSTES KAPITEL

1

Daß Mackintosh sein Büro im Herzen der City hatte, war eine Überraschung. Ich hatte Mühe, es zu finden. Es lag nämlich mitten in dem Gewirr von Straßen und Gassen zwischen Holborn und Fleet Street, das jedem, der das Schachbrettmuster von Johannesburg gewohnt ist, wie ein wahres Labyrinth vorkommt. Ich machte das Büro schließlich in einem heruntergekommenen Gebäude ausfindig. Ganz unauffällig gab eine abgewetzte Messingplatte kund und zu wissen, daß in diesem altväterlichen Haus die Anglo-Scottish Holdings, Ltd., ihren rechtmäßigen Sitz hatte.

Als ich das polierte Schild berührte und einen verschmierten Fingerabdruck hinterließ, mußte ich schmunzeln. Mackintosh schien sich auf sein Gewerbe zu verstehen. Dieses Schild, das aussah, als ob Generationen von Bürolehrlingen es blankgeputzt hätten, ließ sorgfältige Planung erkennen – ein Zeichen professioneller Arbeit. Das ließ mich für die Zukunft hoffen. Ich bin ein Profi und habe mit Amateuren nicht gern zu tun; sie sind unberechenbar, leichtsinnig, für meinen Geschmack zu gefährlich. Was Mackintosh anging, so hatte ich meine Zweifel gehabt; schließlich ist England die geistige Heimat aller Dilettanten. Doch Mackintosh war ein Schotte; das gab der Sache wohl einen anderen Anstrich.

Ein Fahrstuhl existierte natürlich nicht. Ich schleppte mich also die vier Treppenfluchten hinauf – armselige Beleuchtung und gelbliche Wände, die dringend einen Neuanstrich brauchten. Das Büro der *Anglo-Scottish* war am Ende eines dunklen Korridors. Es war alles so völlig normal, daß ich mich fragte, ob ich überhaupt an der richtigen Adresse war,

ging aber hinein, direkt zum Empfang und sagte: »Rearden – ich bin mit Mr. Mackintosh verabredet.«
Die Rothaarige hinter dem Schreibtisch schenkte mir ein warmes Lächeln und setzte die Teetasse ab, die sie in der Hand gehalten hatte. »Er erwartet Sie«, sagte sie. »Ich werde nachsehen, ob er Zeit hat.« Sie ging ins nächste Zimmer und schloß die Tür sorgfältig hinter sich zu. Hübsche Beine hatte sie. Was in den verschrammten, abgestoßenen Karteikästen wohl verborgen sein mochte – sicherlich waren sie bis oben vollgestopft mit Angeln und Schotten. An der Wand hingen zwei Drucke aus dem 18. Jahrhundert – Windsor Castle und die Themse bei Richmond, daneben ein victorianischer Stahlstich von Princess Street, Edinburgh. Alles echt anglo-schottisch. Meine Bewunderung für Mackintosh wuchs – dies versprach ein guter, ausgeklügelter Job zu werden. Ich hätte gern gewußt, wie er darauf gekommen war – hatte er einen Innendekorateur zu Rate gezogen, oder hatte er den Bühnenbildner eines Filmstudios zum Freund?
Das Mädchen kam zurück. »Mr. Mackintosh möchte Sie gleich sprechen. Sie können direkt hineingehen.«
Ihr Lächeln gefiel mir. Ich lächelte also zurück und marschierte an ihr vorbei in Mackintoshs Heiligtum. Er hatte sich nicht verändert. Ich hatte auch nicht damit gerechnet, daß er sich verändert hätte – nicht in zwei Monaten –, aber manchmal sieht ein Mann in seinem eigenen Revier, wo er das Gefühl der Sicherheit hat, bis ins kleinste Detail zu Hause ist, einfach anders aus. Daß Mackintosh sich nicht derart verändert hatte, stimmte mich froh: er war sich also seiner selbst überall und jederzeit sicher. Leute, auf die ich mich verlassen kann, mag ich gern.
Er war ein sandfarbener Mann mit dünnem, rötlichem Haar und unsichtbaren Augenbrauen und Wimpern; sein Gesicht wirkte dementsprechend nackt. Es würde wahrscheinlich gar nicht auffallen, sollte er sich einmal eine Woche lang nicht rasieren. Angesichts seiner schmächtigen Statur fragte ich mich, wie er wohl in einer Keilerei

abschneiden würde; Fliegengewichtler erfinden meist häßliche Tricks, um die fehlenden Muskeln zu ersetzen. Aber andererseits würde Mackintosh nie in eine Schlägerei hineingeraten; ein kluger Mensch hat viele Möglichkeiten.
Er legte die Hände flach auf den Schreibtisch. »Da sind Sie also«, sagte er. Er machte eine Pause, hielt den Atem an und stieß dann meinen Namen aus: »Rearden. Und wie war der Flug, Mr. Rearden?«
»Nicht schlecht.«
»Sehr schön. Setzen Sie sich, Mr. Rearden. Wie wär's mit einer Tasse Tee?« Er grinste. »Für Büroarbeiter kommt Tee immer recht.«
»In Ordnung«, entgegnete ich und nahm Platz.
Er ging zur Tür.
»Könnten Sie noch eine Kanne aufgießen, Mrs. Smith?« Die Tür schnappte leise ins Schloß. Ich deutete mit dem Kopf in die Richtung. »Weiß sie Bescheid?«
»Natürlich«, erwiderte er ruhig. »Ich könnte ohne Mrs. Smith nicht auskommen. Außerdem ist sie eine sehr tüchtige Sekretärin.«
»Smith?« fragte ich ironisch.
»O ja, so heißt sie in der Tat. Gar nicht unglaubwürdig – es gibt so viele Smiths. Sie wird sich gleich zu uns setzen, und darum schlage ich vor, wir verschieben so lange jede ernsthafte Diskussion.« Er betrachtete mich. »Für unser englisches Wetter ist Ihr Anzug ziemlich leicht. Sie dürfen sich keine Lungenentzündung holen.«
Ich grinste ihn an. »Vielleicht empfehlen Sie mir einen Schneider.«
»Allerdings. Sie sollten zu meinem Schneider gehen. Er ist ein bißchen teuer, aber ich glaube, das läßt sich machen.« Er zog ein dickes Bündel Banknoten aus einer Schublade. »Sie werden für Ihre Auslagen etwas brauchen.«
Ich schaute ihm ungläubig zu, als er begann, die Fünf-Pfund-Scheine auszuzählen. Er legte 30 Stück ab, hielt inne: »Zweihundert Pfund ist besser«, entschied er, legte weitere zehn Noten dazu und schob dann das Bündel zu mir

herüber. »Bargeld stört Sie hoffentlich nicht. In meinem Gewerbe hält man nicht viel von Schecks.«
Ich stopfte mir das Geld in die Brieftasche, bevor er seine Meinung ändern konnte. »Ist das nicht ein wenig ungewöhnlich? Auf so viel Großzügigkeit hatte ich nicht gehofft.«
»Ich wage zu behaupten, daß das Spesenkonto es verkraften kann«, meinte er nachsichtig. »Außerdem werden Sie es sich verdienen.« Er bot mir eine Zigarette an. »Und wie war Johannesburg, als Sie abreisten?«
»Von kleinen Veränderungen abgesehen noch immer dasselbe«, antwortete ich. »Seit Ihrer Abreise hat man einen weiteren 50-Meter-Büroblock gebaut.«
»In zwei Monaten? Nicht schlecht!«
»Sie zogen das Ding in zwölf Tagen hoch«, bemerkte ich trocken.
»Jungs mit Zukunft, ihr Südafrikaner. Ah, hier kommt der Tee.«
Mrs. Smith setzte das Teetablett auf den Schreibtisch und zog sich einen Stuhl heran. Ich betrachtete sie mit Interesse. Wem Mackintosh vertraute, der mußte schon etwas Besonderes sein. Anzusehen war es ihr nicht, aber das mochte daran liegen, daß sie in dem für Sekretärinnen unvermeidlichen Kostüm steckte und sich als gewöhnliches Büromädchen mit einem hübschen Lächeln umgab. Doch unter anderen Umständen, dachte ich, könnte ich mich mit Mrs. Smith sicherlich gut verstehen – in Abwesenheit von Mr. Smith natürlich.
Mackintosh winkte mit der Hand. »Würden Sie Gastgeberin spielen, Mrs. Smith?« Sie goß den Tee ein. Mackintosh fuhr fort: »Eine weitere Vorstellung erübrigt sich wohl, oder? Sie werden nicht lange genug in der Gegend bleiben, um sich mit anderem als dem Job zu beschäftigen, Rearden. Ich denke, wir können zur Sache kommen.«
Ich zwinkerte Mrs. Smith zu. »Schade.«
Sie blickte mich ohne ein Lächeln an. »Zucker?« Das war alles.

Mackintosh legte die Fingerspitzen zusammen. »Wußten Sie, daß London die Weltzentrale des Diamantengeschäfts ist?«
»Nein, das war mir unbekannt. Ich dachte, das wäre Amsterdam.«
»Dort werden die Steine geschliffen. Doch in London werden Diamanten aufgekauft und verkauft, vom ungeschliffenen Stein bis zum fertigen Schmuckstück.« Mackintosh lächelte. »Letzte Woche war ich an einem Ort, wo Diamanten päckchenweise verkauft werden wie Butter im Lebensmittelladen.«
Mrs. Smith reichte mir eine Tasse Tee. »Ich wette, es gibt da einen Haufen Sicherheitsmaßnahmen.«
»Aber selbstverständlich«, betonte Mackintosh. Er breitete die Arme weit aus wie ein Angler, der den Fisch beschreibt, der ihm entwischte. »So dick sind die Tresortüren, und es gibt so viele elektronische Sicherungen, daß die halbe Stadtpolizei anrücken würde, wenn sie nur am falschen Platz und zur falschen Zeit mit der Wimper zucken.«
Ich schlürfte den Tee. Ich setzte die Tasse ab. »Ich bin kein Tresorknacker«, sagte ich, »und ich hätte keine Ahnung, wo anfangen – dafür brauchen Sie einen Schränker. Außerdem wäre das ein Teamjob.«
»Kein Grund zur Aufregung«, winkte Mackintosh ab. »Ich kam nur durch Südafrika auf die Diamanten. Diamanten haben alle Vorteile; sie sind verhältnismäßig anonym, leicht fortzuschaffen und leicht zu verkaufen. Genau das Richtige für einen Südafrikaner, meinen Sie nicht? Wissen Sie etwas über das IDB-Racket?«
Ich schüttelte den Kopf. »Nicht mein Bier – bis jetzt.«
»Das macht nichts; vielleicht ist es am besten so. Sie sind ein gewiefter Dieb, Rearden; darum haben Sie sich aus Schwierigkeiten herausgehalten. Wie oft haben Sie gesessen?«
Ich grinste ihn an. »Einmal – für 18 Monate. Das ist aber lange her.«
»Stimmt genau. Sie ändern Ihre Arbeitsweise und Ihre

Jagdgründe, nicht wahr? Sie lassen keine wiederkehrenden Merkmale zurück, die ein Computer statistisch erfassen könnte – kein bestimmter *modus operandi*, der auffällt. Wie ich schon sagte – Sie sind ein schlauer Dieb. Was ich vorhabe, wird zu Ihnen passen. Mrs. Smith ist derselben Meinung.«

»Lassen Sie hören«, sagte ich vorsichtig.

»Die britische Post ist eine wunderbare Einrichtung«, sagte Mr. Mackintosh unvermittelt. »Manche Leute halten sie für die beste der Welt; den Leserbriefen im *Daily Telegraph* nach zu urteilen, gibt es zwar auch gegenteilige Meinungen, doch Meckern ist ein Lieblingssport der Engländer. Versicherungsgesellschaften haben jedenfalls eine sehr hohe Meinung vom *General Post Office*. Bitte: Was ist die hervorstechendste Eigenschaft des Diamanten?«

»Er funkelt.«

»Ein ungeschliffener Diamant funkelt nicht«, widersprach er.

»Ein ungeschliffener Stein sieht aus wie ein Stück verwittertes Flaschenglas. Denken Sie noch mal.«

»Er ist hart«, sagte ich. »Ungefähr das härteste Material, was es gibt.«

Mackintosh schnalzte ärgerlich mit der Zunge. »Er denkt nicht, Mrs. Smith, oder? Sagen Sie es ihm.«

»Seine Größe – bzw. die fehlende Größe«, erklärte sie ruhig.

Mackintosh hielt mir die geballte Faust unter die Nase. »Sie können ein Vermögen in Ihrer Hand halten, und niemand würde etwas davon ahnen. Sie könnten Diamanten im Wert von hunderttausend Pfund in diese Streichholzschachtel stecken – und was hätten Sie dann?«

»Sagen Sie es.«

»Sie hätten ein Paket, Rearden; ein Päckchen. Etwas, das man in braunes Papier einwickeln kann und genug Platz läßt, um eine Adresse darauf zu schreiben und eine Briefmarke draufzukleben. Etwas, das man in einen Briefkasten werfen kann.«

Ich starrte ihn an. »Diamanten per Post verschicken!«

»Warum nicht? Die Post ist sehr leistungsfähig; es geht nur selten etwas verloren. Die Versicherungsgesellschaften wetten bereitwillig große Geldsummen auf die Leistungsfähigkeit des *General Post Office*, und diese Jungs wissen, was sie tun. Alles eine Frage der Statistik, verstehen Sie?«
Er spielte mit der Streichholzschachtel. »Früher hat man einmal mit einem Kurierdienst gearbeitet; das hatte eine Menge Nachteile. Ein Kurier trug das Diamantenpäckchen persönlich und lieferte es eigenhändig am Bestimmungsort ab. Das scheiterte aus einer Reihe von Gründen; die hellen Jungs brauchten nicht lange, bis sie wußten, wer die Kuriere waren. Das war recht traurig, denn einige Kuriere wurden bei Überfällen schwer verletzt. Ein weiterer Nachteil: menschliche Wesen sind allzu menschlich, und ein Kurier konnte korrumpiert werden. Vertrauenswürdige Männer findet man nicht einfach auf der Straße; kurz, das ganze Kuriersystem war nicht sicher. Ganz im Gegenteil.«
»Nun halten Sie einmal das heutige System dagegen«, fuhr Mackintosh begeistert fort. »Wenn ein Päckchen erst einmal im Schlund des Post Office verschwunden ist, kann nicht einmal Gott es herausholen, bevor es seinen Bestimmungsort erreicht. Und warum nicht? Weil niemand genau weiß, wo zum Teufel es gerade ist. Es ist einfach eins von Millionen von Päckchen, die im System kursieren. Es finden, hieße nicht, eine Nadel im Heuhaufen finden – es wäre dasselbe, als wollte man im Heuhaufen nach einem bestimmten Halm suchen. Können Sie mir folgen?«
Ich nickte. »Es klingt logisch.«
»Es *ist* logisch«, verbesserte Mackintosh. »Mrs. Smith hat alle notwendigen Nachforschungen angestellt. Sie ist ein sehr kluges Mädchen. Machen Sie weiter, Mrs. Smith.«
Kühl fuhr sie fort: »Nachdem die Versicherungsstatistiker die Verlustzahlen der Post analysiert hatten, merkten sie, daß sie auf eine gute Sache gestoßen waren – vorausgesetzt, einige Sicherheitsvorkehrungen wurden beachtet. Zunächst einmal werden die Steine in Paketen aller möglichen Größe und Formen verschickt, von Streichholzschachtel-

größe bis zu Teekisten. Die Pakete werden in vielen verschiedenen Arten beschriftet, sehr oft mit dem Aufkleber einer bekannten Handelsfirma – alles, um den wahren Inhalt zu verschleiern. Das wichtigste ist, daß der letzte Empfänger unbekannt bleibt. Es gibt eine große Zahl von Deckadressen, die nichts mit der Diamantenindustrie, an welche die Steine wirklich geschickt werden, zu tun haben. Eine Adresse wird übrigens nie zweimal hintereinander benutzt.«

»Sehr interessant«, sagte ich. »Und wie kommen wir dann ins Spiel?«

Mackintosh lehnte sich in seinem Stuhl zurück. »Nehmen Sie einen Briefträger, der die Straße hinuntergeht – ein alltäglicher Anblick. Er trägt Diamanten im Wert von hunderttausend Pfund bei sich, aber weder er noch irgend jemand sonst hat davon eine Ahnung – das ist der springende Punkt. Selbst der ungeduldig auf die Diamanten wartende Empfänger weiß nicht, wann sie ankommen. Die Post übernimmt nämlich keine Garantie für einen genauen Zustellungstermin – was auch immer sie in ihrer großangelegten Werbung für ihre erstklassigen Dienste behaupten mag. Die Päckchen werden mit gewöhnlicher Post verschickt; auf den Blödsinn einer Eilzustellung lassen die sich nicht ein, das wäre zu leicht herauszufinden.«

»Mir scheint, Sie verlieren den Faden«, unterbrach ich langsam. »Ich nehme doch an, Sie wollen auf etwas Bestimmtes hinaus. Okay – ich bin ganz Ohr.«

»Haben Sie schon einmal fotografiert?«

Ich hätte platzen können. Ich hatte noch nie jemanden kennengelernt, der so wie dieser Mann um den Kern der Sache herumzureden vermochte. In Johannesburg war es dasselbe gewesen – keine zwei Minuten lang konnte er reden, ohne abzuschweifen. »Ein- oder zweimal habe ich auf den Auslöser gedrückt«, sagte ich verbissen.

»Schwarzweiß oder Farbe?«

»Beides.«

Mackintosh schaute zufrieden drein. »Wenn Sie Farbauf-

nahmen machen – Dias –, und Sie schicken sie weg zum Entwickeln, was kriegen Sie zurück?«
Hilfesuchend sah ich Mrs. Smith an. Ich seufzte. »Kleine Stückchen Film mit Bildern drauf.« Ich hielt inne und fügte dann hinzu: »Umgeben von Papprähmchen.«
»Was kriegen Sie sonst noch?«
»Nichts.«
Er drohte mit dem Finger. »O doch. Sie kriegen ein ganz typisches gelbes Döschen, in dem die Dinger verpackt sind. Jawohl, gelb – man dürfte es wohl Kodakgelb nennen. Wenn ein Mann eine solche Dose in der Hand hält, könnten Sie es von der anderen Straßenseite aus sehen und folgern: ›Der da drüben trägt eine Dose mit Kodachrome-Dias.‹«
Spannung packte mich. Mackintosh kam jetzt wirklich zur Sache.
»Okay«, sagte er abrupt, »ich decke die Karten auf. Ich weiß, wann ein Diamantenpäckchen verschickt wird. Ich weiß, wohin es geschickt wird – ich habe die Deckadresse. Und das wichtigste ist – ich kenne die Verpackung, sie ist unverwechselbar. Sie haben nur folgendes zu tun: Sie warten in der Nähe der Adresse, und der Briefträger wird mit dem verdammten Ding in der Hand zu Ihnen kommen. Und diese kleine gelbe Dose wird ungefaßte Diamanten im Wert von einhundertzwanzigtausend Pfund enthalten, die Sie ihm abnehmen werden.«
»Wie haben Sie all das herausgefunden?« wollte ich wissen. Ich war neugierig.
»Ich nicht«, sagte er. »Mrs. Smith war es. Die ganze Sache ist ihre Idee. Sie kam mit dem Konzept und sorgte für alle Details. *Wie* sie ihre Nachforschungen anstellte, das geht Sie nichts an.«
Ich betrachtete sie mit neu erwachtem Interesse. Sie hatte grüne Augen, Augen, in denen ich ein Zwinkern zu erkennen meinte, und ihre Lippen waren zu einem Lächeln verzogen, das verschwand, als sie nüchtern betonte: »Wir wollen aber so wenig Gewaltanwendung wie möglich, Mr. Rearden.«

Mackintosh stimmte zu. »Jawohl, nur so viel Gewalt, wie unbedingt nötig ist, um davonzukommen. Ich halte nicht viel von Gewalt; es schadet dem Geschäft. Vergessen Sie das nicht.«

»Der Briefträger wird mir das Päckchen nicht freiwillig aushändigen«, entgegnete ich. »Ich werde es schon mit Gewalt nehmen müssen.«

Mackintosh entblößte in einem scheußlichen Grinsen seine Zähne. »Das bedeutet bewaffneter Raubüberfall, wenn Sie geschnappt werden. Die Richter Ihrer Majestät sind ziemlich streng bei solchen Sachen, vor allem, wenn es um solche Summen geht. Wenn Sie mit 10 Jahren davonkommen, haben Sie Glück gehabt.«

»Genau«, sagte ich nachdenklich und grinste teilnahmsvoll zurück.

»Nun, wir wollen es der Polizei nicht zu einfach machen. Der Trick ist folgender: Ich werde in Ihrer Nähe sein. Sie werden mir das Päckchen unauffällig übergeben und einfach weitergehen. Drei Stunden nach dem Coup sind die Steine außer Landes. Kümmern Sie sich um die Bankgeschichte, Mrs. Smith?«

Sie öffnete einen Ordner und nahm ein Formular heraus, das sie mir über den Schreibtisch schob. »Füllen Sie das aus.«

Es war ein Antrag zur Eröffnung eines Kontos bei der ›Züricher Ausfuhr-Handelsbank‹. »Unsere Politiker mögen für die Geldjongleure in Zürich nicht viel übrig haben, aber sie kommen einem gelegen, wenn man sie braucht. Die Nummer Ihres Kontos ist sehr kompliziert. Schreiben Sie die Zahl in Worten in dieses Kästchen.«

Ihr Finger lag auf dem Antrag, und so kritzelte ich die Nummer hin, wo sie es mir zeigte. Darauf erklärte sie: »Diese Nummer, anstelle einer Unterschrift auf das richtige Scheckformular gesetzt, bringt Sie in den Besitz jeder Geldsumme bis zu vierzigtausend Pfund Sterling – oder ihrem Gegenwert in jeder gewünschten Währung.«

Mackintosh kicherte. »Zuerst müssen Sie natürlich die Dia-

manten besorgen.«
Ich starrte die beiden an: »Sie nehmen zwei Drittel für sich?«
»Ich habe die Sache geplant«, gab Mrs. Smith kühl zurück.
Mackintosh grinste wie ein hungriger Hai. »Sie hat einen teueren Geschmack.«
»Daran zweifle ich nicht«, meinte ich. »Würde ein gutes Mittagessen Ihrem Geschmack entsprechen? Sie müßten allerdings ein Restaurant vorschlagen. Ich bin neu in London.«
Sie wollte gerade antworten, als Mackintosh scharf dazwichenfuhr:
»Sie sind nicht hier, um mit meinen Angestellten Ringelreihen zu spielen, Rearden. Es würde nicht sehr klug sein, wenn Sie mit einem von uns beiden gesehen würden. Vielleicht können wir zusammen zu Abend essen, wenn das alles vorbei ist – wir alle drei.«
»Danke«, sagte ich lustlos.
Er kritzelte auf einem Stück Papier herum. »Ich schlage vor, daß Sie nach dem Mittagessen den ... äh ... Laden ausbaldowern – ich glaube, das ist der korrekte Ausdruck. Hier ist die Adresse.« Er schob das Papier über den Schreibtisch und schrieb noch einmal. »Und das hier ist die Adresse meines Schneiders. Verwechseln Sie sie nicht, mein Lieber. Das wäre verhängnisvoll.«

2

Ich aß im »Cock« auf der Fleet Street zu Mittag und machte mich danach auf die Socken, um die Adresse zu besichtigen, die mir Mackintosh gegeben hatte. Natürlich lief ich in die falsche Richtung. Ein Taxi wollte ich aber nicht nehmen, weil ich grundsätzlich alles sehr vorsichtig anfange, manchmal sogar zu vorsichtig. Darum habe ich ja auch Erfolg. Ich marschierte jedenfalls eine Straße namens Lud-

gate Hill entlang, bevor ich merkte, daß ich die falsche Richtung gewählt hatte, und kam dann auf dem Weg nach Holborn am Central Criminal Court vorbei. Daß es der Central Criminal Court war, verriet mir ein Schild, das daran hing, und das überraschte mich wiederum, weil ich das Gebäude bis dahin immer für das Old Bailey gehalten hatte. Ich erkannte das Gebäude an der goldenen Statue der Justitia auf dem Dach. Selbst ein Südafrikaner mußte sie kennen – auch wir sehen Edgar Lustgartens Filme.
So interessant das alles war, schließlich war ich nicht als Tourist hier. So verzichtete ich auf die Gelegenheit, hineinzugehen und zu sehen, ob gerade ein Fall verhandelt würde. Statt dessen zog ich weiter zur Leather Lane hinter dem Kaufhaus Gamage's und bemerkte einen Straßenmarkt, wo die Leute in Schubkarren alles mögliche Gerümpel feilboten. Das gefiel mir überhaupt nicht – für einen, der sich aus dem Staube machen will, bringt eine dichte Menschenmenge Probleme. Um sicherzustellen, daß es zu keiner zünftigen Verfolgungsjagd kam, müßte ich dem Briefträger also ziemlich hart eins überziehen. Er tat mir schon leid.
Um sämtliche Fluchtwege kennenzulernen, schlenderte ich, bevor ich mir die genannte Adresse genauer ansah, in der Nachbarschaft umher und stellte zu meiner Überraschung fest, daß parallel zur Leather Lane Hutton Garden verläuft; daß dort die Diamantenhändler hausten, war mir bekannt, und bei reiflichem Nachdenken schien es mir auch gar nicht sonderbar – selbstverständlich würde die Diamantenzunft ihre Deckadresse nicht weit vom Bestimmungsort einrichten. In welchem dieser wuchtigen, schmucklosen Gebäude mochte sich wohl der Tresor befinden, den Makkintosh erwähnt hatte?
Eine gute halbe Stunde lang ging ich die Straße lang, um mir dort die verschiedenen Arten von Läden einzuprägen – wer schnell von der Straße verschwinden muß, ist auf solche Zufluchtsorte angewiesen. Gamage's schien mir von allen das geeignetste Geschäft, um mich in Luft aufzulösen. Eine Viertelstunde verwandte ich darauf, mich mit der

Örtlichkeit vertraut zu machen; das war zu kurz, ich wußte es wohl, doch war es in diesem frühen Stadium besser, keinen festen Plan zu schmieden. Viele Typen, die bei ähnlichen Jobs auf die Nase fallen, machen nämlich den Fehler, frühzeitig Pläne auszuklügeln, als ob sie weiß Gott was für Intelligenzbestien wären, und ihre ganze Operation kriegt Arterienverkalkung und wird unflexibel.

Zur Leather Lane zurückkehrend, fand ich das Haus, das mir Mackintosh bezeichnet hatte. Die genaue Adresse befand sich auf der zweiten Etage. Mit dem quietschenden Lift fuhr ich also bis zur dritten Etage hoch und ging von dort eine Treppe nach unten. Die Betsie Lou Manufacturing Company Ltd. hatte geöffnet, doch machte ich mir die Mühe nicht, mich vorzustellen, sondern prüfte statt dessen die Zugänge. Sie waren einigermaßen passabel. Allerdings mußte ich wohl zunächst das Gebaren des Briefträgers beobachten, bevor ich mich entschließen könnte, wie am besten vorzugehen sei.

Ich hing nicht allzu lange herum, gerade lange genug, um die ersten Positionen zu orten. Zehn Minuten später war ich wieder bei Gamage's in einer Telefonzelle. Mrs. Smith mußte in Erwartung meines Anrufs gerade auf dem Telefon gesessen haben.

»Anglo-Scottish Holding.«

»Rearden«, sagte ich.

»Ich stelle Sie zu Mr. Mackintosh durch.«

»Moment mal«, sagte ich. »Was für eine Smith sind Sie eigentlich?«

»Wie meinen Sie das?«

»Haben Sie keinen Vornamen?«

Eine Weile war es still, dann antwortete sie: »Vielleicht nennen Sie mich einfach Lucy.«

»Das ist nicht zu fassen.«

»Dann fassen Sie's mal.«

»Gibt es einen Mr. Smith?«

Ihre Stimme wurde eisig. »Das geht Sie gar nichts an. Ich gebe Ihnen jetzt Mr. Mackintosh.«

Es klickte. Die Leitung war einen Augenblick tot. Als Liebhaber war ich nicht gerade ein As, dachte ich, doch war das in diesem Fall andererseits nicht überraschend. Ich konnte mir nicht vorstellen, daß Lucy Smith – falls das ihr richtiger Name war – eine engere Bindung mit mir eingehen würde, bevor der Job gelaufen war. Ich war deprimiert.

Mackintoshs Stimme dröhnte mir ins Ohr: »Hallo, mein Junge.«

»Ich bin bereit, mich mit Ihnen etwas ausführlicher über die Sache zu unterhalten.«

»Wahrhaftig? Nun, dann kommen Sie morgen um die gleiche Zeit hier vorbei.«

»In Ordnung«, sagte ich.

»Oh, bevor ich es vergesse – waren Sie schon beim Schneider?«

»Nein.«

»Dann beeilen Sie sich mal«, riet er. »Er muß Maß nehmen und braucht mindestens drei Anproben. Da kommen Sie gerade noch zurecht, bevor man Sie in den Knast wirft.«

»Sehr witzig«, brummte ich und knallte den Hörer auf. Der hatte es leicht, mich auf die Schippe zu nehmen; die harte Arbeit überließ er ja mir. Was der wohl in seinem schäbigen Büro machte, wenn er nicht gerade einen Diamantendiebstahl organisierte.

Ich nahm ein Taxi zum West End und kaufte mir bei Austin Reed's einen hübschen, beidseitig zu tragenden Wettermantel. Außerdem kaufte ich eine dieser Kappen, die in England von den feinen Leuten auf dem Lande getragen werden und bei denen die Stoffkrone auf den Schirm genäht ist. Sie wollten mir die Kappe einpacken, aber ich rollte sie zusammen, steckte sie in die Manteltasche und nahm den Mantel über den Arm.

Ich ging nicht einmal in die Nähe von Mackintoshs Schneider.

3

»Sie glauben also, daß es zu machen ist?« wollte Mackintosh wissen.
Ich nickte. »Ich möchte zwar noch etwas mehr wissen, aber bisher sieht es gut aus.«
»Was wollen Sie wissen?«
»Nummer eins – wann soll der Job starten?«
Mackintosh grinste. »Übermorgen«, sagte er trocken.
»Du großer Gott!« rief ich. »Da bleibt uns nicht viel Zeit.«
Er lachte in sich hinein. »Eine Woche nachdem Sie zum erstenmal Ihren Fuß auf englischen Boden gesetzt haben, wird alles vorbei sein.« Er zwinkerte Mrs. Smith zu. »Ziemlich selten, daß jemand binnen einer Woche ohne allzu harte Arbeit vierzigtausend Pfund verdient.«
»Scheint in diesem Raum so selten nicht zu sein«, meinte ich sarkastisch. »Sie arbeiten sich auch nicht gerade die Finger wund.«
Er ließ sich nicht aus der Ruhe bringen. »Organisieren ist meine starke Seite.«
»Den Rest des heutigen Tages und morgen muß ich dann die Gewohnheiten des britischen Postboten studieren«, kam ich zur Sache. »Wie viele Zustellungen täglich?«
Mackintosh warf einen Blick auf Mrs. Smith. »Zwei«, antwortete sie.

»Können Sie ein paar Schnüffler rekrutieren? Ich möchte mich nicht zu lange in der Gegend von Leather Lane aufhalten. Sonst könnte ich wegen Herumtreiberei kassiert werden, und das würde sicherlich das Ding zum Platzen bringen.«
»Wir haben für alles gesorgt«, versicherte Mrs. Smith. »Ich habe hier einen Zeitplan.«
Während ich ihn studierte, breitete sie auf dem Schreibtisch eine Zeichnung aus. »Das hier ist der Plan der gesamten zweiten Etage. Wir haben Glück. In manchen Gebäuden gibt es unten in der Eingangshalle Briefkästen, hier jedoch

nicht. Der Postbote kommt in jedes Büro.«
Mackintosh stieß mit dem Finger auf den Plan. »Sie treffen mit dem Postboten ungefähr hier zusammen. Er wird die Briefe für diese Kleiderfirma mit dem idiotischen Namen schon in der Hand haben, und ob das Päckchen dabei ist oder nicht, müßten Sie erkennen können. Wenn es sich nicht darunter befindet, lassen Sie ihn gehen und warten auf die nächste Zustellung.«
»Genau das macht mir Sorgen«, gab ich zu bedenken. »Das Warten. Wenn ich nicht aufpasse, falle ich auf wie der Bischof im Nachtlokal.«
»Ach ja, habe ich Ihnen noch nicht mitgeteilt, daß ich auf demselben Flur ein Büro gemietet habe?« erklärte Mackintosh sanft. »Mrs. Smith hat die Einkäufe besorgt; Sie finden alles wie zu Hause: einen elektrischen Wasserkessel, Tee, Kaffee, Zucker, Milch und einen Frühstückskorb mit vielen guten Sachen von Fortnum's. Wie ein König werden Sie leben. Ich hoffe, Sie mögen Kaviar.«
Ich atmete heftig. »Machen Sie sich keine Mühe, mich nach meinen Wünschen zu fragen«, sagte ich sarkastisch. Aber Mackintosh lächelte nur und warf einen Schlüsselring auf den Schreibtisch. Ich nahm ihn an mich. »Unter welchem Namen läuft meine Firma?«
»Kiddycar Toys, Limited«, erwiderte Mrs. Smith. »Die Firma existiert wirklich.«
Mackintosh lachte. »Ich habe sie selbst ins Leben gerufen – kostete mich ganze fünfundzwanzig Pfund.«
Bis mittags arbeiteten wir den Plan in allen Einzelheiten aus, um alle Probleme restlos aus der Welt zu schaffen. Lucy Smith wurde mir immer sympathischer; ihr Verstand war messerscharf, und ihrer Aufmerksamkeit entging nichts. Trotzdem zeigte sie weiblichen Charme und ließ mich nie spüren, daß sie der Boß war. Gescheiten Frauen fällt das gewöhnlich schwer. Als wir alles geklärt hatten, versuchte ich's noch einmal: »Ehrlich – Sie heißen doch gar nicht Lucy. Wie heißen Sie wirklich?«
Ihr Blick wurde kühl. »Ich glaube, das ist ziemlich egal«,

meinte sie ungerührt.
Ich seufzte. »Nun gut, Sie mögen recht haben.«
Mackintosh betrachtete uns höchst interessiert, dann sagte er abrupt: »Ich habe Ihnen bereits gesagt, daß Sie nicht um meine Angestellten herumscharwenzeln sollen, Rearden. Sie kümmern sich nur um Ihren Job.« Er sah auf die Uhr. »Es ist besser, wenn Sie jetzt gehen.«
So verließ ich die Düsternis seines Büros aus dem 19. Jahrhundert und aß wieder im »Cock« zu Mittag. Den Rest des Nachmittags verbrachte ich im Büro der *Kiddycar Toys Ltd.*, zwei Türen von der *Betsy-Lou Manufacturing Co. Ltd.* entfernt. Alles war, wie Mackintosh es versprochen hatte. Ich machte mir einen Kaffee und stellte dabei zu meiner Freude fest, daß Mrs. Smith richtiges Kaffeemehl besorgt hatte und nicht irgend so ein Pulver-Muckefuck.
Die Straße war gut zu überblicken. Mit dem Zeitplan des Postboten konnte ich auch seine Route ausmachen. Selbst ohne den Telefonanruf, den Mackintosh mit mir vereinbart hatte, müßte ich seine Ankunft mindestens fünfzehn Minuten im voraus wissen. Ich verließ, nachdem ich mich in diesem Punkt vergewissert hatte, noch ein paarmal das Büro, um festzustellen, wie lange ich für das Abschreiten des Korridors brauchte.
Eigentlich hatte das, da ich das Tempo des Postboten nicht kannte, wenig Sinn; immerhin, es war eine gute Übung. Ich maß die Zeit für den Weg vom Büro zu Gamage's, ging zügigen Schritts, aber auch wieder nicht zu schnell, um kein Aufsehen zu erregen. Eine Stunde in Gamage's genügte, um eine hübsch verwirrende Fluchtroute auszuhecken. Dann war mein Tagewerk vollbracht. Ich begab mich in mein Hotel.
Der nächste Tag verlief ähnlich, nur daß ich mich auf den Postboten einstellen konnte. Die erste Zustellung beobachtete ich durch einen Türspalt mit der Stoppuhr in der Hand vom Büro aus. Das mag ein bißchen verrückt klingen; schließlich brauchte ich dem Mann lediglich eins über den Schädel zu wichsen. Aber es stand eine Menge auf dem

Spiel. Die Routine war notwendig.
Bei der zweiten Zustellung machte ich die Probe aufs Exempel. Mackintosh hatte mit seiner Voraussage recht gehabt. Der Postbote näherte sich Betsy-Lou mit den Briefen in der Hand. Eine Dose mit Kodachrome-Dias würde auffallen. Ich hoffte nur, daß Mackintosh mit den Diamanten recht hatte. Wir würden verdammt dumm dastehen, wenn wir lediglich die fotografischen Souvenirs von Betsy-Lous Wochenende in Brighton ergattern würden.
Ich rief noch einmal Mackintosh an, bevor ich das Haus verließ. Er war selbst am Telefon.
»Ich bin startklar«, sagte ich.
»Gut.« Er machte eine Pause. »Es wird übrigens unsere letzte Begegnung sein, wenn Sie mir morgen die Ware aushändigen. Passen Sie nur auf, daß nichts schiefgeht.«
»Was ist los?« fragte ich. »Bammel gekriegt?«
Darauf gab er keine Antwort. Er sagte nur: »In Ihrem Hotel wartet ein Geschenk auf Sie. Mit Vorsicht verwenden.« Noch eine Pause. »Viel Glück.«
»Bestellen Sie Mrs. Smith herzliche Grüße«, sagte ich.
Er hustete. »Das wollen wir lieber lassen.«
»Was ich tun und lassen kann, entscheide ich lieber selbst.«
»Na gut – aber morgen ist sie in der Schweiz. Ich werde Ihre Botschaft weitergeben, wenn ich sie das nächstemal sehe.«
Er hängte ein.
Im Hotel holte ich das Päckchen beim Empfang ab und wickelte es in meinem Zimmer aus. Eingebettet in einem kleinen Kästchen lag ein Schlagstock, innen Blei und außen Gummi, mit einem nicht rutschenden Griff und einer netten Schlaufe fürs Handgelenk. Ein sehr wirkungsvolles Betäubungsinstrument, wenn auch ein bißchen gefährlicher als die meisten. In dem Kästchen lag noch ein kleiner Zettel mit einer einzigen Zeile in Schreibmaschinenschrift: »HART GENUG, ABER NICHT HÄRTER.«
Ich legte mich an diesem Abend früh schlafen. Am nächsten Tag gab es genug zu tun.

4

Wie ein ganz gewöhnlicher Geschäftsmann ging ich am nächsten Morgen in die City. Auf die Melone und den Marschallstab der Angestellten – den gerollten Regenschirm – verzichtete ich allerdings gern. Da die erste Post vor Beginn der Geschäftsstunden zugestellt wird, war ich früher unterwegs als die meisten. Kiddycar Toys erreichte ich eine halbe Stunde zu früh und setzte, bevor ich einen Blick aus dem Fenster warf, erst einmal das Kaffeewasser auf. In der Leather Lane trafen die Kioskverkäufer ihre letzten Vorbereitungen für Kunden. Von Mackintosh keine Spur. Es beunruhigte mich nicht. Er würde irgendwo in der Nähe sein und nach dem Postboten Ausschau halten.

Ich hatte eben meine erste Tasse Kaffee geleert, als das Telefon klingelte. Mackintosh sagte kurz: »Er kommt.« Es klickte. Er hatte eingehängt.

Um sich in diesem Hause nicht unnötig zu verausgaben, hatte der Postbote offensichtlich seine privaten Studien angestellt. Er pflegte mit dem Lift ins oberste Stockwerk zu fahren und die Sendungen auf dem Weg nach unten zuzustellen, getreu jener Theorie, daß es leichter sei, Treppen hinunterzugehen als hochzusteigen. Ich zog den Mantel an, setzte den Hut auf und öffnete die Tür ein paar Zentimeter, um auf das Surren des Fahrstuhls zu lauschen. Zehn Minuten später hörte ich ihn nach oben fahren. Ich trat in den Korridor und zog vorsichtig die Bürotür an, so daß sie zwar geschlossen aussah, sich jedoch mit dem leisesten Stoß öffnen ließ.

In dem Gebäude war es um diese Stunde noch recht still, und als ich den Postboten die Stufen zur zweiten Etage herunterstapfen hörte, zog ich mich eine Treppe tiefer auf die erste Etage zurück. Er kam auf der zweiten Etage an und ging an Betsy-Lous Tür vorbei, um bei den anderen Büros die Post abzuliefern. Es war die übliche Routine – kein Grund zur Beunruhigung.

Er kehrte zurück, immer einige Schritte auf einmal, dazwi-

schen das metallische Zuklappen der Briefkastendeckel. Genau im rechten Moment kam ich die Treppe herauf, schritt auf das Kiddycar-Büro zu und stand ihm gegenüber. Ich starrte auf sein Hände, ein gelbes Döschen war nicht zu sehen.
»Morgen«, sagte ich. »Schöner Tag heute, nicht wahr?« Er ging raschen Schrittes an mir vorbei, und ich begab mich umständlich ins Büro, als ob ich die Tür mit meinem Schlüssel öffnen müßte. Drinnen merkte ich, daß ich leicht schwitzte. Nicht viel, aber genug, um zu merken, daß ich unter Spannung stand.
Es war lächerlich. Ich sollte doch nur einem ahnungslosen Mann eine kleine Dose abnehmen – die einfachste Sache der Welt und kein Anlaß zur Nervosität.
Es war der Inhalt der Dose, der mich nervös machte. Einhundertzwanzigtausend Pfund sind verdammt viel Geld. Es ging mir wie dem Mann, der ruhig und ohne den kleinsten Fehltritt auf dem Bordstein entlanggeht; soll er aber das gleiche über einem hundert Meter tiefen Abgrund versuchen, bricht ihm der kalte Schweiß aus.
Ich ging zum Fenster hinüber und öffnete einen Flügel, nicht um frische Luft zu schnappen, sondern um Mackintosh zu bedeuten, daß die erste Postzustellung nichts gebracht hatte. Mackintosh stand an der verabredeten Stelle in der Leather Lane vor einem Obst- und Gemüsestand und stieß mit nervösem Zeigefinger auf Tomaten herum. Er blickte zum Fenster auf, drehte sich dann um und ging fort. Ich steckte mir eine Zigarette an und machte es mir mit den Morgenzeitungen bequem. Bis zur zweiten Post hatte ich noch eine Menge Zeit.
Zwei Stunden später klingelte wieder das Telefon. »Mehr Glück diesmal«, sagte Mackintosh und hängte ein.
Ich ging dieselbe Routine durch wie zuvor. Es konnte nichts schaden, denn diesmal würde ein anderer Postbote kommen. Ich wartete auf dem Treppenabsatz unterhalb der zweiten Etage und lauschte gespannt. Daß das Gebäude inzwischen voller Leute war, würde die Sache schwieriger

machen; entscheidend war, ob ich den Postboten allein im Korridor abfangen könnte. Wenn jemand anders in der Nähe sein sollte, müßte ich die Dose an mich reißen und das Weite suchen.

Gleichmäßige Fußschritte kündigten ihn an, und im kritischen Moment kletterte ich die Stufen hoch. Wie jemand, der eine Straße überqueren will, schaute ich mich nach rechts und links um – die Luft war rein. Außer mir und dem Postboten war niemand im Korridor.

Er trug ein Bündel Briefe. Ganz oben lag die kleine gelbe Dose. Am Kiddycar-Büro stellte ich mich ihm in den Weg. »Ist etwas für mich dabei?« fragte ich. »Ich bin dort zu Hause.« Ich wies auf die Tür hinter mir. Er wandte den Kopf, um den Namen an der Tür zu lesen. Direkt hinter dem Ohr erwischte ich ihn mit dem Schlagstock – ich hoffte nur, daß er keinen außergewöhnlich zerbrechlichen Schädel hatte. Er grunzte und ging in die Knie. Ich fing ihn auf, bevor er fiel, und schob ihn gegen die Bürotür, die unter seinem Gewicht aufschwang. Er fiel über die Schwelle. Die Briefe entglitten seinen Händen. Die gelbe Kodachrome-Dose fiel mit einem Plumps auf den Boden.

Ich stieg über den Briefträger hinweg und hievte ihn, während ich die Tür mit dem Fuß zustieß, ins Zimmer, packte die gelbe Dose und ließ sie in dem unverdächtigen braunen Kästchen verschwinden, das Mackintosh extra dafür angefertigt hatte. Da ich es ihm auf der Straße übergeben sollte, wollte ich vermeiden, daß auch nur ein Tüpfchen des verdächtigen Gelbs zu sehen war.

Nicht einmal sechzig Sekunden nach meiner Begrüßung des Postboten hatte ich das Büro verlassen und die Tür hinter mir verschlossen. Hinter mir ging jemand im Korridor vorbei und öffnete das Betsy-Lou-Büro. Ich drehte mich um und ging die Treppen hinunter, nicht zu schnell, aber ohne zu trödeln. Ich rechnete damit, daß der Postbote frühestens nach zwei, drei Minuten zu sich kommen würde, und dann säße er immer noch im Büro fest.

Auf der Straße angelangt, sah ich Mackintosh, der mich

anstarrte, die Augen abwendete und sich halb wegdrehte. Zwischen den Verkaufsbuden hindurch überquerte ich die Straße in seine Richtung. In dem Gedränge war es einfach genug, ihn mit der Schulter anzurempeln. Mit einem Gedämpften »Sorry« schob ich ihm das Päckchen zu und ging weiter in Richtung Holborn.

Ich war noch gar nicht weit gekommen, als ich hinter mir das Klirren von Glas und aufgeregtes Rufen vernahm. Der Postbote war gescheit gewesen;er hatte seine Zeit nicht mit der Tür vergeudet, sondern das Fenster zertrümmert, um die Aufmerksamkeit auf sich zu lenken. Außerdem war er nicht so lange bewußtlos geblieben, wie ich gehofft hatte – ich hatte ihn bei weitem nicht hart genug getroffen.

Aber ich war in Sicherheit – bei dieser Entfernung konnte er mich nicht mehr erkennen, und mit jedem Schritt vergrößerten sich meine Chancen. Es würde mindestens fünf Minuten dauern, bis sich das Durcheinander gelegt hatte, und bis dahin wollte ich längst von der Bildfläche verschwunden sein. Ich hoffte nur, Mackintosh machte es genauso. Jetzt war er in Gefahr – er hatte die Diamanten.

Ich schlüpfte durch den Hintereingang von Gamage's und versuchte, wie ein Mann auszusehen, der weiß, wohin er will, als ich nun ruhigen Schritts durch das Kaufhaus ging. Auf der Herrentoilette schloß ich mich in einer Kabine ein, zog den Mantel aus, den so sorgfältig ausgesuchten Mantel mit seinen beiden hübsch unterschiedlichen Farben, und drehte ihn von innen nach außen.

Die schmucke Kappe kam aus der Tasche hervor; voller Bedauern knautschte ich meinen Hut zu einem formlosen Bündel. Es würde ihm nicht allzu guttun, in die Tasche gepreßt zu werden, aber ich wollte ihn nicht herumliegen lassen.

Kleider machen Leute. Ein neuer Mann verließ die Herrentoilette. Lässig schlenderte ich durch das Kaufhaus und ließ mich dem Ausgang zutreiben, kaufte unterwegs noch eine neue Krawatte, falls ich einen legitimen Grund für meinen Aufenthalt in Gamage's vorzuweisen hätte, aber die Vorsichtsmaßnahme war überflüssig. Ich erreichte den Bürgersteig und wanderte in Richtung Westen. Ein Taxi kam nicht in Frage; die Taxifahrer würden ausgefragt werden, welche Kunden sie zur bewußten Zeit aus dieser Gegend befördert hatten.

Eine halbe Stunde später befand ich mich in der Nähe von Marble Arch in einem Pub an der Oxford Street und ließ dankbar einen halben Liter Bier in mich hineinlaufen. Es war ein guter, glatter Job gewesen, aber vorbei war er noch nicht – weiß Gott nicht. Konnte ich Mackintosh vertrauen, daß er mit seiner Aufgabe ebenso glatt durchkam?

5

Am Abend machte ich mich gerade zum Stadtbummel fertig, als es an meine Zimmertür laut klopfte. Ich öffnete, mir standen zwei sehr hochgewachsene Männer gegenüber, die konservativ und nach bestem Geschmack gekleidet waren.

»Joseph Aloysius Rearden?« fragte der zur Rechten.

Auch ohne gedankliche Anstrengung war mir rasch klar, daß es sich bei den beiden um Bullen handelte. Ich bedachte sie mit einem verzerrten Grinsen. »Den Aloysius würde ich mir gern schenken.«

»Wir sind Polizeibeamte.« Lässig klappte er seine Brieftasche auf. »Wir hoffen, daß Sie uns bei unseren Nachforschungen unterstützen können.«

»Moment mal«, sagte ich. »Ist das ein Dienstausweis? Ich habe noch nie eins von diesen Dingern gesehen.«

Widerwillig öffnete er noch einmal die Brieftasche und ließ mich die Karte lesen. Kriminalinspektor John M. Brunskill. Er war ohne Zweifel echt. Ich stammelte verlegen. »Man sieht so was auf der Leinwand; daß es mir einmal passieren könnte, hätte ich nie vermutet.«

Er sah mich fragend an.

»Ich weiß nicht, wie ich Ihnen bei Ihren Nachforschungen helfen könnte, Inspektor. Ich bin fremd in London – fremd in England, um genau zu sein. Ich bin erst seit einer Woche hier – und noch nicht einmal das.«
»Das wissen wir schon, Mr. Rearden«, bemerkte Brunskill freundlich.
Also hatten sie mich schon überprüft. Gott, arbeiten die Jungs schnell. Die britische Polizei ist phantastisch.
»Dürfen wir eintreten, Mr. Rearden? Gewiß können Sie uns helfen.«
Ich trat zur Seite und winkte sie ins Zimmer. »Kommen Sie herein, und nehmen Sie Platz. Ich habe nur einen Stuhl, so wird einer von Ihnen auf dem Bett sitzen müssen. Und legen Sie doch Ihre Mäntel ab.«
»Das wird nicht nötig sein«, sagte Brunskill. »Wir wollen nicht lange bleiben. Darf ich vorstellen – Kriminal-Sergeant Jervis.«
Jervis schien aus noch härterem Holz zu sein als Brunskill. Brunskill war höflich und hatte die Verbindlichkeit des Erfahrenen, Jervis dagegen noch seine Ecken und Kanten – ganz der junge, knallharte Bulle. Aber Brunskill war gefährlicher – bei ihm galt es aufzupassen.
»Nun, was kann ich für Sie tun?« fragte ich.
»Wir fahnden nach einem Päckchen, das heute morgen in Leather Lane einem Postboten gestohlen wurde«, sagte Brunskill. »Was können Sie uns zu diesem Vorfall mitteilen, Mr. Rearden?«
»Wo ist Leather Lane?« fragte ich. »Ich kenne mich hier nicht aus.«
Brunskill blickte Jervis an; Jervis blickte Brunskill an. Dann blickten beide auf mich. »So dürfen Sie uns nicht kommen, Mr. Rearden«, sagte Brunskill. »Ein bißchen mehr wissen Sie schon.«
»Sie sind vorbestraft«, fügte Jervis plötzlich ein.
Das war ein Schuß vor den Bug. Bitter sagte ich: »Und Ihr Typen werdet mich das nie vergessen lassen. Jawohl, ich habe eine Vorstrafe. Achtzehn Monate habe ich im Pretoria

Central abgesessen – achtzehn Monate harter Knast. Aber das ist lange her. Seitdem habe ich keine krummen Sachen mehr gedreht.«
»Bis heute morgen vielleicht nicht«, schlug Brunskill vor.
Ich sah ihm offen in die Augen. »Probieren Sie diesen alten Trick nicht mit mir. Nun erzählen Sie schon, was ich getan haben soll, und ich sage Ihnen, ob ich es getan habe – geradeheraus.«
»Sehr nett von Ihnen«, murmelte Brunskill. »Was meinen Sie dazu, Sergeant?«
Jervis ließ ein häßliches Räuspern vernehmen. »Haben Sie etwas dagegen, wenn wir uns daranmachen, Ihr Zimmer zu durchsuchen, Rearden?«
»Für Sergeanten bin ich Mr. Rearden«, sagte ich. »Ihr Boß hat bessere Manieren als Sie. Und ich habe ganz bestimmt etwas dagegen, daß Sie mein Zimmer durchsuchen – es sei denn, Sie hätten einen Durchsuchungsbefehl.«
»Oh, den haben wir«, entgegnete Brunskill ruhig. »Fangen Sie an, Sergeant.« Er zog ein Dokument aus seiner Tasche und knallte es mir auf die Hand. »Sie werden sicherlich nichts daran auszusetzen haben, Mr. Rearden.«
Ich sah es mir nicht einmal an, sondern warf es einfach auf den Nachttisch und beobachtete Jervis bei der gründlichen Durchsuchung meines Zimmers. Er fand nichts – es gab nichts zu finden. Schließlich gab er es auf und wandte sich mit einem Kopfschütteln an Brunskill.
Brunskill wandte sich mir zu. »Ich muß Sie bitten, mir zur Polizeistation zu folgen.«
Ich schwieg, ließ das Schweigen eine ganze Weile im Raum stehen, bevor ich sagte: »Nun, dann bitten Sie doch.«
»Wir haben einen Spaßmacher vor uns, Sir«, kommentierte Jervis. Er sah mich voll Mißfallen an.
»Wenn Sie bitten, werde ich nicht mitkommen«, sagte ich. »Sie werden mich festnehmen müssen, um mich in die Nähe des Knasts zu bringen.«
Brunskill seufzte. »Sehr wohl, Mr. Rearden; ich nehme Sie unter dem Verdacht fest, um 9.30 Uhr heute morgen am

Überfall auf einen Postboten in einem Haus an der Leather Lane beteiligt gewesen zu sein. Reicht Ihnen das?«
»Für den Anfang wird es reichen. Gehen wir.«
»Oh, eins hätte ich fast vergessen«, sagte er noch. »Jede Ihrer Äußerungen wird festgehalten und kann gegen Sie verwendet werden.«
»Ich kenne die Formalitäten«, sagte ich. »Ich kenne sie nur zu gut.«
»Davon bin ich überzeugt«, bemerkte er leise.

Eigentlich hatte ich damit gerechnet, nach Scotland Yard geführt zu werden, befand mich dann jedoch auf einer ziemlich kleinen Polizeiwache; wo, weiß ich nicht – ich kenne London nicht allzu gut. Sie brachten mich in einen kleinen, kahlen Raum mit einem Brettertisch und zwei Stühlen – demselben Behördengeruch wie auf allen Polizeistationen der Welt. Ich saß da und rauchte unter den Blicken eines Uniformierten eine Zigarette nach der anderen. Er stand mit dem Rücken zur Tür und sah ohne seinen Helm nackt aus.
Fast eineinhalb Stunden verstrichen, bevor sie irgend etwas unternahmen, und dann war es der rauhe Jervis, der mit der Attacke begann. Er trat ein, winkte barsch dem uniformierten Bullen zu, der sofort verschwand, setzte sich mir am Tisch gegenüber und starrte mich lange Zeit an, ohne ein Wort zu sagen. Ich ignorierte ihn – sah ihn nicht einmal an. Er gab zuerst auf. »Sie sind nicht zum erstenmal hier, nicht wahr, Rearden?«
»Ich bin in meinem ganzen Leben noch nicht hier gewesen.«
»Sie wissen genau, was ich meine. Sie haben schon viele, viele Male auf harten Holzstühlen einem Polizisten gegenübergesessen. Sie kennen die Übung nur zu gut – Sie sind ein Profi. Bei einem anderen Mann könnte ich es auf die sanfte Tour versuchen – vielleicht mit ein bißchen Psychologie –, aber bei Ihnen würde das nichts nützen, was? Ich werde es also sein lassen und Sie ohne Takt, ohne jede Psy-

chologie anfassen. Ich werde Sie knacken wie eine Nuß, Rearden.«

»Sie sollten sich lieber an die Richtlinien für die Behandlung von Verdächtigen erinnern.«

Er konterte mit einem scharfen, bellenden Lachen. »Da haben wir's. Ein unbescholtener Mann wüßte nicht einmal den Unterschied zwischen diesen Richtlinien und Parkinsons Gesetz. Aber Sie wissen Bescheid. Sie sind ein Ganove; Sie sind ein krummer Hund.«

»Wenn Sie mit Ihren Beleidigungen fertig sind, werde ich gehen.«

»Sie gehen, wenn ich es Ihnen gestatte«, antwortete er scharf.

Ich grinste ihn an. »Sie sollten sich lieber mit Brunskill absprechen, Sonny.«

»Wo sind die Diamanten?«

»Welche Diamanten?«

»Dem Postboten geht es schlecht. Sie haben ihn ein bißchen zu hart getroffen, Rearden. Es steht zu befürchten, daß er über den Jordan geht – und wo stehen Sie dann?« Er lehnte sich nach vorn. »Sie werden so lange eingebuchtet, bis Sie über Ihren eigenen Bart stolpern.«

Ich muß sagen, er tat sein Bestes, aber er war ein schlechter Lügner. Ein sterbender Postbote hätte das Fenster im Kidddycar-Büro nie zertrümmern können. Ich blickte ihm einfach in die Augen und hielt den Mund.

»Wenn die Diamanten nicht auftauchen, wird es für Sie schlimm ausgehen«, betonte Jervis. »Vielleicht wird der Richter ein bißchen milder urteilen, wenn die Diamanten zurück sind.«

»Welche Diamanten?« fragte ich.

Und so ging es eine gute halbe Stunde weiter, bis er genug hatte und wegging. Der Uniformierte kam zurück und nahm seine alte Stellung vor der Tür wieder ein. Ich drehte mich nach ihm um.

»Kriegen Sie keine Hühneraugen? Ist dieser Job nicht schlecht für Ihre Füße?«

Er sah mich unbewegt und ausdruckslos an und gab keinen Ton von sich.
Nun wurde eine größere Kanone in Stellung gebracht. Brunskill kam mit einem dicken Aktenordner voll überquellender Papiere herein, den er auf den Tisch legte. »Tut mir leid, daß ich Sie warten ließ, Mr. Rearden«, sagte er.
»Wirklich?« fragte ich ungläubig.
Er schenkte mir ein mitleidiges, wenn auch verständnisvolles Lächeln. »Wir haben alle unseren Job; manche sind unangenehmer als andere. Sie dürfen es mir nicht vorwerfen, wenn ich meine Pflicht tue.« Er öffnete den Aktenordner. »Sie haben ein ziemliches Vorstrafenregister, Mr. Rearden. Interpol hat eine dicke Akte über Sie.«
»Verurteilt wurde ich nur einmal«, wehrte ich ab. »Alles andere ist nicht offiziell und läßt sich nicht anführen. Was da irgendwer über mich zu Papier zu geben versucht, beweist überhaupt nichts.« Ich zeigte grinsend auf den Aktenordner und zitierte: »Die Aussage eines Polizisten hat keine Beweiskraft.«
»Ganz recht«, räumte Brunskill ein. »Aber so ganz ohne Interesse ist es immerhin nicht.« Er dachte eine ganze Zeitlang über den Papieren nach und fragte schließlich, ohne aufzusehen: »Warum fliegen Sie morgen in die Schweiz?«
»Ich bin Tourist«, gab ich zur Antwort. »Ich bin noch niemals dort gewesen.«
»Auch England besuchen Sie jetzt zum erstenmal, nicht wahr?«
»Sie sagen es. Hören Sie, ich möchte einen Rechtsbeistand haben.«
Er sah auf. »Ja, einen Anwalt brauchen Sie wohl. Kennen Sie einen?«
Aus meiner Brieftasche nahm ich ein Stück Papier mit einer Telefonnummer, die Mackintosh mir für alle Fälle mitgegeben hatte. »Das wär's.«
Brunskill zog die Augenbrauen hoch, als er es las. »Eine mir wohlbekannte Nummer – genau der richtige Mann für Ihren Fall. Für jemand, der nicht einmal eine Woche in

England weilt, kennen Sie sich in den Grenzbereichen erstaunlich gut aus.« Er legte das Papier zur Seite. »Ich werde ihn benachrichtigen, daß Sie hier sind.«
Vom vielen Rauchen war mir die Kehle trocken. »Noch etwas«, sagte ich. »Ich könnte eine Tasse Tee brauchen.«
»Ich fürchte, mit Tee können wir nicht dienen«, meinte Brunskill bedauernd. »Wie wär's mit einem Glas Wasser?«
»Na gut.«
Er ging zur Tür, gab Anweisungen und kehrte zurück. »Leute wie Sie denken wohl, daß wir auf den Polizeiwachen die Zeit mit Teetrinken vergeuden – als ob wir eine durchgehend geöffnete Cafeteria für alte Knastbrüder betrieben. Ich kann mir nur denken, daß ihr die Idee vom Fernsehen habt.«
»Ich nicht«, sagte ich. »In Südafrika gibt's kein Fernsehen.«
»Da sieh einer an«, bemerkte Brunskill. »Wie seltsam. Um aber auf die Diamanten zurückzukommen – ich vermute, daß ...«
»Welche Diamanten?« unterbrach ich ihn.
Und so ging es weiter. Er schüttelte mich besser durch als Jervis. Er hatte seine Kniffe. Anders als Jervis war er nicht dumm genug zu lügen, wenn ich die Wahrheit wußte. Auch die Zermürbungstaktik beherrschte er besser, und ausdauernd war er wie eine Schmeißfliege. Das Wasser wurde hereingebracht – eine Karaffe und ein Glas. Ich füllte das Glas und leerte es hastig, trank ein zweites. Brunskill beobachtete mich und fragte schließlich: »Genug?«
Auf mein Nicken streckte er die Hand über den Tisch, nahm das Glas behutsam zwischen die Fingerspitzen und trug es hinaus. Als er zurückkam, sah er mich sorgenvoll an. »Daß Sie auf den alten Hut hereinfallen würden, hätte ich nicht gedacht. Sie wissen, daß wir Ihnen die Fingerabdrücke erst dann abnehmen können, wenn Sie überführt sind. Warum haben Sie sie uns gegeben?«
»Ich war müde«, sagte ich.
»Pech«, meinte er voll Sympathie. »Nun zurück zu diesen Diamanten ...«

Da kam Jervis ins Zimmer und nickte Brunskill zu. An der Tür sprachen sie flüsternd miteinander. Brunskill wandte sich um. »Hören Sie zu, Rearden; wir haben Sie genagelt. Wir haben genügend Beweise, um Sie für zehn Jahre hinter Gitter zu schicken. Wenn Sie uns helfen, diese Steine zurückzukriegen, könnte es Ihnen helfen, wenn der Richter das Urteil spricht.«

»Welche Diamanten?« fragte ich müde.

Sein Mund schloß sich hörbar. »In Ordnung«, erwiderte er kurz. »Kommen Sie hier entlang.«

Ich folgte. Wie ein Stück Fleisch im Sandwich war ich eingeklemmt zwischen Brunskill und Jervis, die mich zu einem großen Raum hinführten, in dem ein Dutzend Männer die Wand längs standen.

»Ich brauche Ihnen die Sache wohl nicht zu erklären, Rearden«, erläuterte Jervis. »Ich werde es aber trotzdem tun, weil das Gesetz es vorschreibt. Es handelt sich hier um ein Erkennungskino – eine Identifizierungsparade. Drei Leute werden hereinkommen und Sie in Augenschein nehmen. Sie können sich in dieser Reihe hinstellen, wo Sie wollen, und in den Pausen Ihre Position wechseln. Kapiert?«

Ich nickte, ging zur Wand hinüber und stellte mich in der Reihe an die dritte Stelle. Der erste Zeuge – eine kleine, nette alte Lady – trat ein, ging die Reihe entlang, kam direkt zu mir zurück und zeigte auf meine Brust. »Das ist er.« Ich hatte sie nie zuvor gesehen.

Sie begleiteten sie hinaus. Ich machte mir nicht die Mühe, die Stelle zu wechseln. Es hatte wirklich keinen Sinn. Brunskill hatte recht: sie hatten mich genagelt. Der nächste Zeuge, ein junger Mann von etwa 18 Jahren, brauchte gar nicht erst die ganze Reihe abzuschreiten, sondern blieb gleich vor mir stehen. »Das isser«, sagte er. »Der war's.«

Der dritte Zeuge hatte ebenfalls keine Schwierigkeiten. Er warf einen Blick auf mich und fing an zu schreien: »Das ist der Drecksack. Ich hoff', du kriegst lebenslänglich, du Dreckskerl.« Beim Abtritt rieb er sich den Kopf – der Postbote also, und bei weitem nicht so tot, wie Jervis es mir

hatte einreden wollen.
Die Schau war vorbei. Jervis und Brunskill brachten mich zurück. »Sie würden einen prima Wunderheiler abgeben«, stichelte ich gegen Jervis. »Den Postboten haben Sie ziemlich schnell ins Leben zurückgerufen.«
Er maß mich mit einem scharfen Blick, und dann breitete sich ganz langsam ein Lächeln auf seinem Gesicht aus. »Und woher wußten Sie, daß es der Postbote war?«
Ich zuckte die Achseln. Meine Chancen waren dahin, wie immer ich es betrachtete. »Welches Schwein von Spitzel hat mich verpfiffen?« fragte ich Brunskill.
Sein Gesicht wurde undurchdringlich. »Sagen wir einfach, wir erhielten einen Hinweis, Rearden. Morgen früh werden Sie unter Anklage gestellt und dem Richter vorgeführt. Ich sorge dafür, daß Ihr Anwalt zugegen ist.«
»Danke«, sagte ich. »Wie heißt er?«
»Mein Gott« rief er aus. »Sie sind ein kaltblütiger Hund. Ihr Anwalt ist Mr. Maskell.«
»Nochmals vielen Dank.«
Brunskill pfiff nach dem Stationssergeanten, der mich für die Nacht in eine Zelle brachte. Ich aß ein wenig, streckte mich lang hin und schlief fast unverzüglich ein.
Der Tag war anstrengend genug gewesen.

ZWEITES KAPITEL

1

Maskell, ein kleiner, gedrungener Mann mit schlauen braunen Augen, strahlte eine ungeheure Würde aus. Als ich ihm, kurz bevor die Anklage erhoben wurde, vorgestellt wurde, schien es ihm nicht das geringste auszumachen, daß er einen Kriminellen vertrat. Die Jurisprudenz ist ein merkwürdiger Beruf, bei dem die normale Moral über Bord geht; wie ein Tiger wird ein beliebter und hochgeachteter Anwalt für seinen Klienten kämpfen, auch wenn es sich um einen Mörder oder Frauenschänder handeln könnte, nimmt bei dessen Freispruch die wohlverdienten Glückwünsche entgegen, begibt sich nach Hause und schreibt einen Leserbrief an die Times, um über die wachsenden Verbrechen zu wettern. Ein schizophrener Beruf.

Als ich Maskell – da kannte ich ihn schon besser – einmal darauf aufmerksam machte, korrigierte er mich in aller Seelenruhe. »Für mich sind Sie weder schuldig noch unschuldig, Mr. Rearden«, meinte er. »Darüber müssen die zwölf auf der Geschworenenbank befinden. Ich bin hier, um die Tatsachen für den Verteidiger zusammenzutragen, der das Plädoyer hält – und ich tue es für Geld.« Wir saßen im Gerichtssaal. Maskell machte eine weit ausholende Geste. »Wer sagt denn, daß Verbrechen sich nicht auszahlen?« fragte er zynisch. »Schauen Sie sich doch all diese Leute an um uns herum, von den Gerichtsdienern bis zu Seiner Lordschaft da oben. Mindestens fünfzig Leute sind direkt in diesen Fall verwickelt und verdienen so ihren Lebensunterhalt. Einige, wie beispielsweise meine Wenigkeit oder Seine Lordschaft, verdienen mehr als andere. Wir stoßen uns an Leuten wie Ihnen gesund, Mr. Rearden.«

Aber das war später. Noch kannte ich Maskell kaum. Bei

unserer flüchtigen Vorstellung sagte er hastig: »Über Einzelheiten werden wir uns später ausführlicher unterhalten. Zunächst müssen wir mal sehen, worum es geht.«
So wurde ich also unter Anklage gestellt. Ich will uns das Juristendeutsch ersparen. Es ging, um mich kurz zu fassen, um bewaffneten Raubüberfall – den Überfall auf die Person von Edward Harte, einen Angestellten des General Post Office, und den Raub von Diamanten, Eigentum von Lewis & van Veldenkamp, Ltd. im Wert von £ 173.000.
Fast hätte ich losgelacht. Falls Mr. Lewis und Mijnheer van Veldenkamp nicht versuchten, ihre Versicherung übers Ohr zu hauen, war es ein größerer Fischzug gewesen, als Mackintosh erwartet hatte. Aber ich verzog keine Miene. Hinterher wandte ich mich an Maskell und fragte: »Was nun?«
»In einer guten Stunde werde ich Sie im Magistratsgericht wiedersehen. Eine reine Formalität.« Er rieb sich das Kinn. »Es geht um eine Menge Geld. Hat die Polizei die Diamanten wieder aufgetrieben?«
»Da fragen Sie besser die Polizei. Von Diamanten weiß ich nichts.«
»Ach so! Ich muß Sie darauf hinweisen, daß es mir sehr schwerfallen wird, Sie auf Kaution freizubekommen, wenn die Diamanten noch – sagen wir, auf freiem Fuß sind. Aber versuchen will ich es.«
Die Verhandlung vor dem Magistratsgericht dauerte nicht einmal drei Minuten. Sie wäre sogar noch kürzer gewesen, wenn sich Brunskill nicht auf die Hinterbeine gestellt und gegen eine Kaution argumentiert hätte. »Die Diamanten konnten noch nicht sichergestellt werden, Euer Ehren. Wenn der Gefangene auf Kaution freigelassen wird, werden wir sie, fürchte ich, nie mehr wiedersehen. Außerdem wäre der Gefangene heute morgen schon in die Schweiz entkommen, wenn wir ihn letzte Nacht nicht festgenommen hätten.«
Der Richter wedelte mit der Hand. »Sie glauben, daß der Gefangene trotz Kaution flüchtet?«

»Mit Sicherheit«, erwiderte Brunskill bestimmt. »Und da gibt es noch etwas, Euer Ehren. Der Gefangene sitzt wegen Gewalttätigkeit auf der Anklagebank, und über ihn gibt es eine Polizeiakte, die von häufiger Gewaltanwendung berichtet. Ich befürchte, daß er die Zeugen einschüchtern könnte.«
Fast hätte er den Bogen überspannt. »Sie sind also der Meinung, der Angeklagte würde das Land verlassen und gleichzeitig die Zeugen einschüchtern?« fragte der Richter mit höflicher Skepsis. »Ich wage es zu bezweifeln, ob sein gewalttätiger Arm so weit reichen würde. Dennoch – aufgrund der Beweise und vor allem in Hinblick auf das verschwundene Eigentum bin ich geneigt, Ihnen zuzustimmen. Kaution wird abgelehnt.«
Brunskill wollte sich eben mit einem Lächeln der Zufriedenheit hinsetzen, als der Richter ihn nochmals ansprach: »Kriminalinspektor Brunskill! Ein Offizier in Ihrem Rang muß wissen, daß es absolut unzulässig ist, in diesem Stadium des Verfahrens auf Vorstrafen hinzuweisen. Ihre Indiskretion überrascht mich. Ich werde Ihre Vorgesetzten von dieser Entgleisung benachrichtigen und ordne an, daß die betreffende Bemerkung aus dem Protokoll gestrichen wird.«
Mit rotem Kopf nahm Brunskill Platz. Maskell zuckte die Achseln und verstaute die Papiere in seiner Aktentasche. Und so wurde ich bis zur Verhandlung vor dem Central Criminal Court in Untersuchungshaft genommen. Ich würde also Old Bailey doch noch von innen sehen.
Bevor ich abgeführt wurde, wechselte Maskell einige Worte mit mir.
»Nun kann ich herausbekommen, was die Polizei gegen Sie in der Hand hat. Ich werde mit der Staatsanwaltschaft sprechen, und dann können wir uns zusammensetzen und die ganze Angelegenheit diskutieren. Wenn Sie irgendeinen Wunsch haben, bitten Sie darum, daß man mich informiert. Aber ich werde Sie wahrscheinlich ohnehin morgen besuchen.«

Ein Untersuchungsgefangener ist theoretisch ein unschuldiger Mann. Praktisch verhält man sich neutral: er gilt weder für schuldig noch für unschuldig. Das Essen war gut; das Bett war weich; lästige Einschränkungen gab es nicht – bis auf eine. Ich konnte nicht aus dem Knast heraus. Aber man kann ja nicht alles haben.
Am nächsten Nachmittag kam Maskell. Wir saßen in einem der Vernehmungsräume. Nachdenklich schaute er mich an, bevor er ausführte: »Die Argumente der Gegenseite sind gewichtig, Mr. Rearden, sehr gewichtig. Machen Sie sich nichts vor. Wenn Sie nicht schlüssig und unwiderlegbar beweisen können, daß Sie das Verbrechen gar nicht begangen haben können, müssen wir wohl mit einer Verurteilung rechnen.«
Ich wollte etwas sagen, aber er winkte ab. »Darüber können wir uns später unterhalten. Alles zu seiner Zeit. Zunächst – haben Sie Geld?«
»Ungefähr hundertfünfzig Pfund. Aber die Hotelrechnung ist noch nicht bezahlt – man ließ mir keine Zeit. Ich will nicht, daß man auch noch Zechprellerei auf die Anklageschrift setzt. Ich werde also kaum mehr als hundert Pfund zur freien Verfügung haben.«
Maskell nickte. »Es ist Ihnen sicherlich bekannt, daß für meine eigenen Gebühren schon gesorgt ist. Aber ich vertrete Ihren Fall nicht vor Gericht; das wird ein Verteidiger machen, und die sind noch teurer als ich, vor allem Verteidiger von dem Kaliber, wie Sie einen brauchen. Hundert Pfund werden nicht im entferntesten ausreichen.«
Ich zuckte die Achseln. »Tut mir leid, mehr habe ich nicht.« Das war zwar nicht ganz richtig, aber warum sollte ich Geld zum Fenster hinauswerfen? Daß mich auch der beste Verteidiger nicht herauspauken könnte, war offensichtlich.
»Nun, für solche Fälle ist vorgesorgt. Das Gericht wird Ihnen einen Pflichtverteidiger stellen – was allerdings den Nachteil hat, daß Sie ihn sich nicht aussuchen können. Ganz ohne Einfluß bin ich freilich nicht, und ich werde

einige Verbindungen spielen lassen, um uns den bestmöglichen Mann zu beschaffen.«
Er holte einen Ordner aus seiner Aktentasche. »Nun müssen Sie mir einmal genau berichten, was Sie an dem fraglichen Morgen getan haben.« Pause. »Daß Sie nicht in Ihrem Hotel frühstückten, ist mir bereits bekannt.«
»Ich hatte die Nacht nicht gut geschlafen«, erklärte ich. »Ich bin deshalb früh aufgestanden und spazierengegangen.«
Maskell seufzte. »Und wo sind Sie spazierengegangen, Mr. Rearden?«
Ich dachte kurz nach. »Ich ging in den Hyde Park und spazierte zum Round Pond. Dort befindet sich ein berühmtes Gebäude – der Kensington Palace – es war aber geschlossen. Es war noch sehr früh.«
»Um die Zeit sind kaum viele Menschen im Hyde Park oder in den Kensington Gardens unterwegs. Haben Sie am Kensington Palace mir irgend jemandem gesprochen – sich erkundigt? Haben Sie zum Beispiel nach den Öffnungszeiten gefragt?«
»Es war niemand in der Nähe, den ich hätte fragen können.«
»Nun gut. Was machten Sie dann?«
»Ich schlenderte zurück, durch den Park, nach Hyde Park Corner und in den Green Park hinüber. Dann Bond Street hinauf und zur Oxford Street. Ein kleiner Schaufensterbummel, wissen Sie.«
»Um wieviel Uhr dürfte das gewesen sein?«
»So genau weiß ich das nicht. Sagen wir, etwa 9 Uhr 15. Ich trödelte ein bißchen. Ich besichtigte eine Ecke mit dem Namen Burlington Arcade, ging dann die Bond Street hinauf und sah mir, wie gesagt, die Schaufenster an. London ist großartig – in Südafrika gibt's so etwas nicht.«
»Und Sie haben mit niemandem gesprochen?«
»Ich wußte ja nicht, daß ich ein Alibi brauchte«, bemerkte ich bitter.
»Also gut«, fuhr Maskell fort. »Sie kamen in die Oxford Street – was dann?«

»Nun, da ich noch nicht gefrühstückt hatte, verspürte ich ein wenig Hunger, suchte einen Pub auf, bestellte Sandwiches und ein großes Bier. Ein Ire bediente an der Theke. Wir schwätzten. Er sollte sich an mich erinnern können.«
»Wann war das?«
»Es muß nach zehn gewesen sein; das Pub war nämlich geöffnet. Sagen wir halb elf.«
»Dieses Alibi liegt ein bißchen spät«, kommentierte Maskell, »um Ihnen zu nützen.« Er studierte ein Blatt aus der Akte. »Ich muß gestehen, daß die Darstellung der Polizei von der Ihrigen beträchtlich abweicht – und sie hat eine Menge Beweise.« Er blickte mich scharf an. »Muß ich Sie darauf hinweisen, wie gefährlich es für Sie ist, Ihren Rechtsbeistand anzulügen?«
»Ich lüge nicht«, protestierte ich entrüstet.
Seine Stimme wurde ernst. »Mr. Rearden, Sie stecken tief in der Tinte. Ich vermute, Sie werden in der Verhandlung auf ›Nicht schuldig‹ plädieren. Aber ich muß Sie warnen. Nach dem bisher vorliegenden Beweismaterial werden Sie den Fall mit ziemlicher Sicherheit verlieren. Die öffentliche Sorge um Gewaltverbrechen dieser Art wächst. Und diese Sorge spiegelt sich in den harten Urteilen der Gerichte wider.«
Er hielt inne, um seine Gedanken zu sammeln, und fuhr dann in gemäßigterem Ton fort: »Als Ihr Rechtsberater kann ich dem Urteil nicht vorgreifen, doch soviel steht fest: Sollten die Diamanten zurückgegeben werden und Sie sich schuldig bekennen, so könnte das Gericht geneigt sein, Milde walten zu lassen, so daß Ihre Strafe nach meiner Schätzung nicht mehr als fünf Jahre, vielleicht sogar nur drei Jahre betragen dürfte. Mit einem Straferlaß wegen guter Führung könnten Sie schon nach zwei Jahren wieder aus dem Gefängnis sein. Wenn andererseits Sie auf ›Nicht schuldig‹ plädieren, ohne daß die Diamanten zurückerstattet werden, ist Ihnen eine schwere Strafe sicher – vorausgesetzt natürlich, daß Sie schuldig gesprochen werden. Im Slang gesprochen – Ihre Lordschaft wird Sie einlochen und

den Schlüssel wegwerfen. Es steht zu bezweifeln, ob Sie unter vierzehn Jahren davonkommen, und ich versichere Ihnen, daß ich mit derartigen Voraussagen eine große Erfahrung habe. Ich sage das nicht leichtfertig.«

Er räusperte sich. »Nun, was meinen Sie, Mr. Rearden? Was tun wir dagegen?«

»Am fraglichen Morgen habe ich Diamanten nur in Schaufenstern an der Bond Street gesehen«, antwortete ich bestimmt.

Lange sah er mich schweigend an und schüttelte dann den Kopf. »Sehr schön«, sagte er ruhig. »Ich werde mich meinen Angelegenheiten widmen – und Ihren –, aber ohne große Hoffnung auf Erfolg. Ich muß Sie wirklich warnen. Die Beweismittel der Polizei sind von der Verteidigung schwerlich zu widerlegen.«

»Ich bin unschuldig«, behauptete ich hartnäckig.

Er sagte nichts mehr, sondern packte seine Papiere zusammen und verließ, ohne sich noch einmal umzudrehen, den Raum.

2

So saß ich also auf der Anklagebank des Central Criminal Court – im Old Bailey. Viel Pomp und Staat, Roben und Perücken, Ehrerbietung und Artigkeiten – und, aus den Eingeweiden der Erde herausgesprungen wie der Satan in einer Pantomime, ich selbst Mittelpunkt des Interesses. Natürlich hatte ich im Richter einen Rivalen. Es scheint, daß ein Mann mit der Berufung zum Richter das Recht erhält, sich als Scherzbold aufzuführen und seine Zuhörer mit witzigen Anzüglichkeiten zum Totlachen zu bringen; da kann sich mancher Varieté-Künstler mit einem Strafrichter nicht messen. Immerhin, es lockert die Atmosphäre, und ohne die komischen Einlagen wäre ein Gericht ziem-

lich düster. Und voreingenommen ist so ein Chefkomiker nicht: Staatsanwaltschaft und Verteidigung sind gleichermaßen die Zielscheibe seines Spotts. Mir machte das richtig Spaß. Ich lachte mit.
Maskell war natürlich anwesend, wenn auch in untergeordneter Rolle. Mein Verteidiger war ein Mann namens Rollins. Maskell hatte kurz vor der Verhandlung noch einmal versucht, mich davon abzubringen, auf »Nicht schuldig« zu plädieren. »Mr. Rearden, bitte überlegen Sie sich noch einmal alle Konsequenzen für den Fall einer Verurteilung. Sie werden nicht nur eine hohe Freiheitsstrafe bekommen. Wer eine lange Freiheitsstrafe erhält, wird auch – und das gilt insbesondere, wenn finanzielle Rücklagen vermutet werden – unter besonderen Sicherheitsvorkehrungen gefangengesetzt. Bei den fraglichen Diamanten im Wert von £ 173.000 würden Sie ohne Zweifel unter diese Kategorie fallen. Das bedeutet eine ziemliche Haftverschlimmerung unter ungemütlichen Umständen. Ich an Ihrer Stelle würde das in Erwägung ziehen.«
Aber da gab es nichts zu überlegen. Ich hatte nicht die geringste Aussicht, die Diamanten zurückzukriegen; da lag der Hase im Pfeffer; denn ohne Diamanten würde ich auch bei einem Schuldbekenntnis eine satte Strafe aufgebrummt kriegen. Mir blieb nichts übrig, als ein tapferes Gesicht und einen guten Eindruck zu machen. Mackintosh war ein gewiefter Fuchs und Mrs. Smith vielleicht noch ausgefuchster.
»Es tut mir leid, aber ich bin wirklich unschuldig«, gab ich Mr. Maskell zu verstehen.
Er schaute verstört drein. Er glaubte mir offensichtlich kein Wort und konnte sich einfach nicht vorstellen, warum ich den Mund hielt. Aber dann zog ein kaltes Lächeln über sein Gesicht. »Sie glauben doch wohl nicht, daß das Geld so viele Jahre Ihres Lebens aufwiegt. Ein langer Gefängnisaufenthalt wirkt sich nicht eben positiv aus.«
Lächelnd sah ich ihn an. »Ich dachte, Sie wollten dem Urteil nicht vorgreifen.«

»Sie sind ein törichter junger Mann«, stieß Maskell hervor. »Trotzdem wünsche ich Ihnen für Ihre unglückliche Zukunft das Beste.«
Da zunächst die Formalitäten hinsichtlich der Geschworenen abgetan werden mußten, begann die Verhandlung zähflüssig, bis die Anklage zum Zuge kam. Der Staatsanwalt, ein hochaufgeschossener, dürrer Mensch mit einem Gesicht wie die Schneide einer Axt, war sichtlich in seinem Element. Während mein Verteidiger, dem ich erst zweimal begegnet war und der sich in der Gewißheit, hier nichts gewinnen zu können, beide Male kurz angebunden gab, eine äußerst gelangweilte Miene zur Schau stellte, brillierte der Hagere mit einer knappen Einführung und rief dann die Zeugen der Anklage auf. Gut waren sie, diese Zeugen – sehr gut sogar – und ich begriff, warum der Staatsanwalt trotz seines unglückseligen Gesichts so fröhlich wirkte. Polizeiexperten legten Fotografien und Zeichnungen vom Tatort vor. Das war das Fundament. Dann kam der Druck.
»Ich habe es gesehen, wie er den Postbeamten niederschlug«, sagte die mütterliche alte Seele aus, die mich auf der Polizeiwache identifiziert hatte, und Ehrlichkeit leuchtete aus ihren Augen. »Ich stand im Korridor und habe es gesehen, wie der Angeklagte den Postbeamten mit der Faust niederschlug, ihm eine gelbe Dose entriß und ihn in ein Büro stieß. Dann rannte der Angeklagte die Treppen hinunter.«
Der Ankläger zeigte ihr eine Zeichnung der zweiten Etage. »Wo genau standen Sie?«
Sie zeigte auf eine Stelle im Korridor und blickte mich quer durch den Gerichtssaal mit einer Arglosigkeit an – du grüne Neune. Die nette alte Lady log wie gedruckt, und sie wußte auch, daß ich sie durchschaute. Sie hatte unmöglich im Korridor stehen können, denn ich hatte die Lage überprüft; die Details ihrer Aussage waren ohnehin falsch. Aber ich war machtlos.
Für einen weiteren Höhepunkt sorgte ein Angestellter von Fortnum and Mason. Einen vollen Frühstückskorb habe er

zu einem gewissen Hotel gebracht; den Auftrag habe ein gewisser Mr. Rearden telefonisch durchgegeben. Auf die Anfrage meines Verteidigers konnte er nicht bezeugen, daß der Besteller mit dem Angeklagten, Mr. Rearden, identisch sei.
Ein Hotelangestellter bezeugte, der Angeklagte habe tatsächlich in seinem Hotel gewohnt und ein Korb an die Adresse von Mr. Rearden sei abgegeben worden. Was damit geschehen sei? Das wisse er nicht, er nehme jedoch an, der Angeklagte habe ihn in Empfang genommen – ein Punkt, der zu einer hitzigen kleinen Auseinandersetzung führte, bei der die Erwiderungen des Zeugen teilweise nicht protokollfähig waren.
Ein Kriminalbeamter wies dem Gericht einen Frühstückskorb vor und bezeugte, diesen Korb, der von Fortnum and Mason gekommen, im Büro der Kiddycar Ltd. sichergestellt zu haben. Einem anderen Polizeizeugen zufolge war der Korb wie auch andere Gegenstände in dem Zimmer – so der elektrische Kessel, eine Kaffeekanne, Geschirr und Besteck – voller Fingerabdrücke des Angeklagten.
Die Geschworenen zogen ihre eigenen Schlüsse.
Ein weiterer Polizeizeuge berichtete über die Eigentumsverhältnisse der Kiddycar Ltd., einer Gesellschaft, die sich bei seinen Nachforschungen als wirklich existent erwiesen habe, jedoch keine Geschäfte abwickelte. Die verwickelten Eigentumsverhältnisse habe er mit Hilfe der südafrikanischen Polizei schließlich entwirren können: Der Eigentümer sei ein gewisser Mr. Joseph Aloysius Rearden aus Johannesburg. Ob der Joseph Aloysius Rearden der Kiddycar Ltd. der Joseph Aloysius Rearden in der Anklagebank sei, das herauszufinden sei ihm nicht mehr möglich gewesen.
Wieder zogen die Geschworenen ihre eigenen Folgerungen.
Die Aussagen des Briefträgers waren fair: Ich hätte ihn niedergeschlagen, und er sei erst im Kiddycar-Büro wieder zu sich gekommen. Nichts in seiner Aussage widersprach den falschen Angaben des alten Mütterchens. Als dritter Augenzeuge erschien der Bürojunge von Betsy-Lou, der

behauptete, mich beim Abschließen der Bürotür beobachtet zu haben; ich sei dann die Treppen hinuntergelaufen. Ich konnte mich vage erinnern: er war zu der bewußten Zeit hinter mir hergegangen. Aber hinunter*gelaufen* war ich die Treppe nicht – da war die Phantasie mit ihm durchgegangen.

Starzeuge war Brunskill.

»Auf gewisse Informationen hin suchten Kriminalsergeant Jervis und ich den Angeklagten in seinem Hotel auf. Seine Antworten auf unsere Fragen ließen den berechtigten Verdacht aufkommen, er könne in dieses Verbrechen verwikkelt sein, so daß ich ihn in Untersuchungshaft nehmen mußte. Seine Fingerabdrücke, die ich dann sicherzustellen vermochte, stimmten mit denen im Büro der Kiddycar Ltd. überein. Drei Zeugen meldeten sich im Verlauf der Nachforschungen; sie alle identifizierten den Angeklagten. Ausführlichere Ermittlungen förderten zusätzliches Beweismaterial zutage, das dem Gericht bereits vorgelegt wurde, so der Frühstückskorb und die Eigentumsverhälntisse der Kiddycars Ltd.«

Mit einem Grinsen setzte der Ankläger sich hin, und Rollins sprang auf, um mit dem Kreuzverhör zu beginnen.

Rollins: Sie sprachen davon, daß Ihnen »Informationen« zugeleitet wurden, Inspektor. Wie kamen Sie an diese Informationen?

Brunskill (zögernd): Muß ich diese Frage beantworten, Euer Ehren? Die Quellen von Polizeiinformationen könnten sich nachteilig auf ...

Rollins (hastig): Es geht darum, ob eine oder mehrere unbekannte Personen aus möglicherweise böswilliger Absicht handelten. Das könnte die Lage des Angeklagten verschlimmen, Euer Ehren.

Der Richter (im Stile Churchills): Mr. Rollins, ich begreife nicht, was Ihren Fall überhaupt noch verschlimmern könnte. Dennoch möchte ich eine Antwort auf die Frage. Ich bin ebenso daran interessiert wie alle anderen. Beantworten Sie die Frage, Inspektor.

Brunskill (unwillig): Es gab einen Telefonanruf und einen Brief.
Rollins: Beides anonym?
Brunskill: Ja.
Rollins: Ging aus diesen Informationen hervor, daß der Angeklagte das Verbrechen begangen hat?
Brunskill: Ja.
Rollins: Ging daraus hervor, wo man ihn finden würde?
Brunskill: Ja.
Rollins: Ging ferner daraus hervor, daß der Korb, den man im Kiddycar-Büro fand, vom Angeklagten von Fortnum and Mason stammte?
Brunskill: äahh ... Ja.
Rollins: Ist es ein Verbrechen, in diesem ausgezeichneten Einzelhandelsgeschäft Lebensmittel zu erstehen?
Brunskill (mit Schärfe): Natürlich nicht.
Rollins: Ging aus diesen anonymen Informationen hervor, daß der Angeklagte der Eigentümer der Firma Kiddycar Ltd. war?
Brunskill (unbehaglich): Ja.
Rollins: Ist es ein Verbrechen, eine Firma wie Kiddycar Ltd. zu besitzen?
Brunskill (mit nachlassender Geduld): Nein.
Der Richter: Da bin ich nicht so sicher. Jeder, der die englische Sprache durch die Erfindung eines geradezu abscheulichen Namens derart mißhandelt, sollte als Krimineller behandelt werden.
(Gelächter im Gerichtssaal.)
Rollins: Inspektor, wir dürfen doch feststellen, daß Ihre ganze Arbeit in diesem Fall von jemand anderem für Sie getan wurde. Würden Sie nicht einräumen, daß ohne diese gehässigen Mitteilungen der Angeklagte jetzt nicht auf der Anklagebank säße.
Brunskill: Diese Frage kann ich nicht beantworten. Man hätte ihn erwischt.
Rollins: Hätte man das? Ich bewundere Ihre Selbstsicherheit.

Brunskill: Man hätte ihn erwischt.
Rollins: Aber nicht so rasch.
Brunskill: Vielleicht nicht.
Rollins: Würden Sie Ihren mysteriösen Informanten nicht als eine Person charakterisieren, die – im schlimmsten Fall – »einen Pik« auf den Angeklagten hat oder im günstigsten Fall als einen gewöhnlichen Denunzianten oder einen Polizeischnüffler?
Brunskill (lächelnd): Ich möchte ihn eher als einen pflichtbewußten Bürger betrachten.

Sehr lustig! Mackintosh ein pflichtbewußter Bürger! Aber, bei Gott, waren die beiden clever gewesen! Den Picknick-Korb hatte ich zum erstenmal in dem Kiddycar-Büro gesehen, und *ich* hatte nicht bei »Fortnums« angerufen. Mrs. Smith hatte wirklich zielbewußt eingekauft! Auch war nicht ich der Besitzer von »Kiddycar Ltd.« – meines Wissens jedenfalls nicht; aber das zu beweisen würde mir schon die Lust vergehen. Wie ein tranchiertes Huhn hatten sie mich dem Gesetz übergeben.

Viel passierte danach nicht mehr. So sinnlos es sein mochte, ich sagte meinen Spruch auf. Der Ankläger zerriß mich in Stücke, und Rollins versucht halbherzig und ohne viel Erfolg, die Stücke wieder zusammenzuflicken. Der Richter ließ den Geschworenen mit seiner Zusammenfassung kaum eine Wahl, als mich schuldig zu sprechen, sie blieben nur eine halbe Stunde draußen, gerade lange genug für die heißersehnte Zigarette – die Entscheidung war vorherzusehen gewesen.

Ob ich noch irgend etwas zu sagen hätte, fragte mich der Richter. Ich sagte es mit drei Worten: »Ich bin unschuldig.« Notiz nahm davon niemand – sie alle waren zu sehr damit beschäftigt, den Richter beim Sortieren der Akten zu beobachten und fröhlich zu rätseln, wie streng er sein würde. Er hantierte eine Weile herum, vergewisserte sich, daß die Aufmerksamkeit auch gänzlich ihm gehörte, und hob mit ahnungsvoller, unheilverkündender Stimme an:

»Joseph Aloysius Rearden, Sie werden für schuldig befunden, unter Anwendung von Gewalt Diamanten im Wert von 173.000 englischen Pfund gestohlen zu haben. Meine Aufgabe besteht darin, Sie für dieses Verbrechen zu bestrafen. Zuvor möchte ich jedoch einige Worte über Ihre Rolle in dieser Affäre anmerken.«

Ich wußte genau, was jetzt kam. Der alte Junge konnte der Gelegenheit, sich als Sittenrichter zu gebärden, nicht widerstehen – vom sicheren Platz aus ist es leicht.

»In Ausübung seines Berufs geht ein Engländer die Straßen entlang, als er plötzlich und unerwartet angegriffen wird – brutal angegriffen. Er weiß nicht, daß er Wertsachen bei sich trägt, die für ihn ungeahnte Reichtümer bedeuten würden, und dieser Wertsachen wegen wird er überfallen. Die Wertsachen – Diamanten – sind verschwunden, und Sie, Rearden, haben es nicht für nötig befunden, mit der Polizei zusammenzuarbeiten, um sie wieder herbeizuschaffen – obwohl es Ihnen klar sein mußte, daß das Gericht in solchem Fall geneigt gewesen wäre, Milde walten zu lassen. So aber können Sie vor diesem Gerichtshof keine Milde erwarten.

Ihre widerspenstige Haltung hat mich anfänglich verwirrt, doch meine Überraschung legte sich nach einer elementaren Rechenübung. Ein Verbrechen, das einen Verlust von 173.000 Pfund verursacht, hätte ich unter normalen Umständen mit der schweren Strafe von 14 Jahren Gefängnis geahndet. Mein Rechenexempel führt mir jedoch vor Augen, daß Ihnen während dieser 14 Jahre – teilen wir also die gestohlene Summe durch vierzehn – ein jährliches Einkommen von nicht weniger als £ 12.350 steuerfrei sicher wäre. Das übersteigt, so möchte ich hinzufügen, das Gehalt eines Richters Ihrer Majestät wie beispielsweise meines ganz erheblich – ein kurzes Studium von ›Whitakers Almanach‹ reicht zum Beleg.

Nun ließe sich darüber streiten, ob ein Freiheitsverlust von 14 Jahren und der Aufenthalt in der kaum angenehmen Umgebung unserer Gefängnisse ein solches jährliches Einkommen lohnt. Sie sind felsenfest davon überzeugt, daß es

sich lohnt. Nun, es kann nicht Aufgabe dieses Gerichts sein, dafür zu sorgen, daß Verbrechen sich lohnen. Sie dürfen es mir deshalb auch nicht verübeln, daß ich Ihr jährliches Gefängniseinkommen zu verringern suche. Joseph Aloysius Rearden, ich verurteile Sie zu zwanzig Jahren Haft. Die Wahl eines angemessenen Gefängnisses liegt bei den Behörden.«
Ich wette, Mackintosh lachte sich kaputt.

3

Mit der »kaum angenehmen Umgebung unserer Gefängnisse« hatte der Richter leider recht. Ich befand mich in sehr tristen Verhältnissen. Die Aufnahme war überfüllt – Überstunden mußten die Richter an jenem Tag gemacht haben –, und es gab viel sinnloses Warten. Ich fühlte mich niedergeschlagen; wer ließ sich schon gleichmütig zu zwanzig Jahren verurteilen?
Zwanzig Jahre! Ich war vierunddreißig Jahre alt. Wenn ich wieder herauskomme, sind's vierundfünfzig; vielleicht ein bißchen weniger, falls ich als guter Junge überzeugen konnte. Aber verdammt schwierig würde das werden, wenn ich an die Worte des Richters dachte. Ich würde doch vor keinem Haftprüfungsausschuß erscheinen, dem nicht eine Abschrift des Verhandlungsprotokolls vorläge; die Schlußbemerkungen des Richters müßten jedes Wohlwollen im Keime ersticken.
Zwanzig lange Jahre!
Gleichgültig hörte ich meinen polizeilichen Begleiter den Empfangsbeamten über meinen Fall informieren. »In Ordnung«, befand der Empfangsbeamte. Er setzte seinen Namen in ein Buch und riß ein Blatt heraus. »Hier ist die Quittung über den Körper.«
Er hatte tatsächlich »Quittung über den Körper« gesagt. Wer im Gefängnis ist, hört auf, ein Mensch zu sein; ein

Körper, ein Zombie, eine wandelnde Statistik, wird wie ein Postpaket herumgestoßen – ein Paket aus Blut und Eingeweiden, das regelmäßig verpflegt werden muß; daß es überhaupt ein Gehirn hat, wird nicht in Rechnung gestellt.
»Komm her, du«, rief der Empfangsbeamte. »Hier rein.« Er schloß eine Tür auf und trat, als ich hineinmarschierte, zur Seite. Hinter mir schlug die Tür zu; ich vernahm das Klicken des Schlosses. In dem überfüllten Raum standen, der Kleidung nach zu urteilen, Männer der verschiedensten Sorte. Von Blue jeans bis zur Melone und gestreiften Hosen war alles vertreten. Keiner sagte ein Wort – sie standen einfach so da und starrten angestrengt auf den Boden. Es ging also allen wie mir. Man hatte uns die Luft abgelassen. Was würde jetzt passieren? Einige, die schon einmal hiergewesen waren, mochten Bescheid wissen; ich aber war zum erstenmal in einem englischen Gefängnis und fühlte mich während des langen Wartens in diesem Raum unwohl. Maskells Bemerkungen über die ungemütlichen Umstände, die auf Gefangene unter verschärften Sicherheitsvorkehrungen warten, begannen mir Sorgen zu machen. Man holte uns schließlich einen nach dem anderen in strikter alphabetischer Reihenfolge heraus. Bis Rearden, wegen seiner Stellung im Alphabet, endlich auch an die Reihe kam, waren die meisten längst weg. Ein Wärter brachte mich einen Gang entlang in ein Büro. Einem Gefangenen wird nie ein Platz angeboten. Wie ein Engel, der die guten und bösen Taten der Menschen aufzeichnet, notierte der Gefängnisbeamte meine Antworten auf seine Fragen – meinen Namen, den Geburtsort, den Namen des Vaters, den Mädchennamen der Mutter, mein Alter, Verwandte, Beruf. Ich stand vor seinem Schreibtisch. Er würdigte mich keines Blickes; ein Mensch war ich für ihn nicht, sondern ein statistischer Speicher – er drückte einen Knopf: die Angaben kamen heraus.
Ich mußte die Taschen ausleeren. Der Inhalt wurde auf den Schreibtisch geworfen und, bevor er in einem Plastikbeutel verschwand, peinlich genau registriert. Dann nahmen sie

meine Fingerabdrücke. Ich suchte nach etwas, um die Stempelfarbe abwischen zu können, aber da gab es nichts. Den Grund hatte ich bald heraus: Ein Wärter führte mich in einen heißen, dampfgefüllten Raum, wo ich mich auszuziehen hatte. Meine Kleidung wurde kassiert. Ich müßte schon verdammt viel Glück haben, wenn sie nach zwanzig Jahren noch in Mode wäre.

Es folgte ein Bad – wie gut das tat – und das Verpassen der Gefängniskleidung: ein grauer Flanellanzug von erbärmlichem Schnitt. Lieber wäre ich nun doch zu Mackintoshs Schneider gegangen.

Ein weiterer Korridor. Die medizinische Untersuchung. Warum können diese bürokratischen Idioten einen Mann nicht gleich nach dem Bad nackend untersuchen – aber nein, anziehen hatte ich mich erst müssen; gehorsam zog ich mich nun wieder aus und wieder an, bevor ich zur Arbeit eingeteilt wurde. Erster Klasse – ich war für alles zu gebrauchen.

Ein neuer Wärter führte mich weg in eine riesige Halle, an deren Wänden sich die Zellen reihten und eiserne Treppen wie Feuerleitern. »Ich sag's dir nur einmal«, sagte der Wärter. »Das ist Halle C.« Wir dröhnten Stufen hinauf und eine Plattform entlang. Vor einer Zelle blieb er stehen. Er schloß auf. »Das ist deine.«

Ich ging hinein. Hinter mir schlug die Tür mit dem kalten Klang von Endgültigkeit zu. Für einige Zeit stand ich einfach da. Mein Verstand hatte sich festgefahren – streikte. Ich legte mich aufs Bett und heulte mir die Augen aus.

Danach konnte ich die Situation etwas nüchterner betrachten. Die Zelle war etwa vier Meter lang, zwei Meter breit und etwa zweieinhalb Meter hoch, mit gelb und grün gestrichenen Wänden. Ziemlich hoch oben an einer Wand befand sich ein kleines vergittertes Fenster. Die Tür, die einem Artillerieangriff hätte standhalten können, hatte ein Guckloch.

Die Einrichtung war spärlich: ein Bett mit Eisenrahmen, ein Holztisch und ein Stuhl, ein Waschständer mit Wasser-

kanne, Becken und Nachttopf sowie ein leeres Regal. Eine Gefängniszelle zu erforschen ist im Handumdrehen geschehen. In drei Minuten hatte ich alles überprüft, was zu finden war – drei Wolldecken, zwei Laken, eine klumpige Matratze, ein weiteres Hemd, Filzpantoffel, ein dünnes, nicht saugendes Handtuch, einen Löffel und einen Kump. Ein Nagel an der Wand hielt mittels einer Kordelschlaufe die Regeln und Vorschriften für die Gefängnisse Ihrer Majestät zusammen mit einem Informationsblatt.
Was sollte ich bloß während der nächsten zwanzig Jahre anfangen? Also beschloß ich, meine Neugierde zu zähmen und das Denken einzufrieren. Wer über zu viel Zeit verfügt, in der kaum etwas passiert, muß mit neuen Erfahrungen haushalten.
Die Wände des Gefängnisses hatten plötzlich eine physische Bedeutung. Drohend erhoben sie sich um mich, dick und stark. Platzangst lähmte mich.
Doch kaum fühlte ich mich etwas besser, begann ich das Informationsblatt zu studieren; warum sollte ich meine Neugierde zügeln – ich war neu hier, mußte mich also umschauen, und je eher ich die Schliche kannte, mit denen die alten Hasen Neuankömmlinge hereinlegen konnten, desto besser. Ich wollte auf nichts hereinfallen. Es war eine interessante Zusammenfassung. Das zweite Hemd in der Zelle war als Nachthemd zu benutzen; das Licht ging abends um 10 Uhr 30 aus, geweckt wurde morgens um 6 Uhr 30. Die Rasierklinge mußte ich jedesmal nach dem Rasieren zurückgeben. Da gab's sogar ein paar hilfreiche Tips über den Weg aus dem Gefängnis heraus.
So konnte ich meinen Fall beispielsweise dem Berufungsgericht unterbreiten und, wenn das nichts nützte, den Generalstaatsanwalt bitten, den Fall dem Oberhaus vorzutragen. Es stünde mir auch jederzeit frei, mich mit einer Bittschrift an den Innenminister zu wenden und meinen Parlamentsabgeordneten anzuschreiben.
Leider waren die Hinweise für mich nutzlos. Um mit dem Innenminister ausführlicher zu korrespondieren, reichte

unsere Freundschaft kaum aus, und mein Parlamentsabgeordneter war ein bißchen weit weg, um mir zu helfen – sechstausend Meilen weit.
Ich las die Broschüre und las sie noch einmal von vorn. Da ich nichts anderes zu tun hatte, beschloß ich, das ganze verdammte Ding auswendig zu lernen. Ich las noch, als das Licht ausging.

4

Die Glocke schepperte. Ich öffnete die Augen, ganz verwirrt, bis ich mich erinnerte, wo ich war. Hastig zog ich mich an, machte das Bett, stellte es auf die Schmalseite in einer Zellenecke und setzte mich in Wartestellung auf den Stuhl. Ein leichter metallischer Klang an der Tür bald darauf verriet mir, daß jemand durch den Spion lugte.
Das Schloß knackte. Die Tür öffnete sich. Ich erhob mich. Der Wärter trat ein. Abschätzend sah er sich in der Zelle um, bevor er mich mit hartem Blick anstarrte. »Du bist neu hier. Du hast das Ding gelesen, nicht wahr?« Er nickte zu der Broschüre auf dem Tisch hinüber.
»Jawohl.«
»Dein Bett steht in der falschen Ecke, und das Buch sollte an der Wand hängen, dort, wo du es gefunden hast. Du wirst das noch lernen. Hör auf mich; tu, was dir gesagt wird, und alles ist in Ordnung. Nun pack deinen Nachttopf und mach dich fertig, ihn auszuschütten.«
»Ich habe ihn gar nicht benutzt«, erklärte ich.
»Ob du ihn benutzt hast oder nicht, ausgeschüttet wird er«, mahnte er unfreundlich. »Denk an meinen Rat – tu, was dir gesagt wird, ohne zu widersprechen. Das ist Lektion Nummer eins.«
Ich nahm den Nachttopf und folgte dem Wärter hinaus auf den Korridor, in dem in einer langen Reihe schon Männer mit ihrem Topf standen. »Fertig«, schrie jemand. »Los.«

Es stank wie die Pest. Ich trottete mit und bemerkte, daß der Topf in einem Becken auszuleeren und in einem anderen auszuwaschen war. Ich machte es wie die anderen und kehrte in meine Zelle zurück.
Noch einmal kam der Wärter. »Du kannst in deiner Zelle essen, wenn du willst. Das Essen gib's unten in der Halle, aber wenn du noch keine Lust hast, unten bei der Party mitzumachen, kannst du dein Tablett hierherauf bringen.«
Ich fühlte mich wirklich noch nicht danach, mit irgend jemandem zu reden; ich mußte mich erst einmal selbst in den Griff bekommen. »Danke«, sagte ich und hörte meine Stimme brechen.
Er sah mich spöttisch an. »Bei mir brauchst du dich nicht zu bedanken; es ist eine der Vorschriften für neue Gefangene. Noch etwas: heute morgen wirst du beim Direktor erwartet. Ein Kalfakter bringt dich ins Büro.«
Der Kalfakter kam kurz vor zehn Uhr. »Du bist also Rearden«, meinte er auf dem Weg aus Halle C. »Ich hab' schon von dir gehört.«
»So?«
»Ich heiße Simpson.« Er stieß mir mit einem spitzen Ellenbogen in die Rippen. »Du kommst jetzt vor das Empfangskomitee. Sag nichts freiwillig.«
»Was passiert da?«
»Oh, die hohen Tiere nehmen dich noch mal in die Klemme. Der Direktor, der Bibelschlepper, der Oberwärter, der Sozialarbeiter – solche Typen. Wenn du dich gut mit ihm stellst, ist der Direktor nicht allzu übel, aber Gott helfe dir, wenn du ihm in die Quere kommst. Da sind so'n paar, die dir eine Menge blödes Gewäsch verkaufen wollen. Eine Meute von scheinheiligen Weltverbesserern. Aber nimm dich vor Hudson in acht. Das ist ein verfluchter Hund.«
»Wer ist denn das?«
»Der Oberwärter. Gott sei uns gnädig, wenn der Direktor wird.«
Simpson brachte mich in ein Wartezimmer; da saß schon

ein halbes Dutzend Gefangene, die entmutigt dreinschauten. Simpson kicherte.
»Du wirst nicht lange zu warten haben, Kumpel. Du bist der erste; du bist was ganz Besonderes.«
Ich starrte ihn an. »Was ist Besonderes an mir?«
»Das wirst du schon merken. Der Direktor wird dir alles sehr schön erklären.«
Ich wollte noch mehr herausbekommen, aber ein Wärter betrat den Raum. »Hier entlang, Rearden. Simpson, du gehst zurück in Halle C.«
Fünf Männer hockten um einen großen Tisch; zwei von ihnen waren Gefängnisbeamte in Uniform. Da ist eine Sache bei Gefängnisbeamten komisch – sie nehmen ihre Mützen nie ab, nicht einmal im Büro des Direktors. Vielleicht gehört das zu ihrer Tradition. Einer der Zivilisten – sicherlich Simpsons Bibelschlepper, der Gefängnisgeistliche – trug einen steifen weißen Kragen.
Der militärisch aussehende Mann in der Mitte sprach als erster. »Rearden, ich bin der Direktor dieses Gefängnisses. Sie sind hier, weil Sie ein Verbrechen begangen haben und weil die Gesellschaft entschieden hat, daß man Sie nicht auf freiem Fuß lassen darf. Wie Sie in diesem Gefängnis zu Rande kommen, ist ganz Ihre Sache. Man kann ein Gefängnis unter zwei verschiedenen Aspekten betrachten – als einen Ort der Bestrafung und als einen Ort der Rehabilitierung. Sie haben die Wahl; wir sind für beide Verfahrensweisen bestens ausgerüstet. Drücke ich mich klar aus?«
»Jawohl, Sir.«
Er nahm ein Stück Papier vom Tisch. »Normalerweise pflege ich alle Gefangenen gleich zu behandeln. Ich habe jedoch vom Innenminister eine Mitteilung erhalten, dergemäß Sie als besonderes Risiko zu behandeln sind; für Sie heißt das Einschränkungen. So wurden Sie beispielsweise von einem sehr vertrauenswürdigen Gefangenen in dieses Büro geleitet; das wird nicht noch einmal passieren. In Zukunft werden Sie sich innerhalb des Gefängnisses stets nur in Begleitung eines Gefängnisbeamten bewegen.

Außerdem werden Sie farbige Stoffabzeichen auf Ihrer Kleidung tragen.
Ich habe hier eine Liste mit all den Restriktionen, die für Gefangene Ihrer Art gelten. Sie werden sie studieren und sich danach richten.«
Er überreichte mir das Papier. Ich faltete es zusammen und steckte es in die Tasche.
Der Direktor räusperte sich. »Sie müssen begreifen, Rearden, daß es einzig und allein von Ihnen abhängt, ob Sie als Gefangener mit hohem Risiko eingestuft bleiben. In regelmäßigen Zeitabständen wird der Fall überprüft, und meine Empfehlungen werden ans Innenministerium weitergeleitet. Dem Innenministerium allerdings steht es völlig frei, ob es meinen Empfehlungen entspricht. Nur von Ihnen allein hängt es ab, ob Sie ein Risikogefangener bleiben. Wenn es irgendeine Möglichkeit gibt, die Polizeibehörden davon zu überzeugen, daß Sie kein besonderes Risiko mehr darstellen – dann würde ich Ihnen sehr dringend empfehlen, das zu tun.«
Natürlich meinte er die Diamanten. Sie waren immer noch hinter diesen verdammten Diamanten her. »Jawohl, Sir«, entgegnete ich hölzern. »Ich werde versuchen, mir etwas einfallen zu lassen, Sir.«
Der Direktor drehte den Kopf. »Haben Sie noch etwas, Hochwürden?«
Der Geistliche lächelte. »Mein Name ist Clark. Wie ich bemerke, haben Sie angegeben, keiner Religion anzugehören.«
»Das ist richtig, Sir.«
»Ich bin nicht dafür, einem Mann mit Gewalt die Religion einzutrichtern«, führte Clark aus. »Wenn es Ihnen aber nichts ausmacht, werde ich Sie gern von Zeit zu Zeit besuchen.«
»Gern, Sir.«
Noch einmal ergriff der Direktor das Wort. »Mr. Anderson hier ist unser Sozialarbeiter. Er kann eine Menge für Sie tun, falls Sie ihm Gelegenheit dazu geben. Wann immer Sie

ihn zu sprechen wünschen, sagen Sie dem Beamten auf Ihrem Korridor Bescheid. Möchten Sie ihn jetzt schon etwas fragen?«
»Jawohl, Sir. Wie kann ich Schreibmaterial und Bücher bekommen?«
»Das Schreibmaterial – Papier und Bleistifte – werden Sie in der Kantine mit dem Geld kaufen, das Sie mit Ihrer Arbeit im Gefängnis verdienen«, antwortete Anderson leichthin. »Man wird Ihnen den Mindestlohn von einem Schilling und acht Pence pro Tag zahlen, aber natürlich können Sie ihn aufbessern, wenn Sie sich anstrengen. Bücher bekommen Sie in der Gefängnisbibliothek.«
»Vielen Dank, Sir. Ist es möglich, Bücher von außerhalb zu bekommen?« Ich zögerte. »Ich werde eine Zeit hier sein – ich möchte studieren. Ich möchte mich weiterbilden.«
Anderson setzte an, hielt sich dann aber mit einem fragenden Blick an den Direktor zurück. »Sehr lobenswert«, nahm der Stellung, »aber darüber werden wir später entscheiden müssen. Es wird von Ihrem allgemeinen Benehmen abhängen, und – wie Sie ganz richtig bemerkten – Sie werden hier eine lange Zeit sein.« Er nickte dem uniformierten Beamten am Ende des Tisches zu. »Mr. Hudson, unser dienstältester Gefängnisbeamte, ist für die Gefängnisdisziplin verantwortlich. Wollen sie etwas sagen, Mr. Hudson?«
»Nur eins, Sir«, sagte Hudson, ein Mensch mit hartem Gesicht und Augen wie Glasstücke. »Ich mag keine Gefangenen mit hohem Risiko, Rearden. Sie bringen die Gefängnisroutine durcheinander und sorgen für Unruhe unter den anderen Gefangenen. Machen Sie mir keinen Ärger. Das ist alles. Wenn Sie es doch tun, wird es um so schlimmer für Sie.«
Ich hielt mein Gesicht völlig ausdruckslos. »Ich verstehe, Sir.«
»Ich hoffe aufrichtig, daß Sie verstehen«, betonte der Direktor. »Sie haben einen Besucher – einen Polizeibeamten von Scottland Yard.«

Er gab dem Wärter an der Tür ein Zeichen. »Sie wissen, wohin Sie ihn zu bringen haben.«

Ich erwartete, Brunskill zu sehen, es war aber jemand anderes. »Kriminalinspektor Forbes«, stellte er sich vor. »Setzen Sie sich, Rearden.« Ich setzte mich und sah ihm über den Tisch hinweg ins Gesicht. Freundlich war er. »Ich nehme an, der Direktor hat Ihnen mitgeteilt, daß Sie als großes Risiko einzustufen sind. Wissen Sie, was das bedeutet?«

Ich schüttelte den Kopf. »Genau nicht.«

»Sie sollten es aber wissen«, riet mir Forbes. »Der Direktor muß Ihnen eine Kopie der Bestimmungen für verschärfte Sicherheitsmaßnahmen mitgegeben haben. Ich gebe Ihnen zur Kenntnisnahme fünf Minuten Zeit.«

Ich zog das Stück Papier aus der Tasche und glättete es auf dem Tisch. Schon beim flüchtigen Durchlesen wurde mir klar, daß das Leben für mich in Zukunft noch ein ganzes Stück rauher werden würde. Erstens einmal würde in meiner Zelle das Licht die ganze Nacht über anbleiben. Alle Kleidungsstücke, außer Hemd und Pantoffeln, mußten Nacht für Nacht vor der Zellentür draußen abgelegt werden. Jeden etwaigen Brief mußte ich einem Gefängnisbeamten übergeben – nur Kopien würden weitergeschickt, die Originale im Gefängnis abgeheftet. Gespräche mit Besuchern waren lediglich im Beisein eines Gefängnisbeamten gestattet.

Ich schaute zu Forbes hoch. »Das sind natürlich nur die Vorschriften, die Sie direkt etwas angehen«, sagte er. »Es gibt noch andere Sachen. Ohne jegliche Vorwarnung können Sie von einer Zelle in die andere gebracht werden; Sie selbst und Ihre Zelle können jederzeit durchsucht werden. Es wird alles sehr unangenehm sein.«

»Und was haben Sie damit zu tun?«

Er zuckte die Schultern. »Eigentlich nichts – außer daß Sie mir leid tun. Wenn Sie sich nicht so dumm anstellten, könnten Sie sich aus diesem Schlamassel herausbringen.«

»Aus diesem Knast heraus?«

»Das nicht, fürchte ich«, entgegnete er bedauernd. »Aber der Haftprüfungsausschuß würde Ihren Fall sehr wohlwollend betrachten, wenn Sie mit uns zusammenarbeiten.«

»Wie denn, Insepktor?«

»Hören Sie auf, Rearden«, sagte er müde. »Sie wissen, was wir wollen. Die Diamanten, Mann; die Diamanten.«

Ich blickte ihm direkt in die Augen. »Diamanten habe ich überhaupt nicht gesehen.« Und es war die Wahrheit – vom Anfang bis zum Ende der ganzen Geschichte hatte ich die Diamanten nicht einmal zu Gesicht bekommen.

»Hören Sie zu, Rearden. Wir wissen, daß Sie der Täter sind. Wir haben es zweifelsfrei bewiesen. Warum wollen Sie den Unschuldigen spielen? Mein Gott, Mann, man hat Sie für ein Viertel Ihres Lebens ins Gefängnis geschickt. Meinen Sie denn, Sie seien hinterher noch für irgend etwas tauglich? Der Richter hatte recht – das Spiel zahlt sich nicht aus.«

»Muß ich hier sitzen und Ihnen zuhören?« fragte ich. »Gehört das zu meiner Strafverschärfung?«

»Sie müssen nicht«, antwortete Forbes. »Aber ich verstehe Sie nicht, Rearden. Ich verstehe nicht, warum Sie das alles so ruhig läßt. O. k., versuchen wir es von einer anderen Seite. Woher wußten Sie von der Zustellung der Diamanten. Wie kamen Sie dahinter, daß die Diamanten ausgerechnet an *die* Adresse abgeschickt wurden? Auch das interessiert uns.«

»Ich weiß von gar nichts.«

»Sie wissen von gar nichts«, wiederholte er. »Wissen Sie was – vielleicht haben Sie recht, vielleicht erzählen Sie tatsächlich die Wahrheit.« Er lehnte sich in seinem Stuhl zurück, öffnete den Mund, schloß ihn wieder und starrte mich an. Einige Augenblicke darauf begann er zu lachen. »O nein!« sagte er. »So einfach kann das doch nicht sein! Man könnte Sie doch nicht betrogen haben, oder, Rearden?«

»Ich weiß nicht, wovon Sie reden.«

Forbes klopfte auf den Tisch. »Sie tauchen aus dem Blauen heraus hier in England auf, und vier Tage später starten Sie diese Sache. Das muß doch wer für Sie vorbereitet haben – in drei Tagen hätten Sie es gar nicht ausbaldowern können. Dann schnappen wir Sie und finden keine Diamanten. Wo sind sie also? Offensichtlich muß sie jemand anderes haben.«
Er kicherte. »Vielleicht derselbe Mann, der die Polizei angerufen und uns einen anonymen Brief geschrieben hat? Sie haben die Diamanten weitergegeben und wurden dann geschnappt, Rearden. Ihr smarter Freund, der das alles geplant hatte, machte Sie zum Sündenbock – so ist es, nicht wahr?«
Ich blieb stumm.
»Was?« rief er aus. »Ganovenehre? Sie können nicht so dumm sein, wie Sie tun. Ihr Freund hat Sie für ein paar lausige Kröten ans Messer geliefert, und Sie halten ihm die Stange.« Es klang angewidert. »Bilden Sie sich nicht ein, daß Sie hier herauskommen, um nach ihm zu suchen; so einfach ist das nicht. Auch ich gebe meine Empfehlungen ans Innenministerium; und ich werde berichten, daß Sie jede Zusammenarbeit ablehnen. Das wiederum bedeutet, daß Sie eine höllisch lange Zeit als Gefangener unter verschärften Sicherheitsvorkehrungen sitzen werden – ganz gleich, was der Direktor empfehlen mag. Sie können hier drin ein guter Junge sein – Sie können der pferfekte Gefangene werden – aber beim Haftprüfungsausschuß werden Sie, wenn die erst meinen Bericht gelesen haben, damit kein Eis zum Schmelzen bringen.«
Zögernd fügte ich ein: »Ich werde darüber nachdenken.«
»Tun Sie das«, sagte er mit Nachdruck. »Geben Sie dem Direktor Bescheid, wann immer Sie mich zu sehen wünschen. Aber versuchen Sie nicht, mich zum Narren zu halten, Rearden. Vergeuden Sie nicht meine Zeit. Sie geben uns, was wir wollen, und wir angeln uns Ihren Freund für Sie. Aufs Kreuz werden wir ihn legen. Und Sie werden von den verschärften Sicherheitsmaßnahmen befreit. Ich werde

mich außerdem persönlich dafür einsetzen, daß der Haftprüfungsausschuß Ihren Fall so wohlwollend wie eben möglich behandelt. Mehr kann ich wohl nicht tun, oder?«
Im stillen bezweifelte ich, ob er so viel überhaupt tun konnte. Ein Kriminalinspektor bei Scotland Yard ist ein ziemlich kleines Licht, und er mußte mich für einen Tölpel halten, wenn er meinte, ich merkte nicht, worauf er aus war. Forbes wollte nur den Fall klären, um ein Fleißkärtchen einzuheimsen – als der Mann, der das Unwiederbringliche doch zurückbrachte. Hätte er das einmal geschafft, dann könnte ich seinetwegen vor die Hunde gehen. Gaunern gegebene Versprechen brauchen nicht gehalten zu werden. Von wegen Ganovenehre!
»Zwanzig Jahre sind eine lange Zeit. Ich werde ernsthaft über alles nachdenken, Mr. Forbes«, teilte ich ihm bedachtsam mit.
»Sie werden es nicht bereuen«, versicherte er leutselig. »Hier, nehmen Sie eine Zigarette.«

DRITTES KAPITEL

1

Der Mensch kann sich an alles gewöhnen. Die Juden sollen sich sogar ans Leben – und Sterben – in Belsen und Dachau gewöhnt haben, und, obwohl es hier lausig war, Dachau war dies nicht. Ich wurde, wenn auch ein bißchen eintönig, so immerhin gut verpflegt, und es gab ein, zwei Dinge für Gefangene auf Dauer, die trotz der erhöhten Sicherungsmaßnahmen das Leben ein wenig erleichterten. So war mir in meiner Zelle zum Beispiel ein Radio erlaubt – mir half es sehr, nicht den Verstand zu verlieren. Da ohne eine direkte Beziehung zur Außenwelt Neuigkeiten von draußen mich bald langweilten, blieb der Trost der Musik. Symphoniekonzerten lauschte ich stundenlang.
Ein Radio erhielt ich freilich nicht sofort.
Seit ich Ende der ersten Woche nicht mehr in der Zelle, sondern mit den anderen in der Halle aß, entdeckte ich zu meiner Überraschung, daß ich eine Persönlichkeit war. In Gefängnissen herrscht ein strenges Kastensystem, das Insassen im wesentlichen nach krimineller Leistung und merkwürdigerweise auch nach Mißerfolgen, je nach Länge der Freiheitsstrafen, einstuft. Grob gesprochen, standen Gefangene mit langen Haftstrafen wie ich an der Spitze: die Jungs mit hohem Sicherheitsrisiko waren dabei die absolute Elite. Man sah zu ihnen auf; sie wurden respektiert; sie wurden umschmeichelt und hatten ein regelrechtes Gefolge von Parasiten und Nachläufern.
Neben dieser Klassifizierung richtet eine andere sich nach der Art des Verbrechens. Ganz hoch sind die cleveren Jungs – Schwindler und professionelle Betrüger – eingestuft, dicht gefolgt von den Geldschrankknackern, während die Sexualverbrecher, die niemand mag, sich am untersten Ende der

Skala befinden. Der ehrenwerte Einbrecher ist wegen seiner Geschicklichkeit und bescheidenen Arbeitsweise ein hochangesehener Mann.
Ich hätte, wenn mir daran gelegen wäre, Respekt verlangen können. Meinen Status hatte ich nicht allein der Tatsache zu verdanken, daß ich lange zu sitzen hatte; es wurde mir auch hoch angerechnet, daß ich die Bullen hereingelegt und meinen mysteriösen Freund nicht verpfiffen hatte. Geheimnisse gibt es im Gefängnis nicht, und so waren die Einzelheiten meines Falles allgemein bekannt. Weil ich über die Diamanten geschwiegen hatte und doch jeder von dem Druck wußte, den Forbes auf mich ausübte, zählte man mich zu den Jungs, die o.k. waren; ein seltsamer Vogel, aber einer, dem Achtung gebührt.
Ich aber hielt mich von allen Cliquen fern und benahm mich anständig, weil ich nicht länger als irgend nötig unter verschärften Sicherheitsmaßnahmen stehen wollte. Um einmal ausbrechen zu können, mußte ich die ständige Überwachung loswerden – mußte verhindern, daß die Aufmerksamkeit allein auf Rearden lag. Nicht, daß ich der einzige Risikogefangene war – es gab andere, insgesamt ungefähr ein halbes Dutzend, zu denen ich auf Distanz hielt.
Weil ich ein Sicherheitsrisiko darstellte, hatte ich mich um die Sauberkeit der Halle C zu kümmern, wo mich der ständige Hallenwärter im Auge behielt. Andernfalls hätten sie, da ich ja nicht in den von Kalfaktern begleiteten Gruppen der anderen mitgehen durfte, eigens einen Wärter abstellen müssen, der mich zu den Arbeitsräumen begleitete; das war aus Personalmangel allerdings nicht möglich. Also wischte ich die Fußböden, schrubbte die Tische, mir machte es nichts aus. Ich arbeitete mit Elan. Alles für den guten Eindruck. Als einer von der schwulen Sorte mich umschwärmte – Homosexuelle sind die Plage des Gefängnislebens – und mich so penetrant verfolgte, daß ich ihn nur mit einem Schlag auf die Nase entmutigen zu können glaubte, verbiß ich mir auch das, weil mir das nur in meiner

Akte einen schwarzen Punkt eingetragen hätte. Smeaton, der Wärter in meinem Korridor, half mir aus der Zwangslage heraus, als er bemerkte, was vor sich ging, und den Homo mit einigen ausgesuchten und gotteslästerlichen Flüchen abschreckte. Ich war ihm dankbar. Smeaton war für die Mehrzahl der Gefängnisbeamten typisch. So hatte er nicht eingegriffen, um meine Unschuld zu retten; er wollte sich bloß sein ruhiges Leben bewahren. Die Wärter behandelten uns normalerweise völlig gleich. Wir waren ein Teil ihres Jobs. Während langer Dienstjahre hatten sie eine besondere Technik entwickelt: Stopp es, bevor es richtig losgeht; halt die Temperatur niedrig; paß auf, daß sich keine Unruhe ausbreitet – eine äußerst wirkungsvolle Methode.

Ich hielt mich zurück und allem Ärger fern, ohne mich freilich gänzlich zu isolieren, da ein Einzelgänger das Augenmerk des Gefängnispsychiaters auf sich zog. Ich spielte aus diesem Grund während der Freizeit Karten und verbesserte mich sehr im Schachspiel.

Es gab auch Gelegenheit, sich mit Leuten von draußen zu unterhalten, den inoffiziellen Besuchern. Warum man sie »inoffiziell« nannte, blieb mir schleierhaft, denn sie brauchten eine Genehmigung vom Direktor. Es waren Weltverbesserer und Anhänger der Strafreform – ein gemischter Haufen, von denen manche glaubten, Kriminelle allein durch stundenlange Moralpredigten bessern zu können, als ob ein ständiger Tropfen vorverdauten religiösen Pamps die Seele weißwaschen könnte. Andere waren vernünftiger.

Zum Glück wurden sie uns nicht aufgedrängt; wir konnten sie uns bis zu einem gewissen Grade aussuchen. Ich fand nach einigem Aussortieren einen sehr guten. Wir plauderten über alle möglichen Dinge, ohne daß er auch nur einmal versuchte, mir den üblichen Quatsch einzutrichtern oder mich zu bekehren. Da er in Südafrika gelebt hatte, gab es Gemeinsamkeiten. Da alle Gespräche natürlich in Gegenwart eines Wärters stattfanden, erhielt ich allerdings eine

Verwarnung, als ich einmal einen Satz in Afrikaans einfließen ließ, und mein Besucher in derselben Sprache antwortete. Gott sei Dank kam Rearden ohne einen Minuspunkt davon. Auch der Gefängnisgeistliche Clark, der mich gelegentlich besuchte, war kein Pinkel; wir kamen ganz gut miteinander aus. Der tiefreligiöse Mann fand es etwas schwierig, das christliche Gebot »Liebe Deine Feinde« mit der Aufgabe zu vereinen, sich um eine eingesperrte Herde zu kümmern – ein Dilemma, das ihn meines Erachtens persönlich mitnahm. Der beste von allen aber war der Sozialarbeiter Anderson, der eine Menge für mich tat und, wie ich glaube, ermutigende Berichte an den Direktor schrieb. Durch ihn bekam ich das Radio, auf das ich wie besessen hingearbeitet hatte.

Ich war, wie es die Vorschrift erlaubte, einmal die Woche in die Bücherei gegangen. Da bei jedem Besuch ein Wärter zur Aufsicht mitkommen mußte, fragte ich Anderson, warum ich nicht eine doppelte Ration Bücher bekommen und dafür die Zahl der Büchereibesuche einschränken könnte, um das überarbeitete Personal etwas zu entlasten.

Anderson, der wohl den Eindruck hatte, daß ich mich den Gegebenheiten anpaßte und zu helfen versuchte, stimmte rasch zu: ein vernünftiger Vorschlag. Als ich dann um ein Radio bat, gab es keine Schwierigkeiten. Bald darauf erhielt ich die Genehmigung, über das Erziehungssystem der Anstalt einen Fernkurs zu beginnen; irgendwie mußte ich meine zwanzig Jahre schließlich ausfüllen.

Ich wählte englische Literatur und Russisch; letzteres gab zu einigen Bedenken Anlaß, aber ich kam durch. Allerdings hatte ich keineswegs die Absicht, den einen oder den anderen Kurs zu beenden; es war alles Augenwischerei, um sie in dem Glauben zu wiegen, Rearden hätte sich mit seinem Schicksal abgefunden. Ich fügte mich und arbeitete hart. Es mußte einen guten Eindruck machen; außerdem hatte ich Beschäftigung.

Unter den Gefangenen stand ich zu dieser Zeit einzig mit Johnny Swift in engerem Kontakt. Im Gefängnisjargon ist

ein »Schlaf« eine Strafe von sechs Monaten bis zu zwei Jahren; ein »Schnitt« dauert zwei bis vier Jahre, und eine »Strippe« ist alles über vier Jahre. Er also machte einen »Schnitt« – wegen Einbruchs – und ich eine »Strippe«.
Johnny war eher gewitzt als intelligent. Er gab mir eine Menge Tips über die Machenschaften im Gefängnis und die besten Methoden, sich aus Schwierigkeiten herauszuhalten. Einmal, als ich zum x-ten Male die Zelle gewechselt hatte und etwas sauer darüber war, lachte er nur: »Das schwere Los, berühmt zu sein«, sagte er. »Ich kenne eine Zelle, in die man dich nie stecken wird.«
»Welche?«
»Die da drüben in der Ecke. Snookys Zelle.«
Snooky war ein seltsamer kleiner Mann mit einem ständigen Lächeln; auch er saß wegen Einbruchs. »Und warum sollte ich da nicht hineinkommen?«
Johnny grinste. »Weil die Hauptabwasserleitung darunter hergeht – genau in der Ecke der Halle. Sie ist groß genug, um hindurchzukriechen, wenn man sich hinuntergraben kann.«
»Das ist es also«, sagte ich nachdenklich. »Aber deinem Freund von Einbrecher vertrauen sie.«
»Einbrecher!« wehrte sich Johnny voll Abscheu. »Meine Tante Fanny ist eher ein Einbrecher als er. Aufs Gefängnis ist der geil, das ist's. Der heult doch jedesmal, wenn er entlassen wird, macht sich gleich wieder an was ran und verkorkst die Sache, so daß er gleich zurückkommen kann.«
»Er mag es hier?«
»Wenn du aufgewachsen wärst wie Snooky, würdest du das hier auch als dein Zuhause empfinden«, meinte Johnny nüchtern. »Aber du hast schon recht, er ist nicht ganz klar.«
Ein andermal warnte Johnny: »Paß auf, mit wem du hier sprichst. Ich würde überhaupt keinem trauen.«
»Selbst dir nicht?«
Er kicherte. »Besonders mir nicht, Kumpel. Aber ernsthaft

– nimm dich vor Simpson in acht, das ist ein richtiger Arschkriecher. Wenn der in der Nähe herumhängt, denk an seine langen Ohren.«
Er zeigte mir noch einige andere, vor denen ich mich hüten sollte; bei einigen überraschte es mich. »Diese Clique da würde jeden verpfeifen, wenn sie glauben, daß sie sich damit beim Direktor anschmieren können und er für sie ein Wort beim Haftprüfungsausschuß einlegt. Aber sie vergeuden nur ihre Zeit; er ist zu gerissen für sie. Er weiß, ohne daß diese Denunzianten ihm dabei helfen, was hier los ist.«
Hinsichtlich des Einsitzens war Johnny ein Philosoph. Er ging seinem Beruf nach, und das Gefängnis war eben ein Berufsrisiko. »Ich habe zweimal einen ›Schlaf‹ und einen ›Schnitt‹ hinter mir«, erklärte er. »Beim nächsten Mal wird es eine ›Strippe‹ sein.«
»Machst du dir keine Sorgen darüber?«
»Ein wenig schon«, gab er zu. Er analysierte seine Situation wie ein Wirtschaftler, der die Auswirkungen der neuesten Verordnungen auf das Wirtschaftsleben diskutiert. »Diese verdammten Weltverbesserer sind schuld daran«, schimpfte er. »sie haben die Todesstrafe abgeschafft und mußten etwas anderes an ihre Stelle setzen. Also gibt es lange Strafen für Mörder. Aber so ein Kerl hat doch keine Lust, eine lange Strafe abzusitzen, und will raus. Darum gilt er als Sicherheitsrisiko.«
Er grinste. »Sie müssen also einen besonderen Ort finden, wo sie ihn hinstecken können. Ein Knast wie dieser ist nicht gut genug – deshalb bauen sie besonders sichere Gefängnisse, aber wenn so ein Spezialknast steht, gibt es nicht genug Killer, um ihn zu füllen. Also werden die Strafen ein bißchen raufgesetzt. Hast du doch auch gespürt, Kumpel.«
»Aber warum stecken sie mich hier herein, wenn es nicht sicher ist?« fragte ich.
»Weil die Spezialbunker noch nicht fertig sind. Warte nur, bis sie die Kästen auf der Isle of Wight gebaut haben, auf die Mountbatten so scharf ist. Ein Ruck, und du bist hier

heraus. In der Zwischenzeit verteilen sie die Risikojungs, ein paar in jeden Knast, da sind sie leicht zu bewachen.«
Ich sah mich in Halle C um. »Wenn man so leicht hier herauskommen kann, warum hast du es dann noch nicht versucht?«
Er schaute mich ungläubig an. »Glaubst du, ich bin verrückt, Kumpel? Ich reiße nur einen Schnitt ab. Das heißt, in knapp zwei Jahren bin ich wieder draußen – wenn ich nicht die Geduld verliere und den Bastard Hudson zusammenschlage. Du hast ja keine Ahnung, was das heißt, wenn du über die Mauer springst und jeder Bulle in England hält nach dir Ausschau. Es lohnt sich einfach nicht, Kumpel; nicht bei all diesen verdammten Hunden. Außerdem setzen sie Hubschrauber ein und Sprechfunk wie bei einem verdammten Armeemanöver.« Er schlug mir auf den Arm. »Für dich wäre das schon was anderes. Du hast nicht viel zu verlieren. Aber für dich wäre es nicht so einfach wie für mich, über die Mauer zu kommen, weil sie dich die ganze Zeit im Auge behalten. Die stehen auf dir, mein Junge. Und wenn du wirklich über die Mauer kämst, würdest du ohne eine Organisation nirgends hinkommen.«
Das klang interessant. »Organisation! Was für eine Organisation?«
»Draußen muß einer alles für dich planen«, sagte Johnny. »Du willst doch nicht zu diesen Narren gehören, die draußen im Moor im Kreis herumlaufen, rohe Rüben essen und lauschen, ob schon die Hunde auf ihren Fersen sind.« Er schüttelte sich leicht. »Diese verdammten Hunde! Nein, du brauchst eine Organisation, die dich sauber wegbringt. Was glaubst du denn, wie Wilson, Biggs, Blake und die anderen es gemacht haben?«
»In Ordnung«, sagte ich. »Ich kauf's dir ab. Wie kamen sie weg?«
Er rieb sich die Nase. »Wie ich sagte – Organisation und Planung von draußen. Aber das kostete Zaster; du brauchst eine Menge Geld.«

Er sah sich um, ob jemand in Hörweite war, und senkte die Stimme. »Hast du schon mal von den ›Fluchtern‹ gehört?«
»Fluchter?« Ich schüttelte den Kopf. »Nie davon gehört.«
»Nun, es ist nur ein Gerücht, und vielleicht ist auch gar nichts dran. Aber es soll eine Bande geben, die extra für den Zweck gegründet wurde, euch Langverknackten zu helfen.« Er kicherte. »Man könnte es eine neue Art des Verbrechens nennen. Aber du mußt die Flöhe haben.«
Ich wußte, was er meinte; sie wollten Geld sehen. »Wie kann ich Kontakt mit ihnen aufnehmen?«
»Kannst du gar nicht«, sagte Johnny kategorisch. »Sie nehmen Kontakt mir dir auf. Es ist ein exklusiver Haufen, sehr eigen und wählerisch. Aber es heißt, daß sie sogar eine Garantie für den Job übernehmen – entweder du kommst wirklich davon, oder du zahlst nichts, außer Spesen. Natürlich kümmern sie sich nicht um Leute wie mich, weil sie genau wissen, daß es sich nicht lohnt. Bei dir könnte es aber was anderes sein.«
Ich zögerte. »Weißt du, Johnny, ich bin in einem fremden Land und kenne mich nicht aus. Ich war noch keine Woche in England, da war ich schon geschnappt. Wenn du aber einmal die Nachricht verbreiten könntest, daß es in diesem Knast jemanden gibt, der ein bißchen Hilfe brauchen könnte, wäre das vielleicht von Vorteil. Aber keine Namen, denk dran!«
»Meinst du, ich bin von gestern?« fragte er. »Natürlich keine Namen.« Er sah mich abschätzend an. »Versteh dich ganz gut, Freund. Zwanzig Jahre Knast würden mich auch verrückt machen. Dein Problem ist, daß du nicht alles ausgespuckt hast, als du gefragt wurdest; du hast ihnen die Sache um die Ohren geschlagen. Das haben sie nicht gern.«
Johnny seufzte schwer. »Wie ich schon sagte, wenn sie mich das nächste Mal schnappen, kriege ich eine Strippe. Es gab eine Zeit, bevor die Robenträger auf harten Kurs gingen, da hätte ich mit fünf oder sieben Jahren rechnen dürfen. Jetzt weiß ich nicht, was sie machen werden. Es könnten zehn, zwölf oder sogar fünfzehn Jahre Knast wer-

den. Ob ich fünfzehn Jahre durchhalten würde? Macht einen kaputt, wenn man sich nicht auf eine bestimmte Zeit einrichten kann.«
»Vielleicht läßt du's besser sein, wenn du hier rauskommst«, meinte ich.
»Was kann ich denn sonst machen?« fragte er verzweifelt. »Für einen Betrüger bin ich nicht unverschämt genug; außerdem fehlt mir dazu die richtige Stimme – das gewisse Etwas –. Und ich bin zu alt, um auf Taschendieb umzuschulen. Und das Schutzgewerbe hasse ich – zu gutmütig, um jemanden durch die Mangel zu drehen. Nein, ich bin ein Einbrecher – die alte Regenrinne hoch, das ist was für mich.«
»Du könntest solide werden«, schlug ich vor.
Johnny sah mich ungläubig an. »Das ist was für gewöhnliche Leute. Ich Woche für Woche als Vierzig-Stunden-Mann, kannst du dir das vorstellen? Soll ich etwa an der mickrigen Tankstelle arbeiten und mir die Hände schmutzig machen?« Er schwieg eine Weile. »Nicht, daß ich darauf setze, eingebuchtet zu werden, versteh mich recht. Ich bin nicht wie Snooky, weißt du. Aber ich kenne die Spielregeln und muß mich darauf einstellen.«
Blicklos starrte er ins Leere, als sähe er eine sehr trostlose Zukunft vor sich. »Und die ›Fluchter‹ werden für mich bestimmt nichts tun«, sagte er leise. »Mir fehlen die Flöhe – ich hab' sie nie gehabt.«
Soweit ich sehen konnte, gab es zwischen Snooky und Johnny keinen großen Unterschied – sie erwartete dasselbe Ende.

2

Die Monate vergingen.
Unermüdlich wischte, schrubbte und polierte ich die Halle C in ständig sich wiederholendem Bemühen; und weil hier

einige Schweine lebten, war es wie ein Ausmisten der Ställe des Augias, so daß es ein- oder zweimal deswegen auch eine Auseinandersetzung gab, doch um einen Minuspunkt für schlechtes Betragen kam ich weiterhin erfolgreich herum.
Forbes, der mich mehrmals reinzulegen versuchte, damit ich über die Diamanten quatschte, steckte auf, als er sah, daß es zwecklos blieb. Wahrscheinlich war ich als unverbesserlich abgeschrieben worden.
Maskell kam mich ein paarmal besuchen und fragte mich gleich beim erstenmal, ob ich gegen meine Strafe Berufung einlegen wollte.
»Hat es irgendeinen Sinn?« fragte ich.
»Eine Formalität«, sagte er. »Sie werden sich erinnern, der Richter bedeutete Rollins, er wüßte nicht, wie Ihr Fall noch viel schlechter werden könnte. Das war eine unglückliche Bemerkung und könnte bei Berufungsklage dahingehend ausgelegt werden, daß er auf die Geschworenen einen unzulässigen Eindruck ausgeübt hat. Andererseits ist Ihre Eisntellung zu der verschwundenen Beute nicht gerade ermutigend.«
Ich lächelte ihn an. »Mr. Maskell, wenn ich nichts über die Diamanten weiß, kann ich doch auch nicht die erwartete Hilfe leisten, oder?«
Wir unternahmen in Sachen Berufung nichts.
Das zweite Mal traf ich ihn im Büro des Direktors.
»Ihr Anwalt möchte, daß Sie eine Vollmacht unterschreiben«, sagte der Direktor.
Maskell unterbrach ihn geschickt. »Mr. Rearden hat einigen Besitz in Südafrika, der jetzt flüssig gemacht und nach England transferiert worden ist. Es ist doch natürlich, daß er einen Berater hat, der diese Gelder investiert, da er es nicht selbst tun kann.«
»Um wieviel geht es?« fragte der Direktor.
»Etwas über £ 400«, sagte Maskell. »In mündelsicheren Wertpapieren angelegt, könnten es in zwanzig Jahren über £ 1.000 sein – etwas, auf das sich Mr. Rearden freuen kann,

hoffe ich.« Er holte ein Dokument heraus. »Ich habe die Genehmigung des Innenministeriums.«
»In Ordnung«, sagte der Direktor. Ich unterzeichnete also die Vollmacht. Irgend jemand müßte für das genehmigte Radio zahlen – umsonst bekam man es nicht. Und es war gut, zu wissen, daß ich nicht vergessen worden war. Ich dankte Maskell herzlich.
Es kam der Augenblick, daß ich den Tag Nummer 365 im Kalender ausstreichen konnte – blieben nur noch 19 Jahre. Über die Fluchter hatte ich von Johnny nichts mehr gehört und machte mir wenig Illusionen über meine Aussichten. Noch immer galt für mich das Sicherheitsrisiko mit allen Unannehmlichkeiten. Ich hatte mich daran gewöhnt, bei Licht zu schlafen, und ganz automatisch und unbewußt schon legte ich meine Sachen vor die Zellentür, bevor Smeaton sie am Abend abschloß. Für den unregelmäßigen Wechsel der Zelle gab es, soweit ich ausfindig machen konnte, weder Zeitplan noch System. Wahrscheinlich wurden sie ganz willkürlich durch Losen ausgewählt. Der Zufall ist bombensicher.
Um diese Zeit etwa stieß ich zum erstenmal auf Slade. Er saß das erste Mal im Knast, hatte aber 42 Jahre gekriegt, wegen Spionage. Gehört hatte ich von ihm natürlich schon früher; die Radionachrichten hatten vom Slade-Prozeß ausführlich berichtet. Was er wirklich angestellt hatte, blieb unbekannt, da die eigentlich interessanten Einzelheiten unter Ausschluß der Öffentlichkeit verhandelt worden waren, doch war er nach allem, was man hörte, der größte Fang seit Blake. Er war bläßlich und wirkte so, als sei er von einer einst größeren Statur eingeschrumpft, so daß seine Haut lose und lotterig war wie das Fell eines Bluthundes. Er ging an zwei Stöcken. Später erfuhr ich, daß man ihn durch die Hüfte geschossen hatte und er acht Monate im Krankenhaus verbrachte, bevor man ihn vor Gericht stellte. Ein Spion führt ein aufregendes Leben – etwas zu aufregend für meinen Geschmack.
Beim Prozeß stellte sich heraus, daß er in Wirklichkeit ein

Russe war, doch hätte niemand, der mit ihm sprach, das je vermutet. Sein Englisch war perfekt, wenn auch ein Ideechen zu schulmäßig. Eigentlich hätte seine 42-Jahr-Strippe ihm im Gefängnis besondere Achtung sichern müssen, aber es kam anders. Selbst die hartgesottensten Kriminellen können patriotisch sein. Man zeigte ihm die kalte Schulter. Mir als Nicht-Engländer war das alles sehr gleichgültig. Er erwies sich als ein höchst interessanter Gesprächspartner, kultiviert und verständig. Er blickte mich höflich an, als ich fragte, ob er mir bei meinen Russisch-Lektionen helfen könne. »Natürlich spreche ich Russisch«, entgegnete er. »Unter den gegebenen Umständen wäre es seltsam, wenn ich es nicht täte«, und war sofort gern bereit. Ein schwaches Lächeln spielte um seine Lippen.
Nach Slades Ankunft verbesserte sich mein Russisch zusehends. Für Johnny ging die Strafzeit ihrem Ende zu. Er war deshalb ins Hostel gebracht worden. Was bedeutete, daß er bei Außenarbeiten eingesetzt wurde. Das, so jedenfalls die Theorie, sollte ihn – als Teil des Rehabilitierungsprozesses – an die Erfordernisse der Außenwelt gewöhnen. Welcher Nutzen daraus für Johnny Swift erwachsen sollte, stand dahin.
Aber ich konnte ihn nun nicht mehr so oft sehen. Manchmal auf dem Gefängnisplatz wechselten wir ein paar Worte, das war aber auch alles. Ich sah mich in Halle C nach anderen Vertrauten um, jemand, der mit einer Fluchtorganisation in Kontakt hätte stehen können – falls die verdammte Gang überhaupt existierte. Ohne Vorankündigung, jederzeit, konnte ich in einen anderen Knast verpflanzt werden, ein ausgesprochenes Sicherheitsgefängnis vielleicht, und das hätte mir gar nicht ins Konzept gepaßt. Fünfzehn Monate vergingen, bevor etwas passierte. Ich atmete die liebliche smoggeladene Luft auf dem Gefängnishof ein, als ich Johnny bemerkte. Er wollte offensichtlich mit mir sprechen. Ich schlenderte in seine Richtung und fing, scheinbar zufällig, einen Fußball auf, den er geworfen hatte. Ein paarmal ließ ich den Ball auftippen, fing ihn auf

und gab ihn Johnny zurück. »Willst du immer noch raus?« fragte er und schoß den Ball in hohem Bogen in den Hof.
Ich fühlte, wie sich meine Bauchmuskeln spannten. »Hast du ein Angebot?«
»Man hat mit mir gesprochen«, gestand er. »Wenn du immer noch interessiert bist, könnte es weitergehen.«
»Ich bin verdammt interessiert. Ich hab' genug hiervon.«
»Fünfzehn Monate!« spottete er. »Das ist doch gar nichts. Aber hast du das Moos? Das ist wichtig.«
»Wieviel?«
»Fünftausend dicke Pfund – und das ist nur der Anfang«, sagte Johnny. »Das muß hingeblättert werden, bevor überhaupt etwas passiert – bevor sie überhaupt daran denken, dich herauszuholen.«
»Mensch! Das ist 'ne Menge Geld.«
»Ich soll dir sagen, daß das nur Spesengeld ist – Spesengeld wird nicht zurückgegeben. Die echte Zahlung wird viel mehr betragen.«
»Wieviel?«
»Weiß nicht. Mehr hat man mir nicht gesagt. Sie wollen aber wissen, wie schnell du die fünftausend springen lassen kannst.«
»Ich kann es kriegen«, sagte ich. »In Südafrika hab' ich noch Geld, von dem niemand was weiß.«
Er blickte über den Hof. Hudson kam vom anderen Ende langsam auf uns zu. »Ich brauche ein Scheckformular für die Standard Bank of South Africa, Hospital Hill Branch, Johannesburg. Verstanden?«
Er wiederholte es langsam, dann nickte er. »Kapiert.«
»Ich unterzeichne, und sie lösen den Scheck ein. Er muß in Südafrika eingelöst werden. Aber das sollte nicht allzu schwierig sein.«
»Es wird eine Weile dauern, Junge«, sagte Johnny.
Ich lachte humorlos. »Ich hab' neunzehn Jahre. Aber sag ihnen, sie sollen sich beeilen. Ich hab' Angst, man könnte mich woandershin bringen.«
»Paß auf – da kommt Hudson«, sagte Johnny. »Man wird

Kontakt mir dir aufnehmen.« Er lief weg und schnappte sich den Fußball. Dann mischten wir uns beide unter die Spieler.

Zehn Tage später war das Scheckformular da. Ein Neuankömmling brachte es mir. Heimlich wurde es mir zugesteckt.
»Ich sollte dir das geben. Gib es an Sherwin weiter, wenn du es fertig hast.«
Sherwin, der kurz vor seiner Entlassung stand, war mir bekannt. Ich sagte schnell: »Einen Moment – gibt's sonst noch was?«
»Ich weiß nichts«, murmelte der Mann und schlurfte weg.
Ich legte in dieser Nacht die Bücher meines Fernkurses auf den Tisch und begann wie gewöhnlich zu studieren. Vor allem am Russischen hatte ich schwer gearbeitet; da war ich wohl auch ganz gut – seit der Ankunft von Slade war meine Aussprache wesentlich besser geworden, obwohl das bei den Noten in einem Fernkurs nichts ausmacht. Eine halbe Stunde blieb ich diesmal dran, holte dann das Scheckformular heraus und glättete es. So ein Ding hatte ich seit langem nicht mehr gesehen. Fast konnte ich den Staub riechen, der von den Minenhalden in Johannesburg weht. Der Betrag war bereits eingesetzt – R 10.000, zehntausend Rand. Ein bißchen happig, die Bande, dachte ich – seit der Abwertung war das Pfund Sterling im Vergleich zum Rand gesunken; der Scheck hatte also einen Wert von rund £ 5.650. Ein Empfänger war nicht eingetragen, er sollte noch im dunkeln bleiben. Wenn ich es herausfände, ließe sich nichts mehr machen – es wäre zu spät.
Ich trug das Datum ein, unterschrieb – und zwar nicht mit J. A. Rearden –, steckte den Scheck zwischen die Seiten der russischen Grammatik und fragte mich, ob ich nun ein cleverer Bursche war oder der größte Trottel aller Zeiten. Irgend jemand – vielleicht sogar Johnny Swift – könnte mich übers Ohr hauen, und ich wäre um £ 5.000 ärmer für nichts und wieder nichts. Doch ich mußte mich einfach auf

die Habgier verlassen; wenn sich herausstellte, daß noch mehr zu holen war, würde noch einmal jemand auftauchen. Dann jedoch gäbe es nur ein Erfolgshonorar – nach dem Erfolg.

Den Scheck gab ich am nächsten Morgen an Sherwin weiter, der ihn geschickt verschwinden ließ. Daß er keine Schwierigkeiten haben würde, ihn ungesehen herauszubringen, dessen war ich gewiß. Sherwin war ein Kartenhai, und niemand in Halle C würde auch nur im Traum daran denken, mit ihm »Nap« zu spielen – er könnte eine Hand Karten sogar zum Reden bringen, und einen Scheck zu verbergen war für ihn kein Problem.

Ich richtete mich aufs Warten ein. Welche Auslagen könnte die Gang wohl haben, die ein Spesenkonto von fünftausend Pfund rechtfertigten? Die Frage bewegte mich die ganze Zeit. Wochen vergingen. Es geschah nichts. Um den Scheck einzulösen und die Nachricht davon nach England weiterzugeben, brauchte es nach meiner Schätzung etwas über eine Woche. Als fünf lange Wochen vergingen, ohne daß etwas passierte, wurde ich nervös. Dann, ganz plötzlich, ging es los. Wir hatten Freizeit. Smeaton verpaßte mir eben wegen einer kleinen Nachlässigkeit eine Rüge: ich hätte nicht vorschriftsmäßig saubergemacht – ein Zeichen, daß ich mich gehenließ. Cosgrove kam mit einem Schachbrett herüber. Er wartete, bis Smeaton fertig war, und ermunterte mich: »Kopf hoch, Rearden; wie wär's mit einem Spielchen?«

Ich kannte Cosgrove. Er war der Kopf einer Schmugglerbande gewesen – hauptsächlich Zigaretten und Whisky. Irgendwer hatte ihn verpfiffen, und er war für zehn Jahre eingelocht worden. Dies war sein sechstes Jahr; mit einem bißchen Glück würde er in zwei weiteren frei sein. Außerdem war er der Schach-Champion von Halle C, ein sehr scharfsinniger und intelligenter Mann.

»Heute nicht, Cossie«, sagte ich geistesabwesend.

Er sah zur Seite. Smeaton stand zwei Schritte entfernt.

»Willst du nicht groß herauskommen?«

»Herauskommen?« fragte ich scharf.
»Beim großen Schachturnier.« Er hielt ein Kästchen mit Schachfiguren hoch. »Ich kann dir sicherlich ein paar Tips geben.«
Am anderen Ende der Halle, weit weg von Smeaton, fanden wir einen Tisch. Als wir unsere Figuren aufstellten, sagte ich: »Also, was ist los, Cossie?«
Er setzte einen Bauern. »Ich bin dein Mann. Du sprichst mit mir und niemand sonst. Verstanden?«
Ich nickte kurz. Er fuhr fort. »Zunächst müssen wir vom Geld reden.«
»Dann kannst du gleich wieder aufhören«, konterte ich. »Deine Gang hat bereits fünftausend Pfund kassiert, und ein Resultat habe ich bislang nicht gesehen.«
»Ist mein Gespräch mit dir nichts?« Er schaute sich um. »Spiel Schach – du hast den ersten Zug.« Ich setzte. Er lachte leise. »Du bist ein vorsichtiger Mann, Rearden; eine so sichere Eröffnung!«
»Nun red doch nicht um den heißen Brei herum, Cossie. Raus mit der Sprache! Was hast du mir zu sagen?«
»Mir soll's recht sein, daß du vorsichtig bist«, meinte er. »Ich sage dir nur, daß es dich noch eine ganze Menge kosten wird.«
»Nicht, bevor ich hier raus bin«, warnte ich. »Ein Einfaltspinsel bin ich nicht.«
»Ich mach dir keinen Vorwurf«, lenkte Cossie ein. »Es ist wie ein Sprung ins Dunkle. Aber wir müssen nun eben zunächst über Geld sprechen. Sonst wird die ganze Sache abgeblasen. Wir müssen beide wissen, wo wir stehen.«
»In Ordnung. Wieviel?«
Er bewegte seinen Königsbauer. »Wir sind ein bißchen wie Steuereintreiber – wir gehen nach Prozenten. Du hast eine Beute von £ 173.000 gemacht. Wir wollen die Hälfte – £ 86.500.«
»Sei doch nicht blöd«, korrigierte ich. »Deine Rechnung hinkt, das weißt du genau.«
»Wieso?«

»Es sollten nur £ 120.000 in dem Päckchen sein. Ich fürchte, die Eigentümer haben etwas dick aufgetragen.«
Er nickte. »Könnte sein. Sonst noch was?«
»Ja. Meinst du, wir könnten zum vollen Wert verkaufen? Es ist ja nicht so, als handle es sich um ein reguläres Geschäft – das weißt du selbst gut genug.«
»Spiel Schach«, sagte er ruhig. »Der Wärter drüben beobachtet uns. Ungeschnittene Diamanten könntest du, wenn du clever bist, sehr wohl zum vollen Wert verkaufen. Und du bist clever. Das war kein Anfängerjob, den du abgezogen hast. Du wärst prima weggekommen, wenn man dich nicht verpfiffen hätte.«
»Es waren aber keine ungeschnittenen Diamanten«, widersprach ich. »Sie waren in Amsterdam geschliffen worden und wurden zurückgeschickt, um zu Schmuckstücken verarbeit zu werden. Wertvolle Diamanten werden geröntgt, fotografiert und registriert. Sei müssen noch mal geschnitten werden, und das bedeutet einen immensen Wertverlust. Außerdem – ich war nicht allein. Ich hatte einen Kumpel, mit dem ich halbe-halbe mache. Er hat geplant, ich führte aus.«
»Die Jungs haben sich schon Gedanken darüber gemacht«, sagte Cossie. »Und mit dem Punkt kommen sie nicht ganz klar. Hat dein Kumpel dich verpfiffen? Dann hast du keinen roten Heller. Und damit wärst du für uns völlig uninteressant.«
»Es war nicht mein Kumpel«, verbesserte ich und hoffte, daß er es schluckte.
»Es heißt aber, daß es doch dein Kumpel war.«
»Das Gerücht könnte nicht zufällig von einem Greifer namens Forbes in die Welt gesetzt worden sein – oder einem anderen, Brunskill? Die hätten ihre Gründe, weißt du.«
»Mag sein«, gab er nachdenklich zu. »Wer ist dein Kumpel?«
»Da tut sich nichts«, entgegnete ich bestimmt. »Die Bullen haben ihn nicht von mir gekriegt, und deine Bande kriegt

ihn auch nicht. Das allein sollte dir schon beweisen, daß *er* mich nicht verpfiffen hat. Mein Freund und ich, wir kommen gut zusammen aus. Wir kümmern uns um unser Geschäft und wollen nicht, daß andere mitmischen.«

»Lassen wir das für eine Weile«, unterbrach mich Cossie. »Ich werde es meinen Jungs weiterleiten. Aber das bringt uns wieder zu den Moneten – wie hoch war dein Anteil?«

»Wir schätzten ihn auf 40.000 Riesen«, teilte ich ihm ruhig mit.

»Und die sind weit weg in Sicherheit. Du kriegst das Geld durch mich – nicht durch meinen Kumpel.«

Er lächelte. »Auf einem Schweizer Nummernkonto?«

»Genau. Es ist recht sicher.«

»Also bleibt es bei der Häflte«, sagte er. »Zwanzig Jahre mit tausend pro Jahr – billig zum halben Preis. Wir bringen dich über die Mauer und setzen dich außerhalb des Vereinigten Königsreichs ab. Falls du zurückkommst, ist das dein Problem. Aber ich will dir noch was sagen – versuche bloß nicht, uns übers Ohr zu hauen. Sorge dafür, daß du den Zaster für uns hast. Wenn nicht, wird niemand je wieder etwas von dir hören. Ich hoffe, das ist dir klar.«

»Klarstens«, sagte ich. »Ihr bringt mich hier heraus und kriegt euer Geld. Ich werde mich bei dem Geschäft immer noch gutstehen.«

»Ich werde es den Jungs stecken«, sagte er. »Sie entscheiden, ob du als Kunde akzeptiert wirst.«

»Cossie, wenn deine Bande wirklich so gut ist, was in aller Welt machst du dann hier? Das kapier ich nicht.«

»Ich bin nur der V-Mann«, antwortete er. »Ich wurde hier drinnen angeworben. Außerdem bin ich in zwei Jahren ohnehin draußen. Warum sollte ich mir Ärger machen? Draußen wartet ein gutes Geschäft auf mich, das werde ich doch nicht wegwerfen.« Er sah auf. »Kritisch wird es für dich, wenn du nach England zurückkämst.«

»Keine Sorge«, winkte ich ab. »In England war ich nur eine Woche auf freiem Fuß – ich kenne das Land nicht und habe auch kein Bedürfnis, es näher kennenzulernen.«

Cossie setzte eine Figur. »Schach. Noch was. Du hast dich in letzter Zeit mit Slade angefreundet. Stimmt's? Ihr unterhaltet euch oft.«
»Er hilft mir beim Russisch«, antwortete ich und bewegte den König. »Das hört auf«, befahl Cossie unverblümt. »Du hältst dich Slade fern, oder die Sache wird abgeblasen. Ganz gleich, wieviel Geld du hast.«
Ich ging entsetzt hoch. »Was zum Teufel ...«
»So ist es nun einmal«, sagte er unbewegt und zog seine Dame. »Schach!«
»Du willst mir doch wohl nicht weismachen, daß eure Bande patriotisch ist«, kicherte ich los. »Was soll das nur?«
Cossie betrachtete mich mit gequälter Miene. »Du solltest dir das blöde Fragen schenken. Tu, was dir gesagt wird. Was sagen Sie dazu?« fragte er Smeaton, der gerade vorbeischlenderte. »Rearden hätte mich fast geschlagen.« Eine Lüge. »Er hat eine gute Chance im Schach-Turnier.«
Smeaton blickte ihn ausdruckslos an und ging weiter.

3

Das Spiel hatte begonnen. Ich spürte, wie die Spannung in mir wuchs – dieses Mal der Hoffnung, nicht der Verzweiflung. Ich begann, während ich die Tische in der Halle putzte, sogar zu singen und fiel kein einziges Mal auf. Smeaton betrachtete mich voller Wohlgefallen, soweit ihm dergleichen überhaupt möglich war. Ich erwies mich als vorbildlicher Gefangener.
Ich gehorchte Cosgroves Anordnungen und ließ Slade fallen, der mich von Zeit zu Zeit vorwurfsvoll ansah. Warum Cossie das von mir verlangte, wußte ich nicht, aber für lange Diskussionen war jetzt nicht die Zeit. Ein wenig Mitleid mit Slade hatte ich schon; allzu viele Freunde gab es in diesem Bau für ihn nicht.
Unauffällig behielt ich Cosgrove im Auge, merkte mir seine

Freunde und mit wem er sprach. Er schien entspannt wie immer. Sein Verhalten zeigte keinerlei Veränderungen. Da ich ihn vorher allerdings nicht besonders beobachtet hatte, ließ sich das schwer sagen.

Nach ein paar Wochen nahm ich während der Freizeit Kontakt zu ihm auf. »Wie wär's mit einem Spielchen Schach, Cossie?«

Er war wütend. »Bleib mir vom Leib, du blöder Hund. Meinste, ich will mit dir hineingezogen werden?«

»Du hängst aber drin«, fauchte ich. »Smeaton hat mich gerade gefragt, ob ich nicht doch am Schachturnier teilnehmen wolle. Er wollte wissen, ob ich meine Unterrichtsstunden drangegeben hätte. Außerdem war er neugierig, ob ich das Russisch aufgegeben hätte.«

Cosgrove blinzelte. »In Ordnung«, meinte er. »Gehen wir da rüber.«

Wir stellten das Brett auf. »Irgendwelche Neuigkeiten?«

»Ich sag dir schon, wenn es Neuigkeiten gibt.« Er war sichtlich schlechter Laune.

»Hör zu, Cossie; ich mach mir Sorgen«, sagte ich. »Eben habe ich erfahren, daß das neue Gefängnis mit den speziellen Sicherheitsvorkehrungen fertig ist – das auf der Insel Wight. Ich könnte jeden Augenblick dahin verlegt werden. Kurz: davor hab' ich Angst.«

Er blickte sich in der Halle um. »Solche Sachen können nicht übers Knie gebrochen werden. Es ist kompliziert. Was meinst du, wofür du die fünftausend Pfund bezahlt hast. Nur für einen Sprung über die Mauer? Eine ganze Fluchtstrecke muß aufgebaut werden.« Er setzte eine Schachfigur. »Über diese Dinge weiß ich auch nicht allzuviel, aber es soll jedesmal anders ablaufen. Kein Schema, verstehst du? Du mußt das doch begreifen, Rearden.«

Ich starrte ihn an. »Aha, man hat mir nachgeschnüffelt.«

Kalte Augen starrten zurück. »Was denkst du denn! Ein Teil der fünftausend Pfund wurde benötigt, um dich zu überprüfen. Die Jungs sind sehr auf Sicherheit bedacht. Eine interessante Akte hast du. Eigentlich verstehe ich nicht,

warum du diesmal aufgeflogen bist.«
»Das passiert uns allen mal«, gab ich zurück. »Ich wurde verpfiffen – genau wie du, Cossie.«
»Aber ich weiß, wer mich verpfiffen hat«, entgegnete er wild. »Und der Bastard wird es bis zu seinem Lebensende bedauern, wenn ich erst einmal raus bin.«
»Besorg das lieber, bevor du hier rauskommst«, riet ich ihm. »Dann hast du ein perfektes Alibi – du bist im Knast. Außerdem vergeht Zeit, so daß die Bullen wahrscheinlich gar nicht mehr an dich denken.«
Er lächelte widerwillig. »Interessante Ideen hast du allerdings, Rearden.«
»Und wieso glaubst du, daß ich nicht weiß, wer mich verpfiffen hat?« fragte ich. »Das Problem ist, daß ich draußen keine Beziehungen habe, um einen Unfall zu arrangieren.«
»Das läßt sich einrichten«, bot er mir an.
»Vergiß es. Wenn deine Bande spurt, werde ich bald selbst draußen sein. Sie haben also in Südafrika Nachforschungen über mich angestellt? Ich hoffe, sie waren zufrieden.«
»Du hast bestanden. Du hast einige gute Freunde da draußen.«
Als Smeaton nahe vorbeiging, sagte Cossie: »Aber nicht den Zug. Damit habe ich dich in drei Zügen matt.«
Er blickte zu Smeaton hoch. »So gut, wie ich dachte, ist er nicht; mit dem Turnier schafft der's nie.«
Smeaton griente ihn an, ohne daß sich in seinem Gesicht ein Muskel bewegte.

4

Cossie behielt recht – aus dem Turnier wurde bei mir nichts, aber nicht wegen meines lausigen Schachspiels, denn zwei Tage später kam er zu mir anstatt umgekehrt.
»Alles vorbereitet.«

»Sie haben mich gestern in eine andere Zelle geholt«, warf ich ein.
»Das macht nichts. Sie holen dich bei Tag heraus – vom Übungshof, am Sonntag, genau um drei Uhr – vergiß es nicht.«
Mein Magen schnürte sich plötzlich zusammen. »Wie soll es vor sich gehen?«
»Hast du mal beobachtet, wie in der Regent Street die Weihnachtsbeleuchtung aufgehängt wird?« fragte Cossie. Dann schnalzte er ärgerlich mit den Fingern. »Natürlich nicht. Egal, es gibt da diesen Lastwagen, weißt du, mit einer Plattform an einem langen, herausfahrbaren Arm – um die Elektriker in die Höhe zu heben.«
»Ich weiß, was du meinst«, sagte ich. »Sie benutzen die Dinger am Jan Smuts Airport in Jo'burg, um die großen Jets zu warten. Kirschpflücker heißen sie da.«
»So?« fragte er interessiert. »Ich verstehe, warum. Jedenfalls kommt eins von diesen Dingern am Samstag über die Mauer. Ich werde dir zeigen, wo du stehen mußt. Wenn es herüberkommt, springst du schnell hinein. Ein Mann wird auf der Plattform stehen, um dir zu helfen, und im Nu bist du draußen. So kommt man elegant über die Mauer.«
Er drehte sich um, warf einen Blick durch die Halle und fuhr dann rasch fort: »Es wird sich zur selben Zeit eine ganze Menge abspielen, aber du wirst davon keine Notiz nehmen. Konzentriere dich nur auf die große Plattform.«
»In Ordnung«, sagte ich.
»Und ich soll dir noch etwas sagen. – Wenn du draußen bist und du kannst die zwanzigtausend Pfund nicht auftreiben, dann gnade dir Gott – sonst wird es niemand tun. Du würdest nicht lange genug leben, um es zu bedauern – das ist nicht nur so dahingesagt. Ich soll dir das ausdrücklich mitteilen, falls du dir's noch mal überlegen willst.«
»Die Bande wird ihr Geld kriegen«, erwiderte ich kurz.
»Okay. Dann bis Samstag.«
Er wandte sich ab, blieb kurz stehen und drehte sich noch einmal um. »Ach, eins hätte ich fast vergessen«, sagte er

beiläufig. »Mir dir geht noch einer. Du wirst ihm helfen.«
»Wer?«
Cosgrove schaute mich freundlich an. »Slade!«

VIERTES KAPITEL

1

Ungläubig starrte ich Cosgrove an. »Bist du wahnsinnig geworden?«

»Wieso?« fragte er. »Hältst du von Freiheit für andere etwa nichts?«

»Aber die Schwierigkeit!« Meine Stimme wurde laut. »Der Mann läuft an Stöcken, Cossie. Er ist ein verdammter Krüppel.«

»Sprich leiser«, warnte er. Mit gedämpfter Stimme fuhr ich zornig fort: »Wie soll denn Slade einen Ausbruch schaffen? Er kann nicht mal laufen.«

»Du wirst ihm doch helfen, oder?« meinte Cosgrove sanft.

»Den Teufel werd' ich tun.«

»Nun, ich will dir was sagen, Rearden. Jene Stöcke sind ein kleiner Schwindel – er hat, seitdem er aus dem Krankenhaus ist, ein bißchen übertrieben. Er kann ganz hübsch laufen. Nein, nein«, wehrte er spöttisch ab, »den Weltrekord kann er nun auch wieder nicht brechen. Aber für unsere Zwecke kann er gut genug krabbeln.«

»Dann kann er verdammt noch mal alleine krabbeln«, rief ich mit Nachdruck. »Wenn der meine Flucht behindert und ich geschnappt werde, kriege ich sechs Monate Einzelhaft – und mit Sicherheit komme ich dann in den neuen Knast von Wight oder in den E-Flügel in Durham. Da komm ich niemals mehr raus.«

»Dasselbe gilt für Slade«, meinte Cosgrove leichthin. »Und vergiß nicht, er sitzt für über vierzig Jahre.« Er sprach jetzt streng; ein harter Tonfall kam in seine Stimme. »Nun hör mir mal gut zu, Rearden. Slade ist für uns zehnmal wichtiger als du. Du würdest nicht glauben wollen, wieviel Geld wir auf ihn gesetzt haben. Darum wirst du ganz brav tun,

was man dir sagt. Um auf Durham zurückzukommen – dorthin würdest du am Sonntag ohnehin verlegt.«
»Mann!« sagte ich. »Du spielst knallhart.«
»Was ist los? Stört dich etwa, daß Slade ein Spion ist? Hat dich plötzlich der Patriotismus gepackt?«
»Nein, zum Donnerwetter! Von mir aus könnte er die Königin, den Premierminister und das ganze verdammte Kabinett gekidnappt haben! Aber ein verfluchter Klotz am Bein ist er.«
Cosgrove wurde wieder verbindlicher. »Nun, vielleicht können wir dich dafür entschädigen. Wenn du rauskommst, zahlst du uns zwanzigtausend Pfund. So war's vereinbart, stimmt's?«
Erschöpft nickte ich. »Stimmt.«
»Sagen wir also die Hälfte und den lebenden Slade als Ersatz für die restlichen zehntausend. Was hältst du davon?«
»Es hat etwas für sich«, gab ich zu.
»Wenn man bedenkt, daß du Slade ohnehin am Hals hast«, meinte Cosgrove, »ist das eigentlich ein prima Angebot.«
»Hast du die Vollmacht, mir dieses Angebot zu machen?« fragte ich mißtrauisch.
»Selbstverständlich«, bestätigte er mit einem dünnen Lächeln. »Natürlich hat die Sache auch eine Kehrseite. Wenn du über die Mauer kommst und Slade nicht, bist du fällig. Nur um dich daran zu erinnern, daß Slade wichtiger ist als du.«
»Es geht nur darum, ihn über die Mauer zu kriegen?« wollte ich wissen.
»Genau. Wenn ihr erst auf der anderen Seite seid, werden meine Freunde sich um euch kümmern.« Er zuckte die Schultern. »Slade würde es allein nicht schaffen. Das steht fest. Also versuchen wir's auf diese Tour. Ich sag dir ohne Umschweife: Er kann nicht sehr gut laufen. Wenn du einen Nagel aus rostfreiem Stahl in jedem Hüftgelenk hättest, könntest du es auch nicht.«
»Kann er klettern? Und wie?«

»Er hat kräftige Arme, aber vielleicht mußt du nachhelfen, wenn die Plattform rüberkommt.«
»In Ordnung«, sagte ich. »Am besten rede ich mit ihm.«
»Nein!« widersprach Cosgrove. »Du gehst mir nicht in seine Nähe. Das ist ein Teil der Abmachung. Man hat schon mit ihm gesprochen. Er weiß, was er zu tun hat. Ich und kein anderer sagt dir, was du tun mußt.« Durchdringend schrillte eine Klingel. Die Freizeit war zu Ende. Er winkte mir mit der Hand zu. »Ich seh dich am Samstag im Hof.«

Bis Samstag war noch eine lange Zeit. Ich war in Schweiß gebadet, als ich wieder einmal in eine andere Zelle gesteckt wurde – zum zweitenmal innerhalb von drei Tagen. Ob jemand ahnte, daß ein Ausbruch in der Luft lag? Meine ganze Willenskraft mußte ich zusammennehmen, um abends meine Studien fortzusetzen. Mit Russisch kam ich nicht voran und beschäftigte mich mehr mit dem Lehrgang zur englischen Literatur. »Finnegan's Wake« fand ich in dieser Situation allerdings kaum entspannender.
Ich behielt Slade im Auge und bemerkte die offensichtliche Schwäche in seinen Beinen mit Unbehagen. Es würde nicht einfach sein – ob mit oder ohne Kirschpflücker –, ihn über die Mauer zu bringen. Einmal bemerkte er, daß ich ihn beobachtete; ungerührt ließ er seinen Blick an mir vorbeischweifen. Ich sah Cosgrove nie mit ihm sprechen, und so kam ich zu dem Schluß, daß Slade eine andere Kontaktperson hatte. Möglich, daß das ganze verdammte Gefängnis von Söldlingen der »Fluchter« wimmelte.
Tagsüber schrubbte ich die Tische, fegte die Halle und war darauf bedacht, anständige Arbeit zu leisten – selbst noch am Samstagmorgen. Nichts sollte irgendwie ungewöhnlich erscheinen. Mittags beim Essen hatte ich allerdings keinen großen Appetit und ließ das meiste stehen. Am anderen Ende der Halle polierte Slade seinen Blechteller mit einer Scheibe Brot blank.
Um halb drei wurden wir zur Freizeit in den Hof gebracht. Einige der Jungs traten einen Ball in der Gegend herum, die

meisten schlenderten auf und ab, genossen die Sonne, den Himmel und die Luft. Ich ließ mich zu Cosgrove hinübertreiben. Gemeinsam spazierten wir den Hof entlang. »Ich werde dir sagen, wo es herüberkommt, wir gehen einfach vorbei«, sagte er. »Dann bring ich dich zu der Stelle, wo du warten mußt. Da bleibst du, hältst ein Auge auf mich und eins auf die Mauer – aber starre bloß nicht so darauf, als ob du auf was ganz Bestimmtes wartest.«
»Ich bin doch nicht blöde.«
Er grunzte. »Vielleicht, vielleicht auch nicht. Achtung, wir sind gleich da. Siehst du das Kreidezeichen?«
»Natürlich«, antwortete ich. Fast mußte ich lachen. Es handelte sich um ein primitives phallisches Gekritzel, wie man es eher in einem heruntergekommenen öffentlichen Pissoir erwarten würde.
Cossy lachte nicht mit. »Dort wird's herüberkommen. Komm, gehen wir weiter zum Ende des Hofes.«
Also gingen wir weiter und drehten uns gleichzeitig um, so wie die Lehrer, als wir Kinder waren, den Schulhof kontrollierten. »Es könnte sein, daß du springen mußt. Es wird dann aber einer da sein, der dir hilft.«
»Springen!« rief ich fast. »Was ist mit Slade?«
»Ihm hilfst du zuerst hinauf. Es werden Taue von der Plattform herunterhängen. Wenn er eins packt, ist alles klar – seine Arme sind stark.«
Ich sah Slade das Fußballspiel mit offensichtlichem Vergnügen verfolgen. »Seine Krücken wird er dann wohl zurücklassen.«
»Das ist doch klar«, entgegnete Cosgrove ungeduldig. Wir schlenderten auf die andere Seite des Hofes zurück, gegenüber von der Kreidemarkierung. Slade stand ganz in der Nähe der Markierung an die Mauer gelehnt und würde sich, wenn es losging, nur ein paar Schritte bewegen müssen.
»Du bleibst jetzt einfach hier und wartest«, befahl Cosgrove. Er betrachtete etwas zwischen seinen Fingern. Es war eine winzige Damenarmbanduhr. »Noch knapp zwanzig Minuten.«

Er ließ die Uhr wieder verschwinden. »Woher hast du die?« fragte ich.
»Spielt keine Rolle«, sagte er mit saurem Grinsen. »In fünfundzwanzig Minuten werde ich sie sowieso nicht mehr haben. Wenn unsere Sache klappt, werden die Wärter so tun, als hätte man ein Feuer unter ihrem Hintern angesteckt. Sie werden den ganzen verdammten Platz auf den Kopf stellen. Die Uhr werden sie jedenfalls nicht finden.«
Ich lehnte mich gegen die Mauer und behielt das schwache Kreidezeichen am anderen Ende des Hofes im Auge. Ich konnte den Straßenverkehr auf der Außenseite der Mauer hören. Aber es war nicht viel los, Samstag nachmittags waren nicht viele Lastwagen unterwegs. »Ich gehe jetzt«, sagte Cosgrove, »und du wirst folgendes tun: um zwei Minuten vor drei wird drüben in der Ecke eine Schlägerei anfangen, eine Menge Lärm. Sobald du das hörst, gehst du – langsam, merk dir das, langsam – über den Hof auf das Zeichen zu. Erreg kein Aufsehen und fang um Gottes willen nicht an zu laufen. Slade wird sich fertig machen, wenn du losgehst.«
»Es hätte nichts geschadet, wenn ich selbst mit ihm darüber gesprochen hätte«, murrte ich.
»Zu gefährlich«, meinte Cosgrove. »Nun, laß dich durch nichts irritieren, was um dich herum passiert, ganz gleich, was. Denk nur an deine Aufgabe und geh auf das Zeichen zu. Wenn du dort bist, wird die Plattform herüberkommen. Du hebst Slade auf deine Schultern und springst dann selbst nach. Allzu schwer dürfte das nicht sein.«
»Wird schon klappen, Cossie.«
»Prima«, sagte er. »Viel Glück, Rearden.« Er lächelte verschmitzt. »Wir werden uns jetzt besser nicht die Hände schütteln. Ich gehe jetzt. Ich werde mich mit Paddy Colquhoun unterhalten, bis alles vorbei ist.« Noch einmal kam die Uhr zum Vorschein. »Genau fünfzehn Minuten noch.«
»Wart einen Moment«, sagte ich. »Was ist mit der Fernsehanlage auf der anderen Seite der Mauer?«

»Auch darum wird man sich gekümmert haben«, antwortete er geduldig. »Adieu, Rearden.«
Er schlenderte quer über den Hof und ließ mich allein gegen die Mauer gelehnt zurück. Meine Hände schwitzten, und mein Mund war plötzlich trocken, als ich zu dem Stacheldraht oben auf der Außenmauer hinaufsah. Gott helfe mir, wenn ich da hineingeriete. Ich wischte meine nassen Hände an der Hose ab und hockte mich auf die Hacken.
Slade stand in der Nähe des Kreidezeichens, auch er allein. Wahrscheinlich waren alle gewarnt worden, sich von uns fernzuhalten. Warum, das wäre ihnen unbekannt, aber sie würden gehorchen – besonders, wenn die Schlägertypen die Warnung ausgegeben hatten. Selbst im Gefängnis können Unfälle arrangiert werden; sich einen Arm zu brechen oder noch Schlimmeres, das kann schrecklich leicht passieren.
Cosgrove unterhielt sich mit Paddy. Sie schienen sich köstlich über einen Witz zu amüsieren. Ich hoffte nur, daß sie sich nicht über mich lustig machten. Ich riskierte eine Menge nur auf Treu und Glauben. Sollte Cossie mich aber hereinlegen – nur einen schlechten Scherz mit mir vorhaben –, ich würde ihn auseinandernehmen. Das Gefängnis würde für uns beide nicht mehr groß genug sein. Aber ich schaute hinüber zu Slade und wußte ganz im geheimen, daß alles mit rechten Dingen zuging.

Vier Wärter waren im Hof. Mit unbewegten, ausdruckslosen Mienen schritten sie auf und ab. Zwei weitere, das wußte ich auch, beobachteten uns von den hohen Fenstern über meinem Kopf aus. Von dort aus konnten sie die Straße jenseits der Außenmauer überblicken. Du großer Gott, die würden mit Sicherheit Alarm geben, sobald sie den mechanischen Lift in die Straße einfahren sähen. So dumm konnten sie einfach nicht sein.
Minuten vergingen. Ich hatte das Zeitgefühl verloren. Waren die fünfzehn Minuten vergangen – oder erst fünf?

Wieder spürte ich den Schweiß in meinen Handflächen, und wiederum rieb ich sie trocken. Das Risiko, beim Sprung nach dem Tau auszurutschen, wollte ich nicht eingehen. Noch einmal sah ich zu Cosgrove hinüber. Er hatte den Kopf zur Seite gelegt, hörte Paddy zu und warf mir einen Blick zu, bevor er in dröhnendes Gelächter ausbrach und Paddy auf den Rücken schlug. Daß er ein Zeichen gab, bemerkte ich nicht, doch plötzlich kamen vom anderen Ende des Hofes laute Stimmen. Vielleicht war der Schlag auf Paddys Rücken das Signal gewesen. Ich richtete mich auf und ging langsam los – wie hypnotisiert durch das ferne Kreidezeichen. Slade stieß sich von der Mauer ab und bewegte sich auf seinen Stöcken humpelnd vorwärts.
Die Männer um uns herum waren von dem immer lauter werdenden Tumult völlig gebannt. Einige rannten hin. Die Wärter folgten, langsamer. Ich warf einen Blick nach rechts. Hudson, der Dienstälteste, der wie aus dem Nichts auftauchte, ging über den Hof, rannte nicht, schritt aber kräftig aus und war mit mir auf Kollisionskurs. Hinter mir passierte etwas Unerwartetes. Es gab einen scharfen Knall wie bei einer kleinen Explosion, und eine Wolke dichten, weißen Rauches stieg vom Boden auf. Ich ging unbeirrt weiter, Hudson aber drehte sich um und glotzte. Weitere Explosionen im Hof führten zu dickem, schwerem Rauch. Irgend jemand ging verschwenderisch um mit den Rauchbomben, die von außen über die Mauer geworfen wurden.
Hudson war dicht hinter mir. Ich hörte seinen besorgten Ruf: »Ausbruch! Ausbruch! Gebt Alarm.«
Wie rasend blies er auf seiner Pfeife. Ich aber schlenderte unbekümmert dorthin, wo Slade wartete. Ihm konnte man die ungeheure Anspannung ansehen, und er fragte, als ich mich ihm näherte, mit Besorgnis. »Wo, zum Teufel, bleibt der verdammte Apparat?«
Hochblickend sah ich ihn wie Kopf und Hals eines prähistorischen Monsters, von dessen Kiefern schleimige Algen herunterhängen, durch die Rauchschwaden über die Mauer kommen. Als es nach unten schwebte, stellten sich die

Algen als viele Taue mit dicken Knoten heraus, die von der Plattform herabhingen, auf der ein Mann stand. Er sprach, ich konnte es kaum glauben, in ein Telefon.
Ich bückte mich. »Los, komm, Slade, hoch mit dir!«
Er ließ, als ich ihn hochhob, seine Stöcke fallen und griff nach einem der Taue, als es in seine Reichweite kam. Ein Leichtgewicht war er nicht, und es war verdammt anstrengend, ihn hochzuhalten. Als er endlich eines der Taue zu fassen bekam, war ich dankbar, daß ich sein Gewicht los war.
Der Mann auf der Plattform blickte zu uns herunter. Als er Slades sicheren Halt bemerkte, sprach er eindringlich ins Telefon – die Plattform bewegte sich programmgemäß nach oben, nur leider ohne mich. Mit einem verzweifelten Satz bekam ich den letzten Knoten des Taus zu fassen, an dem Slade hochkletterte. Er kam rasch voran, aber seine Beine schlenkerten, so daß er mich mit einer Schuhspitze am Kiefer erwischte. Ich fühlte mich benommen und hätte um ein Haar losgelassen, konnte aber im letzten Moment doch noch wieder fest zupacken, als plötzlich jemand meinen Fuß umklammerte. Es war – ich blickte hinunter – Hudson, das Gesicht verzerrt vor Anstrengung. Der Mann hatte einen eisernen Griff. So zog ich mein anderes Bein an – ich lernte bereits von Slade – und trat ihm ins Gesicht. Hudson ließ los und fiel auf den Boden, der jetzt schon tief unter mir zu sein schien. Ich kletterte weiter das Tau empor. Meine Schultermuskeln krachten. Endlich bekam ich die Kante der Plattform zu packen. Slade lag ausgestreckt auf dem Eisenboden und schnappte nach Luft. Der Mann mit dem Telefon beugte sich hinab. »Bleib hier«, beruhigte er den Erschöpften. »Alles okay.« Wieder sprach er in den Hörer.
Ich sah den Stacheldraht unter mir verschwinden, als mich der große Gelenkarm über die Mauer hob. Dann begann er zu sinken, und der Mann beugte sich erneut hinunter, wobei er uns beide ansprach. »Macht alles genau wie ich«, befahl er ruhig.
In schwindelerregendem Tempo wurden wir über die

Straße gehievt, standen dann ruckartig still. Wie aus dem Nichts fuhr ein kleiner, offener Lastwagen herbei und hielt unter der Plattform an. Der Mann schwang sich über das Geländer der Plattform und ließ sich leicht auf die Ladefläche des Lastwagens fallen. Dankbar gab ich das Tau frei und folgte ihm. Slade, der hinterherkam, fiel auf mich. Ich verfluchte ihn, aber dann wurde er, als der kleine Lastwagen startete und mit quietschenden Reifen um die erste Ecke fuhr, durch die plötzliche Beschleunigung von mir weggeschleudert. Zurückblickend sah ich den großen Arm des riesigen Kirschpflückers schwerfällig nach vorne fallen. Er blockierte völlig die Straße. Männer ließen sich aus dem Führerhaus fallen und rannten davon. Dann, als wir in eine andere Straße abbogen, entschwand die Szene meinen Blicken.
Slade lehnte gegen eine Seite des Lastwagens, den Kopf auf die Seite gelegt. Sein Gesicht war grau. Er schien völlig erschöpft. Ich erinnerte mich – er war ja erst vor kurzem aus dem Krankenhaus entlassen worden. Unser Begleiter stieß mir den Ellbogen in die Rippen. »Paß auf!« befahl er scharf. »Für dich geht es gleich mit einem kleinen schwarzen Kombiwagen weiter. Mach dich fertig.«
Der Lastwagen hatte ein schnelles Tempo. Es gab an diesem Samstagnachmittag nur wenig Verkehr, der uns hätte aufhalten können. Hinter einem Kombiwagen, der mit offener Hintertür am Bordstein stand, hielten wir plötzlich an. »Das ist er. Los, hinein – hoppla.«
Ich sprang aus dem Lastwagen und kopfüber in den Kombiwagen hinein. Hinter mir schlugen die Türen zu. Ich hob den Kopf und blickte an den beiden breitschultrigen Männern auf den Vordersitzen vorbei durch die Windschutzscheibe. Der Lastwagen, den ich soeben verlassen hatte, hatte sich schon wieder in Bewegung gesetzt. Slade war immer noch drin. Mit hoher Geschwindigkeit bog der Wagen nach rechts ab. Der Kombiwagen startete gemächlicher, gut unterhalb der Geschwindigkeitsbegrenzung, und bog nach links ab. Ich war völlig außer Atem. Meine Lun-

gen schmerzten. Mein Herz pochte, als wollte es die Brust zerreißen. Nach Luft schnappend blieb ich liegen, bis ich mich ein wenig besser fühlte, erhob mich und bohrte dem Fahrgast vor mir den Finger in den Rücken. »Warum wurden wir getrennt?«

Er gab keine Antwort. Ich versuchte es noch mal.

»Wohin fahren wir?«

»Halt die Klappe und bleib unten«, sagte er, ohne sich umzudrehen. »Du wirst es schon früh genug erfahren.«

Ich entspannte mich auf dem harten Metallboden des Kombiwagens, so gut es ging. Aus flüchtigen Blicken durchs Rückfenster schloß ich, daß wir einen verzwickten Kurs durch die Straßen nahmen, an allen Ampeln vorschriftsmäßig hielten und nicht schnell genug fuhren, um Aufsehen zu erregen.

Der Kombiwagen bog in eine Seitenstraße ab, dann in eine kleine Gasse. Ich lehnte mich auf die Ellbogen und blickte vorsichtig nach vorn. Ich sah zwei große, offenstehende hölzerne Torflügel: In der Garage stand ein riesiger Möbeltransporter mit heruntergelassener Hecktür, die eine Rampe bildete. Ohne Zögern legte unser Fahrer einen niedrigen Gang ein, der Kombi polterte hinauf und fuhr direkt hinein in den Möbelwagen. Hinter uns kam etwas vom Dach herunter, das den Kombiwagen völlig einschloß. Mit einem Knall schloß sich danach die Hecktür.

Wir saßen in völliger Dunkelheit, als die Hecktüren des Kombis geöffnet wurden. »Du kannst jetzt herauskommen.« Es war die Stimme einer Frau. Ich stolperte hinaus. An einem weichen Arm suchte ich Halt. Die Vordertür des Kombis knallte zu.

»Um Himmels willen!« schimpfte sie. »Mach doch Licht an.«

An der Decke ging eine Lampe an. Ich sah mich um. Wir befanden uns in einem engen Abteil, gerade groß genug für den Kombiwagen und ein bißchen Platz an den Seiten. Die Frau war eine große Blondine, die wie eine Sprechstundenhilfe aussah und einen weißen Overall trug. Einer der

Männer drängte sich an mir vorbei und bückte sich; ich sah, wie er einen Schäkel an der hinteren Stoßstange des Kombis festmachte.
Dann begann das Stampfen eines Dieselmotors. Das ganze Abteil schwankte. Der Mann richtete sich auf, grinste mich an, tätschelte die Seite des Kombis. »Wir wollen dieses gute Stück doch nicht verlieren, oder?«
Wieder ein Ruck und das Knirschen von Gängen. Der Möbelwagen rollte. Wohin brachte er mich?
Die Blondine lächelte. »Wir haben nicht viel Zeit«, sagte sie praktisch. »Zieh deine Sachen aus.« Ich muß sie wohl angestarrt haben, denn sie fuhr mich scharf an: »Zieh dich aus, Mann! Sei bloß nicht prüde – du bist nicht der erste Mann, den ich splitternackt sehe.«
Ich legte die graue Flanelljacke – die Uniform der Knechtschaft – ab und beobachtete die Frau beim Auspacken eines Koffers. Sie förderte Unterwäsche, Socken, ein Hemd, einen Anzug und ein Paar Schuhe zutage. »Du kannst mit dem Umziehen anfangen«, sagte sie. »Aber zieh das Hemd noch nicht an.«
Ich zog die Gefängnissachen aus und die herrlich weiche Unterwäsche an. Dann balancierte ich unbeholfen gegen die rüttelnden Bewegungen des fahrenden Möbelwagens, um die Socken anzuziehen. Einer der Männer sagte: »Wie fühlt man sich, wenn man draußen ist, Kumpel?«
»Ich weiß nicht. Ich bin noch nicht ganz sicher, ob ich draußen bin.«
»Du bist draußen«, versicherte er mir, »darauf kannst du wetten.«
Ich zog die Hose und die Schuhe an. Alles paßte haargenau.
»Woher kanntet ihr meine Größen?« fragte ich.
»Wir wissen alles von dir«, antwortete der Mann. »Bis auf eins vielleicht.«
»Und das wäre?«
Er zündete sich eine Zigarette an und blies mir den Rauch ins Gesicht. »Wo du dein Geld hast. Aber du wirst es uns erzählen, nicht wahr?«

Ich machte den Reißverschluß an der Hose zu. »Zu gegebener Zeit«, sagte ich.
»Komm hier herüber«, sagte die Blonde. Sie hatte einen Stuhl vor eine Schüssel gestellt, die auf einem Regal stand. »Setz dich. Ich werde dir jetzt den Kopf waschen.«
Also setzte ich mich, und sie schäumte mein Haar ein, wobei ihre Finger fest meine Kopfhaut massierten. Dann spülte sie und rieb noch einmal Shampoon ein, bevor sie das Haar gründlich auswusch. Schließlich nahm sie mein Kinn und bog meinen Kopf zurück. »Das ist genug. Nun zu den Augenbrauen.« Sie beschäftigte sich mit meinen Augenbrauen, und als sie fertig war, gab sie mir einen Spiegel. »Wie findest du dich jetzt?«
Ich betrachtete mein Spiegelbild. Das schwarze Haar war jetzt mittelblond. Der Unterschied überraschte mich; selbst Mackintosh würde mich jetzt nicht wiedererkennen. Ich fühlte ihre Finger auf meiner Wange. »Zweimal am Tag mußt du dich rasieren. Der dunkle Nachmittagsschatten würde dich verraten. Am besten rasierst du dich gleich. – Das Rasierzeug ist in deinem Koffer.«
Ich öffnete den Koffer und fand alles darin, was ein Mann normalerweise auf eine Reise mitnimmt. Es gab einen kleinen, batteriegetriebenen Rasierapparat, den ich sofort benutzte. Während ich mich rasierte, legte sie einige Sachen auf das Regal. »Dein Name ist Raymond Cruickshank«, sagte sie. »Hier sind die Manschettenknöpfe mit deinen Initialen.«
»Muß ich so ein Typ von Mann sein?« fragte ich leichthin. Sie fand das gar nicht lustig. »Sei bloß nicht komisch«, sagte sie kalt. »Dieselben Initialen stehen auf dem Koffer. All dies ist so gut wie deine Versicherung, Rearden; eine Versicherung vor dem Geschnapptwerden – nimm es also ernst.«
»Tut mir leid«, sagte ich.
»Du bist in Australien gewesen, Rearden. Einige Jahre zuvor warst du in Sydney in irgendwas verwickelt, darum haben wir aus dir einen Australier gemacht. Die Leute hier

können den Unterschied zwischen einem südafrikanischen und einem australischen Akzent nicht heraushören. Also wirst du damit durchkommen. Hier ist dein Paß.«
Ich nahm ihn und öffnete ihn. Darin war meine Fotografie – mit blondem Haar.
Dann hielt sie mir eine geöffnete Brieftasche vor, damit ich auch sie in Augenschein nehmen konnte. »Das ist alles echt Cruickshank; du schaust es dir besser an, damit du weißt, was drin ist.« Ich tat es und war sehr überrascht. Diese Bande stellte wirklich etwas auf die Beine – kein Wunder, daß sie dafür Zeit brauchten, wie Cossie gesagt hatte. Ich fand Mitgliedskarten von einigen Clubs in Sydney, hier und da eine australische 2-Dollar-Note zwischen der britischen Währung, eine Karte des australischen Automobilclubs zusammen mit einem australischen und einem internationalen Führerschein, ein Dutzend Geschäftskarten, aus denen hervorging, wo ich lebte und was ich tat – anscheinend war ich der leitende Direktor einer Firma, die Büromaschinen importierte. Alles sehr überzeugend, in der Tat.
Ich hielt ein Foto mit Eselsohren hoch. »Und was ist das?«
»Das bist du mit Frau und Kindern«, sagte sie ruhig. In dem schwachen Licht sah ich es mir etwas genauer an und, tatsächlich, sie hatte recht! Zumindest war es mein blondhaariges Ich, den Arm um die Hüften einer brünetten Frau gelegt, und zwei Kinder vor uns. Eine hübsche Trickaufnahme.
Ich steckte das Foto zurück in die Brieftasche und fühlte noch etwas anderes hinten im Fach. Es war eine alte Theaterkarte, zwei Monate zuvor ausgestellt – das Theater lag natürlich in Sydney. Offensichtlich hatte ich »Anatevka« gesehen.
Sorgfältig steckte ich die Karte zurück. »Sehr hübsch«, sagte ich anerkennend. »Wirklich sehr hübsch.« Ich legte die Brieftasche ab und begann, mein Hemd anzuziehen. Gerade als ich die Manschettenknöpfe in die Ärmel stecken wollte, sagte sie: »Mr. Cruickshank, ich habe Ihnen gesagt, daß all dies hier Ihre Versicherung ist.«

Ich sah auf. »Ja, und?«
»Haltet ihn fest, Jungs«, sagte sie scharf. Von hinten wurde ich gepackt und brutal festgehalten. »Was, zum Teufel …?«
»Mr. Cruickshank«, sagte sie scharf, »das ist unsere Versicherung.« Ihre Hand kam hinter dem Rücken hervor und hielt eine Injektionsspritze. Gekonnt hob die Blonde sie hoch und drückte den Kolben etwas nach oben. In einem Zug rollte sie dann meine losen Hemdärmel auf. »Nichts für ungut«, sagte sie und stieß mir die Nadel in den Arm.
Verfluchter Mist, ich konnte überhaupt nichts dagegen tun. Hilflos stand ich da und sah, wie die Konturen ihres Gesichtes allmählich verschwammen. Und dann wußte ich plötzlich gar nichts mehr.

2

Ich wachte mit dem Gefühl auf, eine endlos lange Zeit geschlafen zu haben. Ich wußte nicht, wieso, aber es schien hundert Jahre her zu sein, daß ich in meiner Zelle eingeschlafen war, in der neuen Zelle, in die man mich gerade gebracht hatte. Mit Sicherheit fühlte ich mich nicht so, als ob ich nach einer ganz normalen Nacht aufgewacht wäre; schließlich hatte ich mich doch inzwischen daran gewöhnt, daß das Licht die ganze Nacht anblieb.
Und ich hatte einen Kater!
Ein Kater macht mir nichts aus, wenn es einen plausiblen Grund dafür gibt; man hat sein Vergnügen gehabt und trägt die Konsequenzen. Aber ich habe etwas gegen Konsequenzen, wenn es vorher kein Vergnügen gegeben hat. Seit achtzehn Monaten hatte ich keinen Alkohol mehr angerührt, und einen Kater zu haben, den man nicht verursacht hat, fand ich widerwärtig.
Mit klebrig verschlossenen Augen lag ich im Bett. Mir war, als hätte man ein rotglühendes Eisenband um meinen Kopf gedreht. Er dröhnte, als schlüge ein Schmied voller Wucht

mit dem Hammer darauf herum. Außerdem hatte ich das bekannte ausgelaugte Gefühl und einen Geschmack im Mund, wie – so hatte ein Freund von mir einmal nicht gerade fein gesagt – die Innenseite vom Trikot eines griechisch-römischen Ringers.
Langsam drehte ich mich auf die Seite und stöhnte laut auf, als der Schmied noch einmal kräftig zuschlug. Dann öffnete ich einen Spalt weit die Augen und blickte geistesabwesend zur Decke. Vorsichtig folgte ich der eleganten Leiste am Sims, das mit Goldfarbe ausgelegt war. Dabei paßte ich höllisch auf, daß ich mich nicht zu schnell bewegte und die Augäpfel herausfielen. Komisch, dachte ich, diesmal haben sie mir aber eine hübsche Zelle gegeben.
Mühsam stützte ich mich auf einen Ellbogen, gerade rechtzeitig, um jemanden hinausgehen zu sehen. Die Tür wurde mit einem leisen Klicken geschlossen, und ich hörte, wie ein Schlüssel im Schloß gedreht wurde. Das war immerhin vertraut, vertrauter jedenfalls als die Zelle hier. Als ich verständnislos die taubengrauen Wände und das vergoldete Rokoko-Paneel anstarrte, den stilvollen Ankleidetisch und den komfortablen Armstuhl auf dem dicken Teppich, da ging mir plötzlich ein Licht auf. Mein Gott, ich hatte es geschafft! Ich war raus aus dem Knast!
Ich sah an mir hinunter. Fabelhaft, ich trug einen seidenen Pyjama. Das letzte Mal hatte ich so einen auf dem Boden eines Koffers in einem Möbelwagen gesehen.
Möbelwagen?

Langsam und schmerzhaft kam alles zurück. Der verzweifelte Griff nach dem Tau; der wilde Schwung über die Mauer mit dem Stacheldraht; der Sprung in den Lastwagen, dann der Kombiwagen, zuletzt der Möbeltransporter. Der Möbeltransporter! Richtig, das war's. Da war eine Blondine, die mein Haar gefärbt und mir eine Brieftasche gegeben hatte. Mein Name war Cruickshank, ich sei ein Australier, hatte sie gesagt. Und dann hatte mich die Zicke gespritzt. Ich legte die Hand auf den Arm und rieb über die schmerzende Stelle. Warum, zum Teufel, hatte sie das getan? Ich warf die Bettdecke zurück und sprang mit einem Satz aus dem Bett. Kaum stand ich aufrecht, wurde mir furchtbar übel. Ich stolperte auf die nächste Tür zu, die bei dem Anprall aufschwang, und fiel in ein Badezimmer. Mühsam kroch ich zum Klosettbecken hinüber. Dort würgte ich mir die Seele aus dem Leib, aber außer einem dünnen gelblichen Schleim kam nichts heraus. Trotzdem fühlte ich mich ein wenig besser, als es vorüber war. So kam ich wieder auf die Füße und wankte zum Waschbecken. Ich klammerte mich daran fest, als ich im Spiegel das unbekannte Gesicht sah.

Sie hatte recht gehabt, dachte ich; der Nachmittagsschatten würde alles verraten. Das blonde Haar paßte nicht zu dem schwarzbärtigen Gesicht, und die Augen, die aussahen wie Brandlöcher in einer Wolldecke, machten das Ganze auch nicht überzeugender. Wieder rieb ich meinen Arm. Ich rollte den Ärmel des Schlafanzuges hoch und fand fünf rote Einstiche.

Fünf! Wie lange war ich bewußtlos gewesen? Als ich meinen Bart befühlte, spürte ich ein unangenehmes Kratzen. Das würde hinkommen mit ungefähr 36 Stunden oder etwas länger. Es sei denn, sie hätten mich in der Zwischenzeit rasiert, als ich weggetreten war – und das war immerhin eine vage Möglichkeit.

Ich drehte den Kaltwasserhahn auf, ließ etwas Wasser ins Becken laufen und tauchte dann prustend das Gesicht ein. Ein sauberes Handtuch lag griffbereit zum Abtrocknen. Allmählich begann ich mich etwas besser zu fühlen, aber dieses Gefühl schwand sofort, als ich einen Blick auf das Badezimmerfenster warf. Es hatte dicke Eisenstangen an der Innenseite, und trotz der milchigen Glasscheibe konnte ich sehen, daß es außen ähnliche Stangen gab.

Das war noch eine Nummer besser als im Knast. Dort hatte man sich immerhin mit einem Satz Gitter an den Fenstern begnügt.

Ich ließ das Handtuch auf den Boden fallen und ging ins Schlafzimmer zurück. Wie schon vermutet, war auch hier das Fenster von außen und innen vergittert. Durch die klare Fensterscheibe sah ich in einen von Häuserwänden umstellten Hof. Nichts bewegte sich, nur eine Amsel zog Würmer aus einem sauber gemähten Rasen. Fünf Minuten lang beobachtete ich den Hof, aber als absolut nichts geschah, wandte ich meine Aufmerksamkeit wieder dem Schlafzimmer zu. Auf der Frisierkommode am Fenster standen das Waschzeug und der Rasierapparat, den die Blonde besorgt hatte. Ich öffnete das Etui, nahm einen Kamm heraus und kämmte mich. Das Rasieren hatte noch etwas Zeit. Ich sah in den Spiegel und streckte dem fremden Mann, der mich dort ansah, die Zunge heraus. Doch hastig zog ich die Zunge wieder zurück, als ich den Belag darauf sah.

Wie erstarrte ich, als ich dem Mann über die Schulter sah, ich wirbelte herum. In dem Zimmer standen zwei Betten; auf dem einen, das ich benutzt hatte, lagen zerknüllte Laken, aber das andere war besetzt. Ich ging hinüber und fand Slade, schwer atmend und völlig bewußtlos. Vergeblich schlug ich ihm auf die Wangen und zog seine Augenlider hoch; abgesehen vom Atmen war er eine ganz passable Nachbildung eines toten Mannes. So ließ ich ihn in Frieden, vor allem darum, weil ich neben dem Armstuhl eine Zeitung liegen gesehen hatte. Wer auch immer darauf gewartet hatte, daß ich aufwachte, er hatte seine *Sunday Times* nicht mitgenommen.

Wir waren Neuigkeiten für die erste Seite. Die Überschriften knallten heraus, wie es sonst für die *Sunday Times* gar nicht üblich war. Ich wette, die *News of the World* übertrafen sie darin noch. Ein Foto zeigte das Gefängnis von außen, und eine dicke gestrichelte Linie erläuterte den Fluchtweg. Es gab eine Fotografie des Kirschpflückers, der mit gebrochenem Hals quer über der Straße lag und ein wenig wie ein toter Dinosaurier aus Disneys Phantasieland aussah; auf einem zweiten Foto wurde jemand auf einer

Trage zu einem Krankenwagen gebracht – Hudson, der dienstälteste Gefängnisbeamte, hatte sich unerklärlicherweise ein Bein gebrochen!
Die Nachrichten auf der Titelseite entsprachen, soweit ich sehen konnte, genau den Tatsachen. Mit Interesse las ich, daß man das Fernsehsystem zur Kontrolle der Gefängnisaußenwände außer Betrieb gesetzt hatte, indem man Farbe auf die Objektive gesprüht hatte. Das war eine hübsche Idee. Es war ebenfalls interessant zu erfahren, daß der kleine offene Lastwagen in der Nähe von Colchester aufgefunden worden war und der schwarze Kombi in der Nähe von Southampton. In beiden Gegenden hatte die Polizei Straßensperren errichtet.

Slade stand am stärksten im Rampenlicht. Was ist schon ein Juwelendieb verglichen mit einem Meisterspion? Aber Brunskill war auf mich losgegangen. »Dieser Mann ist gefährlich«, sagte er mit unbewegtem Gesicht. »Er wurde wegen eines Gewaltverbrechens verurteilt, und in seiner Akte taucht Gewalttätigkeit schon seit vielen Jahren immer wieder auf. Die Bürger sollten sich vor ihm in acht nehmen und auf keinen Fall versuchen, ihn ohne Unterstützung festzunehmen.«
Das war die größte Verleumdung, die mir je vorgekommen war. Zwei Verurteilungen wegen Gewalttätigkeit in einem Zeitraum von zwölf Jahren, und schon wurde ich als Jack the Ripper hingestellt. Brunskill versuchte bloß, die erste Verhaftung aufzuwerten. Ich konnte nur hoffen, daß ihm seine Vorgesetzten einen Rüffel verpaßten, weil er zuviel redete.
Auf den Innenseiten hatten sie noch nichts zu sagen, aber das würde kommen, ganz bestimmt – ich würde die Ausgabe der nächsten Woche abwarten müssen, um die Hintergrundgeschichte über unsere Flucht zu lesen. Der Kommentar allerdings hatte es in sich. Der Ausbruch wurde als ungeheuerliche Unverschämtheit bezeichnet. Wenn Kriminelle schon zu solchen Methoden übergingen, mit Granat-

werfern Rauchbomben zu feuern, dann sei es an der Zeit, daß die Gefängnisbehörden ebenfalls militärische Methoden einsetzten, um die Uneinnehmbarkeit der Gefängnisse sicherzustellen. Recht hatten sie.
Lord Mountbatten stand nicht für einen Kommentar zur Verfügung, dafür aber eine Menge anderer Leute, ob sie nun etwas zu sagen hatten oder nicht. Ein Mann regte sich ganz besonders auf – ein Parlamentsabgeordneter namens Charles Wheeler, der voller Abscheu über das Gangsterunwesen in unseren englischen Straßen sprach und versicherte, daß er bei der nächsten Gelegenheit eine Anfrage im Abgeordnetenhaus einbringen werde. Ich wünschte ihm viel Glück. Die Mühlen der Regierung mahlen langsam, und es dauert verdammt lange, bevor man auch nur eine Stalltür geschlossen hat.
Es machte mir wirklich Spaß, diese Sonntagszeitung zu lesen.
Als ich gerade fertig war, sprang die Tür auf, und ein Mann in einem weißen Mantel rollte einen Sevierwagen herein, auf dem mehrere Schüsseln mit Silberdeckeln standen. Ihm folgte ein großer Mann, dessen Glatze von einem Kranz silbergrauer Haare umschlossen war. »Ich bin sicher«, meinte er, »daß eine leichte Mahlzeit jetzt gerade das Richtige für Sie ist.«
Ich sah den Servierwagen an. »Könnte sein«, sagte ich vorsichtig. »Wenn mein Magen es aushält.«
Er nickte würdevoll. »Sie fühlen sich etwas übel; das kann ich verstehen. Auf dem Tisch finden Sie zwei Fläschchen. In dem einen ist Aspirin und in dem anderen ein Magenmittel. Ich hatte angenommen, Sie würden sie finden.«
»Nein«, sagte ich und hielt die Zeitung hoch. »Ich interessierte mich mehr für das hier.«
Er lächelte. »Es ist wirklich ein interessanter Lesestoff«, stimmte er zu und tippte dem Mann im weißen Mantel auf die Schulter. »Sie können jetzt gehen.« Dann wandte er sich mir wieder zu. »Macht es Ihnen etwas aus, wenn ich zum Tee bleibe?«

»Nicht im geringsten«, sagte ich gönnerhaft. »Seien Sie mein Gast.«

Weißmantel hatte den Tisch gedeckt und den Servierwagen hinausgeschoben; er schloß die Tür hinter sich, und wieder hörte ich das Schloß zuschnappen. Sie gingen kein Risiko ein, selbst wenn einer der ihren im Zimmer war. Aufmerksam betrachtete ich den großen Mann; irgend etwas paßte da nicht, aber ich konnte nicht genau ausmachen, was – und dann wußte ich es plötzlich. Er war groß und dünn, aber er hatte ein seltsam schwammiges Gesicht, das gar nicht zu seinem Körperbau paßte. Es sah aus, als hätte man das Gesicht eines fetten Mannes auf den Körper eines dünnen gesetzt.

Er deutete zur Tür. »Hinter der Badezimmertür hängt ein Morgenmantel.«

Ich ging zum Tisch hinüber, auf dem ich die zwei kleinen Flaschen fand, und dann ins Badezimmer. Das Magenmittel rührte ich nicht an, aber das Aspirin war mir sehr willkommen. Als ich in den Morgenmantel gewickelt ins Schlafzimmer zurückkam, sah ich, wie Fettgesicht sich eine Tasse Tee einschüttete. »Es macht Ihnen doch nichts aus, wenn ich Hausfrau spiele?« fragte er ironisch.

Ich setzte mich und nahm ein Glas tiefgekühlten Tomatensaft. Fettgesicht schob mir die Worcestershire-Sauce herüber. Das macht es pikanter. Ich gab einen kräftigen Schuß hinein, streute noch Pfeffer drauf und trank es schnell. Ich fühlte mich fast sofort besser – allerdings noch nicht gut genug, um das Frühstück ansehen zu können, das unter dem Silberdeckel zum Vorschein kam. Ich blickte auf gelbe Augen von Eiern mit Würstchen als Augenbrauen und einem Schinkenschnurrbart, und mußte mich schütteln. Angewidert schob ich den Teller zurück, nahm eine Scheibe Toast und strich sparsam Butter darauf.

»Wenn Sie unbedingt Hausfrau spielen wollen, können Sie mir eine Tasse Tee eingießen«, sagte ich.

»Sicherlich – alles ganz nach Wunsch.« Er hantierte mit der Teekanne.

Knirschend zerkaute ich den Toast und murmelte durch die Zähne: »Alles? Dann können Sie mir vielleicht sagen, wo ich hier bin.«
Bedauernd schüttelte er den Kopf. »Dann wüßten Sie ja genausoviel wie ich – und das wäre nicht gut. Nein, Mr. Rearden. Das gehört zu den Dingen, die ich Ihnen nicht sagen kann. Ihnen ist natürlich klar, daß Ihre Bewegungsfreiheit wegen dieser besonderen Auflage, sagen wir, beschränkt sein muß.«
Das hatte ich mir schon ausgerechnet; die Doppelgitter an den Fenstern schienen nicht zum Spaß dort angebracht. Ich zeigte auf das Bett hinter mir. »Slade ist im Moment fast ein wenig zu eingeschränkt.«
»Er wird bald wieder in Ordnung sein«, sagte Fettgesicht. »Er ist älter als Sie und braucht länger, um sich zu erholen.« Er reichte mir eine Tasse Tee. »Sie werden sich auf diese beiden Räume beschränken müssen, bis wir Sie weiterbringen können.«
»Und wann wird das sein?«
»Das hängt ganz von Ihnen ab. Wir hoffen, daß wir Ihren Aufenthalt hier so komfortabel wie möglich gestalten können. Wenn Sie irgendwelche speziellen Wünsche für die Mahlzeiten haben – zum Beispiel Pampelmusensaft, anstelle von Tomatensaft –, werden wir alles tun, um Ihre Wünsche zu erfüllen.« Er erhob sich, ging zu einem Schrank hinüber und öffnete ihn. Er war gut ausgestattet mit Flaschen. »Sie können sich jederzeit selbst einen Drink mixen. Übrigens, was ist Ihre Zigarettenmarke?«
»Rothmans Filter.«
Er holte ein Notizbuch hervor und machte eine Eintragung wie ein pflichtbewußter Maître d'hôtel. »Das können wir leicht regeln.«
Ich grinste ihn an. »Zum Mittag- und Abendessen hätte ich gerne eine halbe Flasche Wein. Weiß und etwas trocken; ein Hock oder Mosel am liebsten.«
»Sehr wohl.« Er machte eine weitere Notiz. »Wir versuchen, ein erstklassiges Haus zu führen. Unseren Auslagen

entsprechend sind natürlich auch unsere Preise hoch. Es gibt praktisch einen Pauschalpreis, ganz gleich, wie lange Sie bleiben. In Ihrem Fall hat man sich, glaube ich, schon geeinigt – auf zwanzigtausend Pfund, nicht wahr, Mr. Rearden?«

Ich nahm die Teetasse auf. »Nicht wahr«, sagte ich haushälterisch. »Zehntausend Pfund liegen dort drüben auf dem Bett. So war es abgemacht.«

»Natürlich«, lenkte Fettgesicht ein. »Das hatte ich vergessen.«

»Nein, Sie hatten es nicht vergessen«, sagte ich liebenswürdig. »Sie haben es einfach mal probiert. Ihr Tee wird kalt.«

Er setzte sich wieder. »Wir würden es vorziehen, die Rechnung so schnell wie möglich zu begleichen. Je eher es erledigt ist, um so früher kann die nächste Etappe Ihrer Reise beginnen.«

»Wohin?«

»Ich denke, das können Sie uns überlassen. Ich versichere Ihnen, daß es außerhalb des Vereinigten Königreichs sein wird.«

Mißbilligend nahm ich das zur Kenntnis. »Ich kaufe nicht gerne die Katze im Sack. Ich will eine bessere Garantie als das haben. Ich will wissen, wohin ich gehe.«

Er breitete die Hände aus. »Tut mir leid, Mr. Rearden; aber unsere Sicherheitsvorkehrungen verbieten, daß Sie es vorher erfahren. Sie müssen die Bedeutung dessen verstehen. Wir dürfen kein Risiko eingehen, daß unsere Organisation eventuell doch von … eh … unerwünschten Elementen infiltriert wird.«

Als ich zögerte, sagte er ungeduldig: »Hören Sie auf, Mr. Rearden; sie sind ein intelligenter Mann. Sie müssen wissen, daß unsere Reputation einzig und allein davon abhängt, ob wir unser Versprechen halten. Das in uns gesetzte Vertrauen ist unser Betriebskapital, und schon ein einziger unzufriedener Kunde könnte uns nicht wiedergutzumachenden Schaden zufügen.«

Leise klopfte er mit dem Teelöffel auf den Tisch. »Jedenfalls hat man Sie, so glaube ich, darüber informiert, was mit Sicherheit passiert, wenn Sie die Vereinbarung nicht einhalten.«

Da war die Drohung wieder – versteckt, aber unmißverständlich. Ich mußte Zeit gewinnen. Also lenkte ich ein: »In Ordnung; besorgen Sie mir ein Scheckformular für die *Züricher Ausfuhr-Handelsbank.*«

Fettgesicht sah zufrieden aus. »Und die Nummer – die Kontonummer?«

»Die erfahren Sie, wenn ich sie auf den Scheck schreibe«, sagte ich. »Auch ich habe meine Sicherheitsvorkehrungen, wissen Sie?« Schnell rechnete ich nach. »Stellen Sie ihn auf 200.000 Schweizer Franken aus. Sie nehmen Ihren Anteil und geben mir den Rest in der Währung des Landes, in dem ich abgesetzt werde.«

Er nickte. »Eine weise Voraussicht. Der kluge Mann sorgt dafür, daß er immer Bargeld flüssig hat«, bemerkte er sehr treffend.

Ich blickte an mir hinunter. »Muß ich eigentlich im Pyjama herumlaufen?«

Er schaute mich verblüfft an. »Natürlich nicht. Bitte entschuldigen Sie, daß ich es Ihnen nicht schon eher gesagt habe. Ihre Kleider hängen im Schrank.«

»Danke.«

Ich durchquerte den Raum und öffnete den Kleiderschrank. Darin hing ein korrekter Geschäftsanzug und eine sportlichere, weniger formelle Ausstattung. Unterwäsche lag fein säuberlich auf den Zwischenbrettern, und zwei Paar blankpolierte Schuhe – schwarze und braune – steckten im Schuhregal.

Schnell durchsuchte ich die Taschen der Anzüge und merkte, daß sie leer waren. Dann ließ ich den Koffer auf dem Boden des Schrankes aufschnappen und fand ihn ebenfalls leer. Ich drehte mich zu Fettgesicht um. »Kein Paß«, sagte ich. »Keine Brieftasche – kein Ausweis.«

»Wir haben Ihnen die Sachen nur gezeigt, um Ihnen unseren guten Willen zu beweisen, Mr. Rearden – oder soll ich

lieber Mr. Cruickshank sagen? Sie sollten wissen, welche Umstände wir uns machen, um das Unternehmen zu einem erfolgreichen Abschluß zu bringen. Aber im Augenblick brauchen Sie sie noch nicht. Sie erhalten sie zurück, bevor der nächste Teil Ihrer Reise beginnt.« Nachdrücklich setzte er hinzu: »Sicherheit – das ist das Schlüsselwort hier.«
Das glaubte ich wohl. Diese Bande ließ nichts außer acht.
»Wenn Sie irgend etwas wünschen, brauchen Sie nur diesen Knopf zu drücken – so«, erklärte Fettgesicht. Er sah erwartungsvoll zur Tür, und zwei Minuten später kam Weißmantel herein. »Taafe wird sich um Sie kümmern, Mr. Rearden; nicht wahr, Taafe?«Weißmantel nickte, sagte aber nichts.
»Ich muß jetzt gehen«, sagte Fettgesicht bedauernd, als ob er nichts in der Welt lieber täte, als noch zu bleiben und ein wenig zu plaudern.
»Wir müssen sehen, daß unser Geschäft weiterläuft.« Er betrachtete mich aus der Nähe. »Ich würde Ihnen raten, sich zu rasieren; Sie sehen äußerst unzivilisiert aus. Ich bin sicher, daß Taafe das Zimmer aufräumen wird, während Sie sich frisch machen.« Er bedachte mich mit einem kurzen Nicken und ging hinaus.
Neugierig betrachtete ich Taafe, der sich mit dem Frühstücksgeschirr zu schaffen machte und mir nur seinen breiten Rücken zur Betrachtung hinhielt. Er war ein bulliger Mann mit dem zerschlagenen Gesicht eines zweitklassigen Boxers – zweitklassig, weil sich die wirklich guten Boxer nicht so verprügeln lassen. Nach einiger Zeit zuckte ich mit den Schultern und ging ins Badezimmer. Es war eine gute Idee, ganz gleich, wer es vorgeschlagen hatte.
Ich ließ die Wanne mit heißem Wasser vollaufen und setzte mich hinein, um in aller Ruhe nachzudenken. Die Bande war gut – daran gab es keinen Zweifel. Wenn ich das nötige Geld herbeischaffen könnte, würde man mich mit Sicherheit in irgendeinem Land außerhalb des Vereinigten Königreichs freilassen, ausgestattet mit überzeugenden, wenn auch gefälschten Ausweisen und genügend Geld, daß

ich fürs erste über die Runde kam. Die Alternative war natürlich weniger schön – wenn ich das Geld nicht auftreiben könnte, würde ich wahrscheinlich an irgendeinem abgelegenen Ort in einem kalten Loch im Boden verschwinden, und erst in ferner Zukunft würden meine Knochen entdeckt und einem Dorfpolizisten Rätsel aufgeben.
Ich schüttelte den Kopf. Nein – selbst dafür arbeitete diese Bande zu rationell. Sie würden keine Knochen übriglassen, die irgendwann entdeckt werden könnten. Wahrscheinlich würde ich in einen Zementblock eingeschlossen und an einer Stelle über Bord gehen, wo das Meer am tiefsten ist. Nur ihrer Menschenfreundlichkeit hätte ich es zu verdanken, wenn sie mich töteten, bevor sie den Zement über mich gössen.
Trotz des heißen Wassers lief mir eine Gänsehaut über den Rücken. Voller Unbehagen dachte ich an die *Züricher Ausfuhr-Handelsbank* und diesen kaltblütigen Bastard Mackintosh. Am besten machte ich mir Gedanken, wie ich aus diesem luxuriösen Gefängis ausbrechen könnte.
Dabei kam mir eine neue Frage in den Sinn. Wo, zum Teufel, war ich überhaupt? Fettgesicht war ganz auf Nummer Sicher gegangen, aber vielleicht war ihm trotz allem etwas herausgerutscht. Ich dachte über Taafe nach. Das war bestimmt kein englischer Name – sollte ich also schon aus England heraus sein? Es war nicht sehr klug von Fettgesicht gewesen, diesen Namen fallenzulassen.
Während ich nachgrübelte, kam mir ein kleiner Vers in den Sinn:

Taffy war'n Waliser,
Taffy war ein Lump;
Taffy kam zu uns nach Haus
und stahl mein alten Kump.

Das hatte ich gelernt, als ich noch auf den Knien meiner Mutter schaukelte. Hatte der Vers außer der üblen Nachrede auf alle Waliser noch eine weitere Bedeutung? Hieß es, daß ich irgendwo in Wales war – immer noch im Vereinigten Königreich?

Seufzend lehnte ich mich ins Wasser zurück und planschte weiter. Mit der Zeit würde ich es schon herausfinden, aber gerade Zeit war etwas, wovon ich nicht genug hatte.

FÜNFTES KAPITEL

1

Sie kümmerten sich um uns wie ein internationales First-Class-Hotel um ein paar griechische Schiffsreeder. Nichts war zu gut für Mr. Slade und Mr. Rearden – nichts außer sofortiger Freiheit. Wir baten um Zeitungen, und wir bekamen Zeitungen; ich bat um südafrikanischen Kognak, und ich bekam ihn – sogar Oude Meester, den ich während meiner wenigen Tage in London nicht hatte auftreiben können. Slade betrachtete meinen südafrikanischen Kognak mit Mißtrauen; er zog 15 Jahre alten Glenlivet vor, der ebenfalls großzügig kredenzt wurde.
Aber unsere Bitte um einen Fernseher oder ein Radio war eine Fehlanzeige. »Was soll das denn nun?« fragte ich Slade.
Er wandte mir sein Gesicht zu, wobei er den Mund verächtlich verzog. »Weil uns die Programme verraten würden, wo wir sind«, sagte er geduldig.
Ich spielte den Dummen. »Aber wir bekommen regelmäßig die Zeitungen.«
»O Gott!« stöhnte er und bückte sich, um die *Times* aufzuheben. »Das ist die vom fünften«, sagte er. »Gestern hatten wir die Ausgabe vom vierten, und morgen werden wir die vom sechsten haben. Aber das heißt noch nicht, daß heute wirklich der fünfte ist. Wir könnten zum Beispiel in Frankreich und diese Zeitungen Luftpostausgaben sein.«
»Glaubst du, daß wir in Frankreich sind?«
Er sah aus dem Fenster. »Es sieht nicht aus wie Frankreich, und ...«, er rümpfte die Nase, »... es riecht nicht wie Frankreich.« Er zuckte die Achseln. »Ich weiß nicht, wo wir sind.«
»Und ich nehme an, es macht dir keine großen Sorgen«,

sagte ich.
Er lächelte. »Eigentlich nicht. Ich weiß nur, daß ich auf dem Weg nach Hause bin.«
»Deine Leute müssen dich für sehr wichtig halten.«
»Ziemlich«, meinte er bescheiden. »Ich bin sehr froh, nach Hause zu kommen. Seit 28 Jahren habe ich Rußland nicht mehr gesehen.«
»Du mußt ein verdammt bedeutender Mann sein, wenn meine Hilfestellung bei deiner Flucht zehntausend Pfund wert war.« Ich drehte mich zu ihm um und fragte ernsthaft: »Was hältst du als eine Art von Profi eigentlich von dieser Bande?«
Er war beleidigt. »Eine Art von Profi! Ich verstehe etwas von meiner Arbeit.«
»Du bist geschnappt worden«, sagte ich kalt.
»Nach 28 Jahren«, antwortete er.
»Und außerdem durch puren Zufall. Ich bezweifle, ob irgend jemand mehr Erfolg gehabt hätte.«
»In Ordnung, du bist gut«, beruhigte ich ihn. »Beantworte meine Frage. Was hältst du von dieser Clique?«
»Sie sind gut«, sagte er nach sorgfältiger Überlegung. »Sie sind sehr gut. Ihre Sicherheitsmaßnahmen sind erstklassig, und ihre Organisation arbeitet tadellos.« Er runzelte die Stirn. »Ich hätte nie gedacht, daß gewöhnliche Kriminelle so zusammenhalten würden.«
Dieser Gedanke war mir auch schon gekommen, und ich mochte ihn gar nicht. »Glaubst du, sie liegen auf deiner Linie?«
»Es ist unwahrscheinlich, aber immerhin möglich«, antwortete er.
»Ein Spionagenetz zu unterhalten kostet eine Menge Geld. Die Westdeutschen hatten den Apparat Gehlen kurz nach dem Krieg – das war mehr oder weniger ein privates Unternehmen, unterstützt von amerikanischem Geld.«
»Aber wer würde eine solche Organisation hier unterstützen?« fragte ich.
Er grinste mich an. »Vielleicht meine Leute.«

Das stimmte. Es schien, als hätte Slade es geschafft; anstatt sich im Knast einen Bart wachsen zu lassen, würde er in nicht allzu ferner Zukunft mit dem Chef des KGB im Kreml Wodka trinken und die Memoiren aus seiner Zeit, als hohes Tier im britischen Geheimdienst, diktieren. Soviel wenigstens war bei dem Prozeß herausgekommen: Er hatte den britischen Geheimdienst unterwandert und war dabei zu einer ziemlich hohen Stellung gekommen.
»Was hältst du eigentlich von mir?« fragte er.
»Was soll ich von dir halten?«
»Ich habe schließlich in deinem Land spioniert ...«
»Nicht in meinem Land, ich komme aus der südafrikanischen Republik.« Ich grinste ihn an. »Und ich habe einen irischen Stammbaum.«
»Ach ja, das hatte ich ganz vergessen«, sagte er.
Taafe kümmerte sich um uns wie Butler Parker um seinen Lord. Die Mahlzeiten kamen pünktlich auf den Tisch und waren hervorragend zubereitet. Das Zimmer war immer makellos sauber. Aber nie bekam man aus Taafe auch nur ein Wort heraus. Er befolgte die Anweisungen genau, aber wenn ich versuchte, ihn in ein Gespräch zu verwickeln, sah er mich mit seinen großen blauen Augen an und hielt den Mund fest geschlossen. Während der ganzen Zeit, die ich in dem Zimmer festgehalten wurde, hörte ich ihn nicht ein einziges Wort sagen und kam endlich zu dem Schluß, daß er taubstumm sein müsse.
Draußen vor der Schlafzimmertür stand immer noch ein anderer Mann. Manchmal, wenn Taafe ins Zimmer trat, sah ich den Mann für einen Augenblick, eine verschwommene und schattenhafte Figur im Korridor. Aber nie sah ich sein Gesicht. Ich dachte angestrengt darüber nach und kam zu folgenden Schlüssen: Da es für einen Mann unmöglich war, 24 Stunden lang auf Wache zu stehen, müßte es mindestens drei von ihnen geben. Das bedeutete, daß mindestens fünf Leute im Haus waren, vielleicht noch mehr.
Frauen sah ich keine; es schien eine rein männliche Firma zu sein. Ich überprüfte die Gitter an den Fenstern, sowohl

im Badezimmer als auch im Schlafzimmer. Slade beobachtete mich mit herablassender Heiterkeit, aber ich achtete nicht darauf. Es schien unmöglich, auf diesem Weg hinauszukommen; die Doppelgitter, drinnen und draußen, das war die Schwierigkeit. Außerdem überprüfte Taafe sie auch. Einmal, als ich aus dem Badezimmer herauskam, sah ich ihn auf Inspektionstour. Er überzeugte sich gewissenhaft davon, daß sie unbeschädigt waren.
Von Zeit zu Zeit besuchte uns Fettgesicht. Er war die Freundlichkeit selbst und verbrachte Stunden damit, über die hohe Weltpolitik, die Situation in Rotchina und die Aussichten der Südafrikaner im Cricket zu plaudern. Er trank auch mit uns, doch er achtete sorgfältig darauf, daß es nie zuviel für ihn wurde.
Das brachte mich auf eine Idee. Ich bemühte mich, den Eindruck zu erwecken, als würde ich sehr viel trinken, in seiner Gegenwart und auch sonst. Er beobachtete mich, wenn ich den Kognak hinunterkippte, und enthielt sich jeder Bemerkung, wenn ich rührselig wurde. Zum Glück habe ich einen harten Schädel, härter als ich zugab, und ich paßte verdammt auf, daß ich nicht zuviel trank, wenn Fettgesicht draußen war. Ich mußte es schließlich so einrichten, daß ich auch Slade täuschte. Ich glaubte nicht, daß ich ihm trauen könnte, wenn es hart auf hart ginge. Mit größtem Bedauern goß ich so manche halbe Flasche edles Gesöff in die Toilette, bevor ich am Abend die Kette zog.
Ich habe es immer für eine gute Politik gehalten, etwas anderes zu scheinen als zu sein. Wenn Fettgesicht und seine Bande glaubten, daß ich ein Trinker war, würde mir das bei Gelegenheit vielleicht einen kleinen Vorteil verschaffen. Bestimmt würden sie keinen Versuch machen, mich vom Trinken abzuhalten. Jeden Morgen räumte Taafe die leeren Pullen weg und ersetzte sie durch neue. Nicht ein einziges Mal durchbrach ein Lächeln seine eiserne Miene. Slade jedoch behandelte mich zunehmend mit unverhohlener Verachtung.
Slade spielte kein Schach. Trotzdem fragte ich Fettgesicht

eines Tages, ob er mir ein Schachbrett mit Figuren besorgen könnte, weil ich einige Schachprobleme ausknobeln wollte. »Sie spielen also Schach«, sagte er voll Interesse. »Ich spiele mit Ihnen, wenn Sie wollen. Ich bin kein schlechter Spieler.« Er war bestimmt kein schlechter Spieler, wenn auch nicht so gut wie Cossie; aber Cossie hatte ja auch mehr Zeit zum Üben. Fettgesicht war eindeutig besser als ich; selbst dann, als er mir nach den ersten paar Spielen zwei Bauern schenkte, hatte ich noch Schwierigkeiten, ihn zu schlagen. Einmal, als wir gerade ein Spiel beendet hatten, sagte er: »Die Konzentration, die man beim Schach braucht, verträgt keinen Alkohol, Rearden.«
Ich goß mir einen weiteren Schuß vom Oude Meester ein. »Ich will ja kein Profi werden«, sagte ich desinteressiert. »Auf Ihr Wohl ... eh ... wie, zum Teufel, heißen Sie überhaupt?«
Sein Gesicht blieb unbewegt. »Ich glaube nicht, daß das eine Rolle spielt.«
Betrunken kicherte ich. »Für mich sind Sie Fettgesicht.« Er war verletzt und schien sich zu ärgern. »Nun, ich muß irgend etwas zu Ihnen sagen«, erklärte ich ihm. »Was soll ich denn machen? Etwa ›He du!‹ pfeifen oder rufen?«
Durch diesen Scherz verlor ich allerdings einen Schachpartner.

Eine Woch, nachdem ich zum erstenmal in jenem Zimmer aufgewacht war, kam der Scheck der *Züricher Ausfuhr-Handelsbank.* Slade und ich waren uns nun lange genug auf die Nerven gegangen. Ich dachte an das Schweizer Nummernkonto, an Mackintosh und die geringen Chancen einer Flucht. Woran Slade dachte, weiß ich nicht, aber auch er wurde zunehmend unruhiger.
Einmal wurde er unter Bewachung aus dem Zimmer gebracht. Als er eine Stunde später zurückkam, fragte ich: »Worum ging es?«
»Eine geschäftliche Konferenz«, antwortete er geheimnisvoll und hüllte sich in Schweigen.

Am nächsten Tag war ich an der Reihe. Ich wurde mehrere Treppen tiefer in einen hübschen Raum gebracht, der nur den einen Fehler hatte: die Vorhänge waren zugezogen. Für meinen Geschmack waren die Fluchter ein bißchen zu gewissenhaft; selbst hier gingen sie das Risiko nicht ein, daß ich herausfinden könnte, wo ich war.
Fettgesicht kam herein und legte einen Scheck auf den Tisch. Er schraubte die Kappe von einem Füllfederhalter und legte ihn ostentativ neben den Scheck. »Die Kontonummer«, sagte er kurz.
Ich setzte mich, hob den Federhalter hoch – und zögerte. Nummernkonten sind etwas Seltsames, und die Nummer wird so eifersüchtig bewacht wie eine Safekombination.
Ich mußte dafür sorgen, daß es echt aussah, denn das erwartete er. Ich legte den Füllfederhalter wieder zurück und sagte: »Hören Sie, Fettgesicht; irgendeine Herumfiddelei mit diesem Konto, und Sie werden wünschen, nie geboren worden zu sein. Sie heben von diesem Konto genau die Summe ab, die auf diesem Scheck steht – 200.000 Schweizer Franken und nicht einen Cent mehr. Wenn Sie dieses Konto ausräumen, werde ich Sie finden und Ihnen den Hals brechen.«
»Mich zu finden dürfte unmöglich sein«, sagte er verbindlich.
»Darauf würde ich nicht wetten, Junge; darauf würde ich nicht wetten.« Ich starrte ihn an. »Ihr habt mich ziemlich sorgfältig überprüft, ihr wißt also, was mit mir los ist. Es haben schon andere Leute versucht, wißt ihr; und meinen Ruf solltet ihr inzwischen auch kennen. Es hat sich herumgesprochen, daß man Rearden nicht übers Ohr hauen kann.«
Ich legte Entschlossenheit in meine Stimme. »Ich würde euch finden.«
Wenn er nervös geworden war, so verbarg er das geschickt. Er schluckte nur kurz, bevor er sprach. »Auch wir wollen unseren Ruf nicht verlieren. Niemand wird mit dem Konto herumpfuschen.«

»In Ordnung«, sagte ich mürrisch und hob den Federhalter wieder auf. »Nur damit wir uns verstehen.« Sorgfältig schrieb ich die Nummer nieder – jene lange Folge von Zahlen und Buchstaben, die ich mir eingeprägt hatte, weil Mrs. Smith darauf bestanden hatte – und setzte einen Strich durch die Sieben, wie man es auf dem Kontinent macht. »Wie lange wird es dauern?«
Er nahm den Scheck und sah ihn sich an. Dann wedelte er ihn hin und her, um die Tinte zu trocknen. »Eine weitere Woche.« Ich sah den Scheck in seiner Hand und fühlte mich plötzlich eiskalt. Jetzt war ich ihnen völlig ausgeliefert.

2

Drei Tage später holten sie Slade, und er kam nicht zurück. Ich vermißte ihn. Er war zwar lästig geworden, aber nachdem er gegangen war, fühlte ich mich einsam und seltsam gereizt. Ich fand es überhaupt nicht gut, daß man uns getrennt hatte, irgendwie hatte ich angenommen, wir würden während des ganzen Fluchtweges zusammenbleiben. Fettgesicht mochte mich nicht mehr und hatte seine geselligen Besuche aufgegeben. So verbrachte ich lange Stunden am Fenster, das Gesicht hinter den Topfpflanzen verborgen, und beobachtete den Hof in Regen und Sonnenschein. Es gab nicht viel zu sehen; nur den unbenutzten Schotterweg zum Haus und den geschnittenen Rasen, auf dem die Amseln herumpickten.
Nur etwas war seltsam; es geschah jeden Morgen zu etwa der gleichen Zeit. Ich hörte das Klipp-Klapp von Hufen; nicht das schwere Klipp-Klapp eines Pferdes, sondern den leichteren Klang wie von einem Pony, begleitet von einem musikalisch klingenden Geräusch. Es stoppte, und dann hörte ich weiteres Klingeln und Scheppern und manchmal das schwache Pfeifen eines Mannes, der mit sich selbst zufrieden war. Dann begann das Klipp-Klapp wieder, bis

es in der Ferne verschwand. Und einmal sah ich um diese Zeit den Schatten eines Mannes über den Eingang des Hofes fallen, obwohl ich den Mann selbst nicht sehen konnte.
Bei einer der seltenen Gelegenheiten, bei denen sich Fettgesicht sehen ließ, versuchte ich, mich nach draußen zu reden. »Himmel, ich wünschte, ich könnte mich mal etwas bewegen«, sagte ich. »Wie wäre es, wenn ich mir einmal die Beine im Hof vertreten könnte?« Er schüttelte den Kopf. »Ein paar von Ihren Gorillas könnten mich bewachen«, sagte ich, aber ich gab es auf, als ich sah, daß es keinen Eindruck auf ihn machte. »Ich wäre besser im Knast geblieben«, schimpfte ich. »Zumindest gab es da einen Hof, auf dem ich mich bewegen konnte.«
Fettgesicht lachte. »Und Sie wissen, was passierte, als Sie ihn benutzten«, meinte er. »Sie hauten ab. Nein, Rearden; wenn Sie sich bewegen wollen, machen Sie hier im Zimmer Freiübungen.«
Ich zuckte die Schultern und goß mir ein neues Glas ein. Fettgesicht betrachtete mich voll Verachtung. »Sie ruinieren Ihre Leber, Rearden. Sie verschaffen sich wirklich besser etwas Bewegung, und wenn Sie es nur tun, um den Schnaps aus Ihrem Kreislauf auszuschwitzen.«
»Es gibt doch verdammt nichts anderes zu tun als zu trinken«, sagte ich mürrisch und nahm einen weiteren Schluck Brandy. Ich war froh, daß er auf meinen Trick hereingefallen war, obwohl es allmählich anstrengend wurde, es durchzuhalten. Wenn es nach den leeren Flaschen ging, mußte Fettgesicht denken, daß ich durch anderthalb Flaschen pro Tag ging. Also mußte ich schwer trinken, wenn er im Zimmer war, um den Schein aufrechtzuerhalten. Bei dieser Gelegenheit hatte ich in weniger als einer Stunde eine viertel Flasche ausgetrunken; ich konnte einiges vertragen, aber jetzt begann es sich in meinem Kopf zu drehen.
»Was ist los?« fragte er. »Nervös?« Er lächelte freudlos. »Könnte es sein, daß da gar nichts auf dem Bankkonto ist?

Wäre es möglich, daß überhaupt kein Bankkonto existiert?« Er streckte die Beine aus und betrachtete mich nachdenklich. »Wir wissen, daß Sie verpfiffen wurden, Rearden; und es heißt, daß Ihr Partner Sie verpfiffen hat. Ich weiß, daß Sie es leugnen, aber es wäre überhaupt nicht gut für Sie, wenn Ihr Partner sich mit der ganzen Beute davongemacht und Sie mit dem Schwarzen Peter zurückgelassen hätte. Ich hatte schon meine Bedenken, als ich Cosgroves Bericht hörte.«
»Ihr kriegt euer Geld«, sagte ich. »Mein Kumpel wird mich versorgt haben.«
»Das hoffe ich wirklich«, sagte er. »Um Ihretwillen.«

Aber Fettgesicht hatte recht – ich wurde tatsächlich nervös. Gereizt fauchte ich Taafe an, wenn er mir die Mahlzeiten brachte. Aber er blieb der alte, sah mich mit diesen babyblauen Augen in dem zerschlagenen Gesicht einfach nur an, sagte kein Wort, erledigte seine Aufgaben. Es war ihm egal, wenn ich im Zimmer auf und ab lief und das Essen stehenließ.
Die Zeit verstrich. Jeden Morgen hörte ich das Klipp-Klapp des Ponys und das freundliche Pfeifen; jeden Tag wurden meine Chancen geringer. Und dann passierte es.
Fettgesicht kam ins Zimmer. »Nun«, sagte er in ungewohnt jovialem Ton. »Sie haben mich überrascht, Rearden.«
»Tatsächlich?«
»Ja. Ich habe das Gefühl, Sie haben mich etwas an der Nase herumgeführt. Wir haben Ihren Scheck eingelöst.«
»Freut mich zu hören«, sagte ich. »Ich hoffe, er war gedeckt.«
»Mehr als das«, sagte er. »Sie haben versucht, mir etwas vorzuspielen, nicht wahr?«
»Mein Gott!« schrie ich ungehalten. »Ich habe Ihnen gesagt, daß das Geld da ist.« Ich lachte leicht verunsichert. »Sie sind wie der Mann in Moskau, der sagte: ›Schmuel, du hast mir erzählt, daß du nach Minsk gehen würdest. Darum habe ich geglaubt, du würdest nach Pinsk gehen. Und du

hast mich reingelegt, weil du nach Minsk gegangen bist. Ich kann dir kein Wort glauben.‹«
»Eine sehr interessante Parallele«, meinte Fettgesicht trokken. »Wie dem auch sei, das Geld war da – alles, was wir brauchten.«
»Schön!« sagte ich. »Wann komme ich hier raus?«
Er machte eine Handbewegung. »Setzen Sie sich. Da ist noch etwas, was wir besprechen müssen.«
Ich ging um ihn herum zum Barschrank und goß mir einen ein. Dieses Mal brauchte ich ihn wirklich – niemals hatte ich Mackintosh völlig vertraut. Ich gab einen Schuß Wasser ins Glas und setzte mich an den Tisch. »Ich bin verdammt froh, wenn ich aus diesem Zimmer herauskomme.«
»Das kann ich mir vorstellen«, stimmte Fettgesicht zu. Er sah mich lange schweigend an. Schließlich sagte er: »Es gibt nur noch einen Haken. Es ist nur eine Kleinigkeit, aber sie könnte zum unüberwindbaren Hindernis werden. Immerhin, wenn Sie eine zufriedenstellende Erklärung finden – und ich meine nicht, Sie werden eine finden –, sehe ich keinen Grund, warum wir nicht wie geplant weitermachen können.«
»Ich habe keinen blassen Dunst, wovon Sie reden, zum Teufel«, gab ich barsch zurück.
Er runzelte die Stirn. »Wissen Sie es wirklich nicht? Ich glaube doch. Denken Sie einmal scharf nach.«
»Spielen Sie nicht verrückt, Fettgesicht. Wenn Sie etwas zu sagen haben, spucken Sie es aus.«
»In Ordnung«, sagte er. »Aber ich spiele nicht verrückt.« Er beugte sich nach vorn. »Nun, ich weiß, daß Sie nicht Rearden sind. Für die Akten würde ich aber gerne wissen, wer, zum Teufel, Sie wirklich sind.«
Ich hatte das Gefühl, als hätte mich ein Riese gepackt, der mir das Herz zusammendrückt. Auf meinem Gesicht aber zeigte sich keine Regung. »Sind Sie verrückt?« brüllte ich.
»Sie wissen, daß ich es nicht bin.«
Ich holte tief Luft. »Hm, ich glaube, Sie sind es doch. Was

soll das? Versuchen Sie, mich hereinzulegen, nachdem Sie die Beute haben?« Ich fuchtelte mit dem Zeigefinger vor seiner Nase herum. »Ich würde das nicht versuchen, mein Freund; sonst hängst du verdammt schnell in der Luft.«
»Sie sind im Nachteil«, sagte Fettgesicht ruhig. »Sie sind nicht in der Lage, irgend jemandem mit irgend etwas zu drohen. Außerdem würde ich an Ihrer Stelle aufhören, den Unschuldigen zu spielen. Soviel wissen wir jedenfalls, Sie sind nicht Rearden.«
»Ich möchte sehen, wie Sie das beweisen«, sagte ich gespannt.
»Seien Sie doch nicht so verdammt kindisch; wir haben es bewiesen.« Er lehnte sich in seinem Stuhl zurück. »Sie glauben doch nicht im Ernst, daß wir einem Mann den Fluchtweg öffnen, ohne ihn gründlich unter die Lupe zu nehmen, ohne das Innere nach außen zu drehen? Wir haben Sie in Südafrika geprüft, und Sie haben nicht bestanden. Keine Polizei ist ganz und gar unbestechlich – weder die britische noch die Polizei in Südafrika. Wenn Sie Rearden sind, müssen Sie den John Vorster Square kennen – Sie sind oft genug rein- und rausgegangen.«
»Aber man hat mir nie irgend etwas beweisen können«, sagte ich.
»Ja, es ist das Polizeihauptquartier in Johannesburg, nicht wahr?«
Er winkte mit der Hand ab. »Oh, ich bin sicher, daß Sie die Geographie von Johannesburg gut genug kennen – aber das beweist noch nicht, daß Sie Rearden sind.«
»Sie haben auch noch nicht das Gegenteil bewiesen.«
»Wir haben einen Freund im John Vorster Square, einen tapferen Polizisten, der gelegentlich für uns arbeitet. Er hat die Akten über Rearden geprüft und uns eine Kopie von dessen Fingerabdrücken geschickt. Damit sind Sie erledigt, denn sie stimmen absolut nicht mit ihren Abdrücken überein – glauben Sie mir, daß wir es immer wieder überprüft haben, um sicherzugehen.« Er zeigte auf das Glas, das ich in der Hand hielt. »Sie können sich vorstellen, daß wir

genug Gelegenheit hatten, Ihre Fingerabdrücke zu bekommen.«

Lange starrte ich ihn an. »Ich weiß, wie die Blätter mit den Fingerabdrücken in John Vorster Square aussehen«, sagte ich. »Ich sollte es wissen – ich habe genug von ihnen gesehen. Ihr bringt mir eure, und ich setze zum Vergleich meine Abdrücke überallhin, wo ihr wollt.«

Seine Augen verdunkelten sich. »In Ordnung«, sagte er abrupt. »Wird gemacht. Aber ich sage Ihnen eins, Sie werden dieses Haus nicht verlassen, bis wir genau wissen, wer Sie sind und was, zum Teufel, Sie hier machen.«

»Sie wissen, was ich hier mache«, sagte ich gereizt. »Ihr habt mich hergebracht, verdammt noch mal. Ihr habt euren Zaster, dann haltet euch auch an die Abmachungen.«

Er stand auf. »Morgen früh werde ich gut ausgeruht wieder hier erscheinen. Das gibt Ihnen genug Zeit, sich eine gute Geschichte auszudenken.« Er drückte auf den Klingelknopf. »Und es ist besser, wenn es eine wahre Geschichte ist.«

Die Tür wurde aufgeschlossen, und er ging hinaus.

Ich saß da und betrachtete die gelbliche Flüssigkeit in dem Glas vor mir. Fettgesicht steckte voll von guten Ideen. Vielleicht wäre es das beste, gleich zwei Geschichten parat zu haben – die wahre Geschichte und eine plausible falsche. Das dürfte nicht so ganz leicht gehen; eine kleine Notlüge zu erfinden machte mir nichts aus, wenn es nötig war. Aber lange Lügenmärchen durchzuhalten lag mir überhaupt nicht.

3

Wie fängt so eine Sache eigentlich an? Natürlich könnte man logisch sein und sagen: mit der Geburt. Aber Logik ist problematisch. Sie führt zu albernen Schlüssen. Dann könnte man sagen, es begann in Johannesburg. Aber sie haben mich ja nur genommen, weil sie wußten, wer ich bin und was ich war. Und darum gehen die Wurzeln wohl tiefer. Trotzdem schien Johannesburg ein guter Ausgangspunkt zu sein; so mußte ich an Jo'burg denken, dieses aus den Nähten geplatzte Bergwerkscamp, wo die Straßen mit Gold gepflastert sind.

Es war ein sonniger Morgen, wolkenloser Himmel, etwas, wofür sich vielleicht ein Engländer begeistern kann. Ein Südafrikaner schert sich keinen Deut darum, weil die meisten Morgen klar und sonnig sind, und Wolken im Winter gibt es so wenig wie Bullen mit Euter. Ich lebte in Hillbrow, in einer Mietwohnung in einem der Zementtürme, die die City überragen – die City, über der zu dieser Zeit der übliche Dunst des schmierigen Smogs hing. 20 Jahre lang haben die Stadtväter immer wieder daran gedacht, ein System von rauchfreien Zonen einzuführen, aber sie sind nie dazu gekommen.

Ein alleinstehender Mann lebt entweder wie ein Schwein oder entwickelt gewisse Tricks, die ihm Zeit sparen. Er kocht z. B. das Ei in der Kaffeemaschine. Zwanzig Minuten nachdem ich aufgestanden war, machte ich mich auf den Weg zur Straße hinunter. Im Foyer öffnete ich meinen Briefkasten und sortierte die Tagespost – drei dieser häßlichen Fensterumschläge, die ich ungelesen in die Tasche steckte – und ein Brief von Lucy.

Etwas verwirrt starrte ich den Brief an. Mehr als sechs Jahre hatte ich nichts von Lucy gehört – sechs langsame und ereignislose Jahre. Zuerst konnte ich es gar nicht glauben. Wieder las ich den Brief. Eigentlich war es nur eine schnell hingekritzelte Notiz; grüne Tinte auf teurem Schreibpapier mit Büttenrand:

Liebling,

ich bin auf Stippvisite in Johannesburg. Könnte ich Dich zur Erinnerung an alte Zeiten noch einmal wiedersehen? Zur Mittagszeit werde ich im Seerestaurant am Zoo sein. Ich habe mich verändert, Liebling, wirklich – darum werde

ich eine weiße Gardenie tragen. Ich will nicht, daß Du ins Fettnäpfchen trittst, weil Du ein falsches Mädchen ansprichst.
Bitte komm, Liebling; ich freue mich so darauf, Dich wiederzusehen. In Liebe Lucy

Ich hielt das Stück Papier unter die Nase. Ein delikater Duft strömte mir entgegen. Lucy hatte ihre alten Tricks nicht vergessen. Ich steckte die Notiz in meine Brusttasche und ging zurück in die Wohnung, um das Büro anzurufen. Ich habe vergessen, welche Entschuldigung ich vorbrachte, aber ich konnte dem Chef ja schlecht klarmachen, daß ich einen Tag freihaben wollte, um eine alte Freundin wiederzusehen. Dann brachte ich den Wagen zur Inspektion; möglicherweise mußte ich mich beeilen, und dann war es besser, wenn er in Ordnung war.
Um Viertel vor Zwölf fuhr ich langsam die Straße entlang zum Zoo-See. Auf den weiten Flächen des wintergelben Grases beschäftigten sich schwarze Kindermädchen mit ihren Schutzbefohlenen. In der Ferne flimmerte der See unter der heißen Sonne. Ich stellte den Wagen auf dem Parkplatz des Restaurants ab und schlenderte langsam hinunter zum Ufer, wo Leute die Vögel fütterten.
Es kam niemand vorbei, der wie Lucy aussah. Zumindest trug niemand eine Gardenie. Ich blickte hinaus auf den See, wo die Leute ungeschickt mit den Booten hantierten. Schließlich kehrte ich zum Restaurant zurück. Kurz vor dem Eingang saß auf einer Bank ein Mann mit sandfarbenen Haaren und wedelte sich mit dem Hut Kühlung zu. Er trug eine weiße Gardenie.
Ich ging zu ihm hinüber und setzte mich neben ihn. »Lucy?«
Er drehte sich um und sah mich mit neugierigen nackten Augen an. »Lucy!« sagte er giftig. »Seit jener russischen Aktion in der Schweiz während des Krieges sind die Narren vom Sicherheitsdienst verrückt auf den Namen.« Er setzte den Hut auf. »Ich weiß, wer Sie sind – ich bin Mackintosh.«
»Ich freue mich, Sie kennenzulernen«, sagte ich kühl. Er sah

forschend zum See hinüber. »Wenn ich einer dieser Prachtkerle vom Geheimdienst wäre, würde ich vorschlagen, daß wir ein Boot mieten und in die Mitte dieses bescheidenen Teiches rudern, um ungestört miteinander reden zu können. Aber das ist natürlich Blödsinn. Ich schlage vor, daß wir hier ein frühes Mittagessen zusammen einnehmen. Wir werden auch so ungestört sein, vorausgesetzt, daß wir nicht herumbrüllen. Das ist um einiges bequemer, und ich gehe nicht das Risiko ein, in einem Boot einen Narren aus mir zu machen.«

»Mir ist es recht«, sagte ich. »Ich hatte kein besonders großes Frühstück.«

Er stand auf, nahm die Gardenie aus dem Knopfloch und warf sie in den nächsten Papierkorb. »Warum Leute so ein Faible für die Sexualorgane von Gemüse haben, übersteigt meinen Horizont«, sagte er. »Kommen Sie.«

Wir fanden einen Tisch draußen auf der Terrasse, wo uns ein weinumranktes Spalier vor der Sonnenglut schützte. Mackintosh blickte sich um und meinte anerkennend: »Ein hübscher Platz hier. Ihr Südafrikaner versteht zu leben.«

»Sie wissen, wer ich bin«, sagte ich. »Dann wissen Sie auch, daß ich kein Südafrikaner bin.«

»Natürlich«, sagte er und nahm ein Notizbuch aus der Tasche. »Wir wollen einmal nachsehen – ah ja: Owen Edward Stannard, geboren in Hongkong im Jahre 1934, erzogen in Australien.« Er rasselte eine Reihe von Schulen herunter. »An der Universität spezialisiert auf das Studium asiatischer Sprachen. Wurde von einem Amt rekrutiert, das man besser nicht erwähnt, wenn man noch auf der Universität ist. Arbeitete draußen in Kambodscha, Vietnam, Malaysia und Indonesien unter verschiedenen Decknamen. Wurde während der Unruhen, die Sukarno entmachteten, in Indonesien festgenommen, und sein Deckmantel ging baden.«

Er hob den Kopf. »Ich kann mir vorstellen, daß Sie eine üble Zeit da unten hatten.«

»Es sind keine Narben zurückgeblieben«, lächelte ich. Das

stimmte, keine Narben, die man sehen konnte.
»Hm!« murmelte er und wandte sich wieder seinem Notizbuch zu. »Man war der Meinung, daß Ihre Dienste im Fernen Osten nicht mehr gebraucht werden. Da hat man Sie kurzerhand abgezogen und als ›Schläfer‹ nach Südafrika geschickt. Das war vor sieben Jahren.« Er klappte das Notizbuch zu und steckte es zurück in die Tasche. »Das war wohl, als Südafrika noch im Commonwealth war.«
»Richtig«, sagte ich.
»Unsere Herren sind nicht allzu vertrauensselig, was? Nun, Sie sind hier als Schläfer; Sie sagen nichts und tun nichts, bis man Sie ruft – ist das richtig?« Er trommelte mit den Fingern gern auf dem Tisch herum. »Verzeihen Sie, daß ich noch einmal alles aufwärme, aber ich bin von einer anderen Abteilung. Das ganze Geheimdienstgetue kommt mir ein bißchen vor wie eine komische Oper, und ich wollte sehen, ob alles stimmt.«
»Stimmt alles«, versicherte ich ihm. Dann mußte die ernsthafte Unterhaltung abgebrochen werden, weil der Kellner kam, um die Bestellung aufnehmen. Ich wählte einen Hummer, denn nicht jeden Tag gab mir jemand ein Mittagessen aus. Mackintosh hatte irgend etwas mit Salat ausgesucht. Wir teilten uns eine Flasche Wein.
Als die Teller auf dem Tisch standen und wir wieder ungestört sprechen konnten, sagte Mackintosh: »Einen Punkt muß ich absolut klarstellen. Kennt man Sie hier bei der Polizei – oder beim Geheimdienst?«
»Nicht, daß ich wüßte«, gab ich zurück. »Ich glaube, mein Deckmantel ist in Ordnung.«
»Sie sind nie im Gefängnis gewesen?«
»Nein.«
»Was ist mit Zivilprozessen?«
Ich überlegte. »Nur das Übliche. Ich hatte ein paar Strafmandate wegen falschen Parkens. Und vor ein paar Jahren hatte ich eine Auseinandersetzung mit einem Mann, der mir Geld schuldete – das ging vor Gericht.«
»Wer gewann?«

»Er, verdammt noch mal!« antwortete ich voller Selbstmitleid.
Mackintosh lächelte. »Ich habe Ihre Akte gelesen, und darum weiß ich von den meisten Geschichten. Ich war nur gespannt auf Ihre Reaktion. Zusammenfassend könnte man also sagen, daß Sie eine weiße Weste haben, soweit es die hiesige Polizei angeht.«
Ich nickte. »So könnte man's sagen.«
»Gut«, stimmte er zu. »Ich frage deshalb, weil Sie mit der südafrikanischen Polizei zusammenarbeiten werden, und es wäre nicht gut, wenn die wüßten, daß Sie ein britischer Ableger sind. Dann würden sie wohl kaum bereit sein, mit Ihnen zusammenzuarbeiten.« Er knabberte an einem Salatblatt. »Sind Sie jemals in England gewesen?«
»Nie«, sagte ich und zögerte dann. »Sie sollten wissen, daß zu meinem Deckmantel ein leicht antibritisches Vorurteil gehört. Selbst für englischsprechende Leute ist das Antibritisch hier nichts Besonderes – vor allem, seit die Sache mit Rhodesien schiefging. Unter den Umständen hielt ich es nicht für ratsam, Urlaub in England zu machen.«
»Ich glaube, wir können Ihren Deckmantel für einen Augenblick vergessen«, sagte Mackintosh. »Ich bin bevollmächtigt, Sie hier herauszuholen, wenn ich es für nötig halte. Der Job, für den ich Sie in Betracht gezogen habe, würde Sie in England erwarten.«
Es war seltsam. Während meines ganzen Lebens als Erwachsener hatte ich im Dienst Großbritanniens gestanden und hatte doch den Platz nie gesehen. »Das würde mir schon gefallen«, sagte ich.
»Vielleicht auch nicht, wenn Sie hören, was es für ein Job ist«, sagte Mackintosh scharf. Er kostete den Wein. »Riecht hübsch«, meinte er anerkennend. »Wenn auch ein wenig sauer.« Er setzte das Glas hin. »Was wissen Sie über das britische Gefängnissystem?«
»Nichts.«
»Ich werde Ihnen eine Kopie des Mountbatten-Berichts geben«, sagte er. »Die Lektüre wird Sie faszinieren. Für den

Augenblick gebe ich Ihnen eine kurze Zusammenfassung. Lord Mountbatten ist der Meinung, daß die britischen Gefängnisse so viele Löcher haben wie Schweizer Käse. Wissen Sie, wie viele Ausbrüche es jedes Jahr dort gibt?«
»Nein. Vor ein paar Jahren stand etwas darüber in den Zeitungen, aber ich habe es nicht sehr aufmerksam gelesen.«
»Mehr als fünfhundert. Wenn es etwas weniger sind, glauben sie, daß sie ein gutes Jahr gehabt haben. Natürlich werden die meisten Ausbrecher ziemlich schnell wieder gefaßt, aber ein kleiner Prozentsatz kommt davon – und dieser kleine Prozentsatz steigt. Es ist eine unangenehme Situation.«
»Das kann ich mir vorstellen«, sagte ich. Dabei ahnte ich nicht, worauf er hinauswollte – scheinbar ging mich das alles nichts an.
Mackintosh überhörte keine Nuance im Tonfall. Er sah mir in die Augen und sagte ruhig: »Es kümmert mich einen Dreck, wie viele Mörder oder Frauenschänder, wie viele amoklaufende Irre oder gewöhnliche kleine Diebe aus dem Gefängnis entkommen. Das ist Sache der Gefängnisbeamten und der Polizei. Mein Gebiet ist die Staatssicherheit, und soweit es mich betrifft, bin ich der Ansicht, daß uns die Sache über den Kopf wächst. Der Premierminister ist derselben Meinung und hat mir aufgetragen, etwas dagegen zu unternehmen.«
»Oh!« sagte ich unsicher.
»Oh«, echote er angewidert. »Stellen Sie sich die Geschichte einmal so vor: Wir bringen Blake für 42 Jahre hinter Gitter, nicht nur als Bestrafung, sondern damit er nicht den Russen in die Hände fällt. Fünf Jahre später flieht er aus dem Kittchen, taucht in Moskau auf und singt sich dort die Lunge aus dem Hals. Teufel, sie gaben ihm sogar einen Orden. Das war ein Schlag ins Gesicht.«
Grübelnd starrte er in sein Glas. »Nehmen wir einmal an, Blake wäre nicht davongekommen – nehmen wir an, sie hätten ihn nach einem Monat geschnappt. Die Polizei

wäre glücklich gewesen, ebenso die Gefängnisbehörden, aber ich nicht, verdammt noch mal! Ich hätte zu gern gewußt, was, zum Teufel, er in diesem Monat gemacht hätte – mit wem er gesprochen hätte. Verstehen Sie, was ich meine?«

Ich nickte. »Wenn das passiert wäre, gäbe es keinen schwerwiegenden Grund mehr für seine Inhaftierung. Würde man ihn für weitere vierzig Jahre zurück in den Knast schicken, wäre das so, als ob man die Stalltür abschließe, nachdem das Pferd schon auf und davon war.«

»Wobei das Pferd die Informationen in Blakes Kopf waren – nicht der Mann selbst.« Mackintosh rutschte unruhig hin und her. »Auf der Isle of Wight bauen sie ein Gefängnis mit besonderen Sicherheitvorkehrungen. Mountbatten will es ›Vectis‹ nennen, und das zeigt unter anderem, daß er eine klassische Erziehung genossen hat. Ein sehr fähiger Mann, Mountbatten. Er warf nur einen Blick auf diesen erstklassigen Hühnerstall, und schon demonstrierte er, wie leicht man ein Mann herausholen könne.«

Er sah mich erwartungsvoll an, als ob ich etwas sagen sollte. Ich tat ihm den Gefallen.

»Einen Mann herauszuholen?«

Mackintosh grinste. »Es freut mich zu sehen, daß die guten Berichte über Sie nicht zuviel versprochen haben.« Er hielt sein Glas hoch. »Ich mag diesen Wein.«

Ich schüttete ihm noch einmal nach. »Es ist gut zu wissen, daß man geschätzt wird.«

»Wenn Sie den Mountbatten-Bericht lesen, werden Sie sich vor allen Dingen bei den Gedanken über das neue Gefängnis fragen, ob Sie nicht eine Science-fiction-Story in der Hand haben. In sich geschlossene Fernsehanlagen zur Überwachung und elektronische Kreise, die Alarm auslösen, sobald sich irgend etwas in ihrem Bereich bewegt, ist nur eine von vielen netten Ideen – das ist natürlich für die Verteidigung. Zum Angriff gibt es Hubschrauber und Anzüge, die mit Raketen bestückt sind und mit denen man über die Mauer springen kann, so wahr mir Gott helfe!

Genau wie bei James Bond. Sehen Sie, wo das alles hinzielt?«
»Ja«, sagte ich langsam. »Organisation.«
»Richtig!« sagte Mackintosh. »Zum erstenmal seit Jahren hat jemand ein völlig neues Verbrechen inszeniert. Verbrechen sind – wie überhaupt alles – Geschäft; es geht nur um den Profit, und irgend jemand hat einen Weg gefunden, Profit zu machen, indem er Leute aus dem Gefängnis herausholt. Ich nehme an, daß es mit dem großen Eisenbahnraub begann; diese Jungs erhielten außergewöhnlich hohe Strafen – Biggs und Wilson bekamen beide 30 Jahre –, aber sie hatten Geld und konnten sich eine Organisation kaufen.«
Er seufzte. »Manchmal frage ich mich, ob die Richter wissen, was sie eigentlich tun. Ein Mörder kann nach zehn Jahren oder sogar weniger wieder draußen sein. Aber seien Sie vorsichtig, wenn Sie ein Eigentumsdelikt begehen. Doch wie dem auch sei. Jedenfalls wurde eine Organisation gegründet, die Lebenslänglichen mit genügend Geld zur Flucht verhilft. Sie würden überrascht sein, wie viele dazu gehören. Und wenn so eine Organisation erst einmal läuft, ist es wie bei jedem anderen Geschäft: Es dehnt sich aus, und wer immer dahintersteckt, hat sich nach Kunden umgeschaut. Und er kümmert sich auch nicht darum, wo das Geld herkommt.«
»Russen?«
»Wer sonst«, sagte Mackintosh sauer. »Mir ist es gleichgültig, wenn alle Eisenbahnräuber aus dem Kittchen entkommen und wie Riley an der Riviera leben, aber wenn es um die Sicherheit des Staates geht, dann muß etwas getan werden.« Er zuckte die Achseln. »Wenn es nach mir ginge, würden Leute mit einem derartig hohen Sicherheitsrisiko zusammen in ein besonderes Gefängnis gebracht und von der Armee bewacht – von Militärpolizei, die im Notfall das Recht hat zu schießen, um zu töten. Aber unsere Herren ziehen einen anderen Weg vor.«
»Und wo komme ich in das Spiel?« fragte ich vorsichtig.

»Ich bin noch nicht fertig mit meinen Erläuterungen«, sagte er gereizt. »Der Premier will, daß etwas dagegen getan wird – also wird etwas getan. Die Polizei hatte ihre Chance, ebenso die Spezialabteilung und die noch geheimeren und erleseneren Truppen der Gegenspionage. Das alles blieb absolut ergebnislos. Einmal kamen sie der Sache schon etwas näher; ein Gefangener, der bereits hinter Gittern saß, war bereit zu reden. Schätzen Sie, was mit ihm passierte.«
Ich bin ein Realist. Also sagte ich trocken: »Er starb plötzlich.«
»Oh, er wurde ganz offensichtlich ermordet«, berichtete Mackintosh. »Aber diese Bande holte ihn aus dem Gefängnis heraus, um das zu erledigen. Erkennen Sie die verdammte Unverschämtheit dabei? Diese Organisation ist so stark und selbstsicher, daß sie einen Mann aus den Gefängnissen Ihrer Majestät herausbringen kann, der es gar nicht will. Ein Piepser von ihm, und er würde noch leben. Aber sie konnten ihn rausholen. Seine Leiche wurde drei Tage später gefunden; man hatte ihn in den Hinterkopf geschossen.«
»Ich sah keine Berichte darüber«, sagte ich.
»Es wurde sofort zur geheimen Kommandosache erklärt«, sagte Mackintosh ein wenig müde. »Niemand wollte, daß so etwas in der Öffentlichkeit breitgetreten wurde. Im Mountbatten-Bericht gibt es einen verschleierten Hinweis darauf. Sehen Sie sich den Paragraphen 260 an.«
»Und wo komme ich ins Spiel?« fragte ich wieder.
»Darauf komme ich, wenn ich soweit bin. Nun, mein Geschäft ist die Staatssicherheit, und Sie können all den Blödsinn vergessen, den Sie über Nacht- und Nebelaktionen der Gegenspionage gehört haben. Ich arbeite auf einer anderen Ebene, und zwar auf Kabinettsebene – allein dem Premierminister verantwortlich. Da alle anderen bei diesem Job versagt haben, erhielt ich die alleinige und völlige Verantwortung, die Angelegenheit mit meinen eigenen seltsamen Methoden zu erledigen – aber nicht nach mei-

ner Zeitvorstellung.« Er rieb sich den Kopf. »Natürlich ist Zeit etwas Relatives. Das habe ich dem Premier erklärt, und er hat zugestimmt. Aber wir wollen hoffen, daß keine Spione mehr ausbrechen, solange ich die Verantwortung trage. Sonst rollt mein Kopf.«
Er sah sich um und winkte dem Kellner. »Wir hätten gerne einen Kaffee – und ich glaube, ich werde einen ›van der Hum‹ bestellen. Ich halte viel davon, die Weine dieses Landes auszuprobieren. Schließen Sie sich an?«
»Ich bekomme einen Drambuie«, sagte ich trocken.
Er bestellte den Kaffee und die Liköre und sagte dann abrupt: »Haben Sie jemals von einem Mann namens Rearden gehört – Joseph Rearden?«
Ich grübelte eine Weile. »Nein.«
»Das dachte ich mir. Rearden ist – oder war – ein Krimineller. Ein sehr guter sogar. Clever, intelligent und erfinderisch; etwa wie Sie, würde ich sagen.«
»Danke für das Kompliment«, sagte ich. »Er ist tot?«
»Vor drei Wochen kam er in Südwest-Afrika um. Keine komischen Vermutungen – ein ganz gewöhnlicher Autounfall. Der Gott der Autofahrer opfert Gute und Schlechte gleichermaßen. Die Sache ist die, daß außer Ihnen, mir und einigen hochgestellten südafrikanischen Polizisten niemand weiß, daß er tot ist. Als mir der Premier diesen verfluchten Job gab, wurden mir verschiedene Türen geöffnet. Und sofort suchte ich nach einem Mann wie Rearden, nach einer frischen Leiche, deren Tod man verschleiern könnte. Man hätte ihn in Kanada, Australien, Neuseeland, in den Staaten oder sogar in Südamerika finden können. Tatsache ist, daß er in Südafrika auftauchte. Hier ist sein Foto.«
Ich legte es mit dem Gesicht nach unten auf den Tisch, als der Kellner den Kaffee brachte, und drehte es erst um, als wir wieder allein waren. Mackintosh beobachtete mich abschätzend, als ich das Foto genauer ansah. Dann fuhr er fort: »Sobald ich Rearden hatte, begann ich nach jemandem zu suchen, der wie Rearden aussah. Ich brauchte einen, der

als Südafrikaner durchgehen würde. Computer sind phantastische Apparate – einer kam nach zwanzig Minuten auf Sie.«

»Ein Austausch also«, sagte ich. »Ich habe solche Sachen schon früher gemacht, aber es ist riskant. Ich könnte sehr leicht erkannt werden.«

»Das glaube ich nicht.« Mackintosh war voller Selbstvertrauen. »Zunächst einmal werden Sie in England arbeiten, wo Rearden niemals war. Abgesehen davon werden Sie in England nicht viel herumreisen, so daß es sehr unwahrscheinlich ist, daß Sie auf einen seiner alten Freunde stoßen.«

»Was geschah mit Reardens Leiche?« fragte ich.

»Er wurde unter einem anderen Namen beerdigt. Ich zog einige Verbindungslinien.«

»Pech für seine Familie«, sagte ich. »Hatte er eine Frau?«

»Keine Frau, und seine Eltern werden ohne ihn auskommen.«

Ich betrachtete diesen hageren Mann mit dem sich lichtenden sandfarbenen Haar und den farblosen Augenwimpern und fand, daß er ein ziemlich rücksichtsloser Bastard war. Ich fragte mich, wie ich bei diesem verrückten Unternehmen mit ihm klarkommen würde. »Ich bin also Rearden«, sagte ich. »Und ich bin in England. Was dann?«

»Nicht so schnell«, sagte Mackintosh. »Rearden war clever, verlor aber doch – allerdings nur einmal. Vor längerer Zeit saß er eine Gefängnisstrafe in Pretoria ab. Wissen Sie etwas über die südafrikanischen Gefängnisse?«

»Kein Stück, Gott sei Dank!«

»Dann bemühen Sie sich besser darum, etwas über sie zu erfahren. Ich werde dafür sorgen, daß Ihnen jemand eine Lektion über die Bedingungen im Gefängnis und über den Slang gibt – besonders über den Slang.« Er setzte ein gequältes Lächeln auf. »Vielleicht wäre es eine gute Idee, wenn Sie einen Monat lang hinter Gitter gingen, um die richtige Einstellung zu kriegen. Das könnte ich arrangieren.« Ich merkte, daß er die Idee überdachte und dann

aufgab. Er schüttelte den Kopf. »Nein, das hat keinen Zweck. Es ist zu riskant.«
Ich war froh darüber; Gefängnisse mag ich nicht besonders.
Er trank seinen Kaffee. »Lassen Sie uns von hier fortgehen; es kommen zu viele Leute, und ich würde den Rest lieber unter vier Augen besprechen.« Er zahlte die Rechnung; wir verließen das Restaurant und entfernten uns etwas. Unter einem Gummibaum nahmen wir wieder Platz, wo es im Umkreis von 50 Metern keine Ohrenzeugen gab.
Mackintosh nahm eine Pfeife heraus und begann sie zu stopfen. »Alle Experten, die bisher versucht haben, diese Organisation zu sprengen, sind gescheitert. Sie haben es von außen her versucht und sind gescheitert. Die Organisation hat phantastisch gute Sicherheitsvorkehrungen. Daher wissen wir bis heute nicht mehr als am Anfang. In der Unterwelt ist die Organisation bekannt als die ›Fluchter‹. Aber das bringt uns nicht allzu weit.«
Er zündete ein Streichholz an. »Stannard, das ist ein Job für einen, der freie Entschlüsse faßt. Ich muß Sie jetzt bitten, sich zu entscheiden. Mehr kann ich Ihnen nicht erzählen – ich habe Ihnen schon zuviel erzählt. Ich glaube, ich muß Sie darauf hinweisen, daß es böse für Sie aussieht, wenn irgend etwas schiefläuft. Ihr Tod wäre vielleicht nicht einmal das Schlimmste. Nicht für mich jedenfalls. Es ist eine verzwickte und gefährliche Aufgabe, und – ich scheue mich nicht, das zu sagen – ich selbst würde mich nicht freiwillig dazu bereit erklären. Ehrlicher kann ich nicht mit Ihnen sein.«
Ich legte mich ins Gras zurück und blickte durch die Äste des Gummibaums zum von Blättern besetzten Himmel. Mein Leben in Südafrika war ruhig, um nicht zu sagen langweilig. Vor sieben Jahren war ich in ziemlich übler Verfassung gewesen und hatte geschworen, mich nie mehr auf derartiges einzulassen. Ich nehme an, meine Chefs hatten meinen Zustand durchschaut und gaben mir deshalb den Job als »Schläfer« in Südafrika als eine Art Ruheposten – als Belohnung für geleistete Dienste. Gott weiß,

daß ich nichts geleistet hatte, womit ich das Honorar verdient hätte, das ganz hübsch auf jenem britischen Bankkonto anwuchs. Ich hatte es noch nie angerührt.

Aber die Zeit heilt sämtliche Wunden, und in den letzten Monaten war ich unruhig geworden. Irgend etwas sollte passieren, wünschte ich mir – ein Erdbeben – irgendwas. Hier war nun mein Erdbeben in der Gestalt dieses unscheinbar aussehenden Mannes, Mackintosh – ein Mann, der mit dem Kabinett auf vertrautem Fuß stand und mit dem Premierminister über Sicherheitsfragen plauderte. Ich hatte eine vage Vermutung, worauf er hinauswollte. Es schien nicht schwierig zu sein. Riskant, vielleicht; aber nicht allzu schwierig. Ich fürchtete mich nicht vor einer Bande englischer Ganoven; sie konnten nicht schlimmer sein als die Jungs, mit denen ich in Indonesien zu tun hatte. Dort hatte ich Dörfer voller Leichen gesehen.

Ich richtete mich auf. »In Ordnung; ich erkläre mich freiwillig bereit, mitzumachen.« Mackintosh sah mich ein wenig traurig an und tätschelte meinen Arm. »Sie sind ein Spinner«, sagte er. »Aber ich bin froh, daß ich Sie habe. Vielleicht muß man für diesen Job ein wenig spinnen können; orthodoxe Methoden haben uns nicht weitergebracht.«

Er zeigte mit dem Mundstück seiner Pfeife auf mich. »Was jetzt kommt, ist Geheimnisstufe I. Von nun an wissen nur drei Personen Bescheid: Sie, ich und eine weitere – nicht einmal der Premierminister weiß Bescheid.« Er kicherte verschmitzt. »Ich versuchte, es ihm zu erklären, aber er wollte nichts davon wissen. Er weiß, wie mein Gehirn arbeitet, und er sagte, er wolle saubere Hände behalten – es könne sein, daß er im Parlament Fragen beantworten müsse, meinte er, und dabei wolle er nicht lügen müssen.«

»Was ist mit der südafrikanischen Polizei?« fragte ich.

»Sie wissen nichts«, sagte Mackintosh unbewegt. »Es ist *quid pro quo* – sie sind uns etwas schuldig. Sie könnten jedoch ein wenig in Ihrem Vorleben herumschnüffeln. Hält es Untersuchungen stand?«

»Das sollte es schon«, sagte ich. »Es wurde von Experten entworfen.«
Mackintosh zog ruhig an seiner Pfeife und blies eine Rauchwolke aus. »Andere haben versucht, in diese verdammte Organisation einzudringen, und sind gescheitert – also starten wir dort und fragen: ›Warum scheiterten sie?‹ Bei einer vielversprechenden Aktion versuchte man es mit falschen Gefangenen und wartete darauf, daß sich ihnen jemand näherte. Zu einer Zeit gab es nicht weniger als acht dieser Lockvögel in verschiedenen britischen Gefängissen. Nicht mit einem von ihnen wurde Kontakt aufgenommen. Was schließen Sie daraus?«
»Die Fluchter haben einen guten Nachrichtendienst«, antwortete ich. »Sie werden mit Sicherheit eine Menge Nachforschungen anstellen, bevor sie Kontakt aufnehmen.«
»Ganz recht – und das bedeutet, daß unser Köder, Rearden, einer genauen Durchleuchtung standhalten muß. Es darf keinen Riß in seinem Deckmantel geben. Sonst noch etwas?«
»Nicht, soweit ich im Moment sehen kann.«
»Setzen Sie Ihren Grips ein«, sagte Mackintosh mit einem Anflug von Verachtung. »Das Verbrechen, Mann; das Verbrechen! Rearden – oder besser Sie – müssen ein Verbrechen in England begehen. Sie werden geschnappt – dafür werde ich sorgen –, Sie werden vor Gericht gestellt und verurteilt. Es muß ein ganz besonderes Verbrechen sein; ein Verbrechen, bei dem es um eine Menge Geld geht und bei dem das Geld unauffindbar bleibt. Die Fluchter müssen überzeugt sein, daß Sie für Ihren Ausbruch in harter Währung zahlen können. Nun, was bedeutet das für Sie im Zusammenhang mit dem, was ich Ihnen bereits erzählt habe?«
»Nicht viel«, sagte ich. »Das sollte nicht zu schwierig zu arrangieren sein.«
»Nein, es sollte nicht zu schwierig sein«, sagte Mackintosh mit seltsam veränderter Stimme. »Schauen Sie, Stannard; das muß ein echtes Verbrechen werden – verstehen Sie das

nicht? Alles andere ist schlecht. Ich werde es planen, und Sie werden es ausführen, ein Verbrechen von einiger Größe. Wir werden eine beträchtliche Geldsumme von einem harmlosen britischen Bürger stehlen, der sich die Lunge aus dem Hals schreien wird. Wir werden nichts frisieren, denn ...«, er betonte jedes Wort, »... ich ... werde ... kein ... Sicherheitsrisiko ... eingehen.«
Er drehte sich um und sagte sehr ernst: »Wenn alles richtig läuft, werden Sie für ein ganz echtes Verbrechen verurteilt und ins Gefängnis geschickt. Und wenn irgend etwas danebengeht, kann weder ich noch irgend jemand sonst etwas dagegen tun. Wenn Sie 14 Jahre kriegen, werden Sie im Gefängnis verkommen, wenn die Fluchter keinen Kontakt mit Ihnen aufnehmen. Und zwar deshalb, weil ich bei dieser Operation auf höchste Geheimhaltung achten muß. Wollen Sie es immer noch riskieren?«
Ich atmete tief durch.
»Himmel! Sie verlangen eine Menge, oder?«
»So ist es nun einmal«, meinte er hartnäckig. »Ein austrainierter Mann wie Sie sollte in der Lage sein, aus jedem durchlässigen britischen Gefängnis herauszukommen, ohne sich allzu sehr anzustrengen. Aber das werden Sie nicht tun, verdammt noch mal. Sie werden auf Ihrem Hintern sitzen und warten, bis die ›Fluchter‹ Sie ansprechen, ganz gleich, wie lange es dauert – bis es denen einfällt. Sie werden, verdammt noch mal, warten, hören Sie?«
Ich blickte in seine fanatischen Augen und sagte sehr sanft: »Ich höre. Machen Sie sich keine Sorgen; jetzt werde ich keinen Rückzieher mehr machen. Ich gab Ihnen mein Wort.«
Er atmete tief ein und entspannte sich. »Danke, Stannard.« Er grinste mich an. »Ich habe mir keine Sorgen um Sie gemacht – keine allzu großen Sorgen.«
»Eins ist mir noch unklar«, sagte ich. »Mountbatten untersuchte die Gefängnisse, als Blake aus dem Kittchen entkam. Das ist lange her. Warum nun die plötzliche Eile?«
Mackintosh schlug die Pfeife am Baumstamm aus. »Eine

gute Frage«, nickte er. »Nun, zunächst einmal läßt die Wirkung von Mountbatten nach. Als der Bericht herauskam und die Gefängnisse die Sicherheitsvorschriften verschärften, reagierten alle Soziologen und Gefängnisreformer in Großbritannien mit einer wütenden Hetzkampagne – und ich sage nicht einmal, daß sie im Unrecht waren. Gefängnisse sind zugleich Orte der Bestrafung und Orte der Rehabilitierung. Die plötzlich verschärften Sicherheitsvorkehrungen gruben der Rehabilitierung zunächst einmal das Wasser ab. Die Befürworter einer Strafvollzugsreform behaupteten, in sechs Monaten sei ein Schaden angerichtet worden, der sich in den nächsten zehn Jahren nicht wiedergutmachen ließe.«

Er zuckte mit den Schultern. »Wahrscheinlich haben sie recht, aber das gehört nicht zu meinem Gebiet. Ich interessiere mich nicht für normale Gefangene – mir kommt es auf die Blakes und Lonsdales dieser Welt an. Wenn man einen von ihnen erwischt, kann man ihn entweder an die Wand stellen und erschießen oder ins Kittchen stecken. Aber man sperrt sie weder ein, um sie zu bestrafen, noch, um sie zu rehabilitieren, sondern um sie aus der Welt zu schaffen, weil sie zuviel wissen.«

Er ging damit überhaupt nicht auf meine Frage ein. Also drang ich weiter in ihn. »Und was nun?«

»Es geht um einen großen Fisch«, sagte er. »Den größten, den wir je gefangen haben. Himmel, Blake war groß genug, aber dieser Mann ist ein Hai, und verglichen mit ihm war Blake nur ein kleiner Fisch; er darf nicht entkommen. Ich habe den Premier gedrängt, ein spezielles Gefängnis für solche Gefangene zu bauen, aber er meint, das sei gegen seine politischen Grundsätze. Darum wird Slade im ganz gewöhnlichen Gefängnissystem untergebracht – zugegeben – als ein Mann mit hohem Sicherheitsrisiko.«

»Slade?« sagte ich nachdenklich. »Nie von ihm gehört.«

»Er ist im Krankenhaus«, sagte Mackintosh. »Eine Kugel traf ihn in der Hüfte, als man ihn schnappte. Wenn er wiederhergestellt ist, wird er vor Gericht gestellt werden.

Wenn wir Strafen austeilten wie die Texaner, käme er nicht unter fünftausend Jahre davon. Wie es aussieht, müssen wir ihn für die nächsten zwanzig Jahre absichern – danach spielt es keine große Rolle mehr.«
»Zwanzig Jahre! Er muß eine Menge wissen.«
Mackintosh wandte mir ein angewidertes Gesicht zu. »Können Sie sich vorstellen, daß ein Russe – und Slade ist Russe – an die zweite Stelle einer bedeutenden Abteilung des britischen Nachrichtendienstes aufsteigen kann und für die Gegenspionage in Skandinavien zuständig ist? Ja, genau das passierte, und Sir Peter David, dieser verdammte Narr, der ihn auf diesen Posten brachte, fiel die Treppe hinauf – er ist nun Lord David mit lebenslänglicher Peerswürde.« Er schnaubte. »Aber er wird keine großen Reden halten oder Abstimmungen beeinflussen. Wenn er weiß, was ihm nützt, wird er in Zukunft die Klappe halten.« Er zwinkerte mit seinen farblosen Augenlidern und sagte mit vor Wut gepreßter Stimme: »Man sollte es nicht für möglich halten, aber David hat ausgerechnet den Mann, der Slade hinter Schloß und Riegel brachte, wegen Unfähigkeit gefeuert!« Er schlug seine Pfeife mit solcher Heftigkeit gegen den Baum, daß ich dachte, sie würde zerbrechen. »Amateure!« sagte er bissig. »Diese verdammten Amateure, die ihre lumpigen Privatarmeen unterhalten. Sie machen mich krank.«
»Wie trete ich in Verbindung mit Slade?« fragte ich.
»Ich werde Sie in seine Nähe bringen«, antwortete er. »Und das bedeutet, daß ich das Gesetz durchbrechen muß. Was Slade weiß, ist reines Dynamit, und ich würde jedes Gesetz in Großbritannien durchbrechen, von Sodomie angefangen, um diesen Bastard dort festzusetzen, wo er hingehört.« Er kicherte und boxte gegen meinen Arm. »Die Gesetze Englands werden wir nicht bloß antasten, Stannard; wir werden sie zerschmettern.«
Leicht geschockt sagte ich: »Jetzt weiß ich, warum der Premierminister Ihnen nicht zuhören wollte.«
»O ja«, sagte Mackintosh wie selbstverständlich. »Sonst

wäre er ein Mitwisser des Verbrechens. Er ist aber viel zu sehr Gentleman, um sich die Hände schmutzig zu machen. Außerdem würde es sein Gewissen schwer belasten.« Er blickte zum Himmel auf und meinte spöttelnd: »Komische Tiere, die Politiker.«

4

Ich würde sagen, man könnte Mackintosh einen Patrioten – in gewisser Weise – nennen. Heutzutage scheint es nicht mehr viele erklärte Patrioten zu geben; es ist Mode geworden, über Patriotismus die Nase zu rümpfen; die satirischen Programme im Fernsehen machen sich lustig darüber, und für die Schichten, die angeblich mit der Zeit gehen, ist Patriotismus kein Gesprächsthema mehr. Da es also nur noch wenige Patrioten gibt, kann man sie sich nicht allzu kritisch aussuchen. Sicherlich, auf den ersten Blick hatte Mackintosh eine erstaunliche Ähnlichkeit mit einem unverbesserlichen Faschisten; sein Gott war Britannien – nicht das Britannien der grünen Weiden und ruhigen Feldwege, der stattlichen Gebäude und geschäftigen Städte, sondern die Idee von Britannien, institutionalisiert im Staat. Er bezog seine Ansichten direkt von Plato, Machiavelli und Cromwell, die sich bei genauerem Hinsehen gar nicht so sehr unterschieden von Mussolini, Hitler und Stalin.

Aber bei Mackintosh war es mehr als das, wie ich später herausfand – viel später.

Es gab eine Menge zu tun, und uns blieb nicht mehr viel Zeit dafür. Mit einem Gefängnisbeamten informierte ich mich über die Bedingungen in südafrikanischen Zuchthäusern, wobei ich zeitweise als Soziologe auftrat. Der Beamte gab mir den Rat, die Werke von Herman Charles Bosman zu lesen. Das war überflüssig, denn ich kannte sie bereits. Bosman, möglicherweise der beste Schriftsteller englischer

Sprache, den Südafrika hervorgebracht hat, wußte alles über das Gefängnisleben – er war selbst inhaftiert gewesen, weil er seinen Stiefbruder getötet hatte, und berichtete kritisch von seinen Erfahrungen im Pretoria-Zentralgefängnis – im Volksmund Pretoria-Bunker genannt. Das paßte gut, weil Rearden dort seine Strafe abgesessen hatte.

Außerdem studierte ich Reardens Akte, die wir uns aus den Unterlagen des John Vorster Square besorgt hatten. Es gab da wenige Tatsachen, aber eine Unmenge von Vermutungen. Man hatte Rearden nur einmal zu einer Gefängnisstrafe verurteilt, und das wegen eines verhältnismäßig geringfügigen Vergehens. Die Spekulationen dagegen gingen ins Gespenstische. Man verdächtigte ihn praktisch jeden Verbrechens im Strafgesetzbuch – vom Einbruch bis zum Drogenschmuggel, vom bewaffneten Raubüberfall bis zum illegalen Goldkauf. Ein Mann mit vielen Gesichtern, ganz Nerven, ganz Intelligenz. Die unberechenbaren und unerwarteten Wechsel in seiner kriminellen Aktivität hatten ihn aus Schwierigkeiten herausgehalten. Er wäre ein guter Nachrichtenagent geworden.

Ich mußte darüber lächeln. Vielleicht hatte Mackintosh recht gehabt, als er sagte, daß ich Rearden ähnelte. Ich machte mir keine Illusionen über mich und meinen Job. Es war ein schmutziges Geschäft, bei dem es keine verbotenen Griffe und nur wenig Ehre gab. Ich machte mein Geschäft gut, wie Rearden es getan hätte, wenn irgend jemand auf die Idee gekommen wäre, ihn anzuheuern. Da waren wir also alle vom selben Schlag – Mackintosh, Rearden und Stannard.

Mackintosh kümmerte sich in Südafrika auf höherer Ebene um den Job – er knüpfte die Verbindungen. Ich sah, daß die Leute wie Marionetten nach seiner Pfeife tanzten. Und da wurde mir klar, wie recht er gehabt hatte mit der Behauptung, der Premierminister habe ihm einige Türen geöffnet. Das war Gegenspionage auf diplomatischer Ebene. Ich fragte mich nur, was das *quid pro quo* war – was, zum Teufel, hatte er für die Südafrikaner getan, daß sie ihn wie eine VIP behandelten, ohne Fragen zu stellen?

Schrittweise wurde ich in Rearden umgewandelt. Ein anderer Haarschnitt macht schon sehr viel aus, und ich mühte mich redlich mit dem Transvaal-Akzent, dem Akzent der Reef-Städte. Ich studierte Fotos von Rearden, kopierte seine Art, sich zu kleiden, und seine Haltung. Es war eine Schande, daß wir keine Filme hatten, die ihn in Aktion zeigten; die Art, wie sich ein Mann bewegt, verrät eine Menge. Aber das würde ich auf gut Glück versuchen müssen.

Einmal sagte ich zu Mackintosh: »Sie glauben, daß ich in England wahrscheinlich nicht auf Freunde Reardens stoßen werde, weil ich nur kurze Zeit auf freiem Fuß bin. Das ist alles ganz schön und gut, aber es ist viel wahrscheinlicher, daß ich seine Kumpel im Knast treffe, als bei einem Spaziergang auf der Oxford Street.«
Mackintosh machte ein nachdenkliches Gesicht. »Das ist wahr. Ich kann folgendes tun: Ich werde die Insassen Ihres Gefängnisses überprüfen. Wenn einer von ihnen in Südafrika gewesen ist, lasse ich ihn verlegen. Es dürften nicht allzu viele sein, und es wird Ihr Risiko verringern. Der Grund für die Verlegung kommt sicher nicht heraus – Gefangene werden jederzeit verlegt.«
Unbarmherzig drillte er mich.
»Wie heißt Ihr Vater?«
»Joseph Rearden.«
»Beruf?«
»Bergmann – auf Rente.«
»Der Name der Mutter?«
»Margrit.«
»Mädchenname?«
»Van der Oosthuizen.«
»Wo wurden Sie geboren?«
»Brakpan.«
»Geburtsdatum?«
»28. Mai 1944.«
»Wo waren Sie im Juni 1968?«

»... in Kapstadt.«
»In welchem Hotel wohnten Sie?«
»Arthurs Seat.«
Mackintosh fuchtelte mit dem Finger vor meinem Gesicht herum. »Falsch! Das war im November desselben Jahres. Sie müssen sich mehr Mühe geben.«
»Im Notfall würde ich damit durchkommen«, sagte ich.
»Vielleicht. Aber alles muß sitzen. Es darf keine Risse geben, die gekittet werden müssen. Sie fangen besser noch einmal an zu studieren.«
Wieder steckte ich meine Nase in die Akten, wenn auch etwas widerstrebend. Mein Gott, man konnte von einem Mann nicht erwarten, daß er sich an jede Minute seines Lebens erinnerte. Aber ich wußte, daß Mackintosh recht hatte. Je mehr ich über Rearden wußte, um so sicherer würde ich auftreten.
Endlich war es vorbei, und Mackintosh mußte nach England zurückkehren.
»Die einheimischen Polizisten machen sich ein wenig Sorgen über Sie«, sagte er. »Sie fragen sich, warum ausgerechnet Sie für diesen Job ausgewählt wurden. Sie fragen sich, wie ich es schaffte, an einen australischen Einwanderer zu kommen, der in die Fußstapfen Reardens treten kann. Ich glaube nicht, daß Sie hierher zurückkommen können.«
»Werden sie reden?«
»Gerede wird es nicht geben«, sagte er bestimmt. »Nur einige hohe Tiere wissen Bescheid über Sie, aber sie wissen nicht, worum es geht. Darum sind sie neugierig geworden. Aber alles unterliegt strengster Geheimhaltung – diplomatische Ebene, vertuscht und verschleiert, und das ist etwas, worin die Südafrikaner gut sind. Sie verstehen etwas von Geheimhaltung. Was die Polizei auf mittlerer und unterer Ebene angeht – hm, sie werden ein bißchen überrascht sein, wenn Rearden in England geschnappt wird, aber sie werden einen Seufzer der Erleichterung von sich geben und ihn für einige Jahre aus den Büchern streichen.«
»Wenn es stimmt, was Sie über die ›Fluchter‹ sagen, wird

man hier in Südafrika ausgedehnte Nachforschungen anstellen«, sagte ich. »Da wird es keine Probleme geben«, behauptete er mit absoluter Sicherheit. »Darin haben Sie gute Arbeit geleistet, Stannard.« Er lächelte. »Wenn alles vorbei ist, werden Sie wahrscheinlich einen Orden bekommen. Es wird einige private Worte mit den Leuten geben, die es angeht – Versicherungsgesellschaft vielleicht, wen immer wir berauben usw. Der Innenminister wird wahrscheinlich eine Amnestie für Sie erlassen, und Sie werden keinen Flecken auf Ihrer weißen Weste haben.«

»Wenn es klappt«, sagte ich. »Wenn nicht, stehe ich im Schrank.« Ich sah ihm fest in die Augen. »In diesem Punkt hätte ich gern eine kleine Absicherung. Ich weiß, daß Sie wegen der Geheimhaltung verrückt spielen – und das ist richtig so. Wie Sie es organisiert haben, werden nur drei Leute über diese Operation informiert sein – sie, ich und ein anderer. Ich möchte gerne wissen, wer dieser andere ist, nur für den Fall, daß Ihnen etwas passiert. Ich wäre in einem höllischen Schlamassel, wenn Sie von einem Bus überfahren würden.«

Er dachte darüber nach. »Das ist nicht zuviel verlangt«, sagte er schließlich. »Es ist meine Sekretärin.«

»Ihre Sekretärin«, echote ich ausdruckslos.

»Oh, Mrs. Smith ist eine sehr gute Sekretärin«, sagte er. »Sehr tüchtig. Sie arbeitet zur Zeit sehr hart an diesem Fall.«

Ich nickte. »Da ist noch etwas anderes. Ich habe über verschiedene Möglichkeiten nachgedacht. Was passiert, wenn ich herausgeholt werde und Slade nicht?«

»Dann jagen Sie natürlich die Fluchter.«

»Und wenn Slade herausgeholt wird und ich nicht?«

Mackintosh zuckte die Achseln. »Das wäre nicht Ihr Fehler. Dann müßten wir es den zuständigen Behörden überlassen. Nicht, daß ich das besonders gern täte.«

»Wie wäre es denn damit?« fragte ich. »Nehmen wir an, sowohl Slade als auch ich würden befreit. Was ist dann?«

»Ach ja«, machte er. »Ich verstehe, worauf Sie hinauswollen.«

»Ja, das dachte ich mir. Was ist wichtiger? Die ›Fluchter‹ zu zerschlagen oder Slade in den Knast zurückzubringen?«
Einen Moment schwieg er. »Slade ist offensichtlich von größerer Bedeutung, obwohl ich es am liebsten sähe, wenn Sie beide Jobs erledigen könnten, wenn dieser Fall eintritt. Soweit es darum geht, Slade ins Gefängnis zurückzubringen, handeln Sie nach eigenem Ermessen. Wenn er dabei draufginge, würde ich keine Träne vergießen. Das wichtigste bei Slade ist, daß er nicht entkommt – er darf keine Information an Dritte weitergeben.«
Er drehte seine blauen Augen in meine Richtung. »Tote erzählen keine Geschichten.«
Das also war es. Der Auftrag, Slade zu töten, nach meinem eigenen Ermessen. Ich fing an zu verstehen, daß der Premierminister Mackintosh mit Zurückhaltung begegnete. Ein zahmer Henker im Haus gibt einem ein unbehagliches Gefühl. Am nächsten Tag ging Mackintosh nach England zurück. Ich folgte zwei Monate später, nachdem ich einen weiteren Brief von Lucy bekommen hatte. Das Verbrechen war vorbereitet.

SECHSTES KAPITEL

1

Ich starrte ins Brandyglas. Lange hatte ich nachgedacht und dabei keinen Tropfen angerührt. Alles zu seiner Zeit. Und Zeit zum Trinken hatte ich jetzt am allerwenigsten. Ich hatte über verdammt viel nachzudenken.

Anfangs war alles nach Mackintoshs Plan gelaufen. Der Überfall, die Verhandlung, der Knast, Slade – und die »Fluchter«. Und dann war es schiefgegangen. Die Bande war noch vorsichtiger, als wir gedacht hatten. In puncto Sicherheit konnten sie es mit jedem berufsmäßigen Spionagering aufnehmen. Zwar steckte ich jetzt mitten drin in ihrer Organisation wie ein Bazillus, den man in den Kreislauf gespritzt hatte. Aber das half uns nicht weiter. Von unserem Ziel, die Organisation zu sprengen, war ich jetzt ebensoweit entfernt wie damals in Südafrika.

Sie hatten das Blatt zu ihren Gunsten gewendet, als sie mir in dem Möbelwagen diese verdammte Spritze verpaßt hatten. Damit hatte ich nicht gerechnet. Und ich war auch nicht darauf gefaßt, daß sie mich hier einsperren würden. Eigentlich leuchtete mir das jetzt vollkommen ein: Wissen ist Macht, sagten sie sich. Und ein Ausbrecher sollte nur wissen, daß er herausgekommen war – wie, das ging ihn nichts an. Die Bande arbeitete wirklich unglaublich professionell.

Und mir war Slade durch die Lappen gegangen.

Das war das Allerschlimmste. Mackintosh würde mich deswegen in Stücke reißen, sollte ich jemals an Fettgesicht vorbeikommen. Die Befehle waren zwar verschlüsselt, doch unmißverständlich gewesen: Wenn auch nur die geringste Gefahr bestand, daß Slade davonkam, sollte ich ihn umbringen. Als er schlief, hätte ich ihm mit einem stumpfen Messer die Kehle durchschneiden oder ihn mit der Schnur von der Tischlampe erdrosseln können. Ich hatte es nicht getan. Natürlich wäre auch ich am nächsten Morgen ein toter Mann gewesen, wenn ich Slade in der Nacht umgebracht hätte. Aber nicht deshalb ließ ich ihn am Leben. Ich hatte mir meine Chancen ausgerechnet, war aber dabei von falschen Voraussetzungen ausgegangen. Ich hatte gehofft, daß sich eine Möglichkeit zur Flucht ergeben würde, bei der ich Slade mitnehmen konnte. Außerdem hatte ich geglaubt, daß sie meine wahre Identität nicht herausfinden würden. Jetzt steckte ich bis zum Hals im Schlamassel.

Die Hände unter dem Kopf verschränkt, lag ich auf dem Bett und dachte darüber nach, wie sie meinen Deckmantel gelüftet hatten. Wenn ich Fettgesicht glaubte, waren sie durch Reardens Fingerabdrücke in den Akten im Vorster Square daraufgekommen, daß ich nicht Rearden war. Das aber war eine verdammte Lüge. Eigenhändig hatte ich Reardens Fingerabdrücke durch meine ersetzt. Mackintosh hatte mir noch dabei zugesehen. Die Fingerabdrücke aus der Akte würden also auf jeden Fall mit meinen eigenen übereinstimmen.

Wenn Fettgesicht dennoch wußte, daß ich nicht Rearden war, dann nicht aufgrund der Fingerabdrücke. Warum, zum Teufel, aber versuchte er, mich an der Nase herumzuführen?

Angestrengt dachte ich nach und spielte eine Möglichkeit nach der anderen durch. Vielleicht hatte Fettgesicht nur vermutet, daß ich nicht Rearden war. Möglich, daß er mich nur bluffen wollte, um etwas aus mir herauszukriegen. Na ja, ich war nicht darauf hereingefallen, sondern hatte ihm den Schwarzen Peter zugespielt. Jetzt mußte er die Fingerabdrücke beschaffen. Ich war sicher, daß er sie nicht hatte. Und wenn er sie hätte, konnten es nur meine sein. Das war eine Möglichkeit – eine unter vielen. Aber alle liefen auf dasselbe hinaus: Entweder wußte Fettgesicht mit absoluter Sicherheit, daß ich nicht Rearden war, oder es war bloße Vermutung. Aber wie, zum Teufel, war er daraufgekommen?

Ich ließ mir noch einmal alles durch den Kopf gehen, was ich seit meiner Ankunft in England gemacht hatte. Da gab es keinen schwachen Punkt. Ich hatte nichts getan oder gesagt, was meine wahre Identität hätte verraten können. Es blieb nur eins, ein häßlicher Verdacht. Irgendwo mußte ein Leck sein. Irgend jemand hatte nicht dichtgehalten. Mackintosh? Ich hielt ihn für einen harten, brutalen, rücksichtslosen und ausgekochten Hund. Aus seiner eigenen Großmutter würde er Seife kochen, wenn er damit das Staatsschiff schmieren könnte. Verwirrt schüttelte ich den Kopf. Dieser Vergleich war wohl doch an den Haaren herbeigezogen. Ich war zu müde – aber wahr war es doch. Mackintosh würde mich, ohne mit der Wimper zu zucken, verraten, wenn das seinen Zwecken diente. Schließlich verwarf ich diese Möglichkeit doch wieder. Ich sah einfach keinen Sinn darin. Damit blieb nur die supertüchtige Lucy Smith über, der Mackintosh sein ganzes Vertrauen schenkte und von der ich eigentlich überhaupt nichts wußte. Natürlich gab es noch andere Möglichkeiten. Einer der beiden hatte vielleicht unbeabsichtigt eine unvorsichtige Bemerkung fallenlassen. Oder von dritter Seite war eine »Wanze« in Mackintoshs Büro geschmuggelt worden. Alles war möglich. Ich ging ins Badezimmer und ließ mir kaltes Wasser über das Gesicht laufen. Zum Teufel mit Mackintosh und seinen verworrenen Wegen. Ich mußte jetzt versuchen, meinen Kopf aus der Schlinge zu ziehen. Darüber zu grübeln, wie ich in die Falle hineingeraten war, brachte mich nicht weiter – wie ich wieder herauskam, das allein war jetzt wichtig.

Ich trocknete mir das Gesicht ab und ging ins Schlafzimmer zurück. Dann setzte ich mich an den Tisch und untersuchte mein Waffenarsenal. In meiner Situation besorgt sich ein Mann entsprechender Ausbildung seine Waffen, wo und wie er kann. Was einem in die Quere kommt, muß man nutzen. Dreimal am Tag bekam ich etwas zu essen, und

jedesmal stand Pfeffer auf dem Tisch. So hatte ich ein kleines Papiertütchen in der Tasche, in dem genug Pfeffer war, um einen Mann zu blenden. Bei passender Gelegenheit konnte ich es vielleicht brauchen.
Nach weiteren Überlegungen ging ich zum Kleiderschrank und nahm einen Strumpf heraus. Aus den Blumentöpfen kratzte ich etwas Erde zusammen, bis der Strumpf halb voll war. Abwägend hielt ich ihn hoch. Dann schwang ich ihn durch die Luft und ließ ihn auf die Handflächen fallen. Es knallte ganz schön. Zwar war dieser Notbehelf nicht so gut wie ein Totschläger – dazu war der Strumpf nicht schwer genug –, aber besser als gar nichts.
Es gibt viele Möglichkeiten, aus einem verschlossenen Raum zu entkommen. Man kann sich zum Beispiel den Weg freischießen – sofern man einen Revolver hat. Oder man kann Feuer legen. Aber das ist riskant. Zunächst einmal ist gar nicht sicher, ob man herauskommt, und dann können auch noch unerwünschte Nebenwirkungen auftreten. Die Asche, die zu Boden fällt, könnte deine eigene sein. Man kann sich eine ganze Menge Tricks und Täuschungsmanöver einfallen lassen, aber ich hatte nicht das Gefühl, daß diese Jungs sich hereinlegen ließen. Schließlich hatte ich bereits versucht, Fettgesicht zu überlisten. Aber er war nicht darauf hereingefallen. Er hatte mich nicht auf den Hof gelassen.
Ich mußte mich also intensiver mit Fettgesicht beschäftigen. Wie verhielt er sich, wenn er das Zimmer betrat? Er war sehr vorsichtig. Die Tür ging auf, er kam herein und schloß sie sorgfältig hinter sich zu. Dabei stand er immer mit dem Rücken zur Tür, das Gesicht dem Zimmer zugewandt. Der Mann draußen auf dem Gang verriegelte anschließend die Tür. Mich behielt Fettgesicht immer im Auge. Ein paarmal hatte ich versucht, mich hinter ihn zu stellten, aber er paßte immer auf. Außerdem hatte er eine Pistole dabei. Auf solche Kleinigkeiten achtet man, wenn das Leben davon abhängt. Und ganz gleich, wie gut ein Anzug geschneidert ist – die Taschenflak drückt sich immer durch.

Ich mußte Fettgesicht also unbedingt von hinten erwischen und mit einem Strumpf voll feuchten Humus niederschlagen. Dabei konnte mir nur ein Trick helfen. Fettgesicht mußte glauben, daß ich vor ihm stand, während ich in Wirklichkeit hinter ihm war. Hypnose wäre hier richtig gewesen, aber davon verstand ich leider nichts. So sah ich vorerst keinen Ausweg, aber das Problem ließ mich nicht los. Schließlich ging ich ins Badezimmer und ließ die Wasserspülung laufen. Das Wasser sammelte sich in einem niedrig sitzenden Druckbehälter mit einem kleinen Hebel; es war kein Bassin mit einer Kette. Ich machte mich auf die Suche nach einem Stück Schnur. Eigentlich brauchte ich eine dicke Rolle Kordel. Da ich die aber nicht hatte, mußte ich improvisieren.

Der Lichtschalter im Badezimmer entsprach genau den Bauvorschriften. An der Decke war ein Zugschalter befestigt. Daran hing eine starke Strippe, die man gut mit der Hand erreichen konnte. Das war schon mal gut ein Meter. Von der Nachttischlampe lief ein Kabel zu einem Stecker über der Fußleiste hinter dem Bett. Es war ein zweiadriges Kabel, jeder Draht mit Plastik überzogen. Als ich die Litzen auseinanderzog, hatte ich schon ein ganzes Stück Schnur mehr.

Auf der Frisierkommode stand noch eine Lampe. Sie lieferte weiteres Material. Aber da es noch nicht genug war, mußte ich neue Quellen erschließen. Mein Bademantel aus Frotteestoff wurde durch eine Kordel zusammengehalten, die um die Hüfte geschlungen wurde. Dieser Gürtel bestand aus mehreren Strängen. Ich drehte ihn auf und glättete die Stränge. Jetzt reichte es endlich. Ich hatte sogar genügend Draht, um eine Würgeschlinge zu basteln. Eine Klaviersaite wäre zwar besser gewesen, aber schließlich hatte ich keine große Auswahl.

Ans Ende meiner langen Schnur machte ich eine Schlaufe und legte sie über den Druckhebel der Wasserspülung. Dann zog ich die Schnur vom Badezimmer bis zur Tür, immer an den Wänden des Schlafzimmers entlang. Einige kleine Rollen hätten mir jetzt schon sehr genutzt. Da ich die nicht hatte, mußte ich es mit den isolierten Krampen versuchen, mit denen die Kabel an der Wand befestigt waren. Ich konnte nur hoffen, daß sie auch jetzt hielten. Fehlanzeige. Ich zog vorsichtig, und nichts passierte. Ein heftiger Zug – dasselbe Ergebnis. Dann zog ich mit aller Kraft, und eine Krampe sprang von der Fußleiste ab.

So klappte es überhaupt nicht.

Ich ging ins Badezimmer zurück und ließ die Wasserspülung noch einmal laufen. Dabei drückte ich so leicht wie eben möglich auf den Hebel. Offensichtlich war die Feder darin so fest, daß meine zusammengestückelte Schnur sie nicht herunterdrücken konnte. Ich mußte mir etwas anderes einfallen lassen. Zunächst nahm ich den Behälter unter die Lupe, dann hob ich den Deckel ab und legte den Innenteil frei – das Schwimmerventil und die anderen sinnigen Zutaten, die das verkannte Genie Thomas Crapper einst erfunden hatte. Wenn man den Hebel nach unten drückte, wurde ein Kolben mit einer Dichtung hochgehoben. An diesem Mechanismus mußte es liegen, daß sich der Hebel so schwer bewegen ließ. Wenn ich den Hebel losmachen und meine Schnur direkt an den Kolben binden würde, könnte es gehen.

Eine halbe Stunde später hatte ich es geschafft. Mit einem Streifen von meinem Bettlaken hatte ich die Schnur um ein weiteres Stück verlängert. Das fiel zwar auf, aber im Badezimmer spielte das keine Rolle. Ich ließ die Badezimmertür angelehnt und bezog wieder Posten am anderen Ende der Schnur. Ich nahm sie auf und drückte mir im stillen die Daumen. Dann zog ich langsam und gleichmäßig. Als ich das Wasser ins Klosett rauschen hörte, war es wie Musik in meinen Ohren.

Ich ließ die Schnur fallen und sah mich im Zimmer um. Alles mußte an seinem Platz sein. Fettgesicht durfte nicht mißtrauisch werden. Bis auf das Bett, das ich abgedeckt hatte, sah alles sauber und ordentlich aus. Vom Laken hatte ich bereits ein Stück abgerissen. Den Rest zerriß ich in lange Bahnen. Die würde ich brauchen können. Dann brachte ich das Bett wieder in Ordnung.

Es gab noch eine Menge zu tun. Zuerst einmal öffnete ich den Kleiderschrank und sah mir an, was er Brauchbares zu bieten hatte. Da hing ein Anzug in dezentem Dunkelgrau und daneben eine sportliche Kombination. Dazu gehörten braune Schuhe. Ich hatte keine Ahnung, ob ich auf dem Land oder in der Stadt war. In der Stadt wäre der Anzug das Richtige. Wenn ich aber draußen auf dem Land war, würde ich im Anzug auffallen wie ein bunter Hund. Die sportliche Kombination dagegen wäre dagegen auch in der Stadt nicht deplaziert. Also entschied ich mich für das Sportjackett samt Zubehör. Auch den Hut und den Regenmantel wollte ich mitnehmen.

Nicht zum erstenmal wurde mir der Boden unter den Füßen zu heiß. Daher wußte ich, daß auf der Flucht gerade die scheinbar einfachsten Dinge zum Verhängnis werden können. Mit der Morgentoilette zum Beispiel war das so eine Sache. Wenn mein Bart in einer anderen Farbe als mein Haar sprießen würde, wäre ich verraten und verkauft. Die Blondine hatte mir nicht umsonst geraten, mich zweimal am Tag zu rasieren. Auch die Polizei weiß, daß ein Fliehender es schwer hat, auf sein Äußeres zu achten. Wenn sie jemanden sucht, kontrolliert sie daher routinemäßig die öffentlichen Waschräume auf Bahnstationen und in großen Hotels.

So legte ich den Rasierapparat, ein Stück Seife, einen Waschlappen und ein Handtuch zurecht. All das würde ich in den Taschen des Regenmantels unterbringen können, ohne daß sie sich zu sehr ausbeulten. Die Würgeschlinge rollte ich locker auf und drückte sie unter das Schweißband in meinem Hut. Selbst der dümmste Polizist erkennt so ein Ding auf den ersten Blick. Falls man mich durchsuchte, sollten sie es nicht so leicht finden, sonst würde ich umgehend wieder in den Kahn geworfen.

Mit der Pistole war es dasselbe – falls es mir gelingen sollte, Fettgesichts Artillerie in die Finger zu bekommen. Damit mußte ich mir schon wieder eine neue Frage stellen: War das Recht auf meiner Seite, wenn ich die Pistole benutzte?

Durch den James-Bond-Kult haben manche Leute blödsinnige Vorstellungen. Es gibt keine 00-Agenten, und es gibt auch keinen Freibrief für Mord. Ich hatte, soweit ich wußte, überhaupt keine Nummer, höchstens ein Aktenzeichen wie alle anderen Angestellten. Und mit Sicherheit hatte mich noch niemand mit »Nummer 56« oder gar mit »0056« angeredet. Agenten töten nicht aus Spaß an der Sache; was nicht heißt, daß sie nie jemanden umbringen. Aber wenn sie es tun, dann nur unter ganz bestimmten Umständen und nur auf Befehl. Man muß ja nicht unbedingt töten, wenn man jemanden aus dem Verkehr ziehen will. Das ist schmutzig und unwiderruflich. Es gibt aber doch noch andere, ebenso wirkungsvolle Methoden, einen Mann zum Schweigen zu bringen.

Trotzdem ist das manchmal der letzte Ausweg. Irgend jemand erhält dann diesen Auftrag. Ich weiß nicht, ob man da von einem Freibrief für Mord sprechen kann. Auf jeden Fall ist es kein Freibrief dafür, wahllos andere Leute ins Jenseits zu befördern. Wenn zu viele Leichen in der Gegend herumliegen, hört der Geheimdienst auf, geheim zu sein.

Nun, Mackintosh hatte nur Slade für vogelfrei erklärt. Darüber hinaus aber hieß es: Leichen sind unerwünscht. Todesfälle, die ohne vorherigen Befehl eintreten, gelten im Branchenjargon als »Unfälle«. Sollte ein Agent jedoch allzu forsch sein und einen derartigen »Unfall« leichtfertig verursachen, dann wird er wegen Unzuverlässigkeit und Unfähigkeit abgesägt. In den kleinen, verschwiegenen Büros im Whitehall mit den unverfänglichen und irreführenden Türschildern würde man nämlich ganz schön entsetzt sein, wenn ein Agent wahllos Leichen auf seinem Weg zurückließe.

Damit war ich also wieder bei dem alten Problem: Wann darf ein Mensch einen anderen Menschen töten? Ich hielt

mich zur Lösung des Problems an einen alten Spruch: Töten oder getötet werden. Wenn man versuchen würde, mich umzubringen, würde ich in Notwehr töten – nicht eher. Bisher hatte ich nur einen Menschen getötet, aber noch zwei Tage danach hatte sich mir der Magen umgedreht.
Diesen Punkt hatte ich damit endgültig geklärt. Jetzt konnte ich die Vorbereitungen für die Brandstiftung treffen. Aus der Bar förderte ich anderthalb Flaschen südafrikanischen Weinbrand, eine fast volle Flasche Scotch und Gin sowie eine halbe Flasche Drambuie zutage. Ich experimentierte herum und stellte fest, daß der Weinbrand und der Drambuie am besten brannten, wenn auch lange nicht so gut, wie ich gehofft hatte. Schade, daß ich keine Vorliebe für Rum entwickelt hatte. Da gibt es hochprozentiges Zeug auf dem Markt. Für meine Zwecke wäre es genau richtig gewesen, aber weiß der Himmel, wie die Magenwände so was aushalten.
Schließlich legte ich mich aufs Bett und schlief den Schlaf des Gerechten.

2

Aufs Frühstück mußte ich am nächsten Morgen verzichten. Taafe schob nicht wie gewöhnlich einen Servierwagen vor sich her, sondern kam mit leeren Händen. Er deutete nur mit dem Daumen zur Tür. Ich zuckte die Achseln und ging hinaus. Die Party war anscheinend zu Ende.
Sie führten mich die Treppe hinunter. In der Halle kam ich an einem älteren Ehepaar vorbei. Die beiden hockten nervös vorne auf den Stuhlkanten, als säßen sie beim Zahnarzt im Wartezimmer. Gleichgültig sahen sie mich an, als ich an ihnen vorbeiging. In dem Zimmer, in dem ich den Scheck unterschrieben hatte, wartete Fettgesicht schon auf mich. Die Vorhänge waren immer noch zugezogen. Fettgesichts

Gesicht verriet nichts. »Sie haben eine ganze Nacht lang Zeit zum Nachdenken gehabt«, meinte er. »Hoffentlich ist etwas dabei herausgekommen, Mr. Unbekannt.«
Angriff ist die beste Verteidigung, sagte ich mir und ging zum Angriff über. »Wo sind die Fingerabdrücke?«
»Die haben wir nicht hier«, antwortete er kurz angebunden. »Aber wir brauchen sie auch nicht.«
»Ich weiß immer noch nicht, was das Ganze eigentlich soll«, sagte ich. »Aber wenn Sie glauben, daß ich die ganze Nacht damit verbracht habe, Ihnen zu Gefallen eine verrückte Geschichte zu erfinden, dann sind Sie auf dem Holzweg. Ich kann hier zwar mit meiner Zeit nicht allzuviel anfangen, aber immerhin habe ich Besseres zu tun, als mir Märchen auszudenken.« Das war die reine Wahrheit.
Fettgesicht gab einen Laut von sich, der wohl seine Verachtung ausdrücken sollte. »Sie sind ein Lügner. Geht es denn nicht in Ihren Dickschädel hinein, daß die Sache geplatzt ist? Nur eine Kleinigkeit fehlt uns noch – Ihre Personalien.« Mitleidig schüttelte er den Kopf. »Wir wissen, daß Sie nicht Rearden sind. Jetzt wollen wir nur noch erfahren, wer Sie wirklich sind.«
Warum wollte er das bloß wissen? Ich hatte so meine Vermutungen, aber die gefielen mir gar nicht. Wahrscheinlich wollte er herausfinden, ob man mich vermissen würde. Wenn man jemanden umbringen will, muß man diese Frage natürlich vorab klären. War ich ein wichtiger Mann? Hatte ich gute Beziehungen? Für wen arbeitete ich? Und warum? Auf diese Fragen würde er eine Antwort verlangen.
Er war sich so verdammt sicher, daß ich nicht Rearden war. Das war ziemlich beunruhigend. Ich seufzte und holte tief Luft. »Ich bin Joseph Rearden. Nach dem, was Cosgrove mir im Knast erzählt hat, habt ihr mich doch gründlich unter die Lupe genommen. Warum jetzt dieser plötzliche Sinneswandel, Fettgesicht? Wollt ihr etwa versuchen, euren Teil der Vereinbarung nicht einzuhalten?«
»Nennen Sie mich nicht immer Fettgesicht«, fauchte er.

»Ich brauche keine Fingerabdrücke, um zu beweisen, daß Sie nicht Rearden sind. Sie haben es selbst bewiesen. Draußen in der Halle sind Sie an den beiden alten Leuten vorbeigegangen. Das waren Mr. und Mrs. Rearden aus Brakpan in Südafrika. Der liebe Papa und die ehrenwerte Frau Mutter, du Hurensohn. Du hast sie nicht erkannt, und sie haben dich nicht erkannt.«
Dazu gab es nicht viel zu sagen. Also hielt ich den Mund. Aber ich spürte, wie sich mein Magen zusammenkrampfte. Fettgesicht grinste höhnisch und bleckte die Zähne. »Ich hab' Ihnen doch gesagt, daß die Sache geplatzt ist. Wir wissen auch über Mackintosh Bescheid. Es ist sinnlos abzustreiten, daß Sie ihn kennen. Wir wissen, was ihr ausgeklügelt habt. Darum erzählen Sie jetzt zur Abwechslung am besten mal die Wahrheit.«
Das brachte mich nun wirklich endgültig aus dem Gleichgewicht. Mir war, als hätte ich einen elektrischen Schlag bekommen. Ich hoffte nur, daß man es mir nicht vom Gesicht ablesen konnte. Daß sie mich entlarvt hatten, war schon schlimm genug. Daß sie aber Mackintoshs Identität gelüftet hatten, war eine Katastrophe. Trotzdem sagte ich nur: »Wer, zum Teufel, ist Mackintosh?«
»Sehr komisch«, meinte Fettgesicht giftig. Dann schaute er auf die Uhr. »Ich sehe, daß wir andere Saiten bei Ihnen aufziehen müssen. Aber leider habe ich jetzt keine Zeit dazu, denn ich habe noch eine Verabredung. Zwei Stunden haben Sie Zeit, darüber nachzudenken, was wir alles mit Ihnen anstellen können. Ich kann Ihnen versichern, daß es äußerst unangenehm für Sie wird.«
Obwohl ich so angeschlagen war, hätte ich ihm fast ins Gesicht gelacht. Er benahm sich wie der Schurke in einem zweitklassigen Reißer. Natürlich hatte er keine Verabredung. Die zwei Stunden sollten mich fertigmachen. Alle möglichen Foltern sollte ich mir ausmalen. Fettgesicht würde auch nicht zwei Stunden wegbleiben. Nach einer Stunde würde er wiederkommen, vielleicht auch nach drei. Die Ungewißheit würde mich zermürben, so dachte er

wenigstens. Fettgesicht war ein Amateur, der sich seine Anregungen vom Fernsehen holte. Meiner Meinung nach war er viel zu weich, um es tatsächlich auf die harte Tour zu versuchen. Wahrscheinlich hoffte er, daß mich der bloße Gedanke daran zu einem Geständnis zwingen würde.

»In Ordnung«, sagte ich. »Wenn Sie darauf bestehen, daß ich mir eine Geschichte aus den Fingern sauge, werde ich das tun. Zwei Stunden werde ich wohl brauchen, um mir was Passendes auszudenken.«

»Wir wollen keine Geschichten – wie Sie es ausdrücken. Wir wollen die Wahrheit.«

»Aber ihr kennt die Wahrheit, verdammt noch mal!«

Er zuckte mit den Achseln und gab dem Mann hinter mir einen Wink. Der brachte mich wieder nach oben. Die Reardens hatten die Halle schon verlassen – wenn es wirklich die Reardens waren. Plötzlich kam mir der Gednake, daß Fettgesicht auch damit nur geblufft hatte.

Aber das änderte nichts an der Tatsache, daß er über Mackintosh Bescheid wußte.

Kaum war ich wieder im Schlafzimmer eingeschlossen, machte ich mich ans Werk. Zuerst rasierte ich mich schnell und steckte den Rasierapparat zusammen mit den anderen Sachen in die Taschen des Regenmantels. Dann zog ich mich um, schlüpfte in das Sportjackett, schnappte den Socken mit Blumenerde und bezog Position hinter der Tür. Das Ende der selbstgebastelten Schnur nahm ich in die Hand.

Die Warterei schien eine Ewigkeit zu dauern. Aber ich durfte mich nicht vom Platz rühren. Auf die Sekunde kam es hier an. Ich sah mich im Schlafzimmer um und war zufrieden. Alles in Ordnung. Die Tür zum Badezimmer schien geschlossen, obwohl sie nur angelehnt war. Die Schnur, die durch das Zimmer lief, war zumindest auf den ersten Blick nicht zu sehen. Ich brauchte nur noch hinter der Tür zu stehen und zu warten.

Fettgesicht kam genau nach einer Stunde zurück, wenn mir die Zeit auch sehr viel länger vorkam. Damit hatte ich also recht behalten. Als ich vor der Tür murmelnde Stimmen hörte, packte ich die Schnur fester. Ein Schlüssel drehte sich im Schloß. Ich zog an der Schnur, erst sanft, dann nach und nach immer fester. Langsam bewegte sich der Kolben im Druckbehälter.

Als die Türe aufging, rauschte die Wasserspülung.

Fettgesicht war allein. Vorsichtig kam er ins Zimmer, aber ich sah, daß er sich entspannte, als er das Geräusch aus dem Badezimmer hörte. Er trat einen Schritt nach vorn und stieß die Tür hinter sich zu. Die Wache draußen drehte den Schlüssel herum. Fettgesicht trat noch einen Schritt vor, ohne sich umzudrehen. Mit einem kurzen Blick zur Seite hätte er mich entdecken können. Aber daran dachte er nicht. Ich war ja im Badezimmer!

O nein, ich war hier, dicht hinter ihm! Mit voller Wucht schlug ich ihm den beschwerten Strumpf über den Schädel – viel härter, als ich bei dem Postboten im Kiddycar-Büro zugeschlagen hatte. Fettgesicht keuchte. Seine Knie gaben nach, doch er hielt sich auf den Beinen. Er drehte den Kopf zur Seite, und ich sah, daß er mit offenem Mund nach Luft schnappte und schreien wollte. Der Strumpf war wohl doch nicht allzu wirksam – ein richtiger »Totschläger« wäre besser gewesen. Darum schlug ich noch härter zu, und dann noch einmal. Ich hämmerte ihm die Bewußtlosigkeit förmlich in den Schädel.

Als Fettgesicht zusammensackte, fing ich ihn auf. Wenn er auf den Boden gefallen wäre, hätte man draußen das dumpfe Geräusch hören können. Ohnehin hatte es im Raum nachgehallt, als ich ihm mehrmals den Strumpf über den Schädel gezogen hatte. Einen Augenblick lang stand ich reglos da und hielt ihn in den Armen. Aber nichts rührte sich.

Mit einem Seufzer der Erleichterung ließ ich Fettgesicht auf den Boden gleiten. Als erstes suchte ich dann nach seiner Waffe. Er hatte eine praktische kleine Automatik. Neun Schuß waren im Magazin, aber keine Kugel im Lauf. Ich hatte recht gehabt: Der Mann war trotz allem ein Amateur.

Eine Pistole ohne Kugel im Lauf ist nicht mehr wert als ein Stück Schrott. Was nützt eine Waffe, mit der man nicht in Sekundenschnelle schießen kann?
Ich schob das Magazin wieder ein und lud durch. Jetzt steckte eine Patrone in der Kammer. Ich überzeugte mich davon, daß die Waffe gesichert war, und steckte sie in die Tasche. Die ganze Zeit über führte ich Selbstgespräche. Die Wache draußen würde stutzig werden, wenn sie keinen Laut hörte. Ich zog Fettgesicht die Jacke aus und nahm ihm das Schulterhalfter ab. Mit den Streifen vom Bettlaken verschnürte ich ihn zu einem handlichen Bündel und vergaß auch nicht, ihn zu knebeln. Er atmete schwer durch den Mund. Zuerst hatte ich sogar Angst, daß er an dem Knebel ersticken könnte. Aber dann begann er, ziemlich geräuschvoll durch die Nase zu atmen. Ich hatte ihn also nicht zu hart getroffen. Nicht nur aus moralischen Gründen wollte ich ihn lebend haben. Ich hatte noch Verwendung für ihn. Hastig durchsuchte ich die Jackentaschen. Ich fand eine Brieftasche, warf einen kurzen Blick hinein und fand einige Banknoten. Das war gut – ich brauchte Geld. Ohne nachzuzählen steckte ich die Brieftasche und ein kleines Notizbuch, das ich entdeckt hatte, ein. Die Suche ging weiter. Ich fand eine Handvoll Münzen, die ebenfalls in meiner Tasche verschwanden, und ein Paar Reservemagazine für die Pistole, die sich einzustecken lohnten. Ein Taschenmesser und ein Füllfederhalter schienen mir ebenfalls nützlich zu sein. Alles andere ließ ich, wo es war.
Der zweite Teil meines Plans konnte in Angriff genommen werden. Ich warf die Matratze direkt vor der Tür auf den Boden und schnitt mit Fettgesichts praktischem Taschenmesser den Bezug auf. Eine Menge wunderbarer, leicht brennbarer Baumwollfüllung quoll daraus hervor. Damit sie besser brannte, häufte ich sie auf und stellte die Weinbrand- und Drambuiflaschen bereit.
Dann kümmerte ich mich um Fettgesicht, der gerade zu sich kam. Er bewegte sich und schnaufte durch die Nase. Hätte ich ihn nicht geknebelt, wäre es wohl ein Stöhnen

geworden. Im Badezimmer ließ ich kaltes Wasser in ein Zahnputzglas laufen, ging zurück und schüttete es ihm ins Gesicht. Wieder schnaufte er. Dann schlug er die Augen auf. Es war ein ziemlicher Schock für ihn, als er – nur wenige Zentimeter von seinem Kopf entfernt – in die Mündung seiner eigenen Waffe sah. Ich wartete, bis er wieder völlig bei Bewußtsein war. Dann meinte ich lässig: »Wenn Sie glauben, daß keine Kugel im Lauf steckt, haben Sie sich geirrt. Wenn ich Ihnen ein Loch in den Schädel jagen will, brauche ich nur auf den Abzug zu drücken.«
Er zuckte zusammen und verrenkte sich fast den Hals bei dem Bemühen, den Kopf aus der Gefahrenzone zu bringen. Durch den Knebel drangen gedämpfte Geräusche. »Ganz richtig«, riet ich ihm. »Dann wird Ihnen nichts geschehen.«
Seine Armmuskeln spannten sich, als er die Fesseln prüfte, mit denen ich seine Hände auf dem Rücken zusammengeschnürt hatte. Schließlich gab er auf. »Ich werde jetzt von hier abhauen«, sagte ich. »Und Sie werden mir dabei helfen. Sie haben die Wahl: freiwillig oder gezwungen. Ich muß Sie nur warnen: Eine unvorsichtige Bewegung, und es könnte Ihre letzte sein. Wenn es zu einer Schießerei kommt, stehen Sie zwischen den Feuern. Wahrscheinlich fangen Sie sich eine Kugel ein.«
Ich wartete seine Reaktion nicht ab – die war mir ohnehin egal –, sondern zog den Regenmantel an und setzte den Hut auf. Dann fühlte ich in den Taschen nach, ob ich alles hatte. Verschwenderisch goß ich die Spirituosen über die Matratzenfüllung. Als sie satt getränkt war, stank es wie in einer Schnapsbrennerei.
Jetzt konnte ich Fettgesichts Fußfesseln zerschneiden. »Stehen Sie auf! Langsam!« Mühsam richtete er sich auf; die Fesseln an den Händen behinderten ihn. Dennoch tat er so, als ginge ihn das Ganze gar nichts an. Nichts in seinen Augen verriet seine wirklichen Gedanken. Ich hob die Pistole. »Gehen Sie zur Tür hinüber, und bleiben Sie einen Meter davor stehen. An Ihrer Stelle würde ich aber nicht dagegentreten; das könnte tödlich für Sie sein.«

Gehorsam schlurfte er vorwärts. Ich hängte ihm das Jackett über die Schultern. Die Ärmel baumelten lose an den Seiten herunter. Bis auf den Knebel und die fehlenden Hände sah er jetzt ganz normal aus – normal genug jedenfalls, um mir einen Vorteil von Sekundenbruchteilen zu verschaffen, wenn die Tür aufging. Seine Gegner muß man überraschen. Der Wächter würde anderes zu tun haben, als Fettgesicht genau anzusehen. Ich zündete ein Streichholz an und ließ es auf die Matratzenfüllung fallen. Blaue Flämmchen züngelten daran hoch. Es war nicht gerade ein Großbrand, aber mehr konnte ich unter den Umständen nicht tun. Als die ersten gelben Flammen aufflackerten, drückte ich auf die Klingel. Damit zeigte Fettgesicht normalerweise an, daß er hinauswollte.

Ich stellte mich direkt hinter ihn, als das Türschloß aufschnappte. Die Pistole drückte ich ihm in den Rücken, damit er sich keine Illusionen über seine Lage machte. Die Tür sprang auf. Mit der flachen Hand stieß ich Fettgesicht nach vorn und schrie, so laut ich konnte: »Feuer! Feuer!«

Der Wächter reagierte langsam. Ich sah sein verblüfftes Gesicht, als ich hinter meiner stolpernden Geisel in den Flur drängte und Fettgesicht über die Schulter blickte. Der Wächter hatte irgendeine Waffe in der Hand, aber er war völlig verdattert, als er Fettgesicht auf sich zustürzen und die Flammen im Zimmer aufflackern sah. Denn als die Tür aufging, war im Zimmer Durchzug entstanden. Der hatte das Feuer prächtig angefacht. Mich sah der Wächter wahrscheinlich überhaupt nicht.

Mit einem weiteren kräftigen Stoß schleuderte ich Fettgesicht gegen ihn. Die beiden prallten zusammen und fielen, einer über dem anderen, zu Boden. Ein Schuß fiel. Irgend jemand schrie auf. Das mußte der Wärter gewesen sein, denn Fettgesicht hatte ja einen Knebel im Mund.

Ich sprang über die wild um sich schlagenden Männer und lief den Flur entlang, die entsicherte Pistole in der Hand. Der Flur war mit Holz vertäfelt. Zu beiden Seiten gingen Türen ab. Ich kümmerte mich nicht darum, sondern lief bis zum Ende, wo eine Treppe nach oben und unten führte. Ich lief nach oben. Das hatte ich am Abend vorher beschlossen. Es ist eine komische Sache: Wenn Leute aus einem Haus fliehen, versuchen sie immer, sofort ins Erdgeschoß zu kommen. Und darum werden sie gewöhnlich geschnappt. Wahrscheinlich ist es eine instinktive Reaktion. Die Abteilung jedoch, in der ich geschult worden war, tat ihr möglichstes, um mir diese schlechte Angewohnheit auszutreiben.

Der obere Flur war nicht so feudal. Keine Holzvertäfelung an den Wänden. Daraus schloß ich, daß hier die Dienstboten untergebracht waren. Ich mußte mich also vor Taafe in acht nehmen – falls er zu den gewöhnlichen Dienstboten gehörte, was ich allerdings bezweifelte. Ich bewegte mich schnell und so leise wie möglich. Der Lärm unten wurde immer lauter. Es wurde zu gefährlich, noch länger im Flur zu bleiben. Darum verschwand ich im erstbesten Zimmer – mit der Pistole voraus.

Gott sei Dank – niemand war drin. Gerade noch rechtzeitig hatte ich mich verdrückt, denn im Flur lief jetzt jemand mit schweren Schritten vorbei. Ich schob den Riegel vor und lief zum Fenster hinüber. Der Hof, den ich durch die Gitter hatte sehen können, lag auf der anderen Seite des Hauses. Von hier aus sah ich zum erstenmal die umliegende Landschaft. Man hatte eine schöne Aussicht auf weite Felder und Wälder mit blaugrauen Bergen. Ein Auto jagte etwa eine halbe Meile entfernt die Straße entlang. Dort lag die Freiheit.

Über 18 Monate lang hatte ich nur gegen Steinwände geblickt. Nie hatte ich in all der Zeit weiter als ein paar hundert Meter sehen können. Als ich jetzt den Blick kurz in die Ferne schweifen ließ, spürte ich plötzlich einen Kloß in der Kehle. Mein Herz klopfte laut. Was störte es mich, daß sich dunkle Wolken zusammenballten und eine Windbö Regentropfen gegen das Fenster peitschte. Da draußen würde ich frei sein, und niemand würde mich aufhalten.

Ich ging zur Tür zurück und lauschte. Unten war offensicht-

lich ein Chaos ausgebrochen. Das Feuer war außer Kontrolle geraten. Als ich den Riegel zurückschob und die Tür einen Spalt öffnete, hörte ich Fettgesicht schreien. »Zur Hölle mit dem Feuer. Ich will Rearden haben. Taafe, du gehst die Treppe hinunter zur Vordertür. Dillon nimmt die Hintertür. Wir anderen durchsuchen das Haus.«
»Oben ist er nicht«, sagte eine tiefe Stimme. »Ich bin gerade runtergekommen.«
»Schon gut«, sagte Fettgesicht ungeduldig. »Dann brauchen wir uns nur um diese Etage zu kümmern. Taafe stand unten an der Treppe und hat ihn dort auch nicht gesehen. Los, macht schon.«
»Heilige Mutter Gottes«, stöhnte ein anderer. »Das Haus brennt ab.«
»Laß es brennen. Hier haben wir sowieso verspielt, wenn Rearden entkommt.«
Ich trat in den Flur hinaus und hastete vom Treppenhaus weg. Einmal um die Ecke, dann stieß ich auf die Hintertreppe. Ich raste hinunter. Mir blieb nur die Hoffnung, daß ich es bis zum Erdgeschoß schaffte, bevor sie alle ausschwärmten, mich zu suchen. Ich schaffte es auch. Die Hintertür stand weit offen, aber davor stand ein Mann. Wahrscheinlich war es Dillon. Zum Glück hatte er nicht in meine Richtung gesehen, als ich die Hintertreppe hinuntergekommen war. Er starrte den breiten Flur entlang, der zur Vorderseite des Hauses führte. Ich drückte mich an ihm vorbei und huschte in einen Seitenflur, wo er mich nicht mehr sehen konnte. Lautlos stieß ich den Atem aus. Ohne Zweifel würde ich mit Dillon fertig werden, allerdings nicht ohne Lärm. Und damit hätte ich dann die ganze Meute auf dem Hals.
Hinter der ersten Tür, die ich öffnete, war nur eine Besenkammer. Damit konnte ich nichts anfangen, denn sie hatte kein Fenster. Die zweite Tür aber führte in eine gut ausgestattete Vorratskammer. Durch ein Schiebefenster fiel Licht in den Raum. Vorsichtig schloß ich die Tür und versuchte, das Fenster zu öffnen. Offensichtlich hatte das seit Jahren

niemand mehr versucht, denn es klemmte. Als ich es mit Gewalt versuchte, ächzte und klirrte es. Ich hörte auf; ich fürchtete, Dillon könnte etwas gehört haben. Aber alles blieb ruhig – nur schwere Fußtritte im Obergeschoß.
Noch einmal quälte ich mich mit dem Fenster ab. Schließlich konnte ich es aufziehen, nur ein paar Zentimeter zwar, aber weit genug, um mich hindurchzuzwängen. Mit dem Kopf zuerst landete ich in Brennesseln. Zum Glück versperrte eine große Regentonne jedem die Sicht, der von der Hintertür nach mir Ausschau hielt. Ich rieb mir die brennenden Hände und sah mich um. Da sank mein Mut: Eine hohe Steinmauer schien das ganze Haus zu umgeben. Das einzige Tor, das ich erblicken konnte, lag direkt gegenüber der Hintertür. Dillon würde mich mit Sicherheit sehen, wenn ich versuchte, auf diesem Weg zu entkommen.
Ein Wasserrinnsal lief mir in den Nacken. Es regnete jetzt ziemlich stark. Das war günstig für mich. Ein heftiger Wind trieb einen Regenvorhang über den Gemüsegarten. Wenn ich es schaffte, raus in die Felder zu kommen, stiegen meine Chancen. Die Sicht war ziemlich schlecht. Also würde es schwer werden, mich zu finden. Aber zuerst mußte ich an Dillon vorbei. Von der Hintertür bis zum Gartentor konnte er ganz bestimmt sehen – so schlecht war die Sicht nun auch wieder nicht.
In der Regentonne sammelte sich nicht allzu viel Wasser. Das Faß war verrottet und erfüllte seinen Zweck nicht mehr. Eine Daube hatte sich von den Eisenbändern gelöst. Ich nahm sie auf und wog sie nachdenklich in der Hand. Niemand, am wenigsten Dillon, würde damit rechnen, daß ich von draußen ins Haus hineingehen würde. Ein erfolgreicher Feldherr aber greift den Feind immer von der unerwarteten Seite an. Ich nahm die Daube fest in beide Hände, schlich mich zur Hintertür und marschierte dann einfach hinein.
Dillon hörte mich kommen. Als ich ihm das Licht wegnahm, merkte er wohl auch, daß jemand hinter ihm im Eingang stand. Aber nur allzu langsam wandte er den Kopf.

»Haste ihn gefunden?« fragte er. Dann erst erkannte er mich. Seine Augen weiteten sich vor grenzenloser Überraschung. Ihm blieb nicht viel Zeit, etwas zu unternehmen, denn ich schwang das schwere Brett und erwischte ihn an der Schläfe. Sein Kopf war härter als die Daube. Sie war so morsch, daß sie in zwei Teile zersplitterte. Aber es hatte genügt, um Dillon umzuwerfen.

Noch während er fiel, drehte ich mich um und lief auf das Tor zu. Die Reste der Daube ließ ich unterwegs fallen. Das Tor war nicht verschlossen. Nach wenigen Sekunden war ich hindurch und lief einen glitschigen Feldweg entlang. Aber hier war ich noch nicht in Sicherheit, denn man konnte mich von allen Seiten her sehen. So rannte ich nach links, setzte über ein Tor hinweg, hinter dem ein Feld lag, und hockte mich in den Windschatten einer buschigen Hecke.

Von der Hutkrempe tropfte mir der Regen ins Gesicht. Ich blickte über das Feld und versuchte mich zu erinnern, wie die Gegend ausgesehen hatte, als ich sie vom Fenster aus zum erstenmal betrachtet hatte. Wenn ich über dieses Feld lief, mußte ich zu einem Wäldchen kommen. Und dahinter mußte die Straße liegen, die ich von oben gesehen hatte. Ich rannte los und blickte mich nicht mehr um. Erst als ich den Schutz des Wäldchens erreicht hatte, warf ich einen Blick zurück. Von den Verfolgern keine Spur. Mir war, als ob drüben beim Haus eine schwarze Rauchwolke emporstiege. Doch bei dem peitschenden Regen konnte ich mich auch täuschen.

Ein weiteres Tor auf der anderen Seite des Wäldchens führte auf die Straße. Aber bevor ich die Stelle erreichte, hörte ich wieder das Klipp-Klapp von Hufen, ein leises Scheppern und das melodische Pfeifen. Ich öffnete das Tor und sah die Straße hinauf. Ein flacher Karren fuhr vorbei. Ein Mann saß auf dem Bock, hielt die Zügel eines Esels in der Hand und pfiff wie eine Amsel. Hinter ihm auf dem Karren schepperten ein paar Kannen, in denen wahrscheinlich Milch war.

Während das Fuhrwerk vorbeirollte, versuchte ich herauszufinden, in welchem Land ich war. Der Eselskarren ließ auf Spanien schließen, aber zum Teufel, einen derartigen Regen sollte es doch in Spanien eigentlich nicht geben. Der Wagen verschwand allmählich außer Sichtweite. Ich hätte nicht einmal sagen können, auf welcher Straßenseite er fuhr. Er hielt sich nämlich genau in der Mitte.

Ich wandte mich um und sah in einiger Entfernung einen Bus kommen. Auf der gegenüberliegenden Straßenseite wartete ein Mann an einer Haltestelle. Der Bus fuhr auf der linken Seite. Demnach war ich mit ziemlicher Sicherheit noch in England. Ich war davon noch überzeugter, als ich die Straße überquert hatte. Der Mann wandte mir ein glänzend rotes Gesicht zu, wie es die Engländer vom Lande häufig haben, und sagte: »Schöner milder Morgen, nich?«

Ich nickte, und der Regen rann mir von der Hutkrempe.

»Hmm.«

Als ich zum Schild über meinem Kopf hochsah, wurde ich wieder unsicher. Die Aufschrift stand da in zwei Sprachen, in Englisch und in einer anderen. Nicht einmal die Schriftzeichen der zweiten Sprache konnte ich entziffern. Es waren keine lateinischen Buchstaben. Diese Hieroglyphen hatte ich noch nie gesehen, obwohl sie mir irgendwie vertraut vorkamen.

Nur langsam kroch der Bus die Straße entlang. Von meinem Standort aus konnte ich das Dach und das Obergeschoß des Hauses sehen. Eine schwarze Rauchwolke stieg zum Himmel.

Nervös warf ich wieder einen Blick auf den Bus und wünschte, das verdammte Ding würde endlich auf Touren kommen. Ich fühlte mich nicht wohl in meiner Haut. Einer plötzlichen Eingebung folgend, griff ich in die Tasche und fischte einige von Fettgesichts Münzen heraus. Die erste war offensichtlich ein Penny, aber ganz bestimmt kein englischer. Ich entdeckte darauf eine Henne mit Küken und darunter ein einzelnes Wort in seltsamen Schriftzeichen. Nicht einmal entziffern konnte ich es. Als ich die Münze

umdrehte, ließ ich sie vor Überraschung fast fallen. Auf dieser Seite war eine Harfe abgebildet. Außerdem entdeckte ich eine Inschrift, die ich auch lesen konnte: »Eire – 1964«.
Mein Gott, ich war in Irland.

SIEBTES KAPITEL

1

Genau vor mir hielt der Bus. Vom Haus aus konnte man mich jetzt nicht mehr sehen. Ich atmete auf. Trotzdem war ich noch so durcheinander, daß ich nicht auf das Fahrziel des Busses geachtet hatte. Ich hatte keine Ahnung, wohin die Reise gehen sollte. Solche Fehler können einen das Leben kosten. Wie ein Idiot kam ich mir vor, als ich mich setzte. Ich nahm Fettgesichts Brieftasche aus der Jacke und blätterte die Banknoten durch. Er hatte überwiegend Fünfer von der »British Bank of England«. Aber auch ein paar irische Pfundnoten waren dabei. Ich nahm eine davon heraus, da ich nicht wußte, ob ich in Irland mit britischer Währung bezahlen konnte.

Als der Schaffner kam, hielt ich ihm die Pfundnote hin.

»Endstation«, sagte ich, als würde ich mich auskennen.

»Einmal Endstation. Macht zwei Schilling und zwei Pence.«

Er gab mir den Fahrschein und zählte mir das Wechselgeld auf die Hand. Ich steckte es nicht gleich weg, sondern wartete, bis er weitergegangen war. Dann sah ich es mir näher an. Auch ein paar englische Münzen waren dazwischen. Also machte es keinen Unterschied, ob man mit englischem oder irischem Geld bezahlte. Das ganze Geld aus Fettgesichts Brieftasche würde ich brauchen können.

Jetzt saß ich also im Bus, hatte bis zur Endstation gelöst, aber keinen blassen Schimmer, wohin es ging. Verdammt lächerlich! Auch ein Blick aus dem Fenster half mir nicht weiter. Nichts verriet mir, in welchem Teil von Irland ich war. Irland! Was wußte ich überhaupt von Irland?

Die Antwort fiel mir leicht – praktisch gar nichts. In der Schule hatte ich wohl gerade gefehlt, als wir Irland durchnahmen. Die Iren waren für mich immer nur komische

Typen gewesen, die sich dauernd in den Haaren lagen. Einige verschwommene Erinnerungen tauchten auf. Revolution und Bürgerkrieg, die Grünen und die *Orangenen*, bewaffnete Aufstände. Das alles war wohl schon ziemlich lange her. Aber hatte ich nicht vor kurzem erst wieder etwas über Unruhen in Irland gelesen?
Der Bus hielt. Neue Fahrgäste stiegen zu. Bevor es wieder weiterging, raste in höllischem Tempo und mit scheppernder Glocke ein Feuerwehrwagen an uns vorbei. Er fuhr in die Richtung, aus der wir gekommen waren. Die Leute drehten die Köpfe nach ihn um. Ich grinste. Bei meiner Flucht war ein Schuß gefallen. Ein Mann hatte aufgeschrien. Wahrscheinlich würde die Feuerwehr also auf einen Mann mit einer Schußverletzung stoßen. Fettgesicht dürfte Schwierigkeiten haben, das zu erklären.
Der Bus kroch weiter, Gott weiß, wohin. Wir kamen durch einen Ort namens Cratloe. Eigentlich kein typisch irischer Name. Aber auf dem Wegweiser für die entgegengesetzte Richtung stand »Bunratty«. Das wiederum war typisch irisch. Über uns kreiste ein Düsenriese, verlor an Höhe und setzte offensichtlich zur Landung an. Es war ein Passagierflugzeug, keine Militärmaschine. Aus heiterem Himmel fiel mir plötzlich ein Name ein: Shannon Airport. Das war Irlands internationaler Flughafen. Aber natürlich hatte ich keine Vorstellung, wo der lag.
In Gedanken notierte ich einen weiteren Punkt auf der Liste der Dinge, die ich unbedingt brauchte: Landkarten.
Wir fuhren weiter. Die Sonne brach durch die Wolken, und in der Ferne sah man einen Regenbogen. Die Gegend war jetzt dichter besiedelt. Wir kamen an einer Rennbahn vorbei. Dann ein Ortsschild: Limerick. Hier war ich also. Nicht, daß ich damit allzuviel anfangen konnte. Das einzige, was mir im Moment dazu einfiel, war der »Limerick« über den Klempner von Lee. Aber immerhin war es eine große und geschäftige Stadt. Ich dankte dem Himmel dafür. Hier konnte ich untertauchen.
Bevor wir ins Stadtzentrum kamen, stieg ich aus. Der

Schaffner blickte mir etwas erstaunt nach. Aber vielleicht bildete ich mir das auch nur ein. Ich war ausgestiegen, weil ich eine ziemlich große Buchhandlung gesehen hatte. Dort würde ich finden, was ich jetzt am nötigsten brauchte: Informationen. Ich lief die hundert Meter zurück und betrat das Geschäft. In aller Ruhe ging ich von Regal zu Regal. Schließlich fand ich, was ich suchte, in großer Auswahl. Außer einer ganzen Reihe Reiseführer hatten sie jede Menge Karten, vom einfachen Faltblatt bis zum Straßenatlas. Die antiquarischen und literarischen Reiseführer interessierten mich nicht. Ich entschied mich für einen dicken Wälzer, vollgepackt mit Daten und Fakten. Außerdem kaufte ich eine Straßenkarte, die ich zusammenfalten und in die Tasche stecken konnte, einen Schreibblock, ein Paket Briefumschläge und eine Zeitung.

Mit einem von Fettgesichts Fünfern zahlte ich. Ich nahm die Sachen und verzog mich in eine Imbißstube gleich nebenan. Ein mieser Schuppen. Man brachte mir ein Kännchen dünnen Tee mit ein paar alten Brötchen. Ich informierte mich, so gut es ging.

Auf der Karte sah ich, daß Limerick an der Mündung des Shannon-Flusses lag. Wie ich schon vermutet hatte, war es nicht weit zum Shannon-Airport. Das Haus, aus dem ich geflüchtet war, lag nördlich von Limerick, irgendwo zwischen Sixmilebridge und Cratloe. Für Fettgesicht und seine Mannschaft war das praktisch. Mit dem Wagen waren es nur knappe 15 Minuten zum Flughafen.

Ich goß mir noch eine Tasse lauwarmen Tee ein und schlug die Zeitung auf. Sieh mal an! Slade und Rearden waren immer noch eine Meldung wert. Und nicht nur das. Wir standen sogar auf der ersten Seite. Aber vielleicht lag das nur daran, daß Inspektor Brunskill in Dublin gelandet war. Das interessierte die Leute am Ort. Ein Foto zeigte ihn beim Verlassen des Flugzeuges. Als man ihn fragte, was er zu finden hoffe, meinte er zugeknöpft: »Kein Kommentar.« Inspektor Forbes war gerade von Brüssel nach London zurückgekehrt. Auch er hatte nichts Erfreuliches zu berichten.

Natürlich stahl Slade mir in den Zeitungen die Show. Ein Spion ist schließlich eine viel schillerndere Persönlichkeit als ein Juwelendieb. Aber auch ich kam nicht zu kurz. Die Art, wie Brunskill und Forbes geschäftig durch die Gegend hetzten, zeigte deutlich genug die Aufregung. Diese beiden hatte man auf mich angesetzt, weil sie mich auf den ersten Blick erkennen konnten. Sie mußten ziemlich viel reisen, denn Rearden war angeblich überall gesehen worden: auf der Insel Man und auf der Regent Street, an der Côte d'Azur, in Ostende, Manchester, Wolverhampton, Bergen und Middle Wallop. Ob Sergeant Jervis wohl ebensoviel zu tun hatte?
Da außer mir niemand in der Imbißstube war, zog ich die Brieftasche heraus. Zuerst zählte ich das Geld; das war das Wichtigste; was konnte ich schon ohne Geld machen? Alles in allem waren es 78 Pfund, meist englische Fünfer. Das war gut. Außerdem entdeckte ich einen englischen Führerschein. Das war noch besser. Ich wollte beweglich sein, und dafür mußte ich ein Auto mieten. Das aber ging nur, wenn ich einen Führerschein vorzeigen konnte. Er war auf den Namen Richard Allen Jones ausgestellt. Das sah nach einer Fälschung aus, aber vielleicht war der Name doch echt. Ein paar echte Jones' mußte es ja wohl geben.
Daneben lag ein Brief, mit dem ich aber nicht viel anfangen konnte, weil ich seine Sprache nicht kannte. Ich las ihn mehrmals, doch schließlich steckte ich ihn weg, ohne einen Deut klüger geworden zu sein. Irgendwie kam mir die Sprache slawisch vor, aber ich war mir nicht sicher. Die östlichen Sprachen waren nie meine starke Seite gewesen.
Das dünne Notizbuch dagegen war aufschlußreicher. Auf verschiedenen Seiten fand ich Adressen – einige in Irland und England, andere in Frankreich, Spanien und Italien. Als ich auch auf die Adresse der Anglo-Scottish Holding in London stieß, traf mich fast der Schlag. Von Mackintoshs Deckmantel war wirklich nicht die Spur übriggeblieben.
Die beiden irischen Adressen brachten mich zunächst ein-

mal nicht weiter. Eine war in einem Ort namens Clonglass in der irischen Republik und die andere in Belfast. Beides war eine ziemliche Ecke von Limerick entfernt, Belfast sogar jenseits der Grenze in Nordirland.
Allzu vielversprechend sah das nicht aus, aber da ich nichts anderes hatte, mußte ich damit anfangen.
Ich zahlte den Tee und ließ mir eine Handvoll Münzen zurückgeben. Dann machte ich mich auf die Suche nach einer Telefonzelle. Das war gar nicht so einfach, da ich erst nach einer Weile darauf kam, daß die Iren ihre Zellen grün streichen. Ich wußte, daß man aus den Fernsprechhäuschen nicht nur nach draußen telefonieren, sondern auch dort angerufen werden konnte. Als ich schließlich eine Zelle fand, notierte ich mir nur deren Nummer. Dann suchte ich weiter, bis ich noch ein Telefon fand. Von dort aus ließ ich mich mit der Anglo-Scottish in London verbinden. Schon nach wenigen Minuten hörte ich die Stimme von Mrs. Smith: »Anglo-Scottish Holdings Ltd.«
Die Stimme klang freundlich und zuvorkommend, aber vielleicht war das pure Einbildung. In den letzten achtzehn Monaten hatte ich nur einmal mit einer Frau gesprochen – und das war die Blondine gewesen, die mir die Spritze verpaßt hatte.
»Hören Sie gut zu«, preßte ich hervor. »Ich bin ziemlich sicher, daß Ihr Telefon angezapft ist. Gehen Sie zu einem anderen Apparat und rufen Sie so schnell wie möglich folgende Nummer an.« Ich gab ihr die Nummer der ersten Telefonzelle und legte auf, bevor sie antworten konnte.
Mag sein, daß meine Vorsicht übertrieben war. Aber schließlich bin ich heute noch unter den Lebenden. Das ist wohl der beste Beweis, daß diese Methode sich bewährt hat. Außerdem konnte es ein längeres Gespräch werden, und dann war es viel besser, wenn sie mich anrief. So brauchte ich den Apparat nicht laufend mit Münzen zu füttern. Als ich zur ersten Telefonzelle zurückkam, war sie besetzt. Eine Frau stand in dem Glaskasten. Ich schnitt ihr Fratzen, bis sie abhaute. Jetzt konnte ich hinein. Während

ich auf den Anruf wartete, blätterte ich im Telefonbuch herum, als suchte ich eine Nummer.
Mrs. Smith beeilte sich. Nach knapp zehn Minuten klingelte es. Ich hob den Hörer ab. »Stannard«, meldete ich mich.
»Was machen Sie in Limerick?« Ihre Stimme klang lange nicht mehr so freundlich wie vorher.
»Was, zum Teufel, glauben Sie wohl?« fragte ich mürrisch zurück. »Ich will mit Mackintosh sprechen.«
»Er ist nicht da.«
»Dann schaffen Sie ihn herbei«, fauchte ich.
»Er ist im Krankenhaus«, sagte sie nach kurzem Schweigen. »Er hatte einen Autounfall.«
»Schwer verletzt?«
»Die Ärzte glauben nicht, daß er durchkommt«, murmelte sie leise.
Mein Magen krampfte sich merkwürdig zusammen. »Du lieber Gott, das ist übel. Wann ist es passiert?«
»Vor drei Tagen. Fahrerflucht.«
Auf einmal sah ich es vor mir – ein tödliches Puzzle. Einige Teile paßten schon. Vor drei Tagen war Fettgesicht Jones sich auf einmal so sicher gewesen, daß ich nicht Rearden war, und Mackintoshs Adresse stand in seinem Notizbuch.
»Das war kein Unfall. Man wußte, wer er wirklich war.«
»Unmöglich«, widersprach sie heftig.
»Warum unmöglich?«
»Nur wir drei wußten Bescheid.«
»Irrtum, meine Liebe. Erst vor kurzem habe ich einen der Fluchter ins Reich der Träume geschickt. In seinem Notizbuch fand ich die Adresse der Anglo-Scottish. Darum kam ich auf die Idee, daß Ihr Telefon angezapft sein könnte.«
Ich holte tief Luft. »Passen Sie gut auf sich auf, Mrs. Smith.«
Diesen Rat gab ich ihr nicht nur aus reiner Menschenliebe. Wenn Mackintosh starb und die Fluchter auch Mrs. Smith umbrachten, saß ich wirklich total im Dreck. Im günstigsten Fall würde man mich schnappen und wieder ins Gefängnis bringen, um die restlichen zwanzig Jahre abzusitzen.

Bewährung oder vorzeitige Entlassung wegen guter Führung waren nach meinem Ausbruch nicht mehr drin.
Aber das war noch nicht alles. Komischerweise ist es ja kein Verbrechen, aus dem Gefängnis auszubrechen. Aber man konnte mir einen Überfall auf einen Gefängnisbeamten anhängen. Ich hatte dem Oberaufseher ins Gesicht getreten und war schuld daran, daß er sich ein Bein gebrochen hatte. Dafür würden sie mich weitere fünf Jahre einlochen.
Nach dem Ableben von Mackintosh und Mrs. Smith würde ich auch nicht die geringste Chance haben, zu beweisen, was sich wirklich abgespielt hatte. Mackintosh und seine verfluchte Geheimniskrämerei! Das brach mir jetzt das Genick. Gedankenverloren ließ ich den Hörer sinken. Erst ein knackendes Geräusch aus der Muschel ließ mich auffahren. »Was ist. Was haben Sie gesagt?«
Mrs. Smith war noch dran. »Wie, um Himmels willen, können die anderen die Adresse erfahren haben?«
»Im Moment unwichtig«, erwiderte ich. »Die Aktion ist in die Hose gegangen. Wir können nur noch versuchen, das Schlimmste zu verhindern.«
Der scharfe Unterton war nicht zu überhören, als sie sagte: »Was ist mit Slade?«
»Er ist mir durch die Lappen gegangen«, gestand ich sauer. »Der Himmel mag wissen, wo er jetzt steckt. Wahrscheinlich im Laderaum eines russischen Frachters auf dem Weg nach Leningrad. Eine völlige Pleite, Mrs. Smith.«
»Bleiben Sie einen Moment dran«, sagte sie. Dann hörte ich gar nichts mehr, volle fünf Minuten lang. Draußen vor der Zelle wartete ein Mann, der ungeduldig von einem Fuß auf den anderen trat und mir wütende Blicke zuwarf. Ich starrte ihn einmal von oben bis unten an und drehte ihm dann den Rücken zu.
Endlich war Mrs. Smith wieder am Apparat. »In drei Stunden kann ich am Shannon Airport sein. Brauchen Sie irgendwas?«
»Natürlich«, antwortete ich. »Ich brauche Geld – jede Menge. Und neue Ausweise.«

»Warum sollten Sie jetzt nicht wieder zu Ihrem richtigen Namen übergehen?« meinte sie. »Ihren Anzug und Ihren Paß habe ich hier im Koffer. Ich bringe alles mit.«
»Gehen Sie aber nicht in die Nähe des Büros«, warnte ich sie. »Und passen Sie auf, ob sich fremde Männer an Ihre Fersen heften. Wissen Sie, wie man jemanden abschüttelt?«
»Ich bin doch kein Anfänger«, gab sie kühl zurück. »Wir treffen uns in drei Stunden auf dem Flughafen.«
»Kommt nicht in Frage. Flughäfen sind ein heißes Pflaster für Leute, die auf der Flucht sind. Da hält die Polizei ein besonders scharfes Auge drauf. Und vergessen Sie nicht: Brunskill ist gerade in Irland angekommen.« Draußen vor der Zelle wurde die Schlange der Wartenden immer länger.
»Nehmen Sie ein Taxi zum Hotel ›St. George‹. Ich warte draußen. Vielleicht habe ich sogar einen Wagen.«
»In Ordnung – und ich bringe Geld mit. Wieviel brauchen Sie?«
»Soviel wie möglich. Schaffen Sie es wirklich in drei Stunden?«
»Wenn Sie mich nicht länger aufhalten, ja«, entgegnete sie bissig und legte auf.
Ich hängte den Hörer ein und stieß die Tür auf. »Sie haben wohl mit Australien telefoniert, was?« meinte der Mann, der die Schlange anführte, sarkastisch.
»Nein, mit Peking«, erwiderte ich höflich, drängte mich an ihm vorbei und ging die Straße hinauf.

2

Mit dem britischen Führerschein war es nicht weiter schwierig, einen Wagen zu mieten. Mietwagen sind allerdings normalerweise nicht gerade die schnellsten, doch es gelang mir, einen »Cortina 1500« zu bekommen. Damit konnte ich verhältnismäßig schnell aus kitzligen Situationen herauskommen – oder auch hinein.

Einige Minuten vor der Zeit war ich am Hotel »St. George«. Etwa hundert Meter davor hielt ich auf der gegenüberliegenden Straßenseite an. Ich blieb im Wagen sitzen und beobachtete die vorbeifahrenden Taxis. Noch war Mrs. Smith nirgends zu sehen. Nur mit einer Viertelstunde Verspätung kam sie dann an.
Als ihr Taxi weitergefahren war, stand sie mit zwei Koffern auf dem Bürgersteig und sah sich unsicher um. Eilfertig stürzte der Hotelportier auf sie zu. Enttäuscht kehrte er um, als sie den Kopf schüttelte. Eine Weile ließ ich sie zappeln, weil ich unbedingt wissen wollte, ob jemand ungewöhnlich starkes Interesse für sie ziegte. Nach zehn Minuten aber hatte ich das Gefühl, daß ich sie jetzt unbedingt begrüßen mußte. Sonst würde das noch ein anderer besorgen. In den engen Lastexhosen, dem Blüschen mit offenem Kragen und dem kurzen Jäckchen sah sie direkt zum Anbeißen aus. Ich ordnete mich in den Verkehr ein, wendete und hielt vor dem Hotel. »Darf ich Sie mitnehmen, Madam?« fragte ich scheinheilig durch das heruntergekurbelte Fenster.
Sie beugte sich herunter, um in den Wagen zu sehen. Ihre grünen Augen schleuderten Blitze. »Wo haben Sie gesteckt?« fragte sie wütend. »Ich stehe hier herum wie ein Narr. Drei Angebote habe ich bereits abgelehnt.«
»So sind die Iren«, sagte ich. »Einem hübschen Mädchen können sie nicht widerstehen. Steigen Sie ein. Ich leg die Sachen in den Kofferraum.«
Bereits drei Minuten später ließen wir Limerick hinter uns und fuhren in Richtung Cratloe. »Sie haben sich wirklich beeilt«, lobte ich. »Gut, daß gerade eine Maschine ging.«
»Ich bin mit meinem eigenen Flugzeug gekommen«, entgegnete sie und starrte dabei geradeaus durch die Windschutzscheibe.
»Sieh mal einer an«, lästerte ich. »Die furchtlose Fliegerin. Vielleicht hilft uns das – wenn ich auch noch nicht weiß, wobei.«
»Sie haben vorhin am Telefon etwas gesagt, was mir gar nicht gefallen hat«, bemerkte sie.

»Und was war das?«
»Daß uns nichts anderes mehr übrigbleibt, als noch größeren Schaden zu verhindern. Das paßt mir überhaupt nicht.«
»Mir auch nicht. Aber es gibt keine heiße Spur. Ich mache mir keine großen Hoffnungen.«
»Warum haben Sie Slade entwischen lassen?«
»Ich habe ihn nicht entwischen lassen«, widersprach ich. »Er wurde weggebracht.«
»Aber man hätte doch bestimmt irgend etwas dagegen tun können!«
Ich sah sie von der Seite an. »Hätte es Ihnen Spaß gemacht, ihm im Schlaf die Kehle durchzuschneiden?«
Sie sah mich an wie ein aufgeschrecktes Huhn. »Wieso? Ich ...« Dann brach sie ab und schwieg.
»Kritisieren ist einfach, wenn man nicht selbst drinsteckt«, sagte ich. »Diese Fluchter wissen, was sie tun. Sie sind viel gefährlicher, als wir angenommen haben. Slade war der Meinung, das alles könnte von den Russen arrangiert worden sein, mit russischem Geld jedenfalls. Vielleicht sogar mit russischen Ausbildern. Eines ist sicher: Die Fluchter sind keine gewöhnlichen Gangster.«
»Darüber müssen Sie mir noch mehr erzählen«, unterbrach sie mich. »Aber vorher sagen Sie mir erst einmal, wohin wir fahren.«
»Ich will mir das Haus ansehen, in dem ich gefangengehalten wurde. Vielleicht finden wir dort etwas, bin aber nicht sicher. Ich hörte noch, wie der Boß schrie, sie müßten das Haus aufgeben. Und das taten sie auch.«
Irische Straßen haben einen Vorteil: Es gibt kaum Verkehr. Wir kamen gut voran, so gut, daß ich meine traurige Geschichte erst halb erzählt hatte, als ich schon das erste Feuerwehrauto sah. »Da ist es«, sagte ich und hielt an – weit genug vom Schauplatz des Geschehens entfernt.
Das Haus lag in Trümmern. Nur einen Blick warf Mrs. Smith auf die ausgebrannten Mauern. »Das sieht mir nicht so aus, als ob der Boß das Haus drangegeben hat. Ich habe

eher den Eindruck, das Haus hat den Boß aufgegeben. Was für einen Grund sollte er haben, es niederzubrennen?«
Ich warf mich in die Brust. »Das war mein Werk.« Ein verwitterter Alter kam uns entgegengeradelt. »He!« rief ich ihn durchs offene Fenster an. »Was ist da passiert?«
Im Zickzack kreuzte er über die Straße und kam schlingernd zum Stehen. »Ein kleines Feuerchen«, grinste er und zeigte dabei seine Zahnlücken. »Erinnert mich an die Unruhen.«
»Jemand verletzt?«
»Aber ja. Mittendrin fanden sie den armen Kerl. Ist aber nicht mehr viel von ihm übriggeblieben.«
»Das ist ja schrecklich«, sagte ich.
Der Alte lehnte sich nach vorn und forschte in meinem Gesicht scheinbar nach verdächtigen Anzeichen. »Vielleicht ein Freund von Ihnen?«
»Nein, nein«, wehrte ich ab. »Wir kamen nur zufällig vorbei und sahen die Feuerwehr.«
»Neugier«, nickte er. »Verstehe. Aber es gibt noch ein Geheimnis, wissen Sie. In dem Haus da drüben waren noch mehr Männer, aber die sind alle weggerannt. Die *garda* fragt sich schon, warum.«
»Die *garda?*«
»Nun ja, die Feinde aller anständigen Leute«, erklärte der Alte. »Die Männer in den blauen Uniformen.« Er zeigte die Straße entlang. »Bei euch nennt man sie Polizisten.«
Etwa hundert Meter weiter stand ein Streifenwagen. Nicht zu übersehen. Ein Polizist ging darauf zu. Ich warf Mrs. Smith einen flehenden Blick zu. »Meinst du nicht, wir sollten weiterfahren, Liebling? Heute abend müssen wir in Roscommon sein.«
»Sagten Sie Roscommon?« fragte der alte Mann. »Da sind Sie aber auf der falschen Straße.«
»Wir wollen vorher noch Freunde in Ennis besuchen«, log ich. Der Opa war alles andere als verkalkt.
»Na, dann immer geradeaus«, sagte er und nahm die Hand vom Wagen. »Ich wünsche Ihnen viel Glück in Irland – Ihnen und Ihrer schönen Begleiterin.«

Ich lächelte ihn an und ließ die Kupplung kommen. Als wir an dem Streifenwagen vorbei waren, schaute ich in den Rückspiegel. Die Polizisten machten keine Anstalten, uns zu folgen.
»Wenn man eine Autopsie vornimmt, wird man wahrscheinlich eine Kugel in der Leiche finden«, wandte ich mich an Mrs. Smith.
»Haben Sie den Mann getötet?« Das sagte sie so kühl und leichthin, als erkundigte sie sich, ob ich gut geschlafen hätte.
»Nein, ich nicht. Es war mehr oder weniger ein Unfall. Bei einem Handgemenge hat er sich selbst erschossen.« Noch einmal sah ich in den Rückspiegel. »Aber recht hat er, wissen Sie.«
»Wer?«
»Der alte Mann. Sie sind wirklich sehr schön.« Bevor sie sich eine Antwort darauf einfallen lassen konnte, fragte ich: »Wie geht es Mackintosh?«
»Vor meinem Abflug von London habe ich noch einmal im Krankenhaus angerufen. Ihm geht es unverändert schlecht.« Sie drehte sich zu mir um. »Sie glauben nicht, daß es ein Unfall war?«
»Wie ist es passiert?«
»Er wurde überfahren, als er spät nachts im Stadtzentrum über die Straße ging. Das Auto fuhr einfach weiter. Ein Mann fand ihn schwerverletzt am Straßenrand.«
»Ich glaube nicht an einen Unfall«, wiederholte ich. »Denn etwa zur selben Zeit erfuhr dieser Jones, daß ich nicht Rearden bin.«
»Aber wie ist das möglich?«
»Ich hab's ihnen bestimmt nicht erzählt. Also können nur Sie oder Mackintosh es gewesen sein.«
»Ich war es nicht«, erwiderte sie schnell. »Und warum sollte er es gewesen sein?« Ich zuckte die Achseln. Eine Weile brütete sie schweigend vor sich hin. Dann begann sie langsam: »Er konnte Menschen immer sehr gut beurteilen, aber ...« Sie unterbrach sich.

»Aber was?«
»Aber da waren 40 000 Pfund auf diesem Nummernkonto in der Schweiz – und Sie kannten die Nummer.«
Ich warf ihr einen Blick zu.
Stocksteif saß sie neben mir und starrte aus dem Fenster. Auf ihren Wangen erschienen hektische rote Flecken.
»Das genügt«, sagte ich. »Sie glauben also, daß ich unseren Plan an die Fluchter verraten habe. Oder?«
»Fällt Ihnen eine andere Erklärung ein?«
»Eigentlich nicht«, gab ich zu. »Aber da wir gerade vom Geld sprechen – wieviel haben Sie mitgebracht?«
»Das alles scheint Sie nicht sehr zu erschüttern«, fauchte sie. Mit einem tiefen Seufzer hielt ich den Wagen an. Ich griff ins Jackett und zog Fettgesichts Pistole heraus. Ich reichte sie ihr auf der flachen Hand. »Wenn Sie so verdammt sicher sind, daß ich ein Verräter bin, dann sollten wir es hinter uns bringen, und zwar schnell. Nehmen Sie die Pistole und drücken Sie sie ab.«
Zuerst war sie kreidebleich geworden, als sie die Pistole sah. Jetzt aber errötete sie und senkte die Augen, um meinem Blick auszuweichen. »Es tut mir leid«, sagte sie leise. »Das hätte ich wohl nicht sagen sollen.«
»Vielleicht ist es ganz gut so«, meinte ich. »Sonst würden Sie es immer noch denken. Wir beide sind jetzt auf uns allein angewiesen, und wenn wir uns nicht aufeinander verlassen können, kommen wir nie zu Rande. Also zurück – sind Sie sicher, daß Sie sich nirgends verplappert haben?«
»Völlig sicher.«
»Bei mir waren Sie sich auch nicht sicher«, sagte ich, während ich die Pistole wieder wegsteckte. »Damit bleibt nur Mackintosh.«
»Das kann ich mir einfach nicht vorstellen«, widersprach sie.
»Wen hat er kurz vor diesem angeblichen Unfall getroffen?«
Sie dachte nach. »Er traf den Premierminister und den Oppositionsführer. Beide machten sich große Sorgen, weil man nichts mehr von Slade hörte. Da die Wahlen vor der

Türe stehen, war der Premier der Meinung, auch der Oppositionsführer sollte informiert werden, wenn sich etwas Neues ereignete.«

»Oder auch, wenn sich nichts Neues ereignete«, ergänzte ich. »Völlig klar. Das ist kein Thema für eine Auseinandersetzung zwischen den Parteien. Hat er sonst noch jemanden getroffen?«

»Ja Lord Peter und Charles Wheeler. Wheeler ist Parlamentsabgeordneter.«

»Von Peter habe ich gehört. Er war früher mal Slades Chef.« Auch der Name Wheeler kam mir bekannt vor. »Worüber hat er mit Wheeler gesprochen?«

»Das weiß ich nicht«, antwortete sie.

»Glauben Sie, Mackintosh hätte Ihnen gesagt, wenn er irgend jemand über unsere Operation informiert hätte?«

»Soweit ich weiß, hat er mir nie etwas verschwiegen.« Nach kurzem Nachdenken fügte sie hinzu: »Aber der Unfall passierte, bevor er mit mir sprechen konnte.«

Darüber grübelte ich lange, aber vergeblich nach. Dann seufzte ich. »Auf jeden Fall soll mich der Teufel holen, wenn ich Sie weiter mit Mrs. Smith anrede. Und ich werde auch nicht Lucy zu Ihnen sagen. Wie heißen Sie wirklich?«

»In Ordnung«, resignierte sie. »Sie können mich Alison nennen.«

»Also, was machen wir jetzt, Alison?«

Sie hatte schon einen Plan. »Wir überprüfen die irischen Adressen, die Sie in Jones Notizbuch gefunden haben. Zuerst in Conglass und dann in Belfast, wenn es sein muß.«

»Das wird gar nicht so einfach sein. Die Eintragung über Clonglass war keine Adresse, sondern nur eine Notiz – eine Gedankenstütze, einfach so hingekrizelt: ›Taafe zum Haus in Clonglass schicken.‹«

»Wir werden es trotzdem versuchen«, entschied sie. »Es ist ja nicht allzu weit.«

3

In einem Hotel in Galway, 25 Kilometer von Clonglass entfernt, nahe der Küste, nahmen wir zwei Zimmer. Am nächsten Morgen fuhren wir direkt weiter. Auf der Karte hatte es nicht so ausgesehen, als würden wir westlich von Galway noch ein Hotel finden, vor allem nicht spät in der Nacht. Darauf hatten wir es nicht ankommen lassen wollen.
Clonglass lag an einem kleinen Ausleger der großen Bucht. Es gehörte zu den Nestern, bei denen man am Ortsschild sofort den Fuß vom Gaspedal nehmen muß. Sonst ist man schon durchgefahren. Die Häuser lagen weit verstreut. Sie hatten tief heruntergezogene Strohdächer, damit die westlichen Sturmwinde sie nicht abheben konnten. Vor jeder Haustür lag ein Stapel Torfbriketts griffbereit. Sehr vielversprechend sah das nicht aus.
Ich hielt an. »Was machen wir jetzt? Ich wüßte nicht, wo man in so einem Ort anfangen sollte.«
»Aber ich«, lächelte Alison und stieg aus. Eine alte Frau quälte sich die Straße entlang, von Kopf bis Fuß in Schwarz gehüllt. Nur das völlig verrunzelte Gesicht hob sich davon ab. Alison sprach sie an und dann – ich glaubte nicht richtig zu hören – redete sie in einer für mich unverständlichen Sprache auf die Alte ein. Es ist immer dasselbe, wenn man einer Unterhaltung folgen will, bei der man kein Wort versteht. Ich hatte den Eindruck, als unterhielten die beiden sich über alles mögliche – vom augenblicklichen Kartoffelpreis bis zum Krieg in Vietnam. Sie schienen überhaupt nicht mehr aufhören zu wollen. Endlich kam Alison zurück, und das alte Mütterchen trottete weiter.
»Mir neu, daß Sie Irisch sprechen«, sagte ich.
»Aber ja doch, Gälisch verstehe ich«, erwiderte sie von oben herab. »Kommen Sie.«
Ich holte sie ein. »Wohin gehen wir?«
»Dahin, wo man den neuesten Klatsch hört«, antwortete sie. »In den Dorfladen.« In dem Laden fühlte ich mich sofort heimisch. Im australischen Busch und in den abgele-

genen Teilen Südafrikas hatte ich schon oft ähnliche gesehen. Als Kind hatte ich sie »Krauterläden« genannt. Hier konnten die Leute alles und jedes in kleinsten Mengen kaufen. Dieser Laden hatte noch eine besondere Attraktion: eine Bartheke. Alison kramte wieder ihr Irisch hervor. Die Worte rieselten an meinem Ohr vorbei. Ich kriegte kein Wort mit. Als sie sich zu mir umwandte, frage sie: »Trinken Sie Whisky?«
»Aber sicher doch.«
Fasziniert beobachtete ich den Barmixer, der sich redlich mühte, auch den Rest einer Flasche noch in einem Glas unterzubringen. In Irland ist nach einem Glas Whisky die Flasche schon zu einem Zehntel leer. Die Männer haben einen kräftigen Zug.
»Ein Glas ist für ihn«, sagte Alison und zeigte auf den Mixer. »Er heißt Sean O'Donovan. Sprich mit ihm. Ich mische mich unter die Damen drüben im Laden. Bei einem Glas Whisky können sich Männer besser unterhalten.«
»›Sprich mit ihm‹ ist leicht gesagt. Aber was mache ich, wenn er antwortet?«
»Kein Problem. O'Donovan spricht Englisch«, sagte sie und zog ab.
»Stimmt«, sagte O'Donovan ruhig. »Ich kann Englisch. Im Krieg habe ich in der britischen Armee gedient.« Er stellte das Glas auf die Theke zurück. »Machen Sie hier ein bißchen Urlaub?«
»Ja«, antwortete ich. »Wir sehen uns ein wenig die Gegend an. Fahren mal hierhin, mal dorthin. Ihr Land ist wunderschön, Mr. O'Donovan.«
Er grinste. »Ihr Engländer habt schon immer einen Narren daran gefressen«, meinte er leicht spöttelnd. Er hob sein Glas und sagte etwas auf irisch. Zwar konnte ich es nicht verstehen, doch seine Geste war eindeutig, und so prostete ich ihm auf englisch zu.
Eine Weile plauderten wir über Gott und die Welt, was man mit einem Barmixer eben so besprechen kann. Dann kam ich zur Sache.

»Überall in Irland bin ich auf die Spuren eines alten Freundes gestoßen«, sagte ich leichthin. »Aber nie habe ich ihn getroffen. Ich frage mich, ob er wohl hier ist. Er heißt Jones.« Es hörte sich lächerlich an, aber irgendwas mußte ich ja sagen.
»Kommt er aus Wales?« fragte O'Donovan.
Ich lächelte. »Glaube kaum. Er ist Engländer.«
O'Donovan schüttelte den Kopf. »Dann habe ich nie etwas von ihm gehört. Vielleicht lebt er in dem Großen Haus, aber die bleiben völlig unter sich.« Wieder schüttelte er den Kopf. »Mein Vater, der vor mir hier drin war, hat das Große Haus sein ganzes Leben lang beliefert. Die aber kaufen jetzt alles in Dublin ein und kümmern sich nicht darum, wie es dem Laden im Ort geht.«
Das klang vielversprechend. Mitfühlend sagte ich: »Halten auf Abstand, was?«
Er zuckte die Achseln.
»Er selbst kommt nicht oft her. Nur ein- oder zweimal im Jahr – von der anderen Insel, wissen Sie.«
Gut zwanzig Sekunden brauchte ich, bevor ich darauf kam, daß O'Donovan England damit meinte. »Der Besitzer ist Engländer?«
O'Donovan warf mir einen schrägen Blick zu. »Scheinbar gehört er auch zu diesen Engländern, die einen Narren an einem Stück Irland gefressen haben.« Ich blickte in O'Donovans verwegenes Gesicht und fragte mich, ob er wohl ein aktives Mitglied der IRA war. Er unterhielt sich zwar sehr freundlich mit mir, aber ich hatte doch den Eindruck, daß er Engländer nur leiden konnte, solange sie in England blieben.
Er hob die Hand, als hätte er meine Gedanken erraten. »Ich sagte ›scheinbar‹, und genauso meinte ich es. Erst kürzlich nämlich las ich in der Zeitung, daß der Mann gar kein Engländer ist.«
»Sein Name steht also manchmal in der Zeitung?«
»Warum nicht? Er ist auf der anderen Insel im Parlament. Ist das nicht merkwürdig, wo er nicht einmal Engländer ist?«

»Allerdings«, meinte ich. Ich hatte keinen Draht zu Mitgliedern des englischen Parlaments, und so ausgedrückt, war es noch übertrieben. Über Aufnahmebedingungen war ich nicht die Spur informiert. »Wenn er nicht Engländer ist, was ist er dann?«

»Hm, das habe ich völlig vergessen. Er kommt aus einem kleinen Land drüben in Europa. Aber er ist reich. Ihm gehört all das Geld, was die Kennedys in Amerika noch nicht eingesackt haben. Er kommt immer mit seiner großen Jacht hier rauf. Sie liegt jetzt in der Bucht vor Anker und ist so riesig wie die königliche Jacht, wenn nicht noch größer. So einen Vergnügungsdampfer haben wir vorher in diesen Gewässern noch nie gesehen.«

Ein wohlhabendes nichtenglisches Parlamentsmitglied! Das war doch nicht so vielversprechend, wie ich zuerst geglaubt hatte. Aber doch auch nicht ganz ohne Reiz.

O'Donovan schüttelte den Kopf. »Vielleicht ist Mr. Wheeler sogar noch reicher als die Kennedys.«

Wheeler!

Eiskalt lief mir ein Schauer den Rücken hinunter. Meine Nerven waren plötzlich zum Zerreißen gespannt. Wheeler, das war doch der Abgeordnete, den Mackintosh getroffen hatte, bevor er vom Auto überfahren wurde. Langsam setzte ich mein Glas ab. »Ich glaube, Mr. O'Donovan, wir genehmigen uns noch einen.«

»Eine gute Idee«, sagte er. »Ich glaube, Sie kommen auch von der Zeitung.« Als ich ihm widersprechen wollte, zwinkerte er mir zu. »Schon gut. Sie brauchen keine Angst zu haben. Ich werde Sie nicht verraten. Hier waren schon viele Reporter, aus London und sogar aus Amerika. Die wollten alle was über Wheeler herauskriegen, um was in ihren Blättern zu bringen. Aber keiner von denen hatte den Grips, ein irisches Mädchen mitzubringen wie Sie, das sich ein bißchen in Gälisch unterhalten kann.«

»Ich habe gedacht, das könnte mir helfen, einen Anfang zu finden«, schwindelte ich. O'Donovan lehnte sich über den Tresen, um in den Laden zu sehen, wo sich Alison angeregt

mit einer Gruppe Frauen mit schwarzen Kopftüchern unterhielt. »Im Westen hat sie die Sprache aber nicht gelernt«, meinte er. »Schon eher in Waterford.«
»Ich glaube, sie hat einmal erzählt, daß sie dort gelebt hat«, sagte ich vorsichtig. »Aber jetzt wohnt sie in Dublin.«
Zufrieden nickte O'Donovan, geschmeichelt, daß er recht gehabt hatte. Er nahm die Gläser, unterbrach sich dann aber. Über meine Schulter blickte er zur Tür. »Sieh mal an. Da kommt gerade Seamas Lynch vom Großen Haus. Ich werde ihm nicht erzählen, wer Sie sind.«
Ich drehte mich um und betrachtete den Mann, der auf den Tresen zukam. Ein schwarzhaariger Ire, dunkel wie ein Spanier, dabei groß, hager und muskulös. O'Donovan stellte unseren Whisky auf die Theke und fragte: »Was kriegst du, Seamas?«
»Gib mir 'nen Halben.«
Während O'Donovan ein Glas nahm und eingoß, fragte er über die Schultern: »Wann reist er mit seinem Boot denn wieder ab, Seamas?«
Lynch zuckte die Schultern. »Wenn es ihm einfällt, Sean O'Donovan.« Der stellte das Glas vor Lynch ab. Mir fiel auf, daß ein halber Whisky in Irland so groß war wie ein doppelter in England. »Ach, es ist schön, wenn man reich ist«, meinte der Barmann. »Und dazu noch jede Menge Zeit hat.«
»Vielleicht sind gerade Parlamentsferien«, warf ich ein.
»Dann sollte er sich um seine Wähler kümmern – hier oben hat er keine«, entgegnete O'Donovan und wandte sich an Lynch. »Dieser Herr hier ist auf Urlaub. Ihm gefällt es sehr gut in Irland.« Lynch sah mich an. »Es gefällt Ihnen also unser Irland, was?« Daß sich mir die Nackenhaare sträubten, lag nicht an dem, *was* er sagte, sondern *wie* er es sagte. Kaum verhohlene Verachtung schwang in seiner Stimme mit. Dennoch sagte ich: »Ja. Ich finde, es ist ein sehr schönes Land.«
»Und wohin fahren Sie als nächstes?« fragte O'Donovan.
Einer Eingebung folgend, blieb ich halbwegs bei der Wahr-

heit. »Vor vielen Jahren war mein Großvater mütterlicherseits Hafenmeister in Sligo. Ich will mal sehen, ob ich meinen Stammbaum dort zurückverfolgen kann.«
»Seltsam«, sagte Lynch. »Jeder Engländer, den ich treffe, erzählt mir von seinen irischen Vorfahren.« Seine Verachtung zeigte er jetzt ganz offen. »Und alle behhaupten, sie seien stolz darauf. Wenn man das so hört, müßte das britische Parlament eigentlich in Dublin tagen.«
Fast wäre mir der Kragen geplatzt, aber ich riß mich zusammen. »Vielleicht stimmt es. Vielleicht liegt es daran, daß eure irischen Mädchen zu Hause keine guten Ehemänner finden können und darum über die Irische See fahren müssen«, erwiderte ich kühl.
Lynchs Gesicht lief rot an, seine Hand packte das Glas fester. Als er sich vor der Theke aufrichtete, pfiff O'Donovan ihn jedoch zurück: »Das reicht jetzt, Seamas. Wie man in den Wald hineinruft, so schallt es heraus. Diesmal hast auch du dein Fett abgekriegt. Das passiert ja nicht allzu oft. Setz dein Glas an den Hals oder auf den Tresen zurück. Hier in meinem Haus wird nichts zerschlagen – höchstens dein Kopf, wenn ich dir eins mit der Flasche überziehe.«
Lynch sah mich wütend an und drehte sich um. »Sie werden verstehen, daß die Engländer nicht allzu beliebt sind«, meinte O'Donovan, ohne sich weiter zu entschuldigen.
»Mit gutem Grund« nickte ich. »Wenn es stimmt, was ich so gehört habe. Aber zufälligerweise bin ich kein Engländer – ich bin Australier.«
O'Donovan strahlte. »Wirklich? Ich hätte es wissen müssen, weil Sie so freundlich geblieben sind und so ein gutes Benehmen an den Tag gelegt haben, als man Sie provoziert hat. Australien ist ein großartiges Land – ganz im Ernst.«
Alison gab mir einen Wink, zu ihr hinüberzukommen. Ich leerte mein Glas. O'Donovan beobachtete mich wohlgefällig, als ich in genau vier Sekunden das ganze irische Maß

hinunterkippte. »Es war nett, mich mit Ihnen zu unterhalten, Mr. O'Donovan«, sagte ich. »Ich werde wiederkommen.«
»Sie werden herzlich willkommen sein«, antwortete er.
Ich ging auf Alison zu, die an der Tür wartete. Als ich an Lynch vorbeikam, streckte er ein Bein nach hinten aus. Doch ich machte einen Bogen und ging weiter. Ich war nicht scharf auf eine Prügelei. Alison öffnete die Tür und ging hinaus. Ich wollte ihr folgen, mußte jedoch zur Seite treten, weil ein großer Mann eintrat. Er ging an mir vorbei und blieb dann zögernd stehen. Ich rannte los. Der Mann war Taafe. Zwar war er langsam im Denken, ganz verlernt hatte er es aber sicher noch nicht.
Während er sein winziges Gehirn anstrengte, um sich darüber schlüssig zu werden, was er tun sollte, stürzte ich nach draußen. Ich packte Alison am Arm. »Lauf zum Wagen«, drängte ich. »Es gibt Schwierigkeiten.«
Was ich an Alison besonders mochte, war ihre schnelle Auffassungsgabe. Sie vergeudete keine Zeit, um mich nach näheren Einzelheiten zu fragen, sondern nahm die Beine in die Hand und lief davon. Sie mußte eine phantastische Kondition haben, denn sie kam schneller voran als ich. Nach hundert Metern lag sie schon zehn Meter vor mir.
Hinter mir hörte ich schwere Stiefel über den Boden stampfen. Jemand folgte mir. Dieser Jemand war wahrscheinlich Taafe.
Es dämmerte inzwischen. Das Licht am westlichen Himmel wurde immer schwächer. Deshalb sah ich das Fischernetz nicht, das zwanzig Meter vom Wagen entfernt zum Trocknen auf dem Boden ausgebreitet war. Mit den Füßen blieb ich in den Maschen hängen und stürzte zu Boden.
Damit war es einfach für Taafe. Ich hörte das Knirschen seiner Stiefel, als er näher kam, und dann das Motorengeräusch, als Alison den Wagen anließ. Als nächstes spürte ich, wie Taafes Stiefel sich in meinen Leib bohrten. Seine Stiefel waren wie Dampfhämmer und hatten bestimmt

Stahlkappen. Ein Tritt zerbrach mir fast die Rippen. Taafe atmete schwer, doch sonst gab er keinen Laut von sich.
Ich warf mich auf die Seite, um seinen Füßen auszuweichen. Ein Fuß zischte so dicht an meinem Kopf vorbei, daß ich den Luftzug spürte. Wenn er mich am Kopf erwischte, würden für Stannard alle Lichter ausgehen – vielleicht für immer. Der Motor des Wagens heulte auf. Plötzlich war die Szene grell erleuchtet. Alison hatte die Scheinwerfer eingeschaltet.
Ich blickte auf und sah Taafe drohend über mir stehen. Er knurrte wie ein Hund, zeigte die Zähne und holte zu einem neuen Tritt aus. Verzweifelt rollte ich mich wieder zur Seite. In Wagennähe sah ich etwas aufblitzen. Gleich darauf ein Geräusch, als ob ein Feuerwerkskracher nicht richtig losgegangen wäre. Darauf aus Taafes Kehle ein gurgelnder Laut. Plötzlich sackte er über mir zusammen. Als ich ihn wegschob, gab er schreckliche Laute von sich. Dann wälzte er sich auf dem Boden und hielt sich das Knie. Ich zerrte die Füße aus dem Netz und rannte zum Wagen. Die Beifahrertür stand offen, und Alison ließ ungeduldig den Motor aufheulen. Als ich auf den Sitz fiel, sah ich, wie sie eine kleine Pistole im Handschuhfach verschwinden ließ. Sie riß den Wagen herum, noch bevor ich die Tür geschlossen hatte; fast hätte sie dabei Taafe überfahren, der sich noch immer am Boden wälzte.
Ich schnappte nach Luft. »Wo haben Sie ihn erwischt?«
»Am Knie«, sagte sie. Ihre Stimme klang so unbewegt und kühl, als unterhielten wir uns über einen Schuß auf dem Schießstand. »Ich hielt es für das Beste. Er hätte Sie sonst getötet.«
Ich drehte mich um und blickte zurück. Obwohl es dunkel war, konnte ich sehen, daß sich jemand über Taafe beugte. Der Mann war groß und hager. Es konnte durchaus Lynch sein.

4

»Wheeler!« seufzte ich nachdenklich. »Was wissen Sie über ihn?« Es war am Morgen danach. Wir frühstückten gemeinsam in meinem Schlafzimmer. Wenn die Hotelleitung das nicht für schicklich hielt, so zeigte sie es wenigstens nicht. Nach den Ereignissen des vorangegangenen Abends hatte ich jedenfalls nicht das geringste Verlangen, im öffentlichen Speisesaal auf dem Präsentierteller zu sitzen.

Alison strich sich Marmelade auf eine Scheibe Toast. »Wheeler ist Parlamentsabgeordneter von Harlingsdon East, sehr wohlhabend, nicht allzu beliebt bei den übrigen Mitgliedern des Unterhauses, soweit ich weiß.«

»Und Ausländer?«

Sie runzelte die Stirn. »Ich glaube, ja. Aber er muß schon vor Jahren nach England gekommen sein. Und natürlich hat er die britische Staatsangehörigkeit angenommen.«

»Kann denn jemand, der im Ausland geboren ist, Abgeordneter werden?«

»Aber ja. Es gibt mehrere«, murmelte Alison mit vollem Munde.

»Ein amerikanischer Präsident muß in Amerika geboren sein«, sagte ich. »Wie ist das bei einem englischen Premierminister?«

»Ich glaube nicht, daß es da irgendwelche Bestimmungen gibt«, sagte sie. »Wir müßten mal in den einschlägigen Kommentaren nachsehen.«

»Was macht Wheeler? In der Politik, meine ich. Ist er Minister oder so was?«

»Nein, nur ein lautstarker Hinterbänkler.«

Ich schnippte mit den Fingern.

»Daher habe ich seinen Namen früher schon einmal gelesen. Er spuckte große Töne, als Slade und ich entkommen waren. Regte sich auf über die ›Gangster auf unseren englischen Straßen‹. In der *Sunday Times* stand etwas über ihn.«

»Ja«, nickte Alison. »Er hat ziemlich viel Wirbel im Parlament gemacht. Aber der Premier hat ihn abblitzen lassen.«
»Wenn stimmt, was ich vermute, dann muß er Nerven wie Drahtseile haben. Überlegen Sie doch mal. Mackintosh besucht Wheeler und wird von einem Auto angefahren – Fahrerflucht. Ich nehme Jones ein Notizbuch ab, in dem Clonglass erwähnt wird. In Clonglass stoßen wir auf Wheeler. Und wir stoßen auch auf Taafe – zu hart sogar, wie ich meine –, denn von Taafe weiß ich, daß er zu den Fluchtern gehört. Meinen Sie nicht auch, daß das zu viele Zufälle wären, wenn Wheeler nichts mit den Fluchtern zu tun hätte?«
Alison strich Butter auf eine neue Scheibe Toast. Einen gesunden Appetit hatte das Mädchen. »Ich würde sagen, er steckt bis zum Hals drin«, sagte sie bestimmt. Sie zögerte. »Ich verstehe nur nicht, daß Taafe nicht herumgeschrien hat. Nicht einmal, als ich ihn niederschoß, hat er einen Laut von sich gegeben.«
»Ich glaube, er kann gar nicht schreien. Er ist stumm. Nicht ein einziges Mal habe ich ihn sprechen gehört. Zeigen Sie mir doch bitte mal Ihre Pistole.«
Sie beugte sich zur Seite, nahm ihre Tasche und holte die Pistole heraus. Es war eine nette kleine Waffe, nur Kaliber 22, und nicht einmal zehn Zentimeter lang – kaum das Richtige, um bei schwachem Büchsenlicht über zwanzig Fuß einen sicheren Schuß anzubringen.
»Hatten Sie auf Taafes Knie gezielt?« fragte ich.
»Nun, er stand nur mit einem Bein auf dem Boden. Dennoch hätte ich nirgendsanders hinschießen können. Diese kleine Kugeln hätten ihn sonst nicht umgeworfen. Natürlich hätte ich einen Kopfschuß versuchen können, aber ich wollte ihn nicht töten.«
Voller Hochachtung sah ich sie an. Wie ich es mir schon gedacht hatte, sammelte Mackintosh nur talentierte Leute um sich. »Sie haben ihn also wirklich da getroffen, wo Sie es wollten?«
»Aber ja«, bestätigte sie und steckte die lächerlich kleine Pistole wieder weg.

»Kommen wir noch einmal auf Wheeler zurück«, sagte ich. »Was für ein Ausländer ist er? Oder war er? Wo kam er her?«
»Das weiß ich nicht. Wir haben uns nie besonders für ihn interessiert. Aber die Einzelheiten müßten im ›Who is Who‹ stehen.«
»Ich denke noch immer an Slade. Vor vier Tagen wurde er aus dem Haus in der Nähe von Limerick abgeholt. Diese Jacht paßt genau ins Bild. Wenn sie schon länger als vier Tage in Clonglass vor Anker liegt und wenn Wheeler außerdem beschließt, in diesem Sommer eine Ostsee-Kreuzfahrt zu machen – dann besteht eine verdammt gute Chance, daß Slade an Bord ist. Das ist natürlich nur eine Vermutung.«
»Aber sie hat etwas für sich.«
»Ich habe noch mehr auf Lager. Wie wäre es damit? Nehmen wir an, es gibt einen Mann namens X, der entweder Russe ist oder der russischen Ideologie nahesteht. Nehmen wir weiter an, er hat sich vorgenommen, russische Spione aus britischen Gefängissen herauszuholen. Dafür würde er Unterstützung brauchen. Wo könnte er die finden?« Alison wollte etwas sagen, aber ich ließ sie nicht zu Wort kommen. »In Irland gibt es noch eine Menge Antipathie gegen die Engländer, vor allem seit in Nordirland wieder die Hölle los ist. Die IRA ist immer noch sehr aktiv. Ich selbst habe in der letzten Nacht etwas von dieser Antipathie zu spüren bekommen.«
»Wer war der Mann, mit dem Sie an der Bar geredet haben?«
»Er hieß Seamas Lynch. Er konnte mich nicht ausstehen. Aus Prinzip scheinbar. Aber was noch wichtiger ist: Er arbeitet für Wheeler. Ich bin fast sicher, daß er Taafe half, als wir letzte Nacht abhauten. Aber ich schweife ab. Nehmen wir an, Mr. X baut die Fluchter-Bande aus IRA-Mitgliedern auf. Um die Sache aufzuziehen, hat er genug Geld. Dann trägt sie sich selbst. Die Fluchter nämlich kümmern sich nicht allein um Spione. Die IRA braucht Geld, und auf diese Weise kann sie es leichter verdienen als bei Bank-

überfällen. Die IRA ist zufrieden. Mr. X ist ebenfalls zufrieden, weil die IRA gute Arbeit für ihn leistet. Wie gefällt Ihnen das?«
Alison runzelte die Stirn und schüttelte traurig den Kopf. »Und Mr. X soll Wheeler sein? Millionäre sind gewöhnlich keine begeisterten Kommunisten.«
»Womit hat er sein Geld gemacht?«
»Sein erstes Vermögen hat er, glaube ich, beim Immobilien-Boom in den 50er oder 60er Jahren verdient. Dann ist er in den USA in den Immobilienhandel eingestiegen und hat ein weiteres Vermögen gemacht. ›Time‹ brachte einmal eine Titelgeschichte über ihn. Seitdem steckt er seine Finger in alles, was Geld einbringt.«
»Und hat immer noch Zeit, Abgeordneter zu sein. Ein vielbeschäftigter Mann.«
»Zu beschäftigt, um ein russischer Spion zu sein«, warf Alison ein.
»Mag sein.« Ich hatte schon dieselben Bedenken gehabt. »Ich möchte wissen, wie es Mackintosh geht. Wollen Sie anrufen?«
»Das hatte ich ohnehin vor«, sagte sie. »Ich finde, wir sollten den Wagen loswerden. Man hat ihn in Clonglass gesehen.« Sie zögerte. »Ich gehe jetzt einen anderen besorgen. Sie sollten sich im Augenblick nicht in Galway auf der Straße blicken lassen.«
»Aber ...«
»Über mich weiß man wahrscheinlich noch nicht viel«, unterbrach sie mich. »Gestern abend hat kaum einer bemerkt, daß wir zusammengehören.«
»Vorausgesetzt, daß Sean O'Donovan nicht geplaudert hat.«
»Das Risiko muß ich eingehen«, sagte sie und nahm den Telefonhörer ab. Sie ließ sich mit London verbinden und sprach mit dem Krankenhaus. Obwohl sie nur kurze Bemerkungen machte und mehr zuhörte als redete, konnte ich von ihrem Gesicht ablesen, wie es stand. Schließlich legte sie den Hörer auf und sagte bedrückt: »Noch keine Änderung. Er selbst hat sich noch nicht aufgegeben – aber das würde er bis

zum Schluß nicht tun.«
Ich steckte mir eine Zigarette an. »Kennen Sie ihn schon lange?«
»Mein ganzes Leben lang«, antwortete sie. »Er ist mein Vater.«

5

Danach hatten wir eine Auseinandersetzung. Am liebsten hätte ich zu ihr gesagt, sie sollte nach London zurückfahren. Hier würde ich schon allein fertig werden. »Sie müssen zurück, verdammt noch mal. Sie werden es sich nie verzeihen, wenn er stirbt, ohne Sie noch einmal gesehen zu haben.«
»Und er würde es mir nie verzeihen, wenn Slade entkommt, nur weil ich so verdammt sentimental bin«, widersprach sie. »Wenn Sie glauben, daß mein Vater anders darüber denkt, dann kennen Sie ihn wirklich schlecht, Owen. Er ist ein harter Mann.«
»Und Sie sind eine harte Frau«, sagte ich. »Aus demselben Holz geschnitzt wie er.«
»Meinen Sie, ich wäre keine gute Tochter?« fragte sie gereizt.
»Ich meine, Sie sollten zurückfliegen«, sagte ich eigensinnig.
»Und ich bleibe«, entgegnete sie ebenso dickköpfig. »Zwei Dinge habe ich hier zu erledigen. Zunächst einmal muß ich Ihnen helfen, Slade zu fassen. Allein werden Sie mit dieser Bande nicht fertig.«
»Und das zweite?«
»Aufpassen, daß du dich nicht umbringen läßt, du verdammter Narr.« Das mußte ich erst einmal verkraften, während sie ihren Koffer öffnete und ungeduldig ein braunes Päckchen aufriß. So viel Geld hatte ich bisher nur auf der Bank gesehen. Einen Moment lang lenkte mich das ab.
»Wieviel ist das, um Himmels willen?«

»Fünftausend Pfund«, sagte sie und schmiß mir ein Bündel Fünfer herüber. »Hier sind fünfhundert. Vielleicht werden wir getrennt, und dann brauchst du das Geld.«
»Der Schatzmeister Ihrer Majestät wird zunehmend leichtsinniger«, bemerkte ich trocken. »Muß ich eine Quittung unterschreiben?«
Alison ging nicht darauf ein. »Ich werde versuchen, soviel wie möglich über Wheeler herauszufinden. Und daß du mir dieses Zimmer nicht verläßt!«
Sie stopfte den Rest des Geldes in eine dieser riesigen Taschen, wie sie Frauen mit sich herumschleppen, und stürmte aus dem Zimmer, bevor ich noch ein Wort sagen konnte. Völlig ausgelaugt ließ ich mich aufs Bett fallen und starrte auf das Bündel Banknoten, einhundert Lagen stark. Nur eins ging mir im Kopf herum, an sich eine unwesentliche Kleinigkeit: Zum erstenmal hatte Alison mich geduzt.
Zwei Stunden lang blieb sie weg. Dann kam sie mit Neuigkeiten wieder: Wheelers Jacht hatte die Anker gelichtet und fuhr in Richtung Süden. Ob Wheeler an Bord war, wußte sie nicht.
Sie zog ein Stück Papier aus ihrer Tasche, die Seite aus einem Buch. »Ich habe eine alte Ausgabe des Who's Who gekauft. War ein bißchen zu schwer, um sie mit herumzuschleppen. Darum habe ich die betreffende Seite herausgerissen.
Sie gab mir das Blatt und deutete auf einen Absatz. Charles Wheeler, 46, wurde in Argyrokastro, Albanien, geboren. Albanien! Abgeordneter mit drei Ehrendoktortiteln, Mitglied hier, Ehrenmitglied da. Eine Wohnung in London, ein Landhaus in Herefordshire; Mitglied in allen möglichen Clubs. Ich überflog die Seite, bis ich noch etwas Interessantes fand. Besondere Interessen: Strafreform. Du lieber Himmel!
»Wie kommt er an den Namen Charles George Wheeler?« fragte ich.
»Wahrscheinlich hat er ihn angenommen«, meinte sie.

»Weißt du, wann er von Albanien nach England gekommen ist?«
»Ich weiß nichts über ihn. Bisher hatte ich keine Gelegenheit, mich mit ihm zu befassen.«
»Und seine Jacht ist nach Süden abgerauscht? Ich hätte eher auf Norden getippt – Richtung Ostsee.«
»Du glaubst noch immer, daß Slade an Bord ist?«
»Muß ich doch«, sagte ich verbissen.
Alison runzelte die Stirn. »Er könnte zum Mittelmeer fahren. Dann muß er irgendwo im Süden nachtanken, vielleicht in Cork. Ich habe eine Freundin in Cork: eine alte Dame – eine Tante ehrenhalber. Nach Cork können wir fliegen, von Shannon aus.«
»Auf dem Flughafen werden sich mehr Polizisten als Touristen herumtreiben«, widersprach ich. »Das kann ich nicht riskieren.«
»Flughäfen sind groß. Da bringe ich dich durch«, meinte Alison zuversichtlich.
»Und wie willst du deiner alten Tante erklären, daß ich bei dir bin?«
Alison lächelte. »Maeve O'Sullivan konnte ich schon immer um den Finger wickeln.«

6

Niemand bemerkte uns auf dem Flughafen von Shannon. Die Sicherheitsvorkehrungen waren mies dort. Aber diese Flugplätze sind so weitläufig, daß sämtliche Gelder draufgehen würden, wenn man versuchen wollte, alle Schlupflöcher in der Umgrenzung des riesigen Gebietes abzusichern. Innerhalb einer Viertelstunde, nach einem kurzen Schwatz über Funk, waren wir in der Luft und flogen auf Cork zu. Alison kontrollierte die Anzeigen wie ein alter Hase. Sie flog die »Piper Apache«, wie sie auch alles andere tat – mit rationellen Bewegungen, ohne jede Effekthascherei. Ich fragte mich, was es für ein Mädchen bedeutete, Mackintosh zum Vater zu haben. Für manche wäre es ein Alptraum.

Maeve O'Sullivan lebte in Glanmire, in den Außenbezirken von Cork. Sie war schon sehr alt, aber immer noch agil und wendig. An Witz und Gerissenheit konnte sie es noch mit so manchem Jüngeren aufnehmen. Als sie Alison sah, juchzte sie vor Vergnügen. Mich bedachte sie mit einem Blick, der in zwei Sekunden mein Innerstes nach außen kehrte. »Du hast lange nichts von dir hören lassen, Alison Mackintosh.«

»Smith«, verbesserte Alison lächelnd.

»Schon gut, schon gut! Ein angelsächsischer Name für eine Keltin, um so schlimmer.«

»Das ist Owen Stannard«, stellte Alison mich vor. »Er arbeitet für Vater.«

Die klugen alten Augen betrachteten mich mit neuerwachtem Interesse. »Ach ja? Und dieser junge Nichtsnutz, was für eine Teufelei brütet er denn jetzt wieder aus?«

Fast hätte ich gelächelt, als sie von dem hartgesottenen Mackintosh als einem »jungen Nichtsnutz« sprach, aber ich konnte mich gerade noch beherrschen. Alison warf mir einen warnenden Blick zu. »Nichts, was dich interessieren würde«, entgegnete sie schroff. »Er läßt dich herzlich grüßen.«

Insgeheim stimmte ich ihr zu, daß man der alten Dame Mackintoshs wahren Zustand besser verheimlichte.

»Ihr kommt gerade rechtzeitig zum Tee«, sagte Mrs. O'Sullivan und eilte geschäftig in die Küche. Alison folgte ihr. Ich ließ mich in einen großen, bequemen Lehnstuhl sinken und schaute auf die Uhr. Es war halb sieben – noch früh am Abend. Nicht einmal 24 Stunden waren vergangen, seit Alison Taafes Kniescheibe durchlöchert hatte. Dann kam der »Tee«. Es war ein riesiges Mahl. Immer neue Gerichte wurden aufgetischt, von gelegentlichen bissigen Bemerkungen über den mäßigen Appetit der jungen Leute von heute begleitet. Als ich die alte Dame mit Mrs. Sullivan

anredete, lachte sie. »Nennen Sie mich ruhig beim Vornamen, junger Mann, dann fühle ich mich wohler.« So nannte ich sie also Maeve.
Alison aber sagte weiter »Tante Maeve«.
»Da ist noch etwas, was ich dir erzählen muß, Tante Maeve«, rückte Alison heraus. »Owen hier wird von der *garda* gesucht. Darum darf niemand wissen, daß er hier ist.«
»Von der *garda?*« rief Maeve. »Er hat aber doch bestimmt nichts Unanständiges gemacht. Hat Alec etwas damit zu tun?«
»In gewisser Weise ja«, bestätigte Alison. »Es ist wirklich wichtig.«
»Ich hab' schon über mehr Dinge geschwiegen, als du in deinem Leben geredet hast, Mädchen«, sagte Maeve. »Ihr wißt ja gar nicht, was hier in den alten Zeiten los war. Und jetzt spielen die Männer im Norden schon wieder verrückt.« Forschend musterte sie uns mit ihren durchdringenden schwarzen Augen. »Es hat doch wohl nichts damit zu tun?«
»Nein«, antwortete ich. »Mit Irland überhaupt nichts, bestimmt nicht.«
»Dann bin ich ja beruhigt. In diesem Haus sind Sie herzlich willkommen, Owen Stannard.«
Als wir später mit dem Abwasch fertig waren, sagte sie: »Ich bin eine alte Frau und brauche meinen Schlaf. Macht es euch gemütlich, ihr zwei.«
»Ich würde gern mal telefonieren«, bat Alison.
»Da steht das Telefon, zu deiner Verfügung. Steck deine Sixpence dort in die Dose. Ich spare für meine alten Tage.« Sie lachte selbst schallend darüber.
»Sixpence werden nicht reichen, Tante Maeve. Ich muß mit England telefonieren, und das mehr als einmal.«
»Kein Grund zur Aufregung, Mädchen. Wenn du mit Alec sprichst, frag ihn, warum er sich nie mehr in Irland sehen läßt.«
»Er hat viel zu tun, Tante Maeve.«
»Hmm«, meinte Maeve, »wenn Männer wie Alec Mackin-

tosh auf Touren kommen, dann verkriechen sich die andern am besten. Aber richte ihm meine guten Wünsche aus; und sag ihm, daß er sie gar nicht verdient hat.«

»Sie ist ein richtiges Original«, sagte ich, als sie gegangen war.

»Über Tante Maeve könnte ich dir Geschichten erzählen, da würden dir die Haare zu Berg stehen«, sagte Alison. »Während der Unruhen hat sie kräftig mitgemischt.« Sie griff zum Telefon. »Mal hören, was uns der Hafenmeister erzählen kann.«

Der Hafenmeister war sehr zuvorkommend. Ja, die Artina wurde erwartet. Mr. Wheeler hatte alles zum Bunkern vorbereiten lassen. Nein, wann das Boot ankäme, wisse er nicht genau. Aber wenn man sich nach den vorangegangenen Besuchen Mr. Wheelers richten könnte, dann würde die Artina wohl zwei Tage in Cork bleiben. Als Alison den Hörer aufgelegt hatte, sagte ich: »Jetzt muß ich mir nur noch einfallen lassen, wie ich an Bord komme. Wenn ich nur mehr über Wheelers Schiff wüßte.«

»Gib mir ein paar Stunden Zeit. Dann kann ich dir alles sagen, was du wissen willst. Das Telefon ist schon eine großartige Sache. Aber zuerst muß ich im Krankenhaus anrufen.«

Wir hatten allen Grund zur Freude, Mackintosh kämpfte sich wieder ins Leben zurück. »Es geht ihm besser, der Arzt sagt, es ginge ihm besser«, strahlte Alison. »Sein Zustand hat sich gebessert, sie glauben, daß er durchkommen kann.«

»Ist er bei Bewußtsein? Kann er sprechen?«

»Nein, er ist noch bewußtlos.«

Wenn Mackintosh die ganze Zeit über bewußtlos gewesen war, würde es noch eine Weile dauern, bevor die Ärzte ihn mit jemandem sprechen ließen, selbst wenn er wollte und könnte. Ich hätte zu gern gewußt, was er Wheeler am Tag vor dem Unfall erzählt hatte.

»Fein, daß es ihm bessergeht«, freute ich mich.

Alison war von einer Minute zur anderen wie ausgewech-

selt. Jetzt hatte sie nur noch unseren Auftrag im Kopf. »Los, an die Arbeit«, sagte sie eifrig und griff zum Telefon.
Ich kümmerte mich nicht weiter um sie, beantwortete nur hin und wieder ihre Fragen. Ich hatte genug damit zu tun, meine eigenen Vermutungen weiterzuspinnen. Ein seltsames Gebilde kam dabei heraus. Wenn ich recht hatte, war Wheeler ein komischer Vogel und ein äußerst gefährlicher Mann – für die Staatssicherheit sogar noch gefährlicher als Slade.
Alison schreckte mich aus meinen Gedanken auf: »Jetzt hab' ich soweit alles. Der Rest kann bis morgen warten.«
Ihre Kladde war vollgekritzelt mit Stenonotizen, Seite für Seite.
»Womit wollen wir anfangen? Mit Wheeler oder mit der Jacht?«
»Zuerst die Jacht.«
Sie blätterte in ihrem Block. »Hier haben wir es. Name: Artina, von Parker entworfen, von Clelands an der Tyne gebaut. Das Boot war zwei Jahre alt, als Wheeler es kaufte. Es ist ein Standardmodell, bekannt unter dem Namen Parker-Clelands. Das ist wichtig, warum, sage ich dir später. Länge über alles: 111 Fuß. Breite über alles: 22 Fuß. Reisegeschwindigkeit: 12 Knoten. Höchstgeschwindigkeit: 13 Knoten. Die Jacht hat zwei Rolls-Royce-Diesel mit je 350 PS. Sind das die Angaben, die du brauchst?«
»Haargenau die richtigen.« Allmählich konnte ich mir ein Bild machen. »Welche Reichweite hat die Jacht?«
»Das weiß ich noch nicht, aber ich finde es heraus. Sieben Mann Besatzung – Kapitän, Maschinist, Koch, Steward und drei Seeleute. Höchstens acht Passagiere können untergebracht werden.«
»In wie vielen Kabinen?«
»Das erfahre ich morgen. Die Pläne des Schwesterschiffs sind vor ein Paar Jahren veröffentlicht worden. Sie werden fotografiert und über Bildfunk an den *Examiner* in Cork geschickt. Dort können wir sie morgen zusammen mit einigen Fotos des Schiffes abholen.«

Voller Bewunderung starrte ich Alison an. »Donnerwetter, auf diese Idee wäre ich nicht gekommen.«
»Die Zeitungen verstehen sich darauf, Nachrichten zu sammeln und weiterzugeben. Ich habe dir doch erzählt, daß ich einige Beziehungen spielen lassen kann.«
»Und was ist mit Wheeler?«
»Ein ausführlicher Bericht geht morgen über Fernschreiber an den *Examiner* ab. Das Wichtigste aber habe ich hier. Er kämpfte gegen die Italiener, als sie vor dem Krieg in Albanien einmarschierten.« Sie blickte auf. »Damals muß er etwa 14 Jahre alt gewesen sein. Mit seiner Familie floh er nach Jugoslawien, kämpfte dort während des Krieges und später wieder in Albanien gegen die Italiener und Deutschen. 1946, da war er Anfang Zwanzig, verließ er Albanien und ließ sich in England nieder. 1950 erhielt er die englische Staatsbürgerschaft. Um diese Zeit etwa stieg er ins Immobiliengeschäft ein und begründete damit sein Vermögen.«
»Welche Art vom Immobilien?«
»Büros. Damals begann man gerade, Bürohochhäuser zu bauen.« Sie runzelte die Stirn. »Ich habe mit einem Wirtschaftsjournalisten gesprochen. Der erzählte mir, daß mit Wheelers ersten Geschäften irgend etwas faul war.«
»Das ist ja interessant«, unterbrach ich sie. »Erzähl mir mehr davon.«
»Dem Journalisten zufolge hätte Wheeler kaum einen Profit machen können. Doch plötzlich hatte er das Geld, um ganz groß einzusteigen. Und seitdem ist es mit ihm immer nur bergauf gegangen.«
»Ich möchte zu gerne wissen, wie er seine Steuern bezahlt hat«, sagte ich. »Schade, daß wir seinen Steuerinspektor nicht vorladen und zur Aussage zwingen können. Allmählich kommt Land in Sicht. Während des Krieges – kämpfte er da auf seiten der Königstreuen oder der Roten? Für die Nationalisten oder für die Kommunisten?«
»Davon steht hier nichts«, antwortete Alison. »Das wird über Fernschreiber kommen, wenn man es überhaupt weiß.«

»Wann ging er in die Politik?«
Sie suchte in ihren Notizen.
»1962 ließ er sich bei einer Nachwahl aufstellen und verlor. Zwei Jahre später trat er bei den Unterhauswahlen an und gewann mit ziemlich klarem Vorsprung.«
»Und ich nehme an, er ließ allerhand für die Parteikasse springen. Das wäre sein Stil. Hat er zur Zeit noch irgendwelche Verbindungen zu Albanien?«
»Soviel man weiß, nicht.«
»Mit Rußland oder einem anderen kommunistischen Staat?«
Alison schüttelte den Kopf. »Er ist ein waschechter Kapitalist, Owen. Ich kann es einfach nicht glauben. Im Unterhaus läßt er laufend antikommunistische Reden vom Stapel.«
»Er hat auch dagegen gewettert, daß Gefangene aus dem Gefängnis ausbrechen konnten, erinnerst du dich? Was weißt du über diese Strafreformsache?«
»Früher machte er des öfteren Gefangenenbesuche, aber das ist heute wohl unter seiner Würde. Verschiedene Vereine, die sich mit der Strafreform beschäftigen, erhalten großzügige Spenden von ihm. Außerdem ist er Mitglied des Parlamentsausschusses für die Strafreform.«
»Ach du lieber Himmel, das könnte ihm zustatten kommen. Hat er in dieser Eigenschaft auch Gefängnisse besichtigt?«
»Kann schon sein.« Sie legte das Notizbuch beiseite. »Owen, du baust hier ein phantastisches Gedankengebäude auf, aber das Fundament ist zu schwach.«
»Ich weiß.« Unruhig lief ich im Zimmer hin und her. »Aber ich werde noch ein paar Steine auf mein Gebäude setzen. Ich habe mich einmal mit einem Multimillionär unterhalten, mit einem aus Südafrika. Der erzählte mir, daß die erste Viertelmillion die schwerste war. Fünfzehn Jahre brauchte er, um an seine ersten 250000 zu kommen, weitere drei, um daraus eine Million zu machen. Sechs Jahre später hatte er die fünf Millionen erreicht. In der Mathematikersprache könnte man sagen, daß er auf einer Parabel nach oben ritt.«

»Und was soll das?« fragte Alison ungeduldig.
»Die erste Viertelmillion ist am schwersten, weil unser zukünftiger Millionär alle seine Entscheidungen selbst treffen und alle Nachforschungen selbst anstellen muß. Wenn er erst einmal genug Geld hat, kann er es sich leisten, ein ganzes Regiment von Finanzexperten und Rechtsanwälten anzuheuern. Damit fallen die Entscheidungen leichter. Die Schwierigkeiten liegen am Anfang. Blättere noch mal zurück zu deinem Wirtschaftsjournalisten, der meinte, bei den ersten Geschäften von Wheeler sei etwas faul gewesen.«
Alison griff wieder zu ihren Notizen. »Ich habe hier nicht mehr, als ich dir schon erzählt habe.«
»Nehmen wir doch unseren Mister X«, fing ich an. »Er ist kein Russe – sagen wir, er ist Albanier –, aber er steht auf russischer Seite. 1946 kommt er nach England, 1950 nimmt er die englische Staatsbürgerschaft an. Etwa zur selben Zeit beginnt er mit Immobilien zu handeln und macht Geld dabei. Aber mindestens ein Mann hat seine Zweifel daran. Nehmen wir einmal an, das Geld wurde Mr. X von draußen zugesteckt – vielleicht eine halbe Million. Mr. X ist ein gewiefter Fuchs – wie alle Potentiellen Millionäre –, und wo Geld ist, da kommt immer noch mehr Geld hinzu. So beginnt er die altehrwürdige kapitalistische Laufbahn.«
Ich drehte mich um. »Im Jahre 1964 wird er Politiker und erringt einen Sitz im Unterhaus. Hier ist er jetzt ein enthusiastischer und einsatzfreudiger Hinterbänkler. 46 Jahre ist er nun alt, und 25 Jahre politischen Lebens liegen noch vor ihm.« Ich starrte Alison an. »Was würde passieren, wenn er ein hohes Regierungsamt übernehmen würde, Schatzkanzler oder Verteidigungsminister – vielleicht sogar Premierminister? 1984 etwa dürfte seine Zeit gekommen sein. Die Jungs im Kreml würden sich totlachen!«

ACHTES KAPITEL

1

In dieser Nacht schlief ich schlecht. Im Dunkeln kamen mir meine Kombinationen auf einmal verdammt unsinnig und immer unwahrscheinlicher vor. Ein Millionär und Parlamentsabgeordneter konnte einfach keine Verbindung mit den Russen haben – es war ein Widerspruch in sich. Bestimmt fand auch Alison das nicht akzeptabel. Und dennoch stand Wheeler in Verbindung mit den Fluchtern. Es sei denn, die ganze Serie vermuteter Zusammenhänge war reiner Zufall. Auch das ließ sich nicht völlig ausschließen. Ich hatte schon zu viele Fälle erlebt, bei denen sich Ereignisse, die offensichtlich zusammenhingen, als pure Zufälle entpuppten.
Unruhig wälzte ich mich im Bett hin und her. Selbst wenn man wirklich annahm, daß Wheeler der Kopf der Fluchter-Bande war – warum sollte er das tun? Bestimmt nicht wegen des Geldes; davon hatte er selbst genug. Es gab nur eine Antwort: Er mußte politische Gründe haben. Und das brachte mich wieder zu dem Abgeordneten Wheeler und der Gefahr, die das bedeuten konnte.
Noch im Traum plagte ich mich mit drohendem Unheil.
Beim Frühstück war ich hundemüde und hatte keine besonders gute Laune. Nach Alisons erstem Telefongespräch verdüsterte sich meine Stimmung noch mehr. Der Hafenmeister erzählte ihr, daß die Artina während der Nacht angekommen war, schnell gebunkert hatte und am frühen Morgen in Richtung Gibraltar abgedampft war.
»Jetzt ist uns der Hund wieder durch die Lappen gegangen«, schimpfte ich.
»Wir wissen aber, wo er ist«, versuchte mich Alison zu trösten.

»Und wir wissen, wo er in vier Tagen sein wird.«
»Das sind alles Spekulationen«, brummte ich. »Zunächst einmal heißt es noch gar nichts, wenn er als nächstes Ziel Gibraltar angegeben hat. Das muß nicht bedeuten, daß er wirklich dorthin will. Und zweitens: Wer will ihn daran hindern, Slade auf einen russischen Fischkutter zu setzen, der in die andere Richtung zur Ostsee fährt? Sobald er auf offener See ist, geht das ohne Schwierigkeit. Und wir wissen nicht einmal, ob Slade überhaupt an Bord der Artina ist. Das ist ja bloß eine Vermutung.«
Nach dem Frühstück ging Alison das Zeug vom *Examiner* abholen. Ich kam nicht mit. Nicht einmal in die Nähe einer Zeitungsredaktion wollte ich. Die Journalisten hatten zu viel über Rearden geschrieben und zu viele Fotos von ihm gebracht. Ein scharfsinniger Reporter war der letzte, dem ich jetzt begegnen wollte.
So blieb ich im Haus. Maeve widmete sich taktvollerweise ganz ihrer Hausarbeit und störte mich nicht beim Grübeln. Nach eineinhalb Stunden brachte Alison einen großen Umschlag mit. »Fotos und Nachrichten vom Fernschreiber«, sagte sie und warf den Umschlag vor mich hin.
Die Fotos sah ich mir zuerst an. Zwei waren von Wheeler – eins eine offizielle Aufnahme für die Öffentlichkeitsarbeit und das andere ein Schnappschuß, wie sie Zeitungsfotografen mit Vorliebe machen. Es zeigte ihn mit weit aufgerissenem Mund. Er sah aus wie ein gefräßiger Hai. Ich wette, daß dieses Foto einigen Redakteuren viel Spaß gemacht hat.
Wheeler war ein kräftiger Mann, groß, mit breiten Schultern. Er hatte helles Haar. Da es Schwarzweißfotos waren, konnte man es nicht genauer festlegen. Wahrscheinlich war es aschblond. Die Nase fiel auf. Sie war leicht verbogen, so, als hätte sie früher einmal einen Schlag mitbekommen. Sollte er je eine wichtige Position einnehmen, würden die Karikaturisten keine Schwierigkeiten haben, ihn zu porträtieren. Ich legte Wheelers Fotos beiseite – jetzt würde ich ihn erkennen, wenn ich ihn sähe.

Die anderen Fotos zeigten die »Artina«. Eines war eine Reproduktion vom Plan des Schwesterschiffes. Sean O'Donovan hatte übertrieben – die Artina war nicht annähernd so groß wie die königliche Jacht. Aber sie war doch so groß, daß man schon Millionär sein mußte, um sie zu kaufen und mit ihr herumzufahren. Vor dem Maschinenraum lag die Doppelkabine für den Eigner. Achtern gab es drei Doppelkabinen für sechs Passagiere. Die Mannschaftsunterkünfte lagen – bis auf die Kapitänskajüte hinter dem Ruderhaus – im Vorschiff.
Ich studierte diesen Plan, bis ich jeden Gang und jede Tür im Kopf hatte. Ich würde mich an Bord schon zurechtfinden und wissen, wo ich mich am besten verbergen konnte. Das Achterpiek und der Raum, in dem die Klimaanlage untergebracht war, schienen mir die besten Verstecke für einen blinden Passagier.
Alison war damit beschäftigt, die Nachrichten vom Fernschreiber zu lesen.
»Irgendwas Erfreuliches dabei?« fragte ich.
Sie sah auf.
»Leider nicht viel mehr, als ich dir gestern abend schon erzählt habe. Ein wenig ausführlicher, das ist aber auch alles. Wheeler kämpfte in Jugoslawien für die Partisanen.«
»Die Kommunisten also«, sagte ich. »Ein weiteres Glied in der Kette.« Ich fing an zu lesen. Alison hatte recht gehabt: Neue handfeste Informationen waren nicht dabei. Nach diesen Angaben war Wheeler ein aufgeweckter junger Mann, der mit den üblichen rauhen Methoden zum Industriekapitän aufgestiegen war. Inzwischen hatte er sich eine angesehene Stellung in der Gesellschaft aufgebaut, indem er zur rechten Zeit das Richtige gesagt und sich meist auch für die richtige Sache eingesetzt hatte. Ein erfolgreicher Mann also, der sich nach neuen Wirkungskreisen umsah – daher die Politik.
»Wheeler ist nicht verheiratet«, sagte ich. »Er muß einer der begehrtesten Junggesellen Englands sein.«

Alison lächelte gequält: »Ich habe einige Gerüchte gehört. Er wechselt regelmäßig seine Geliebten und ist angeblich bisexuell. Aber niemand, der seine fünf Sinne beisammenhat, würde das über den Fernschreiber laufen lassen. Er müßte ja mit einer Verleumdungsklage rechnen.«
»Wenn Wheeler wüßte, was in meinem Kopf herumspukt, würde ihn Verleumdung weiß Gott nicht kümmern.«
Alison zuckte die Achseln. »Und was machen wir jetzt?«
»Wir fliegen nach Gibraltar«, entschied ich. »Schafft das dein Flugzeug?«
»Natürlich.«
»Dann wollen wir mal unseren Hirngespinsten nachjagen. Was anderes bleibt uns ohnehin nicht übrig.«

2

Wir hatten jede Menge Zeit. Die »Artina«, kein besonders schnelles Schiff, würde mindestens vier Tage bis Gibraltar brauchen. Das ging aus den Plänen ihres Schwesterschiffes und den technischen Daten eindeutig hervor. Wir wollten auf Nummer Sicher gehen und beschlossen, einen Tag vor der »Artina« in Gibraltar anzukommen, um sie dort zu erwarten.
So hatte Alison genügend Zeit, nach London zurückzufliegen, sich nach Mackintoshs Überlebenschancen zu erkundigen und weitere Einzelheiten über Wheeler auszugraben. Für mich wäre es ausgesprochen unklug, nach London zurückzugehen, das war uns beiden klar. Jeder Versuch, mich unerkannt durch die Flughafenkontrollen zu schmuggeln, würde ein zusätzliches Risiko bedeuten. Auf dem Flughafen von Cork mochte es noch angehen, in Gatwick oder Heathrow aber war das etwas ganz anderes.
So verbrachte ich zwei Tage abgeschlossen in einem Vororthaus von Cork mit einer alten Irin als einzigem Gesprächspartner. Ich muß sagen, daß Maeve äußerst taktvoll war.

Sie drängte sich nicht auf, stellte keine Fragen und nahm Rücksicht darauf, daß ich mich nicht gerade sehr gesprächig fühlte. Einmal sagte sie:
»Ach, ich kann mir gut vorstellen, wie Sie sich fühlen, Owen. Das habe ich selbst schon durchgemacht, 1918. Es ist furchtbar, wenn man in jedem seinen Feind sehen und sich wie ein Tier verbergen muß. Aber in diesem Haus sind Sie sicher.«
»Dann haben Sie während der Unruhen einige Aufregungen mitgemacht?«
»Allerdings. Aber es hat mir keinen Spaß gemacht. Es gibt immer Unruhen – wenn nicht hier, dann anderswo – und es gibt immer Jäger und Gejagte.« Sie warf mir einen Blick von der Seite zu. »Vor allem, solange es Männer wie Alec Mackintosh gibt und Männer, die sich mit ihm einlassen.«
»Sie halten nicht viel von ihm?« fragte ich lächelnd.
Sie sah mich an. »Wer bin ich denn, daß ich dazu meine Meinung sagen könnte? Ich weiß doch nur, daß er ein hartes und gefährliches Geschäft betreibt. Vielleicht noch gefährlicher für seine Männer als für ihn selbst.«
Daß Mackintosh jetzt im Krankenhaus lag, widerlegte zumindest ihren letzten Satz. »Was ist mit den Frauen, denen er befiehlt?« fragte ich.
Maeve sah mich durchdringend an. »Sie denken an Alison«, sagte sie nachdenklich. »Nun, das ist eine schlimme Sache. Er wollte unbedingt einen Sohn haben, und dann kam Alison. Er versuchte, das Beste daraus zu machen, und formte sie nach seinen eigenen harten Maßstäben; Maßstäben, die viel aus einem Menschen herausholen können und sehr viel von ihm fordern, so viel, daß ein Mädchen daran zerbrechen kann ...«
»Er ist ein harter Mann«, sagte ich. »Aber was ist mit Alisons Mutter? Konnte die nichts dagegen tun?«
Ein wenig Verachtung schwang in Maeves Stimme mit, Verachtung, aber auch Mitleid. »Die Ärmste! Sie hatte den Falschen geheiratet. Einen Mann wie Alec Mackintosh konnte sie nicht verstehen. Die Ehe ging von Anfang an

schief. Sie verließ Alec, bevor Alison geboren wurde, und kam nach Irland. Sie starb in Waterford, als Alison zehn Jahre alt war.«
»Und von da an kümmerte sich Mackintosh um Alisons Erziehung?«
»Richtig.«
»Was ist mit Smith?«
»Hat Alison Ihnen nichts von ihm erzählt?«
»Nein«, antwortete ich.
»Dann werde auch ich nichts sagen«, entschied Maeve. »Ich habe schon genug geschwätzt. Wenn Alison will, daß Sie es erfahren, wird sie es Ihnen selbst erzählen.« Sie wandte sich ab, blieb aber noch einmal stehen und schaute mich über die Schulter an. »Ich glaube, Sie sind selbst ein harter Mann, Owen Stannard. Ich bewzeifle, daß Sie der Richtige für Alison sind.« Sie ließ mich allein, und ich konnte meine eigenen Schlüsse daraus ziehen.
Am späten Abend rief Alison an. »Ich bin zunächst aufs Meer hinausgeflogen«, berichtete sie. »Die ›Artina‹ hat Kurs auf Gibraltar genommen.«
»Hoffentlich bist du bei deinem Erkundungsflug nicht aufgefallen.«
»Ich bin in fünftausend Meter Höhe im Steigflug über die Artina hinweggezogen. Erst außer Sichtweite habe ich gewendet.«
»Wie geht es Mackintosh?« Noch immer nannte ich ihn so, selbst im Gespräch mit ihr.
»Es geht ihm besser, aber er ist noch immer bewußtlos. Ich durfte ihn zwei Minuten sehen.«
Das hörte sich nicht allzu gut an. Mir wäre ein munterer und gesprächiger Mackintosh lieber gewesen. Für meinen Geschmack war er noch nicht lebendig genug. Das brachte mich auf einen anderen heiklen Punkt. »Du stehst in London vielleicht unter Beobachtung.«
»Niemand ist mir gefolgt. Ich habe auch nur einen Mann getroffen, den ich kannte.«
»Wen?«

»Den Sekretär des Premierministers. Ich traf ihn im Krankenhaus. Der Premierminister hatte ihn geschickt, weil er sich Sorgen machte.«
Ich dachte an Wheeler und an den Mann, den man aus dem Gefängnis geholt hatte, um ihn umzubringen. Und ich dachte an Mackintosh, der hilflos im Krankenhaus lag. »Du solltest etwas unternehmen«, riet ich Alison. »Ruf den Sekretär an, und bitte ihn herumzuerzählen, daß Mackintosh im Sterben liegt – daß er aus dem letzten Loch pfeift.«
Sie verstand sofort. »Du glaubst, daß die Fluchter selbst im Krankenhaus etwas gegen Vater unternehmen werden?«
»Schon möglich. Wenn sie glauben, daß er durchkommt. Bitte den Sekretär des Premiers, vor allem in Gesprächen mit engeren Bekannten Wheelers im Parlament beiläufig etwas einfließen zu lassen. Wenn Wheeler dann in London anruft, um mit einem seiner Kumpels zu sprechen, erfährt er vielleicht die Neuigkeit – es könnte deinem Vater das Leben retten.«
»Du hast recht. Das werde ich tun«, sagte sie.
»Etwas Neues über Wheeler?«
»Noch nicht. Jedenfalls nichts, was wir brauchen können. Sein Leben in der Öffentlichkeit ist ohne Fehl und Tadel.«
»Sein Leben in der Öffentlichkeit interessiert uns auch nicht«, meinte ich. »Du mußt alles versuchen.«
Zwei Tage später kam Alison zurück. Ein Taxi brachte sie am Nachmittag. Sie sah müde aus, als ob sie zu wenig Schlaf gehabt hätte. Maeve schüttelte mißbilligend den Kopf, doch Alison beruhigte sie: »Zu viel in den verdammten Nachtklubs rumgelungert.«
Maeve ging, und ich runzelte die Stirn. »Auf die Pauke gehauen?«
Sie zuckte die Achseln. »Ich mußte unbedingt mit ein paar Leuten reden. Und diese Leute trifft man eben in den Nachtklubs.« Sie seufzte. »Aber es war vergeudete Zeit.«
»Nichts mehr herausgefunden?«
»Nichts Wichtiges, bis auf eins vielleicht. Ich habe mich um die Dienstboten gekümmert.«

»Um wen?«
Sie lächelte abgespannt. »Ich habe Wheelers Dienstboten überprüft. Die goldenen Zeiten sind vorbei, Dienstboten nur noch schwer zu bekommen. Aber Wheeler hat da keine Probleme, obwohl er eine Menge Personal braucht.« Sie zog ihr Notizbuch aus der Tasche. »Alle seine Bediensteten bis auf den Chauffeur sind Briten und haben britische Pässe. Der Chauffeur ist Ire. Findest du das interessant?«
»Den Kontakt mit Irland finde ich sehr interessant«, antwortete ich.
»Es kommt noch besser«, fuhr sie fort. »Die Bediensteten sind, wie gesagt, Briten, doch jeder einzelne von ihnen hat sich einbürgern lassen und seinen Namen geändert. Was meinst du, aus welchem Land kamen sie?«
»Albanien«, grinste ich.
»Erraten. Aber auch hier gibt es eine Ausnahme. Einer von ihnen nahm keinen englischen Namen an, das hätte zu komisch ausgesehen. Wheeler, der eine Vorliebe für die chinesische Küche hat, beschäftigt einen chinesischen Koch. Er heißt Chang Pi-Wu.«
»Das würde wirklich verdammt ulkig aussehen. Ein Chinese, der McTavish heißt. Woher stammt er?«
»Aus Hongkong.«
Ein Hongkong-Chinese! Das mußte nicht unbedingt etwas bedeuten. Für einen Multimillionär war es vielleicht ganz normal, einen chinesischen Koch einzustellen, wenn er chinesisches Essen mochte; Multimillionäre denken da anders als das gewöhnliche Volk, und so etwas gehörte vielleicht mit zum Stil dieser Leute. Dennoch verspürte ich ein Kribbeln im Unterbewußtsein.
»Vielleicht hat Wheeler nur eine wohltätige Ader«, überlegte ich »Vielleicht sind alle diese britischen Albaner seine Cousins und Großcousins, seine Nichten und Neffen. Vielleicht greift er ihnen nur auf taktvolle Weise unter die Arme.«
Alison starrte zur Decke. »Dienstboten zu bekommen ist schon schwer. Aber das größte Problem ist doch, sie zu

halten. Sie wollen vier Abende frei in der Woche, einen Fernsehapparat auf dem Zimmer und jeden Morgen ausschlafen. Sonst sind sie nicht zufrieden und suchen sich etwas anderes. Es wird ziemlich viel gewechselt in der Branche, und Wheelers Dienstboten sind da keine Ausnahme.«

Ich lehnte mich zurück und starrte Alison ins Gesicht. »Du hast doch noch mehr auf Lager. Spuck's aus!«

Fröhlich grinsend schlug sie ihr Notizbuch auf. »Dreizehn Albaner arbeiten für ihn – Gärtner, Butler, Hausmeister, Zimmermädchen und so weiter. Nicht einer ist länger als drei Jahre bei ihm. Der letzte kam im vergangenen Monat. Sie kommen und gehen wie andere Dienstboten auch.«

»Und machen Urlaub in Albanien«, ergänzte ich. »Er hat einen Kurierdienst aufgebaut.«

»Nicht nur das«, sagte Alison. »Irgend jemand versorgt ihn regelmäßig mit Nachschub.« Wieder zog sie ihr Notizbuch zu Rate. »Ich habe mich bei der zuständigen Stelle des Ministeriums für Arbeit und Sozialwesen in Herefordshire umgehört. Mindestens fünfzig Dienstboten haben in den letzten zehn Jahren bei ihm gearbeitet. Weil sie englische Namen haben, weiß ich nicht, ob sie alle Albaner waren, aber ich würde darauf wetten.«

»Herr im Himmel!« stieß ich hervor. »Ist da niemand drüber gestolpert? Warum, zum Teufel, gibt es denn eine Spezialabteilung?«

Alison breitete die Arme aus. »Es waren alles Briten. Wenn jemand darauf aufmerksam würde – was ich bezweifle –, dann hätte Wheeler eben eine wohltätige Ader, wie du schon gesagt hast. Er rettet seine Landsleute vor den kommunistischen Unterdrückern.«

»Fünfzig Leute!« sagte ich. »Wohin gehen sie alle, wenn er mit ihnen fertig ist?«

»Von allen weiß ich es nicht – ich konnte in der kurzen Zeit nur zwei überprüfen. Die beiden stehen heute in den Diensten anderer Parlamentarier.« Ich mußte lachen. »Das ist ja die Höhe. So eine Unverfrorenheit. Siehst du nicht, was er macht? Er holt die Leute ins Land, jagt sie durch einen Schnellkurs in britischen Sitten und Gebräuchen, bringt ihnen die Feinheiten im Umgang mit besseren Herrschaften bei – und setzt sie dann als Spione ein. Ich sehe es direkt vor mir, wie er sich mit einem Kollegen im Unterhaus unterhält. ›Ärger mit den Dienstboten, mein Bester? Einer von meinen will zufällig gerade gehen. Nein, nein, kein Ärger – er will nur in der Stadt leben. Vielleicht kann ich ihn überreden ...‹ Das übertrifft alles, was ich je gehört habe.«

»Jedenfalls beweist es, daß er immer noch Verbindungen mit Albanien hat«, sagte Alison. »Zunächst habe ich nicht daran geglaubt – es schien einfach absurd. Aber jetzt bin ich überzeugt davon.«

»Erinnerst du dich an den Fall Cicero während des Krieges?« fragte ich. »Der Kammerdiener des englischen Botschafters in der Türkei war ein deutscher Spion. Wheeler ist seit zwanzig Jahren im Geschäft – er könnte hundert Ciceros eingesetzt haben. Und nicht nur bei Politikern. Ich möchte wissen, wie viele Industriebosse von Wheeler ausgebildete Dienstboten in ihrem Haushalt beschäftigen.«

»Die alle einen englischen Namen haben und vorzügliches Englisch sprechen«, warf Alison ein. »Darauf wird Wheeler achten.« Sie zählte es an den Fingern auf: »Zuerst kommen sie nach England. Während sie auf ihre Einbürgerung warten, lernen sie gründlich die Sprache und studieren die Engländer in ihrer gewohnten Umgebung. Wenn sie Briten sind, erhalten sie bei Wheeler den letzten Schliff, und dann setzt er sie ein.« Zweifelnd schüttelte sie den Kopf. »Es wäre ein Projekt auf zu lange Sicht.«

»Wheeler selbst ist ein Projekt auf lange Sicht. Ich kann mir nicht vorstellen, daß er seine Sachen packt und in sein Heimatland zurückkehrt. Sieh dir doch bloß Slade an, achtundzwanzig Jahre lang hat er sich durchgeschlängelt. Diese Leute planen eben langfristig.« Ich holte tief Luft. »Wann fliegen wir nach Gibraltar?«

»Morgen früh.«

»Okay«, sagte ich. »Ich muß diesen Hund endlich zu fassen kriegen.«

3

Ich betrat den Flughafen von Cork wie gewöhnlich auf die komplizierte Tour. Allmählich vergaß ich, wie es ist, wenn man den Vordereingang benutzt. Maeve O'Sullivan zeigte beim Abschied ungewöhnlich viel Gefühl.
»Komm bald zurück, Mädchen«, bat sie Alison. »Ich bin 'ne alte Frau, und man kann nie wissen.« Sie hatte Tränen in den Augen; als sie sich an mich wandte, wischte sie sie weg. »Und Sie, Owen Stannard, passen Sie gut auf sich und Alec Mackintoshs Tochter auf.«
»Bisher hat sie auf mich aufgepaßt«, grinste ich.
»Wenn Sie das zulassen, sind Sie doch nicht der Mann, für den ich Sie gehalten habe«, konterte Maeve. »Aber seid vorsichtig. Und nehmen Sie sich vor der *garda* in acht.«
Also waren wir vorsichtig. Mit Erleichterung sah ich Cork unter den Tragflächen entschwinden, als wir auf südlichen Kurs gingen. Alison legte Hebel um und bediente Kontrollen, bis sie schließlich die Hände vom Steuerknüppel nehmen konnte. »Es wird fast sechs Stunden dauern«, sagte sie. »Wenn Wind und Wetter stimmen.«
»Rechnest du mit schlechtem Wetter?« fragte ich.
Sie lächelte. »Nein, das sagt man nur so. Es ist sogar gutes Wetter vorhergesagt worden. Der Wind in 24.000 Fuß kommt aus nördlicher Richtung.«
»So hoch fliegen wir? Ich hätte nie gedacht, daß diese Mühle das schafft.«
»Die Motoren haben eine sehr hohe Verdichtung. Darum ist es sogar wirtschaftlicher, hoch zu fliegen. Aber die Kabine hat keinen Druckausgleich. Darum werden wir bald die Sauerstoffmasken anlegen müssen – sobald wir 10.000 Fuß erreicht haben. Deine Maske liegt neben dir.«

Als ich die »Apache« das letzte Mal gesehen hatte, bot sie sechs Leuten Platz. Während Alison in London war, hatte man jedoch die beiden hintersten Sitze herausgenommen und durch einen großen Plastikkasten ersetzt. Ich zeigte mit dem Daumen über die Schulter und fragte: »Was ist das?«
»Ein zusätzlicher Teibstofftank – für weitere siebzig Gallonen. Das vergrößert unsere Reichweite bei günstigster Fluggeschwindigkeit auf 2.000 Meilen. Ich dachte, wir könnten es brauchen.«
Die tüchtige Alison Smith dachte an alles. Ich erinnerte mich an Maeves Worte: Anforderungen, an denen ein Mädchen zerbrechen kann. Ich betrachtete Alisons Gesicht. Es zeigte keine Spur von Anstrengung, als sie die Instrumente überprüfte und den Sauerstofffluß kontrollierte. Nichts deutete darauf hin, daß Maeve mit ihrer Bemerkung recht hatte. Alison warf einen Blick zur Seite und ertappte mich dabei, wie ich sie eingehend betrachtete. »Ist was?«
»Sieht doch die Katze den Kaiser an«, sagte ich. »Warum sollte der Hund nicht die Königin anschauen? Ich dachte nur gerade, daß du wunderschön bist, das ist alles.«
Sie lächelte und zeigte mit dem Daumen nach hinten. »Die Schmeichelsteine liegen weiter zurück, und ich weiß genau, daß du niemals da warst. Du mußt irisches Blut in den Adern haben.«
»Und Waliser«, sagte ich. »Daher der Name Owen. Das Keltische schlägt durch bei mir.«
»Setz deine Maske auf«, sagte sie. »Dann siehst du ebenso hübsch aus wie ich.«
Der Flug war lang und langweilig. Obwohl Mikrophone in die Masken eingebaut waren, sprachen wir nur wenig. Schließlich stellte ich die Rückenlehne des Sitzes nach hinten. Mit 200 Meilen in der Stunde flogen wir nach Süden – fünfzehn mal schneller als Wheeler mit seiner »Artina« – und ich schlief.
Oder besser, ich döste. Ab und zu wachte ich auf. Alison war auf dem Posten. Sie beobachtete den Himmel, kontrollierte die Instrumente oder nahm eine geringfügige Korrek-

tur vor. Ich berührte sie mit der Schulter. Mit einem Lächeln wandte sie sich zu mir, um sich dann sofort wieder ihrer Arbeit zu widmen. Nach fast vier Stunden stieß sie mich an und zeigte nach vorn. »Die spanische Küste.«
Unter uns, im Dunst flimmernder Hitze, die leicht bewegte See. Vor uns das weiße Band der Brandung. »Spanien werden wir nicht überfliegen«, sagte Alison. »Wenn wir in Gibraltar landen wollen, ist es aus politischen Gründen nicht ratsam. Wir werden an der portugiesischen Küste entlangfliegen.«
Sie holte eine Karte heraus und berechnete den neuen Kurs. Ruhig und überlegt hantierte sie mit dem Winkelmesser, stellte dann den Autopiloten ab und zog die Maschine weich herum.
»Das ist Cape Ortegal«, sagte sie. »Wenn Finisterre in Sicht kommt, werde ich den Kurs noch einmal ändern.«
»Wann hast du Fliegen gelernt?« fragte ich.
»Mit sechzehn.«
»Und Pistolenschießen?«
Sie zögerte einen Moment mit ihrer Antwort. »Mit vierzehn – Pistole, Gewehr und Schrotflinte. Warum?«
»Nur so eine Frage.« Jung gewohnt, alt getan, sagte sich Mackintosh. Ich konnte mir kaum vorstellen, wie ein vierzehnjähriges Mädchen ein Gewehr anlegt. Jede Wette, daß sie auch das Morsealphabet beherrschte und die Flaggensignale. Gar nicht davon zu reden, daß sie wußte, wie man einen Computer programmiert und ohne Streichhölzer ein Feuer entfacht. »Warst du bei den Pfadfinderinnen?«
Sie schüttelte den Kopf. »Dazu hatte ich keine Zeit.«
Keine Zeit, um zu den Pfadfindern zu gehen! Wahrscheinlich studierte sie zwischen Büchern vergraben fremde Sprachen, wenn sie nicht gerade Flugstunden hatte oder auf dem Schießstand herumballerte. Ich hätte es Mackintosh sogar zugetraut, daß er ihr beibrachte, ein Unterseeboot zu steuern.
»Hast du Freunde gehabt damals?« fragte ich. »Mädchen in deinem Alter?«

»Nicht viele.« Sie drehte sich auf ihrem Sitz herum. »Worauf willst du hinaus, Owen?«

Ich zuckte die Achseln. »Nur müßige Gedanken eines müßigen Mannes.«

»Hat Maeve O'Sullivan dich mit Horrorgeschichten gefüttert? Hat sie das? Ich hätte es wissen sollen.«

»Sie hat nichts gesagt«, widersprach ich. »Aber du kannst doch einem Mann nicht das Denken verbieten.«

»Dann behältst du deine Gedanken besser für dich.« Sie wandte sich wieder den Kontrollen zu und verfiel in Schweigen. Auch ich, dachte ich, würde jetzt besser meinen großen Mund halten.

Als wir einen Bogen schlugen und die Straße von Gibraltar hinaufflogen, übernahm Alison wieder den Steuerknüppel. Wir verloren an Höhe. In 10.000 Fuß nahm sie die Sauerstoffmaske ab, und ich war heilfroh, das Ding loszuwerden. Dann, in der Ferne, sah ich den Felsen zum erstenmal aus dem blauen Wasser emporragen. Beim Kreisen warf ich einen Blick auf den künstlichen Hafen und die Landebahn, die in die Algeciras-Bucht hineinragt. Sie sah aus wie das Deck eines Flugzeugträgers. Für Alison, die mit dem Funksprechverkehr genug zu tun hatte, war das offensichtlich alles ein alter Hut.

Wir kamen vom Osten herein. Unser kleines Flugzeug brauchte nur ein kurzes Stück der riesigen Landebahn. Die Maschine kam zum Stillstand, dann rollten wir zu den Flughafengebäuden hinüber.

Ich betrachtete die überall herumstehenden Militärmaschinen und meinte grimmig: »Auf diesem Flughafen haben sie bestimmt scharfe Sicherheitsvorkehrungen.« Wie sollte ich mich da herausschmuggeln?

»Ich habe etwas für dich«, sagte Alison, holte eine Mappe aus der Kartentasche und zog einen Paß heraus. Es war ein Diplomatenpaß. Ich klappte ihn auf. Mein eigenes Gesicht blickte mir entgegen. »Damit kommen wir ohne Schwierigkeiten durch den Zoll«, sagte sie. »Aber er wird dir nichts nützen, wenn man dich als Rearden erkennt.«

»Er ist gut genug.« Selbst wenn jemand in mir Rearden zu erkennen glaubte, würde er sich beim Anblick des Diplomatenpasses zunächst einmal fragen, ob das überhaupt möglich wäre.
»Mein Gott, mußt du Beziehungen haben«, staunte ich.
»Es geht so«, meinte sie bescheiden.
Der Uniformierte lächelte, als er meinen Paß sah, und der hartgesichtige Zivilist neben ihm beäugte mich nicht weiter. Drei Minuten nachdem wir die Halle betreten hatten, waren wir schon wieder draußen. »Wir wohnen im Rock-Hotel«, sagte Alison. »Pfeif doch bitte ein Taxi für uns herbei.«
Wenn die von Wheeler ausgebildeten Albaner perfekte Dienstboten waren, so war Alison Smith als Sekretärin ein Geschenk des Himmels. Nicht einen Augenblick hatte ich daran gedacht, wohin wir am Abend unser müdes Haupt betten würden. Alison schon. Alec Mackintosh konnte sich glücklich schätzen – oder war es gar kein Glück? Schließlich hatte er sie ja ausgebildet, oder?
Unsere Zimmer im Rock-Hotel lagen nebeneinander. Wir beschlossen, uns erst ein wenig frisch zu machen und uns dann an der Bar zu treffen. Ich war als erster unten. Wenigstens in dieser Beziehung war Alison Smith erfreulicherweise wie jede andere Frau. Frauen brauchen fünfzig Prozent mehr Zeit als Männer, um sich zu schniegeln. Es sind wirklich nur fünzig Prozent, obwohl es doppelt so lange scheint. Als sie sich zu mir setzte, hatte ich schon mein erstes kühles Bier gekippt.
Ich bestellte einen trockenen Martini und ein weiteres Bier für mich.
»Was willst du machen, wenn Wheeler ankommt?« fragte sie.
»Ich muß herausfinden, ob Slade an Bord der ›Artina‹ ist. Dazu werde ich wohl ein bißchen Pirat spielen müssen.« Ich grinste. »Aber ich verspreche dir, daß ich kein Messer zwischen den Zähnen habe, wenn ich über die Reling klettere.«

»Und wenn er an Bord ist?«
»Versuche ich mein Möglichstes, ihn herunterzuholen.«
»Und wenn du es nicht schaffst?«
Ich zuckte die Achseln. »Für diesen Fall habe ich meine Befehle.«
Gleichgültig nickte sie. Ich fragte mich, ob Mackintosh seiner eigenen Tochter wohl jemals ähnliche Instruktionen gegeben hatte. »Wheeler wird wahrscheinlich vor dem Royal Gibraltar Jacht Club Anker werfen«, meinte sie. »Das paßt zu seiner Stellung und seinem Auftreten. Ich wäre nicht einmal überrascht, wenn er dort Mitglied wäre – er kommt oft genug hierher.«
»Wo ist der Club?«
»Etwa eine halbe Meile von hier.«
»Das sehen wir uns besser mal aus der Nähe an.«
Wir tranken unsere Gläser leer und schlenderten in den Sonnenschein. Eine Menge Kähne lagen im Jachthafen, große und kleine, Segler und Motorboote. Eine Weile schaute ich mir die Boote an. »Die Terrasse dort drüben liegt günstig, und außerdem werden dort kühle Drinks serviert. Der richtige Platz zum Warten.«
»Ich muß nur noch schnell anrufen«, sagte Alison und huschte davon. Während ich zu den Jachten und aufs Wasser hinaussah, überlegte ich mir, wie ich nur an Bord der »Artina« kommen konnte. Natürlich ohne Erfolg, ich wußte ja nicht, wo sie ankern würde. Alison kam zurück. »Wheeler wird morgen früh um elf erwartet. Er hat sich über Radio gemeldet.«
»Prima«, sagte ich und hielt mein Gesicht in die Sonne. »Was machen wir bis dahin?«
»Wie wär's mit Schwimmen?« überraschte sie mich.
»Ich habe meine Badehose einzupacken vergessen. Schließlich habe ich mich nicht auf einen subtropischen Urlaub eingestellt.«
»Es gibt sogar Geschäfte hier«, meinte sie mit liebenswürdiger Ironie. Also gingen wir einkaufen. Außer Badehose und Handtuch kaufte ich zollfrei ein deutsches Fernglas,

saubere Arbeit, handlich, mit starker Vergrößerung.
Wir spazierten über die Halbinsel und schwammen in der Catalan-Bucht. Es war herrlich. Am Abend bummelten wir durch die Nachtclubs, was noch schöner war. Mrs. Smith schien menschlich und zum Glück aus dem gleichen vergänglichen Klumpen Lehm gemacht wie wir anderen auch.

4

Am nächsten Morgen um zehn saßen wir auf der Terrasse, blickten über den Jachthafen und schlürften einen langen, eiskalten Drink mit wenig Alkohol. Beide trugen wir Sonnenbrillen, weniger zum Schutz unserer Augen als um der Anonymität willen. Wie manche Filmstars das tun. Das Fernglas lag griffbereit neben uns. Das einzige, was uns jetzt noch fehlte, war die »Artina« mit Wheeler und – möglicherweise – Slade.
Wir sprachen nicht viel, es gab nichts zu bereden. Solange die »Artina« nicht da war, konnten wir keine Pläne schmieden. Außerdem war Alison am Abend zuvor stärker als je aus sich herausgegangen, war aufgeräumt, fast ausgelassen gewesen. Jetzt bereute sie es vielleicht. Nicht, daß ich allzu intim mit ihr geworden wäre, aber ich hatte wie erwartet einen Annäherungsversuch gemacht, den sie routiniert und ungezwungen abgewehrt hatte. Jetzt war sie wieder auf gewohnte Distanz gegangen – wir waren bei der Arbeit, und da hatte das Persönliche keine Rolle zu spielen.
Ich ließ mich von der Sonne braten. Das hatte ich in England und vor allem natürlich im Gefängnis vermißt. Jetzt genoß ich die Sonnenstrahlen und ließ mir die alten Knochen wärmen. Die Zeit verging, bis Alison plötzlich das Fernglas zur Hand nahm und auf ein Boot einstellte, das zwischen der Nordmole und der Freimole in den Hafen einlief. »Das ist die ›Artina‹, glaube ich.«
Ich hatte gerade das Glas am Mund, als sie das sagte. Ich

kriegte etwas in die falsche Kehle und schnappte prustend nach Luft. Besorgt sah Alison zu mir herüber. »Was ist los mit dir?«
Ich erstickte fast vor Lachen. »So eine verdammte Unverfrorenheit. ›Artina‹ ist ein Anagramm von Tirana – und das ist die Hauptstadt Albaniens. Dieser Hund macht sich über uns lustig. Als du es gerade ausgesprochen hast, fiel bei mir der Groschen.«
Lächelnd hielt mir Alison das Fernglas hin. Ich besah mir das Boot, das mit immer kleiner werdender Bugwelle ankam, und verglich es in Gedanken mit den Zeichnungen und Fotos des Schwesterschiffs. »Es könnte die ›Artina‹ sein«, meinte ich schließlich. »In fünf Minuten werden wir es genau wissen.«
Die große Motorjacht kam näher, bis ich den Mann erkennen konnte, der am Heck stand – er war groß und blond. »Es ist die ›Artina‹ – und Wheeler ist auch dabei.« Durchs Fernglas suchte ich das Deck ab. »Von Slade keine Spur, aber damit mußten wir rechnen. Er wird sich nicht unbedingt zur Schau stellen.«
Vor der Küste warf die Jacht Anker und dümpelte ruhig im Wasser. Ich zählte die Männer an Bord. Fünf waren es mit Sicherheit, ohne Wheeler. Außer der siebenköpfigen Besatzung konnte eine unbekannte Zahl von Gästen dabeisein. Die Männer, die ich sah, schienen mir allerdings keine Gäste zu sein. Zwei bedienten eine Winde auf dem Vorderdeck, einer behielt die Ankerkette im Auge. Zwei weitere ließen ein Boot zu Wasser. »Zähl die Männer, die an Land kommen«, bat ich Alison. »Das wäre gut zu wissen.«
Die zwei Mann von der Winde gingen mittschiffs, hängten den zusammenlegbaren Niedergang aus und ließen ihn an der Seite der Jacht ab. Einer ging die Stufen hinunter und hielt das Boot. Jetzt tauchten Wheeler und ein Mann mit Schirmmütze auf. Sie kletterten den Niedergang hinunter und stiegen ins Boot. Der Motor sprang an. Mit einer weiten Kurve legte das Boot ab und fuhr dann geradewegs auf den Jachtclub zu.

»Wheeler und der Kapitän, nehme ich an«, sagte Alison. »Der Mann am Ruder gehört zur Mannschaft.«
An der Club-Mole gingen sie an Land. Das Beiboot kehrte sofort wieder zur »Artina« zurück. Dort machte es der Matrose am Fuß des Niedergangs fest und kletterte wieder an Bord. Alison stieß mich an. »Sieh mal da drüben!«
Ich blickte in die Richtung, in die sie zeigte. Ein schwerer Schlepper pflügte durch das Wasser auf die »Artina« zu.
»Das ist ein Tankschiff«, sagte sie. »Die ›Artina‹ nimmt jetzt schon Dieselöl und Wasser auf. Wheeler scheint hier keine Zeit vergeuden zu wollen.«
»Verdammt«, schimpfte ich. »Ich hatte gehofft, er würde über Nacht bleiben. Wenn ich an Bord gehe, sollte es dunkel sein.«
»Gäste scheint Wheeler nicht zu haben«, meinte Alison. »Und außerdem hat er es eilig. Das sieht doch ganz ermutigend für uns aus. Es spricht dafür, daß Slade tatsächlich an Bord ist.«
»Dafür können wir uns eine Menge kaufen, wenn wir nicht auf das Schiff kommen, um ihn zu suchen. Wie lange wird das Bunkern wohl dauern?«
»Eine Stunde vielleicht.«
»Das genügt, um ein Boot zu mieten. Komm, beeil dich.«
Mit einem einheimischen Schauermann feilschten wir über den Mietpreis für ein Motorboot. Wir kamen noch gut davon, er knöpfte uns nur doppelt soviel wie normal ab. Das Tankschiff und die »Artina« lagen mit den Backbordseiten dicht beieinander, durch dicke Schläuche miteinander verbunden. Ein weiteres Mannschaftsmitglied mit Schirmmütze, wahrscheinlich der Maschinist, überwachte das Bunkern.
Als wir näher kamen, nahm ich Gas weg. Etwa fünfzig Yard von der Stuerbordseite entfernt trieben wir vorbei. Ein Mann kam an Deck, blickte desinteressiert zu uns herüber. Als er zum Felsen aufschaute, konnte ich sein Gesicht sehen. Es war ein Chinese. »Das ist wahrscheinlich Chang Pi-Wu. Wheeler muß wirklich viel für die chinesische Küche übrighaben, wenn er seinen chinesischen Koch sogar

mit auf See nimmt. Hoffentlich mag auch die Mannschaft das chinesische Essen.«

»Vielleicht hat die ihren eigenen Koch.«

»Schon möglich.« Unauffällig sah ich mir den Chinesen näher an. Viele Abendländer behaupten, daß alle Chinesen gleich aussehen. Das ist natürlich nicht wahr. Die Gesichtszüge der Chinesen unterscheiden sich genauso wie die anderer Rassen. Ich war sicher, daß ich diesen Mann erkennen würde, wenn ich ihn wiedersah. Aber ich hatte ja auch Übung darin. Schließlich hatte ich in Fernost gelebt.

Wir ließen uns bis zum Heck der »Artina« treiben. Die Bullaugen an der hintersten Gastkabine waren zugezogen, obwohl es noch hell am Tage war. Ich ahnte, wo Slade sich versteckt hielt. Es war zum Verzweifeln. Ich war ihm so nahe und konnte ihn doch nicht fassen. Als ich wieder zur Küste zurücksteuerte, sah ich, wie ein Mitglied der Mannschaft ins Boot am Niedergang der »Artina« stieg und losfuhr. Er war schneller als wir. Als wir unser Boot an den Eigentümer zurückgaben, sah ich den Matrosen mit Wheeler und dem Kapitän zurückkommen. Sie kletterten an Bord, der Niedergang wurde eingeholt und verstaut.

Fast hätte mich das Gefühl der Sinnlosigkeit überwältigt, als die »Artina« eine Stunde später die Anker lichtete und auf die offene See hinaushielt. »Wo, zum Teufel, fährt sie jetzt hin?« wollte ich wissen. »Wenn Wheeler ins östliche Mittelmeer zu den griechischen Inseln fährt, wird er das nächste Mal in Malta bunkern«, meinte Alison. »Das wäre jedenfalls das Nächstliegende. Komm, wir finden heraus, wohin er ausklariert hat.«

Daß Alison recht behielt, verbesserte meine Stimmung jedoch keineswegs. »Wieder vier Tage?« fragte ich mutlos.

»Wieder vier Tage«, stimmte sie zu. »Aber vielleicht haben wir in Valetta mehr Glück.«

»Die Jacht müßte einen Unfall haben«, überlegte ich. »Gerade schwer genug, um sie eine Nacht lang aufzuhalten. Du hast nicht zufällig ein paar Haftminen dabei?«

»Bedaure, nein.«

Niedergeschlagen starrte ich in die Ferne, wo ein weißer Punkt langsam verschwand. »Dieser Chinese macht mir Sorgen«, sagte ich. »Slade sollte sich mehr Sorgen über ihn machen.«
»Warum sollte er?«
»Die Kommunisten in Albanien schwimmen nicht länger im Moskauer Kielwasser. Der albanische Parteichef Enver Hodscha hat das kleine ›Rote Buch‹ gelesen und denkt wie Mao. Ob Slade weiß, daß er in Händen eines Albaners ist?«
»Ich habe mich schon gefragt, wann du endlich daraufkommen würdest«, schmunzelte Alison.
»Ich bin schon lange daraufgekommen – wahrscheinlich vor dir. Für die Chinesen wäre es eine feine Sache, wenn Slade ihnen in die Hände fiele – ein hoher Vertreter des britischen und ein Spitzenmann des russischen Geheimdienstes, alles in einem. Keinen Monat würden sie brauchen, um ihn wie eine Zitrone auszupressen. In der Wahl ihrer Mittel würden sie dabei bestimmt nicht zimperlich sein.«
Ich zuckte die Achseln. »Und dieser verdammte Narr glaubt, er fährt heim nach Moskau.«

NEUNTES KAPITEL

1

Haftminen hatten wir nicht, aber etwas anderes fiel mir schließlich in die Finger – wesentlich primitiver, doch nicht weniger wirksam. Das war allerdings erst vier Tage später im Grand Harbour von Valetta. In der Zwischenzeit hatten wir unsere Hotelrechnung im »Rock« bezahlt und waren nach Malta geflogen. Mit meinem Diplomatenpaß schlüpfte ich ebenso reibungslos durch die Kontrollen am Flugplatz von Luga wie zuvor in Gibraltar.

Da wir fast vier Tage lang nichts anderes tun konnten als warten, brach bei uns plötzlich Ferienstimmung aus. Der blaue Himmel, die heiße Sonne – und das Meer lud zum Baden ein. Tagsüber lockten Cafés mit Meeresfrüchten und kühlem Wein, abends gingen wir in teure Restaurants tanzen. Alison war gelöster als je zuvor.

Auch mein stark angeschlagenes Selbstbewußtsein erholte sich wieder etwas. Ich entdeckte nämlich, daß es doch etwas gab, bei dem ich besser war als sie. Wir hatten uns Taucherausrüstungen geliehen und streiften durch die Unterwasserwelt des kristallklaren Mittelmeeres. Dabei war ich ihr um eine Nasenlänge voraus. Vielleicht lag es daran, daß ich in Australien und Südafrika gelebt hatte. In den warmen Küstengewässern dort macht Tauchen Spaß und ist keine Strafe wie in England.

Wir schwammen, vergammelten die Tage und tanzten die Nächte durch. Drei Tage und drei Nächte ging das so, bis zum Vorabend von Wheelers Ankunft. Es war fast Mitternacht, als ich das Gespräch auf Mr. Smith brachte. Diesmal nahm Alison keinen Anstoß daran, vielleicht, weil ich sie mit Teufel Alkohol traktiert hatte. Sie wäre bestimmt wachsamer gewesen, wenn jemand von der Gegenseite das versucht hätte. So aber war es die Hand eines Freundes, die ihr Glas immer wieder füllte, und Alison wurde überrumpelt. Gemein!

Sie hielt ihr Glas hoch und lächelte mich durch den flüssigen Bernstein an. »Was willst du über ihn wissen?«

»Gibt es ihn noch?«

Sie setzte das Glas ab und verschüttete dabei ein bißchen Wein.

»Nein«, sagte sie. »Es gibt ihn nicht mehr.« Es klang fast etwas traurig.

Ich steckte mir eine Zigarette an und fragte durch den Rauch: »Scheidung?«

Heftig schüttelte sie den Kopf, das lange wallende Haar fiel ihr ins Gesicht. »Nichts Derartiges. Gib mir eine Zigarette.«

Als ich ihr die Zigarette angesteckt hatte, fing sie an zu erzählen: »Ich habe einen Mann namens John Smith geheiratet. Es gibt tatsächlich Leute, die John Smith heißen, weißt du. Er war kein Agent vom Geheimdienst und nicht einmal ein Polizist. Nein, er war Buchhalter und ein sehr netter Mann. Alec war entsetzt. Er hatte nicht eingeplant, daß ich einen Buchhalter heiraten könnte.« Ihre Stimme klang bitter.

»Sprich weiter«, sagte ich sanft.

»Aber ich habe ihn doch geheiratet. Und wir waren sehr glücklich.«

»Hattest du bis dahin bei deinem Vater gewohnt?«

»Bei Alec? Wo denn sonst? Aber ich blieb nicht bei ihm. Das konnte ich doch nicht – oder? John und ich zogen in ein Haus nahe Maidenhead – im Stockbroker Belt – und waren sehr glücklich. Ich war glücklich, einfach weil ich mit John verheiratet war. Ich war glücklich, daß ich Hausfrau sein und tun konnte, was Hausfrauen eben tun. Und ich war glücklich, daß ich nicht über Dinge nachdenken mußte, an die ich nicht denken wollte. Alec war natürlich enttäuscht. Er hatte seine Sekretärin verloren, die wie ein Roboter funktionierte.«

Ich stellte mir John Smith vor, den Buchhalter. Den korrekten Büromenschen, der Alison Mackintosh geheiratet hatte. Ich fragte mich, wie er ihre Vorgeschichte aufgenommen hatte – wenn er überhaupt etwas davon gewußt hat. Ich konnte mir einfach nicht vorstellen, daß sich Alison auf seinen Schoß gekuschelt und gesagt hätte: »Liebling, du bist mit einem Mädchen verheiratet, das bei den unmöglichsten Lichtverhältnissen einen Mann in die Kniescheibe schießen, Auto fahren, fliegen und einen Mann mit einem einzigen Karateschlag töten kann. Glaubst du nicht auch, daß wir eine sehr glückliche Ehe führen werden? Sieh mal, wie praktisch das alles bei der Erziehung unserer Kinder ist.«

»Und was kam dann?« fragte ich.

»Dann – nichts. Nur ein ganz gewöhnlicher Autounfall auf der M 4.« Ihr Gesicht war unbewegt, ohne ein Lächeln. Beim Sprechen bewegte sie kaum die Lippen. »Ich habe gedacht, ich würde ebenfalls sterben. Wirklich. Ich liebte John.«

»Es tut mir leid«, sagte ich, wohl wissend, wie wenig so etwas meist bedeutet.

Mit einem Achselzucken hielt sie mir ihr Glas hin. »Daß ich sterben wollte, half natürlich nicht weiter. Eine Zeitlang brütete ich vor mich hin und blies Trübsal. Dann ging ich zu Alec zurück. Oder hätte ich etwas anderes machen können, Owen?«

»Vielleicht nicht«, sagte ich vorsichtig, um mich nicht festzulegen.

Sie warf mir einen schiefen Blick zu und sagte: »Du schleichst wie die Katze um den heißen Brei, Owen. Weil du meine Gefühle nicht verletzen willst, sagst du nicht, was du denkst. Es ist gut gemeint.«

»Ich mag nicht einfach etwas aus dem Stegreif beurteilen.«

»Ohne die Hintergründe zu kennen, meinst du? Ich werde dir einiges erzählen. Alec und meine Mutter kamen nie sehr gut miteinander aus. Ich nehme an, sie waren von Grund auf verschieden. Hinzu kam, daß er immer weg war und sie seine Arbeit nicht verstand.«

»Hatte er denselben Job wie heute?«
»Immer, Owen, sein ganzes Leben lang. Die beiden wurden geschieden, kurz bevor ich zur Welt kam. Ich wurde in Waterford geboren. Dort lebte ich, bis meine Mutter starb. Damals war ich zehn Jahre alt.«
»Warst du glücklich in Waterford?«
Alison wurde nachdenklich. »Ich weiß es nicht. An jene Zeit kann ich mich kaum noch erinnern. Es ist so viel seitdem geschehen.« Sie drückte ihre Zigarette aus. »Ich weiß nicht, ob man Alec einen besonders guten Vater nennen kann. Unorthodox vielleicht, aber nicht ideal. Ich war immer ein richtiger Junge. Für hübsche Kleider und Puppen hatte ich nichts übrig. Alec nutzte das aus.«
»Jetzt bist du eine Frau«, sagte ich langsam.
»Manchmal frage ich mich, ob ich das wirklich bin.« Nervös zupfte sie am Tischtuch herum. »Was Alec aus mir gemacht hat – ich weiß es nicht. Damals machte es mir Spaß. Ich lernte reiten, Ski fahren, schießen, Wasserski laufen und fliegen – ich habe auch eine Lizenz für Düsenmaschinen, wußtest du das?«
Ich schüttelte den Kopf.
»Es hat mir unheimlich viel Spaß gemacht, alles, selbst das Büffeln von Fremdsprachen und Mathematik. Es machte mir so lange Spaß, bis er mich in seinem Büro einstellte und ich erfuhr, wofür ich das alles gelernt hatte. Da war es kein Spaß mehr.«
»Hat er dir auch Aufträge draußen an der Front gegeben?«
»Dreimal«, sagte sie mit unbewegter Stimme. »Jedesmal mit großem Erfolg – doch die meiste Zeit hatte ich ein komisches Gefühl im Magen. Aber das war nicht das Schlimmste. Das Schlimmste war, selbst im Büro zu sitzen, andere an die Front zu schicken und zuzusehen, was mit ihnen geschah. Ich habe zu viele Operationen geplant. Auch deine, Owen.«
»Ich weiß«, sagte ich. »Mackintosh ... Alec hat es mir erzählt.«
»Ich war der einzige Mensch, dem er völlig vertrauen

konnte«, sagte sie. »In unserem Beruf ist das äußerst wichtig.«
Ich ergriff ihre Hand.
»Was hältst du wirklich von Alec, Alison?«
»Ich liebe ihn«, sagte sie, »und ich hasse ihn. So einfach ist das.« Sie hielt ganz fest meine Hand, und ein Anflug von Verzweiflung sprach aus ihrer Stimme. »Laß uns tanzen, Owen. Laß uns einfach tanzen.«
Die Tanzfläche lag in schummerigem Licht. Wir tanzten zu einer Musik, wie sie überall in den frühen Morgenstunden gespielt wird. Alison drängte sich an mich und legte ihren Kopf an meine Schulter. Ihre Lippen berührten fast mein Ohr. »Weißt du, was ich bin, Owen?«
»Du bist eine wunderbare Frau, Alison.«
»Nein, ich bin eine Venusfliegenfalle, eine fleischfressende Pflanze. Pflanzen sollen – ebenso wie Frauen – sanft und friedlich sein; sie sollen keine Fänge und scharfe Zähne haben. Hast du schon einmal beobachtet, wenn sich eine Fliege auf einer Venusfliegenfalle niederläßt? Das arme Vieh glaubt, es sei eine ganz gewöhnliche Pflanze – bis die Fänge greifen. Völlig wider die Natur, findest du nicht auch?«
Ich zog sie dichter an mich. »Nimm's nicht so schwer.« Sie tanzte noch zwei Schritte, dann überlief sie ein Schauder. »O mein Gott, laß uns zum Hotel zurückgehen.«
Ich zahlte und holte sie an der Türe des Restaurants ein. Die zweihundert Yards zu unserem Hotel gingen wir zu Fuß. Wir sprachen kein Wort, als wir mit dem Fahrstuhl nach oben fuhren und den Korridor entlanggingen. Aber an der Tür ihres Zimmers ließ sie meine Hand nicht los. Sie zitterte ein wenig, als sie mir den Schlüssel hinhielt.
Sie liebte wie eine Rasende, wie eine Wilde. Tiefe Kratzer auf meinem Rücken legten am nächsten Morgen davon Zeugnis ab. All die aufgestauten Enttäuschungen eines verfehlten Lebens schienen sich im Dunkel dieser Nacht zu entladen. Nachher aber war Alison ruhig und entspannt. Wir sprachen noch lange miteinander – vielleicht zwei

Stunden. Ich habe vergessen, worüber. Es müssen wohl unwichtige Dinge gewesen sein, Belanglosigkeiten. In ihrem zweckorientierten Leben hatte sie nur wenig Zeit für Nebensächlichkeiten gehabt.
Beim zweiten Mal war es schöner. Sie war ganz Frau. Nachher schlief sie ruhig und sanft ein. Im hellen Licht des Tages würde sie vielleicht anders darüber denken, überlegte ich mir. Darum ging ich in mein eigenes Zimmer zurück, bevor sie aufwachte.

2

Am nächsten Tag rechneten wir mit Wheeler. Wir mußten Pläne machen. Als Alison zum Frühstück herunterkam, hatte ich meine erste Tasse Kaffee schon vor mir stehen. Ich stand zur Begrüßung auf, aber Alison, ein wenig befangen, wich meinem Blick aus. Wieder Platz nehmend, fragte ich sie: »Was können wir anstelle von Haftminen nehmen?« Als ich mich im Stuhl zurücklehnte, fühlte ich einen stechenden Schmerz. Das waren die Kratzer, die sie mir in der Nacht beigebracht hatte. Hastig beugte ich mich wieder nach vorn und nahm eine Scheibe Toast.
Alison hatte mitgekriegt, was ich gesagt hatte. Als ich aufblickte, hatte sie sich inzwischen gefangen und war wieder ganz auf die Aufgabe konzentriert. Unsere persönlichen Beziehungen hatten mit unserer Arbeit nichts zu tun.
»Ich erkundige mich bei dem Hafenkapitän, wann die ›Artina‹ erwartet wird.«
»Wir wollen nicht dasselbe noch mal erleben wie in Gibraltar«, sagte ich. »Von hier nach Albanien ist es nur ein Katzensprung. Da wären Wheeler und Slade dann in Sicherheit. Was machen wir, wenn die ›Artina‹ am Tage ankommt und noch vor Einbruch der Dunkelheit ausläuft?«
»Das weiß ich auch nicht.«
»Eins ist aber doch sicher: Ich kann mich unmöglich im

hellen Sonnenschein auf das Schiff schleichen und Slade mitten im Grand Harbour von Bord holen. Was bleibt also übrig?« Die Antwort gab ich mir selbst. »Wir müssen dafür sorgen, daß die Jacht auf jeden Fall über Nacht hierbleibt.«
»Aber wie?«
»Ich habe mir da etwas ausgedacht. Nach dem Frühstück gehen wir einkaufen. Darf ich dir einen Toast schmieren?«
So nahmen wir beide mit größter Ruhe zuerst einmal ein herzhaftes Frühstück zu uns. Dann machten wir uns auf den Weg durch die heißen Straßen von Valetta. Die Gebäude aus goldfarbenem Sandstein schienen die Hitze auf uns zurückzuwerfen.
Der Hafenkapitän erwartete die »Artina« gegen Mittag. Das war eine schlechte Nachricht. Und noch schlechter war, daß Wheeler das Tankschiff schon im voraus bestellt hatte. Sobald die »Artina« Anker warf, sollte es längsseits gehen. Wir bedankten uns für die Auskunft und verabschiedeten uns.
»Damit ist es entschieden«, stellte ich fest. »Gehen wir einkaufen.« Wir fanden einen Laden mit Schiffszubehör und gingen hinein. Hier gab es all die teuren Kleinigkeiten, die man zur Instandhaltung einer Jacht braucht. Ich fand, was ich suchte – leichte, aber reißfeste Nylonschnur. Ich kaufte zweihundert Fuß davon, ließ sie aufrollen und einpacken.
»Du weißt hoffentlich, was du tust«, sagte Alison.
»Die Taucherausrüstungen, die wir uns geliehen haben, brachten mich auf die Idee.« Ich zeigte zum Hafen hinaus. »Wie würdest du es anstellen, wenn du dort rauskommen wolltest, ohne gesehen zu werden?«
Sie nickte. »Unter Wasser. Alles gut und schön, aber damit sind wir noch nicht an Bord.«
»Im Endeffekt doch. Auch du spielst nämlich eine wichtige Rolle bei meinem Plan. Jetzt holen wir uns zuerst das Tauchgerät. Wir müssen auf dem Posten sein, wenn die ›Artina‹ ankommt.«
Beim Leihen der Taucherausrüstungen überzeugte ich

mich davon, daß unsere Sauerstoffflaschen auch richtig gefüllt waren. Im Schwimmbecken des Hotels machten wir noch einen kurzen Test. Am Beckenrand zog Alison plötzlich hörbar den Atem ein. Ich drehte mich um. Sie starrte auf meinen Rücken und bekam einen knallroten Kopf. »Du bist schon ein Klasseweib«, lachte ich. »Als Beigabe sollte es eigentlich ein Fläschchen Jod gratis geben.«
Seltsamerweise wurde sie ärgerlich. »Stannard, du bist ein ... ein ...«
»Nun faß dich mal wieder«, sagte ich brüsk. »Wir haben zu arbeiten.«
Sie hatte sich sofort wieder unter Kontrolle, so daß dieser kritische Augenblick schnell vorüber war. Wir gingen zum Hafen hinunter und machten es uns gemütlich. »Wie sieht dein Plan aus?« fragte Alison, während wir auf die »Artina« warteten.
»Aus meiner Akte wird dir bekannt sein, daß ich in Indonesien war«, sagte ich. »Bei einer der kitzligsten Situationen, die ich dort zu bestehen hatte, saß ich in einem kleinen Motorboot und wurde von einem schnellen Patrouillenboot gejagt, das mit einem 20-mm-Geschütz hinter mir herballerte. Ich suchte in einem nahegelegenen Mangrovensumpf Schutz – und das war ein großer Fehler. Es schwammen zu viele Algen da herum. Sie wickelten sich um den Schaft der Schraube, und mein Boot rührte sich nicht mehr. Diese Algen hätten mich fast das Leben gekostet.«
»Und was geschah dann?«
»Das spielt jetzt keine Rolle.« Ich deutete zum Hafen hinüber. »Die ›Artine‹ ist ein ganzes Stück größer als das Motorboot damals. Aber diese Nylonschnur ist auch ein ganzes Stück stärker als ein paar Algen. Wenn die Jacht vor Anker geht, werden wir hinausschwimmen und das ganze Zeug hier um die beiden Schraubenschäfte wickeln. Vielleicht können wir das Schiff damit für eine Weile aus dem Verkehr ziehen, vielleicht auch nicht. Doch ich möchte wetten, daß es klappt. Und weißt du, was das Beste daran ist? Wenn man den Schlamassel entdeckt, wird gar nichts

darauf hindeuten, daß da jemand nachgeholfen hat. So etwas kann bei jedem Boot passieren. Wenn die Maschinen das Ganze erst einmal tüchtig strammgezogen haben, wird es eine höllische Arbeit sein, die Schrauben wieder freizubekommen. Es wird, hoffe ich, die ganze Nacht dauern.«
»So könnte es gelingen«, stimmte Alison zu und meinte dann in unverändertem Tonfall: »Ich werde dir die Kratzer verarzten. Sie könnten sich sonst entzünden; das Wasser ist schmutzig.«
Sie erwiderte meinen Blick, ohne mit der Wimper zu zukken. »Wie du meinst«, sagte ich und gab mir große Mühe, ernst zu bleiben.
Sie ließ mich eine kurze Zeit allein und kam dann mit einem Fläschchen zurück. Sie goß irgendein Zeug auf meine Wunden. Dann warteten wir geduldig darauf, daß die »Artina« auftauchen würde. Der Tag war lang und heiß. Noch immer kein Zeichen von der »Artina«. Allmählich begann ich zu fürchten, daß sie an Malta vorbei direkten Kurs auf Albanien genommen hatte. Um halb drei endlich kam sie und ging weit draußen vor Anker. Wieder wurde ein Boot gewassert, doch diesmal kam nur der Kapitän an Land. Von Wheeler keine Spur.
Ich drückte die Zigarette aus. »Jetzt kommt es darauf an«, sagte ich und schnallte das Tauchgerät um. »Kannst du so weit schwimmen?«
Alison spülte ihre Maske aus. »Ohne Schwierigkeiten.«
»Bleib immer dicht bei mir«, riet ich ihr. »Wir schwimmen nicht geradewegs darauf zu. Etwa zwanzig Fuß hinter dem Heck tauchen wir vorbei und kommen an der anderen Seite hoch. Ich hoffe, daß dort dann das Tankschiff liegt. Also halte den Kopf unten.«
Den dicken Strang der Nylonschnur hatte ich an der Hüfte festgemacht. Bevor ich mich ins Wasser gleiten ließ, vergewisserte ich mich noch einmal, daß ich ihn auch nicht verlieren konnte. Niemand beobachtete uns bei unseren Vorbereitungen. Ich hatte ein stilles Plätzchen ausgesucht, da ich nicht glaubte, daß man Sporttaucher im Grand

Harbour allzu gerne sah. Andererseits würde wohl auch niemand scharf darauf sein, hier zu schwimmen. Das Wasser war nicht allzu sauber, und es bestand immer die Gefahr, von den Schrauben vorbeifahrender Schiffe enthauptet zu werden.

Wir schwammen sofort steil nach unten und gingen erst in 25 Fuß Tiefe auf Kurs. Da ich meine Geschwindigkeit kannte und die Entfernung geschätzt hatte, zählte ich die Sekunden und Minuten.

Geradeaus zu schwimmen, das ist bei so einer Übung das schwierigste. Ab und zu sah ich mich nach Alison um. Sie folgte mir, wie es im Lehrbuch fürs Gruppentauchen steht – im richtigen Abstand und etwas weiter links. Sie kam gut mit.

Als wir meiner Schätzung nach an der richtigen Stelle angekommen waren, bedeutete ich Alison anzuhalten. Gemächlich schwammen wir im Kreis, ich schaute mich um. Ein dumpfes Dröhnen kam näher, und dann sahen wir den Schatten eines Schiffes, das über unseren Köpfen hinwegzog. Seine Schrauben wirbelten das Wasser auf, und in den Strudeln wurden wir hin und her geworfen. Als die Schiffsschrauben stoppten, hörten wir ein lautes metallisches Geräusch, das sich im Wasser fortsetzte. Das Tankschiff wurde an die »Artina« angekoppelt.

Auf mein Zeichen hin schwammen wir dichter an die beiden Boote heran. Ich hoffte nur, daß niemand über Bord schauen und die Luftblasen sehen würde, die zur Oberfläche hochblubberten. Unsere Chancen standen gut, denn wir näherten uns von der Seite, auf der auch das Tankschiff lag. Die Burschen sollten jetzt vollauf mit den Treibstoff- und Wasserschläuchen beschäftigt sein. Da hatte bestimmt keiner Zeit, die Wasserfläche zu beobachten.

Als wir unter den beiden Schiffen durchschwammen, wurde die Sicht schlechter. Ich legte noch eine Verschnaufpause ein. Dann schwammen wir nach achtern und tauchten auf, damit ich mich mit den Händen am Kiel der »Artina« entlangtasten konnte. Als meine Linke einen Flü-

gel der bronzefarbenen Backbordschraube zu fassen bekam, hatte ich nur einen Wunsch: Hoffentlich drückte jetzt im Maschinenraum nicht irgendein Narr auf den falschen Knopf. Wenn diese drei Flügel plötzlich in Bewegung gerieten, würden sie Hackfleisch aus mir machen.
Alison schwamm zur Steuerbordseite, während ich an dem Riemen herumfummelte, mit dem ich das Nylonseil an der Hüfte festgemacht hatte. Schließlich bekam ich es los und rollte es vorsichtig auf. Die Schiffsschraube hatte einen Durchmesser von etwa vier Fuß. Zwei Streben hielten den Schaft, bevor er durch den Dichtungsflansch am Heck in den Rumpf eintrat. Ich zog das eine Ende des Seils zwischen Streben und Rumpf durch, drehte es ein paarmal um den Schaft und machte es dann mit einer Schlinge zwischen Streben und Schraube am Schaft fest. Vorsichtig zog ich daran. Es hielt. Das war ein guter Anfang.
Dieses Nylonseil war wirklich ein widerliches Zeug. Manchmal hatte ich das Gefühl, mit einer Seeschlange zu ringen. Die im Wasser um uns herumtreibenden Schlaufen konnten auch für uns verflucht gefährlich werden. Leicht hätten wir uns darin aufhängen oder mit den Beinen verwickeln können. Alison und ich hatten wahrscheinlich große Ähnlichkeit mit einem bemerkenswerten Kunstwerk antiker Bildhauerei – mit der Laokoon-Gruppe.
Doch wir schafften es. Die beiden Schiffsschrauben steckten schließlich in einem unentwirrbaren Knäuel. Die Hölle mußte los sein, wenn die Maschinen ansprangen und das Seil strammzogen. Wahrscheinlich würde alles knirschend zum Stillstand kommen. Aber es konnte auch sein, daß sich ein Schaft verbog oder, noch besser, daß bei einem der Motoren ein Kolben durch den Zylinderdeckel flog. Saubere Arbeit.
Wir glitten davon und schwammen zur Küste zurück.
Ein ganzes Stück von dem Platz entfernt, an dem wir gestartet waren, stiegen wir wieder aus dem Wasser. Ich hatte etwas die Orientierung verloren, doch unter Wasser ist das nur normal. Ein unrasierter Typ lehnte an der Reling

eines Frachtdampfers und beobachtete mit einiger Verwunderung, wie wir am Kai hochkletterten. Ohne ihn zu beachten, gingen Alison und ich davon. Die Sauerstoffflaschen lasteten uns schwer auf den Rücken.

Am Ausgangspunkt unseres Abstechers angekommen, steckte ich mir eine Zigarette an und sah zur »Artina« hinüber. Das Tankschiff war gerade fertig geworden und legte ab. Im Beiboot kam der Kapitän zurück. Es schien, als wollten sie das Bunkern noch schneller hinter sich bringen als in Gibraltar. Ich fragte mich, was der Kapitän als nächsten Bestimmungshafen eingetragen hatte – bestimmt nicht Durazzo, den Hafen von Tirana. Dennoch wäre ich jede Wette eingegangen, daß das sein Ziel war.

Der Kapitän kletterte an Bord, und sofort wurde der Niedergang eingeholt. Auf Deck herrschte geschäftiges Treiben. Das Beiboot war noch nicht ganz aus dem Wasser, da stand schon jemand neben der Winde auf dem Vorderdeck, um den Anker zu lichten.

»Die scheinen es sehr eilig zu haben«, meinte Alison.

»Sieht so aus.«

»Ich möchte nur wissen, warum.«

»Das weiß ich auch nicht – aber ich nehme an, daß sie in wenigen Minuten verdammt wütend werden.«

Der Anker kam frei, und langsam setzte sich die »Artina« in Bewegung. Das war ein schwerer Schock für mich, denn ich hatte fest damit gerechnet, daß sie sich überhaupt nicht mehr bewegen konnte. Offensichtlich wurden die 700 PS mit den paar Schlaufen Nylonschnur spielend fertig. Alison hielt den Atem an. »Es klappt nicht.«

Die »Artina« wendete und nahm Kurs auf die offene See. Sie wurde immer schneller, und schon tanzten weiße Schaumkronen auf der Bugwelle. Enttäuscht ließ ich das Fernglas sinken und sagte: »Es war immerhin einen Versuch wert.« Nach Albanien waren es nur noch 450 Meilen, in weniger als zwei Tagen konnte die »Artina« dort sein. Nur noch eine Lösung schien es zu geben: ein Kamikaze-Angriff mit der »Apache«.

Alison starrte immer noch durch ihr einäugiges Fernrohr. »Moment«, rief sie auf einmal aufgeregt. »Schau doch!«
Die »Artina« war plötzlich ganz unnatürlich zur Seite ausgebrochen, als hätte jemand mit aller Gewalt das Ruder herumgerissen. Jetzt kam sie direkt auf die Küste zu. Sie wurde langsamer, und an ihrem Heck brodelte das Wasser, als die Maschinen auf volle Fahrt zurückgebracht wurden. Dann hörte das Brodeln auf, und hilflos trieb die Jacht dahin – genau in den Kurs eines großen italienischen Passagierschiffes, das aus dem Hafen auslief.
Mit dröhnendem Horn bestand das Linienschiff energisch auf seinem Wegerecht, doch die »Artina« reagierte nicht. Erst im letzten Moment änderte das Linienschiff seinen Kurs, und vielleicht blieb an seiner Seite sogar noch etwas Lack von der »Artina« hängen. Ein Offizier, ganz in Weiß, starrte von der Brücke hinunter. Wahrscheinlich bedachte er den glücklosen Kapitän der »Artina« mit einem Schwall ausgewählter italienischer Flüche. Das Linienschiff setzte seine Fahrt fort. Träge tanzte die »Artina« auf den Wellen seines Kielwassers. Sofort lief ein kleiner Schlepper aus, um ihr zu Hilfe zu eilen, und schleppte sie zu ihrem ursprünglichen Liegeplatz zurück. Dort warf sie Anker.
Grinsend wandte ich mich an Alison. »Einen Augenblick lang hatte ich gedacht … Nun, wir haben es geschafft, und die Jacht wird über Nacht bleiben. Wenn sie herausfinden, was passiert ist, werden sie auf den Idioten fluchen, der das Seil ins Wasser fallen gelassen hat.«
»Meinst du, sie könnten nicht doch vermuten, daß es mit Absicht geschehen ist?«
»Ich glaube kaum.« Ich sah zur »Artina« hinüber. Der Kapitän stand am Heck und blickte aufs Wasser. »Sie werden bald herausfinden, woran es liegt. Dann werden sie einen Taucher hinunterschicken, um die Schrauben freizuschneiden. Aber das wird eine ganze Weile länger dauern, als wir zum Einwickeln gebraucht haben. Die Maschinen haben das Knäuel hübsch strammgezogen.«
Ich lachte. »Es wird ein richtiger gordischer Knoten sein.«

Alison nahm ihr Tauchgerät auf. »Und was machen wir jetzt?«
»Wir warten, bis es dunkel wird. Dann gehe ich an Bord.«

3

Von Ta'Xbiex aus fuhren wir in den Marsamxett Harbour, wo die »Artina« im Lazzaretto-Creek vor Anker lag. Sie war am Nachmittag abgeschleppt und zu den übrigen Jachten gebracht worden. Das Fiberglasgebilde, mit dem wir hinausfuhren, erinnerte eher an eine Badewanne als an ein Boot. Alison schien jedoch keine Schwierigkeiten damit zu haben. Sie ging mit den Riemen um, als hätte man sie zum Schlagmann für den Oxford-Achter ausgebildet. Da zeigte sich wieder einmal Mackintoshs Training.
Es war eine mondlose Nacht, aber mit klarem Himmel. So war es nicht stockfinster. Vor uns konnte man undeutlich Manoel-Island erkennen und dahinter ein Leuchtfeuer am Dragutt Point. Zu unserer Linken ragte Valetta empor, wie ein Felsen und uneinnehmbar. Die brennenden Lichter sahen aus wie Girlanden. Auf der »Artina« allerdings brannte bis auf die vorgeschriebenen Positionsleuchten kein Licht mehr. Das war um diese Zeit, um halb drei in der Frühe, nicht verwunderlich. Hoffentlich hatten alle an Bord einen gesunden Schlaf. Als wir näher kamen, stellte Alison das Rudern ein. Leise trieben wir auf das Heck der »Artina« zu. Die Strickleiter, die der Taucher benutzt hatte, hing nicht mehr da. Das hatte ich auch nicht erwartet. Neun Fuß waren es vom Wasserspiegel bis zur Heckreling. Was ich gebraucht hätte, wäre ein Enterhaken gewesen, aber der war in der Eile nicht so schnell aufzutreiben gewesen. Darum hatte ich improvisiert. Ein Haihaken – drei Fischhaken zusammengeschweißt – hat dieselbe Form wie ein Enterhaken. Mit mehreren Lagen Isolierband hatte ich ihn umwickelt, einmal, um mich nicht selbst aufzuspießen, dann, um keinen Lärm zu machen.

Ich blickte nach oben. Als schwarze Silhouette zeichnete sich der Halter für die Schiffsflagge gegen den Himmel ab. Das war ein Anhaltspunkt für die Lage der Reling. Das Seil aufgerollt in der Linken haltend, schleuderte ich meinen Enterhaken in die Höhe. Mit einem dumpfen Poltern fiel er auf das Deck. Während ich die Beine einholte, hoffte ich, daß er sich festhaken würde. Es klappte. Der Haken blieb an der Reling hängen. Vorsichtig zog ich am Seil und überzeugte mich davon, daß es nicht zu riskant war, daran hochzuklettern.
Zu Alison hinuntergebeugt, flüsterte ich: »Das wär's. Vielleicht komme ich mit Slade zurück, vielleicht auch nicht. Es kann auch sein, daß ich in Windeseile über Bord springen muß. Darum bleib in der Nähe, damit du mich notfalls aus dem Wasser fischen kannst ...« Ich zögerte. »Wenn ich nicht zurückkomme, bist du auf dich allein gestellt. Für diesen Fall kann ich dir nur viel Glück wünschen.«
Ich hangelte am Seil hoch und konnte einen Arm um den Flaggenhalter schlingen. Damit ließ der Zug auf den Haihaken nach. Die Pistole, die ich in den Hosenbund gesteckt hatte, war im Augenblick nur hinderlich. Als ich mich wie ein Akrobat verrenken mußte, um einen Fuß an Deck zu setzen, bohrte sie sich schmerzhaft in meinen Unterleib. Es war ein beruhigendes Gefühl, daß keine Kugel im Lauf war. Schließlich hatte ich es geschafft, ohne Lärm zu machen. Zumindest gab niemand einen Schuß auf mich ab, als ich aufs Wasser hinuntersah. Von Alison war nichts mehr zu sehen. Nur ein paar verdächtige kleine Wellen kräuselten sich auf dem Wasser, wo eigentlich gar keine Wellen hätten sein sollen. Eine ganze Weile rührte ich mich nicht. Man konnte die Stille förmlich spüren.
Falls jemand Wache hielt, verhielt er sich dabei totenstill. Ich mußte darauf vertrauen, daß nur auf dem Vorschiff eine Wache aufgestellt war. Vielleicht stand der Mann im Ruderhaus oder hatte es sich im Speisesaal bequem gemacht. Ich brauchte, um zu den Heckkabinen zu kommen, nicht nach vorn zu gehen. Wenn die Schiffspläne, die ich sorgfältig

studiert hatte, stimmten, dann kam man direkt aus dem Decksalon über eine Treppe zum Kabinendeck. Und die Tür zum Salon mußte direkt vor mir liegen.
Ich zog einen kleine Lampe aus der Tasche und riskierte es, sie kurz aufleuchten zu lassen. Das war gut so: Direkt vor mir lagen Tauchergeräte auf dem Deck herum. Hätte ich die nicht gesehen, hätte ich einen Heidenlärm veranstaltet. Vorsichtig stieg ich über die Fußfallen hinweg und kam an die Salontür. Zum Glück war sie nicht verschlossen. So hatte ich es mir vorgestellt, denn wer verschließt auf einem Schiff schon die Türen?
Der Salon lag im Dunkeln, doch durch eine Glastür an der Backbordseite fiel ein Lichtschimmer. Es war gerade hell genug, daß ich die Möbelstücke erkennen und mich daran vorbeitasten konnte. Doch als ich einen Blick durch die Tür warf, erstarrte ich. Am Ende des langen Ganges bewegte sich etwas. Ein Mann kam aus dem Speisezimmer. Er ging zum Glück nur in die Küche und war nicht mehr zu sehen. Vorsichtig öffnete ich die Tür und lauschte. Man hörte eine schwere Tür zuschlagen, dann das Klirren von Geschirr. Der Mann, der Wache schob, plünderte offenbar den Kühlschrank, um sich die Zeit zu vertreiben. Mir konnte das nur recht sein.
Noch einmal durchquerte ich den Salon und ging hinunter zum Kabinendeck. Die drei Kabinen dort unten waren für Gäste bestimmt. Wheelers Kabine lag mittschiffs auf der anderen Seite des Maschinenraums. Um ihn brauchte ich mir also keine Sorgen zu machen. Schwierigkeiten würden nur auftreten, wenn er außer Slade noch andere Gäste hatte, die in einer der drei Gastkabinen untergebracht waren.
Als erstes kümmerte ich mich um die große Heckkabine, denn dort waren vor Gibraltar am hellichten Tage die Vorhänge zugezogen gewesen. Diesmal war die Tür wirklich verschlossen. Das ließ mich hoffen: Wenn Slade an Bord war, würde er mit Sicherheit hinter Schloß und Riegel sitzen. Im abgeschirmten Licht meiner Lampe nahm ich das Schloß in Augenschein. Es stellte mich vor keine großen

Schwierigkeiten. Wer baut schon in eine Kabinentür ein kompliziertes Sicherheitsschloß ein? Selbst damit wäre ich im Notfall fertig geworden. Es hätte nur länger gedauert, das ist alles.
So aber war ich schon nach zwei Minuten in der Kabine und hatte die Tür wieder vorsichtig hinter mir verschlossen. Ich hörte das tiefe Atmen eines Schlafenden und leuchtete kurz zur Backbordseite hinüber. Mein Gott, hoffentlich war es Slade. Wenn nicht, dann war ich wirklich aufgeschmissen.
Meine Sorgen waren unbegründet: Es war niemand anderes als Slade. Als ich das breite, leicht gelbliche Gesicht vor mir sah, hätte ich vor Freude schreien mögen. Ich zog die Pistole aus dem Hosenbund und lud durch. Bei dem metallischen Klicken regte sich Slade, stöhnte leise im Schlaf. Ich trat einen Schritt vor. Die Lampe weiter auf sein Gesicht gerichtet, setzte ich ihm vorsichtig einen Finger auf den empfindlichen Punkt zwischen Ohr und Backenknochen und drückte zu. Das ist die beste Methode, jemanden ohne jedes Geräusch zu wecken. Wieder stöhnte er. Dann bewegten sich seine Lider, er blinzelte in den unerwarteten Lichtstrahl. Ich beleuchtete die Pistole in meiner Hand. »Wenn Sie schreien, ist das der letzte Laut in Ihrem Leben«, stieß ich leise hervor.
Ein Schauder überlief ihn. Sein Adamsapfel tanzte beim Schlucken auf und ab. Schließlich brachte er ein Flüstern heraus: »Wer, zum Teufel, sind Sie?«
»Ihr alter Freund Rearden«, antwortete ich. »Ich bin gekommen, um Sie nach Hause zu bringen.«
Er brauchte einige Zeit, das zu verkraften. »Sie sind verrückt.«
»Kann schon sein«, gab ich zu. »Jemand, der Ihnen das Leben retten will, muß verrückt sein.«
Allmählich überwand er den Schock. Das Blut kehrte in sein Gesicht zurück, er begann, die Fassung wiederzugewinnen. »Wie sind Sie hierhergekommen?« wollte er wissen.

Ich ließ das Licht auf das nächste Bullauge fallen. Es waren doch keine Vorhänge vorgezogen. Man hatte einfach ein paar Metallplatten auf die ovalen Luken geschweißt, damit Slade auf keinen Fall hinaussehen konnte. Wieder einmal waren die Fluchter ganz auf Nummer Sicher gegangen. Ich grinste Slade an und fragte sanft: »Was heißt hier?«
»Na, an Bord dieses Schiffes«, antwortete er, doch seine Stimme klang unsicher.
»Ich bin Ihnen gefolgt.« Sein Blick schweifte ab zum Klingelknopf neben der Koje. Ich sah das mit Interesse und hob die Pistole, damit er sie nur ja nicht vergaß. »Ich würde das lieber nicht versuchen«, warnte ich ihn, »nicht, wenn Ihnen Ihr Leben lieb ist.«
»Wer sind Sie wirklich?« flüsterte er.
»Man könnte sagen, ich bin im selben Geschäft wie Sie, nur auf der anderen Seite. Gegenspionage.«
Mit einem langen Seufzer stieß er den Atem aus. »Der Henker«, sagte er tonlos. Er deutete auf die Pistole. »Damit werden Sie nicht durchkommen. Sie haben keinen Schalldämpfer. Wenn Sie mich damit umbringen, sind Sie ebenfalls ein toter Mann.«
»Mich kann man entbehren«, sagte ich und hoffte inständig, daß es dazu nicht kommen würde. »Gebrauchen Sie Ihr bißchen Verstand, Slade. Ich hätte mich in diese Kabine schleichen und Ihnen im Schlaf die Kehle durchschneiden können. Das hätte zwar einige unangenehme Blutflecke gegeben, wäre aber lautlos vor sich gegangen. Noch besser wäre es gewesen, Ihnen eine eiserne Stricknadel durch den Nacken in die Medulla oblongata zu stoßen – dabei fließt kaum Blut. Aber ich will Sie lebend hier herausbringen. Sonst würde ich mich jetzt nicht mit Ihnen unterhalten.«
Er runzelte die Stirn. Fast konnte ich seinen Kopf rauchen sehen, so angestrengt dachte er nach. »Aber machen Sie sich keine falschen Hoffnungen«, sagte ich. »Entweder bringe ich Sie lebend heraus, oder Sie bleiben hier als Leiche zurück. Sie können wählen.«
Er hatte sich so weit gefaßt, daß er ein Lächeln zustande

brachte. »Sie gehen ein großes Risiko ein. Unmöglich können Sie die ganze Zeit über die Pistole auf mich richten. Ich könnte Sie doch noch überrumpeln.«
»Das werden Sie aber gar nicht wollen«, entgegnete ich. »Jedenfalls nicht, wenn Sie gehört haben, was ich Ihnen noch zu sagen habe. Ich gehe wohl nicht fehl in der Annahme, daß man Sie aus unserem gemeinsamen Zimmer herausgebracht und Ihnen dann eine Spritze verpaßt hat. Erst in dieser Kabine sind Sie wieder zu sich gekommen und haben sie seitdem vermutlich nicht mehr verlassen. Wo sind Sie jetzt? Was glauben Sie?«
Wieder dachte er angestrengt nach, doch ohne Erfolg. »Die Temperatur hat sich nicht wesentlich geändert«, sagte er schließlich. »Das bedeutet, daß man mich nicht viel weiter nach Norden oder Süden gebracht haben kann.«
»Dieser Kahn hat eine sehr wirksame Klimaanlage«, widersprach ich. »Sie würden den Temperaturunterschied gar nicht bemerken. Mögen Sie chinesisches Essen?«
Dieser Gedankensprung brachte ihn durcheinander. »Was soll das, zum Teufel?«
»Haben Sie in letzter Zeit chinesisch gegessen?«
Er war verwirrt.
»Warum? Ja, erst gerstern ... ich ...«
»Der Koch an Bord dieses Schiffes ist ein Chinese«, unterbrach ich ihn. »Wissen Sie, wem das Schiff gehört?« Schweigend schüttelte er den Kopf. »Es gehört einem Mann namens Wheeler. Ein britischer Parlamentsabgeordneter. Ich nehme an, Sie haben ihn hier noch nicht zu Gesicht bekommen?«
»Nein«, stimmte Slade zu. »Ich hätte ihn erkannt. Ich habe ihn ein paarmal getroffen ... früher. Was, zum Teufel, geht hier vor?«
»Glauben Sie immer noch, daß Sie auf dem Weg nach Moskau sind?«
»Ich habe keinen Grund, daran zu zweifeln«, sagte er unnachgiebig.
»Wheeler ist in Albanien geboren«, klärte ich ihn auf. »Und

sein chinesischer Koch hat noch andere Aufgaben als nur süßsaures Schweinefleisch zu brutzeln. Die beiden sind Kommunisten anderer Art als Sie, Slade. Im Augenblick befinden Sie sich in Malta, und das nächste Ziel ist Durazzo in Albanien. Von dort aus wird man Sie wahrscheinlich mit einem Frachtflugzeug geradewegs nach Peking bringen. Am besten entwickeln Sie schon jetzt eine Vorliebe für die chinesische Küche – vorausgesetzt natürlich, daß Sie überhaupt etwas zu essen bekommen.«

Ungläubig starrte mich Slade an. »Sie sind verrückt.«

»Was ist so verrückt daran, daß die Chinesen Sie in die Hand bekommen wollen? Sie brennen darauf, herauszufinden, was hinter Ihrer Stirn verborgen ist – die Geheimnisse zweier Nachrichtendienste. Und sie werden es aus Ihnen herausbekommen, Slade, verlassen Sie sich drauf – und wenn sie dabei Akupunktur anwenden müßten. Der Ausdruck ›Gehirnwäsche‹ ist nicht umsonst von Chinesen erfunden worden.«

»Aber wie paßt Wheeler da ins Bild?«

»Was wundert Sie an Wheeler? Sie selbst sind länger als ein Vierteljahrhundert damit durchgekommen – warum sollte nicht jemand anderes genauso schlau sein wie Sie? Oder sogar noch schlauer? Wheeler wurde nicht erwischt – bis jetzt.«

Slade versank in Schweigen. Ich ließ ihn über alles nachdenken. Da ich jedoch keine Zeit zu verlieren hatte, drängte ich ihn bald wieder. »Mir scheint, da gibt es nicht viel zu überlegen. Entweder kommen Sie freiwillig mit, oder ich töte Sie auf der Stelle. Wenn ich Sie umbringe, tue ich Ihnen sogar noch einen Gefallen. Ich möchte nicht wissen, wie Sie aussehen, wenn die Chinesen Sie einen Monat lang in der Mangel gehabt haben. Am besten kommen Sie mit mir und setzen sich in einer hübschen, sicheren und streng bewachten Zelle in einem der Gefängnisse Ihrer Majestät zur Ruhe. Zumindest wird man Ihnen da nicht das Gehirn zu den Ohren herausziehen.«

Starrsinnig schüttelte er den Kopf. »Ich glaube Ihnen nicht.«

»Um Himmels willen! Wenn Wheeler Sie nach Moskau bringen wollte, hätte er Sie im Atlantik auf eines der zahlreichen Fischerboote setzen können. Die schippern zuhauf dort herum wie Flöhe auf einem räudigen Hund. Warum bringt er Sie ins Mittelmeer?«
Verschlagen sah Slade mich an. »Bisher weiß ich das auch nur aus Ihrem Munde.« Seufzend hob ich die Pistole. »Sie haben keine große Auswahl, oder?« Allmählich machte er mich nervös. »Ich habe selten einen Mann gesehen, der einem geschenkten Gaul so lange ins Maul geschaut hätte. Ich bin Ihnen doch nicht von Irland aus nachgereist, um ...«
»Irland?« unterbrach er mich.
»Da wurden wir beide gefangengehalten.«
»Lynch ist Ire«, sagte er nachdenklich.
»Seamas Lynch? Der arbeitet für Wheeler. Ein Schurke von der IRA, der was gegen Engländer hat.«
»Er kümmert sich hier um mich«, sagte Slade. »Mein Wächter.« Als er zu mir aufsah, erkannte ich die ersten Anzeichen von Unsicherheit in seinem Gesicht. »Wo sind wir jetzt – ganz genau?«
»Marsamxett Harbour. Da liegen wir vor Anker.«
Endlich rang er sich zu einer Entscheidung durch. »In Ordnung. Aber wenn ich an Deck komme und die Gegend nicht wiedererkenne, dann bekommen Sie Schwierigkeiten, das verspreche ich Ihnen. Sie können keinen Lärm gebrauchen, und in der Dunkelheit könnte ich es trotz der Pistole darauf ankommen lassen. Vergessen Sie das nicht.«
»Wann waren Sie das letztemal auf Malta?«
»Vor fünf Jahren.«
Humorlos grinste ich. »Dann bete ich zu Gott, daß Sie ein gutes Gedächtnis haben.«
Slade warf die Bettdecke zurück, hielt dann aber inne und sah mich fragend an. Wir hatten ein Knarren gehört, ein Geräusch, das sich von den üblichen Schiffsgeräuschen unterschied. Ich lauschte angestrengt. Da war es wieder.
»Es kommt jemand«, flüsterte Slade und deckte sich wieder zu.

Ich hielt ihm die Pistole vor die Augen. »Vergessen Sie das nicht.«
Noch während ich mich zurückzog und die Tür zum Waschraum öffnete, hörte ich, wie sich ein Schlüssel im Schloß drehte. Leise zog ich die Tür zu und knipste die Taschenlampe an, um zu sehen, wo ich war. Es war ein ganz gewöhnlicher Waschraum mit Toilette, Waschbecken, einem Medizinschränkchen und einer Dusche, aber ohne einen zweiten Ausgang. Vor der Dusche hing ein halb durchsichtiger Plastikvorhang.
Ich knipste das Licht aus, lauschte mit angehaltenem Atem. Lynchs Stimme war unverkennbar. »Ich habe Stimmen gehört – mit wem, zum Teufel, haben Sie gesprochen?«
Jetzt kam es darauf an. Wenn Slade mich verraten wollte, würde er es jetzt tun. Mit gespannter Aufmerksamkeit spielte ich bei der vielleicht wichtigsten Unterhaltung meines Lebens den Lauscher an der Wand.
»Ich muß im Schlaf mit mir selbst gesprochen haben«, sagte Slade. Mein Puls beruhigte sich wieder. Jetzt galoppierte er nur noch. »In letzter Zeit träume ich schlecht und habe immer wieder Kopfschmerzen.«
»Das ist ja kein Wunder, wo Sie die ganze Zeit hier eingepfercht sind«, meinte Lynch. »Aber bald sind Sie ja zu Hause.«
»Warum geht es denn nicht weiter?«
»Irgend etwas an der Schiffschraube«, kam die Antwort. »Ich weiß selbst nicht genau, was es ist.«
»Wo sind wir?«
»Aber Mr. Slade. Sie wissen doch, daß es keinen Sinn hat, danach zu fragen. Das ist streng geheim.«
»Schon gut, wann fahren wir weiter – und wann kann ich den Fuß wieder an Land setzen?«
»Zur ersten Frage – vielleicht morgen. Die zweite Frage kann ich Ihnen nicht beantworten. Ich gehöre nicht zu den Bossen. Mir erzählt man auch nicht alles.« Nach einer Weile fuhr er fort: »Aber Sie sehen so blaß aus, Mr. Slade. Soll ich Ihnen ein Aspirin holen?«

Mir sträubten sich die Nackenhaare. »Nein, machen Sie sich keine Umstände«, antwortete Slade. »Es geht schon wieder.« Ich konnte Slade zwar hören, aber ich konnte nicht sehen, was er mit den Händen tat. Das machte mir schwer zu schaffen. Vielleicht gab er Lynch mit Zeichen zu verstehen, daß er einen ungebetenen Gast hatte.
Lynch schien besorgt. »Das macht doch keine Umstände. Wir haben versprochen, Sie gesund und munter zu Hause abzuliefern. Das ist Teil unserer Vereinbarung. Ich hole Ihnen ein Aspirin.«
Ich huschte in die Duschkabine. Kaum hatte ich den Plastikvorhang zugezogen, öffnete Lynch schon die Tür. Er schaltete das Licht ein. Durch den Vorhang konnte ich deutlich seine Umrisse sehen, als er zum Medizinschränkchen ging. Die ganze Zeit hielt ich die Waffe auf ihn gerichtet. Wenn es darauf ankam, würde ich mit ihm und Slade noch fertig werden. Wie ich dann allerdings herauskommen sollte, das stand auf einem anderen Blatt.
Erleichtert hörte ich, wie die Tabletten im Röhrchen rappelten und der Wasserhahn aufgedreht wurde. Zumindest wußte ich jetzt, daß Lynch wirklich Aspirin holte und Slade mich nicht verraten hatte. Lynch ließ das Glas vollaufen und drehte sich um. Ich hätte nur die Hand auszustrecken brauchen, um ihn zu berühren. Er stand direkt neben mir. Nur der Vorhang war zwischen uns. Glücklicherweise stand er im Gegenlicht, nicht ich. Sonst hätte er mich auf den ersten Blick gesehen.
Im Hinausgehen machte er das Licht aus und zog die Tür hinter sich zu. »So, das müßte gut gegen die Kopfschmerzen sein.«
»Danke«, sagte Slade. Ich hörte das Klirren des Glases.
»Mensch, was schwitzen Sie«, bemerkte Lynch. »Sind Sie sicher, daß Sie kein Fieber haben?«
»Mir geht es gleich wieder besser«, antwortete Slade. »Sie können das Licht anlassen. Ich werde noch ein Weilchen lesen.«
»Selbstverständlich, ich wünsche Ihnen noch eine gute

Nacht.« Ich hörte die Kabinentür auf- und zugehen, dann das Einschnappen des Schlosses, als der Schlüssel herumgedreht wurde.

Auch ich schwitzte ganz schön, und es dauerte noch eine Weile, bis meine Hände nicht mehr zitterten. Ich hatte ein flaues Gefühl im Magen, als mir das Adrenalin wieder durch die Adern schoß, die Muskeln anregte und die Nerven wie eine Geigensaite zum Schwingen brachte. Schließlich stieg ich aus der Dusche heraus und stieß vorsichtig die Waschraumtür auf.

Ob Slade nun vor Angst schwitzte oder ob er wirklich Fieber hatte – auf jeden Fall hatte er klaren Kopf bewiesen, als er Lynch gebeten hatte, die Kabinenbeleuchtung anzulassen. So konnte ich mit einem Blick sehen, ob die Luft rein war. Slade hatte sicher Angst davor, aus Versehen erschossen zu werden. Er lag im Bett und hielt kraftlos ein Buch in den Händen. Sein Gesicht hatte die Farbe einer vergilbten Zeitung. »Wieso hat er Sie nicht gesehen?« flüsterte er. Ich bedeutete ihm, ruhig zu sein, und ging zur Tür. Die Pistole hielt ich weiter auf ihn gerichtet. Als ich nichts hörte, wandte ich mich ihm wieder zu. »Wo ist Lynchs Kabine? Wissen Sie das?«

Er schüttelte den Kopf und zog mich am Ärmel. »Wie, zum Teufel, haben Sie es angestellt, daß er Sie nicht gefunden hat?«

Er konnte es einfach nicht fassen, daß sich in dem kleinen Raum, der gerade so groß war wie zwei Telefonzellen, zwei Mann aufgehalten hatten, ohne einander zu sehen. Ich konnte es selbst kaum glauben. »Ich stand gerade unter der Dusche«, sagte ich. »Was hatte Lynch an?«

»Einen Morgenmantel.«

Das deutete darauf hin, daß er aus einer Kabine nebenan gekommen war. Er war also immer in der Nähe seines Schutzbefohlenen.

»Haben Sie Ihre Sachen hier?« Slade nickte. »Gut, dann ziehen Sie sich an – aber leise.«

Ich paßte gut auf, während er sich anzog. Vor allem wollte

ich verhindern, daß er eine Waffe in die Tasche steckte. Als er fertig war, befahl ich: »Jetzt zurück ins Bett.« Er wollte protestieren, doch ein Stoß mit der Pistole brachte ihn zum Schweigen. »Ich will warten, bis Lynch wieder eingeschlafen ist.«

Slade kroch ins Bett zurück, ich ging wieder in den Waschraum. Die Türe blieb angelehnt. Slade hatte sich zugedeckt und lag auf der Seite, so, als lese er sein Buch. Alles würde ganz unverfänglich aussehen, falls Lynch auf die Idee käme, noch einmal den Kopf zur Tür hereinzustekken. Ich wartete, bis auf meiner Uhr eine halbe Stunde verstrichen war. Niohts Außergewöhnliches war während dieser Zeit zu hören.

Ich betrat die Kabine und gab Slade ein Zeichen aufzustehen. Während er sich von den Bettdecken befreite – es ist erstaunlich, wie schwierig es ist, angekleidet aus dem Bett zu steigen, die Laken wickeln sich immer um die Schuhe –, nahm ich mir das Türschloß vor. Daß ich Slade dabei den Rücken zudrehte, mußte ich in Kauf nehmen.

Als ich mich umdrehte, kam er langsam auf mich zu. Dicht hinter mir blieb er stehen und zischte mir ins Ohr: »Hoffentlich sehe ich Valetta, wenn ich an Deck komme!«

Ungeduldig nickte ich, machte das Licht aus, öffnete die Tür. Im Flur war es dunkel. Die Treppe war direkt zu unserer Linken. Ich drückte Slade die Pistole in den Rücken und nötigte ihn nach oben. Seinen rechten Arm hielt ich fest. Bevor wir in den Decksalon kamen, hielt ich ihn zurück und sah mich vorsichtig um. Alles blieb ruhig. So stieß ich ihn weiter, bis wir auf dem Achterdeck waren. Sekundenlang ließ ich die Taschenlampe aufleuchten, um Slade zu zeigen, welche Hindernisse auf den zwanzig Fuß bis zur Heckreling auf ihn warteten. Dann ging es weiter. Auf halbem Weg blieb er stehen und sah sich um. »Sie hatten recht«, flüsterte er. »Es ist wirklich Valetta.«

»Seien Sie still.« Ich war nervös, wie immer, wenn das Ziel zum Greifen nahe war. Wenn wir an Land waren, brauchte ich Slade bloß noch den Behörden von Malta zu übergeben,

und meine Arbeit war getan. Dann brauchten wir uns nur noch Wheeler und seine Bande zu schnappen. Aber vorher mußten wir an Land kommen.
Bis zur Heckreling kamen wir, aber keinen Schritt weiter. Ich tastete neben der Flaggenhalterung nach dem Enterhaken, konnte ihn aber nicht finden.
Dann plötzlich waren wir in gleißendes Licht getaucht. Direkt über uns war ein starker Scheinwerfer eingeschaltet worden. »Das ist weit genug«, sagte eine Stimme. Ich stieß Slade den Ellbogen in die Rippen. »Spring!« schrie ich. Aber wir waren beide nicht schnell genug. Wir hörten vielbeiniges Getrampel auf Deck, und schon stürzte sich eine kleine Armee auf uns. Sie packten uns und überwältigten uns.
Nichts, aber auch gar nichts konnte ich dagegen tun – zwei der drei Männer, die mich festhielten, zerrten an meinen Armen, als wollten sie sie ausreißen und als Keulen benutzen. Der dritte hielt meinen Magen wohl für eine Baßtrommel, nur daß seine Fäuste nicht so gut gepolstert waren wie Trommelschlegel.
Als ich atemringend zusammensackte, bekam ich gerade noch mit, wie zwei Seeleute Slade nach vorne schleiften. Irgend jemand schrie Befehle. Auch ich wurde weggeschleppt und kopfüber durch die Tür in den Decksalon gestoßen.
Ein stämmiger Mann mit schwarzem Bart gab Befehle in einer Sprache, mit der ich nichts anzufangen wußte. Es war der Kapitän. Ohne weitere Umstände ließ man mich aufs Deck fallen. Dann zogen meine Angreifer die Vorhänge zu.
Durchs letzte Fenster konnte ich gerade noch sehen, wie man auf der Brücke einen Schweinwerfer anschaltete und das Wasser um die »Artina« herum absuchte. Hoffentlich hatte Alison sich in Sicherheit gebracht. Einer der Leute übergab dem Kapitän meine Pistole. Er betrachtete sie mit Interesse, überzeugte sich davon, daß sie gesichert war, und richtete sie auf mich. »Wer sind Sie?« Sein Englisch

hatte einen Akzent, aber ich konnte nicht erkennen, welchen.
Mit wackeligen Armen rappelte ich mich auf. »Spielt das eine Rolle?« fragte ich mürrisch.
Der Kapitän warf einen Blick auf Slade, der neben einem Stuhl zusammengeklappt war. Dann sah er hinüber zur Treppe, die nach unten führte. »Da bist du ja, Lynch«, brüllte er er mit einer Donnerstimme, die an einen ausbrechenden Vulkan erinnerte. »Du bist mir vielleicht ein Wächter.«
Ich drehte den Kopf. Baß erstaunt starrte Lynch auf Slade. »Wie kommt der denn hierher? Vor einer halben Stunde war ich noch bei ihm und habe mich davon überzeugt, daß die Tür abgeschlossen war.«
»Daß die Tür abgeschlossen war«, äffte ihn der Kapitän nach. »Te keni kujdes, wie konnte die Tür denn abgeschlossen sein?« Er zeigte auf mich. »Und was ist mit dem hier – er hat Slade aus der Kabine geholt.«
Lynch sah mich an. »Mein Gott, das ist ja Rearden. Aber er kann einfach nicht in der Kabine gewesen sein«, meinte er dickköpfig. »Sonst hätte ich ihn sehen müssen.«
»Ich stand unter der Dusche, direkt neben dir, du blöder Hund.« Ich wandte mich an den Kapitän. »Fast hätte er sich dabei selbst umgebracht. Ein schöner Wächter, was?«
Mit blutunterlaufenen Augen wollte Lynch sich auf mich stürzen. Doch der Kapitän war schneller und wehrte Lynch mit eisernem Arm ab. Mich riß er an den Haaren hoch und stieß mir die Pistole ins Gesicht. »Rearden sind Sie also«, sagte er und streichelte meine beiden Wangen mit dem Pistolenlauf. »Wir haben sehr großes Interesse an Ihnen, Rearden.«
»Natürlich ist es nicht Rearden«, ließ sich eine unterkühlte Stimme vernehmen. Der Kapitän trat zur Seite, und ich sah den Chinesen Chang Pi-Wu, der mich mit ausdruckslosem Blick betrachtete. Neben ihm stand ein großer Mann mit aschblondem Haar, der gerade eine Zigarette in eine lange Spitze steckte. Eine Hand verschwand in der Tasche seines

eleganten Morgenmantels und holte ein Feuerzeug heraus. »Stannard heißt er, soweit ich weiß«, sagte Wheeler. »Owen Stannard.« Er zündete sich die Zigarette an. »Sehr aufmerksam von Ihnen, daß Sie zu uns gekommen sind, Mr. Stannard. Das erspart mir die Mühe, Sie zu suchen.«

ZEHNTES KAPITEL

1

»Wie habt ihr ihn geschnappt?« fragte Wheeler den Kapitän.
»Mehmet entdeckte an der Heckreling einen Haken mit einer Leine, die ins Wasser hing. Er hat ihn abgemacht und mir Bescheid gegeben. Ich habe dann Wachen aufgestellt.«
Wheeler nickte und gab seinen Kommentar dazu: »Richtig. Sie wußten ja nicht, ob jemand an Bord kommen oder das Schiff verlassen wollte.«
Der Kapitän deutete auf Slade und mich: »Diese beiden haben wir geschnappt, als sie gerade abhauen wollten. Dieser Idiot da ...« Mit dem Finger zeigte er auf Lynch, »... hatte sie entwischen lassen.«
Wheeler betrachtete Lynch mit eisigem Blick. »Wir unterhalten uns später. Jetzt scher dich nach unten.«
Zuerst wollte Lynch protestieren, dann aber bemerkte er den kalten Glanz in Wheelers Augen und drehte sich auf der Stelle um. Im Weggehen warf er mir einen haßerfüllten Blick zu. Mir ging es körperlich schon wieder besser. Die Schultern fühlten sich nicht mehr an, als wären sie völlig ausgekugelt, und ich konnte schon wieder halbwegs normal durchatmen, obwohl mir der ganze Bauch höllisch weh tat.
»Nun, Mr. Stannard, wie wollten Sie Slade denn an Land bringen?« fragte Wheeler. »In einem Boot? Wo haben Sie es?«
»Ich bin geschwommen.«
»Und Sie wollten auch zurückschwimmen?« fragte er ungläubig. »Mit Slade, der ein Krüppel ist? Das nehme ich Ihnen nicht ab.« Er drehte sich zum Kapitän um. »Lassen Sie nach dem Boot suchen.«

»Das wird schon gemacht«, sagte der Kapitän, ohne sich von der Stelle zu rühren.
Wheeler nickte beifällig und ging zu Slade hinüber, der sich gerade auf einen Stuhl hatte sinken lassen. »Mein lieber Freund«, tat Wheeler besorgt. »Was ist nur in Sie gefahren? Wenn Sie mit ihm das Schiff verlassen hätten, hätte er Sie der Polizei übergeben. Und Sie wissen genau, was das für Sie bedeutet hätte – vierzig Jahre in einem britischen Gefängnis. Was für ein Märchen hat er Ihnen denn erzählt?«
Apathisch hob Slade den Kopf. »Sie kenne ich«, sagte er. »Wir sind uns schon begegnet.«
»Ja, unter glücklicheren Umständen«, stimmte Wheeler zu. »Einmal auf einer EFTA-Konferenz und dann, wenn ich mich recht entsinne, bei einem Dinner, zu dem irgendeine Industrieorganisation eingeladen hatte – welche, weiß ich nicht mehr.«
»Sie heißen Wheeler. Sie sind Mitglied des Parlaments. Ausgerechnet Sie wollen mir helfen? Warum?«
»Eine gute Frage«, warf ich ein. »Antworten Sie ihm, Wheeler. Erzählen Sie Slade, warum Sie bereit sind, Landesverrat zu begehen.«
Vorsichtig rieb ich mir den schmerzenden Magen. »Soweit ich weiß, steht auf Landesverrat immer noch die Todesstrafe – nur Mörder werden laut Parlamentsbeschluß nicht mehr gehängt. « Ich grinste ihn an. »Aber das werden Sie ja besser wissen!«
Wheeler ließ sich nicht so leicht aus der Ruhe bringen. Er lächelte nur und meinte kühl: »Ich helfe Ihnen, weil ich die englischen Gesetze nicht anerkenne. Weil ich, wie Sie, für eine bessere Welt kämpfe.« Er legte Slade die Hand auf die Schultern. »Weil ich, genau wie Sie, ein guter Kommunist bin.«
»Warum habe ich dann nichts davon gewußt?« fragte Slade. »Ich hätte es wissen müssen.«
»Warum sollten Sie es wissen? Sie brauchten es nicht zu wissen, und darum hat man es Ihnen nicht erzählt. So war

es sicherer.« Wheeler lächelte. »Sie waren bestimmt ein wichtiger Mann, Slade, aber nicht so wichtig, wie ich bin.«
»So wichtig, wie Sie waren«, verbesserte ich. »Sie sind erledigt, Wheeler.« Bis auf ein leichtes Kopfschütteln beachtete er mich gar nicht. Er ließ Slade keinen Moment aus den Augen und fragte: »Welchen Bären hat Stannard Ihnen denn aufgebunden? Sie sind ein Narr, wenn Sie dem Feind Glauben schenken.«
»Was machen wir denn hier in Malta?« fragte Slade.
Lachend richtete Wheeler sich auf. »Das ist also der Floh, den er Ihnen ins Ohr gesetzt hat. Ich bringe Sie nach Hause, natürlich. Im Mittelmeer verbringe ich immer meinen Jahresurlaub. Es wäre verdammt verdächtig gewesen, wenn ich in diesem Jahr zur Ostsee gefahren wäre. Selbst für Sie würde ich das nicht riskieren.«
»Fragen Sie ihn doch mal, ob er in letzter Zeit wieder in Maos kleinem ›Roten Buch‹ gelesen hat«, riet ich Slade.
»Sie sind Albaner«, sagte Slade mit klangloser Stimme. »Ich traue Ihnen nicht.«
»Das ist es also«, meinte Wheeler leise. »Macht das einen Unterschied?«
Slade nickte zu dem Chinesen hinüber, der schweigend hinter Wheeler stand. »Er macht den Unterschied.«
Wieder mischte ich mich ein. »Er macht einen verdammt großen Unterschied. Wheeler sagt, er bringt Sie nach Hause. Zu Hause ist, wo das Herz ist. Und sein Herz schlägt für Peking.«
Das hatte gesessen. Giftig fauchte Wheeler: »Ich glaube, ich muß Ihnen das Maul stopfen – und zwar ein für allemal.« Er beruhigte sich wieder und faltete die Hände. »Eigentlich ist es gleich, ob Sie Bescheid wissen oder nicht, Slade. Es hat die Sache nur vereinfacht, solange Sie glaubten, daß es nach Moskau geht. Mit einem freiwilligen Gefangenen kommt man besser zurecht. Aber Sie sind immer noch in unserer Hand und werden unbeschadet am Bestimmungsort abgeliefert.«
Nach dem Ausdruck in Slades Augen bezweifelte ich das.

Er wäre glatt imstande, unterwegs Selbstmord zu begehen. Der Tod schien ihm wohl das kleinere Übel als die Gehirnwäsche, die in China auf ihn wartete. Außerdem war es unter diesen Umständen seine Pflicht, sich selbst das Leben zu nehmen. Jeder seines Ranges wußte, daß er sich in einem solchen Fall zu opfern hatte.

Aber Wheeler war uns da schon einen Schritt voraus. »Natürlich werden wir Sie in Zukunft wesentlich strenger bewachen. Wir können es doch nicht zulassen, daß Sie sich am Ende noch an Ihren Hosenträgern aufhängen.«

»Komme ich auch mit?« fragte ich.

Wheeler überlegte einen Moment. »Sie?« Er schüttelte den Kopf. »Ich glaube kaum, daß meine Freunde an Ihnen interessiert sein dürften. Sie sind zu lange aus dem Geschäft, um uns viel über die jüngsten Entwicklungen im britischen Geheimdienst erzählen zu können. Was sollen wir mit einer südafrikanischen Schlafmütze?« Den Kopf halb zur Seite gedreht, fragte er über die Schultern: »Was meinen Sie?«

Zum erstenmal sprach der Chinese. »Für ihn haben wir keine Verwendung. Aber er ist gefährlich, weil er zuviel weiß«, sagte er leidenschaftslos. »Bringt ihn um.«

Auf Mandarin warf ich ihm einen unbeschreiblich obszönen Fluch an den Kopf. Vor Überraschung blieb ihm der Mund offenstehen. So undurchschaubar sind die Asiaten nämlich auch wieder nicht. »Ja, Stannard, Sie hören es, wir müssen Sie töten. Aber wie machen wir es?« fragte sich Wheeler nachdenklich. »Ich hab's. Wir entdecken einen blinden Passagier an Bord. Er ist bewaffnet. In dem Handgemenge, das seiner Entdeckung folgt, löst sich ein Schuß. Der blinde Passagier wird von seiner eigenen Waffe getötet. Wir informieren die örtliche Polizei, und es stellt sich heraus, daß es sich um niemand anderen als den englischen Ausbrecher Rearden handelt.« Wheeler schmunzelte. »Geradezu hervorragend für mein Image. Stellen Sie sich nur die Schlagzeilen in den englischen Zeitungen vor. Was halten Sie davon?«

»Nicht viel«, gab ich zur Antwort. »Wenn Sie mich der Polizei ausliefern, will die auch etwas über Slade hören. Er ist wesentlich wichtiger als ich. Die Polizei wird unbedingt das Schiff durchsuchen wollen. Sie wird es völlig auseinandernehmen. Solange Slade an Bord ist, dürfte Ihnen das aber kaum recht sein.«
Wheeler nickte. »Das stimmt. Ich fürchte, ich muß diesen hübschen theatralischen Einfall aufgeben. Kann ich eben nichts für mein Image tun. Außerdem müssen noch ein paar Fragen geklärt werden, bevor Sie sterben. Die Frage nach den Komplicen, zum Beispiel. Da fällt mir was ein.« Er wandte sich an den Kapitän. »Was ist bei der Suche nach dem Boot herausgekommen?«
»Ich werde mich erkundigen«, sagte der Kapitän und verließ den Salon.
»Ich bin allein an Bord gekommen«, seufzte ich gelangweilt.
Unauffällig sah ich mich im Salon um. Durch den Abgang des Kapitäns waren meine Chancen gestiegen, allerdings nicht wesentlich. Hinter mir standen zwei Seeleute, von denen mich einer mit meiner eigenen Waffe bedrohte. Vor mir standen Wheeler und der Chinese. Der Chinese hatte eine Hand in der Tasche und bestimmt auch eine Pistole. Ich sah zu Slade hinüber und fragte mich, ob er mir helfen würde, wenn es zu einem Kampf kam.
»Ich würde nur allzu gerne wissen, wie Sie so schnell auf Mackintosh und mich gestoßen sind«, sagte ich. »Über mich scheinen Sie ja alles zu wissen – selbst meine südafrikanische Vergangenheit ist Ihnen nicht entgangen.«
Wheeler kicherte. »Ihr Engländer seid ein Volk von Amateuren – das gilt auch für eure Geheimdienste. Man hat mir natürlich von Ihnen erzählt.«
Das irritierte mich wirklich. »Wer kann Ihnen denn das erzählt haben? Nur Mackintosh und ich wußten Bescheid.«
»Ganz recht. Und Sie haben es mir nicht gesagt.«
Mit offenem Mund starrte ich Wheeler ungläubig an. »Mackintosh?«

»Wer denn sonst? Sie haben es doch selbst gesagt. Er war ein bißchen betrunken und plauderte aus dem Nähkästchen. Es war nicht weiter schwierig, ihn bei seiner Eitelkeit zu packen. Gegen Ende merkte er wohl, daß er zu viel redete, und hielt den Mund. Aber ich wußte schon genug.« Wheeler lachte. »Wir hatten eine Diskussion über die Strafreform.«

Ich konnte mir keinen Vers darauf machen. Wheelers Beschreibung paßte nicht auf den Mackintosh, den ich kannte. Der war doch kein Narr und für Schmeicheleien schon gar nicht empfänglich. Warum, zum Teufel, hätte Mackintosh unser Unternehmen auffliegen lassen sollen?

»Natürlich ist er tot«, meinte Wheeler leichthin. »Dafür habe ich sofort gesorgt, nachdem ich mich davon überzeugt hatte, daß Sie in Irland in sicherem Gewahrsam waren. Aber das war ein Irrtum, nicht wahr? Die Komiker von der IRA sind auch nur Amateure. Ist ja auch egal. Jetzt sind Sie jedenfalls hier. Ende gut, alles gut.«

Ich fühlte mich völlig ausgebrannt. Ob Mackintosh nun tot war oder nicht – das blieb zweifelhaft, denn ich hatte Alison ja die Nachricht von seinem angeblichen baldigen Ableben verbreiten lassen – ich war verraten und verkauft. Ich kam mir vor wie einer, der seinen Fuß auf eine Stufe setzen will und plötzlich ins Leere tritt. Ich war völlig erschlagen. Ich mußte Wheeler glauben, denn alles andere gab keinen Sinn. Aber auch Mackintoshs Verrat gab keinen Sinn. Es sei denn …

Der zurückkommende Kapitän riß mich aus meinen Gedanken. »Kein Boot gefunden«, meldete er.

Wheeler steckte sich eine neue Zigarette in die Spitze. »Vielleicht haben Sie doch die Wahrheit gesagt«, meinte er. Dann blickte er den Kapitän an. »Ich brauche zwei Plätze, wo wir die beiden getrennt unterbringen können. Was schlagen Sie vor?«

»Slade kann in seine Kabine zurück«, antwortete der Kapitän.

Wheeler runzelte die Stirn. »Nach allem, was gerade pas-

siert ist?«
»Er muß ans Bett gefesselt werden«, warf der Chinese ein. »Außerdem muß die ganze Zeit eine Wache *in* der Kabine bleiben. Wir müssen verhindern, daß er Lärm schlägt.«
Wheeler dachte darüber nach. »Und was machen wir mit Stannard?«
»Im Vorpiek haben wir eine Stahlkammer mit einem wasserdichten Schott. Da kommt er bestimmt nicht heraus.«
Wheeler nickte knapp und wandte sich mir zu. »Ich fürchte, wir müssen das Verhör verschieben, bis wir auf See sind. Das Geschrei eines Mannes kann man weit hören.« Er packte mich am Arm. »Nur nebenbei – sind Sie für den Ärger mit unseren Schrauben verantwortlich?«
Ich brachte ein Grinsen zustande.
»Was ist mit Ihren Schrauben? Sind sie locker?«
»Nie aufgeben, was?« kommentierte Wheeler. »Ein Scherz im Angesicht des Todes – typisch Engländer. Bringt ihn weg!«
Zu zweit, ein Mann an jeder Seite, schleppten sie mich aus dem Salon. Slades Gesicht war gelblich grau, als ich an ihm vorbeimußte. Er schien sich völlig in sein Schicksal ergeben zu haben. Ich wurde aufs Achterdeck gestoßen. Obwohl an Bord der »Artina« kein Licht brannte, sah ich beim Gang über das Seitendeck, daß der Mann rechts von mir immer noch die Pistole in der Hand hielt. Die Sache mit dem Vorpiek gefiel mir überhaupt nicht. Wenn die Pläne vom Schwesterschiff der »Artina« stimmten, war es nur vier Fuß hoch – eine hermetisch verschlossene Stahlkammer. Es war durchaus möglich, daß ich darin ersticken oder an Hitzschlag sterben würde.
Aber ob mir die Sache nun paßte oder nicht – der Mann neben mir hatte eine Pistole. Zwar hielt er sie nicht direkt auf mich gerichtet, aber was änderte das schon – solange er mich am Arm festhielt und der Mann an der anderen Seite seinen Ringergriff nicht lockerte.
Sie stießen mich das Deck entlang, bis zur Mitte ungefähr. Da hörte ich plötzlich ein leises Plop, so, als ob ein Feuer-

werkskörper nicht richtig losgegangen wäre. Der Mann mit der Pistole schrie auf und ließ die Waffe auf Deck poltern. Er ließ mich los, blieb stehen und betrachtete fassungslos das Loch in seinem Handrücken, aus dem Blut herausschoß. Dieses Blindgängergeräusch hatte ich doch vorher schon einmal gehört!
Da war es wieder. Oben auf dem Deckhaus sah ich etwas aufblitzen. Der Seemann, der mich im Ringergriff hielt, stolperte und ließ mich los. Ganz sachte ging er zu Boden. Mitten auf seiner Stirn hatte er einen dunkelroten Fleck.
»Spring doch, du verdammter Idiot«, schrie Alison. Es war kein sehr eleganter Sprung, mit dem ich über Bord setzte, mit Armen und Beinen wild um mich rudernd, schlug ich in einem fürchterlichen Bauchplatscher auf dem Wasser auf. Zwei Sekunden später hörte ich neben mir ein wesentlich leiseres und damenhafteres Platschen, als Alison hinter mir herkam.
Ich tauchte sofort, schwamm im Kreis herum, um sie zu suchen. Ich bekam ein Bein zu fassen. Alsion drehte sich im Wasser und packte mich am Handgelenk. Ich zog sie hinter mir her und schwamm mit ihr unter die »Artina«. Jeder würde uns auf der anderen Seite des Schiffes suchen, wo wir über Bord gesprungen waren. Darum wollte ich so schnell wie möglich dort wegkommen.
Das größte Problem war, daß mir schnell die Luft ausging. Die Ereignisse hatten sich überstürzt, und bevor ich mich ins Wasser stürzte, war ich nicht mehr dazu gekommen, tief Luft zu holen. Das war weniger schön. Auf keinen Fall wollte ich in Schußweite des Schiffes auftauchen. Ich entschied mich für einen Kompromiß und tauchte unter dem Heck der »Artina« auf. Nur mit Nase und Mund über Wasser, hängte ich mich an ihr Ruder. Alison machte es ebenso.
Nach ein paar tiefen Atemzügen wagte ich, auch ein Ohr aus dem Wasser zu halten. Auf Deck war einiges los. Männer liefen offensichtlich ratlos hin und her, dazwischen hörte man die schimpfende Stimme des Kapitäns, die nichts Gutes ahnen ließ.

Ich griff Alison unters Kinn, hob ihren Kopf aus dem Wasser und flüsterte ihr ihns Ohr: »Schwimm sofort nach Ta'Xbiex – so weit du kannst unter Wasser. Ich treffe ich dich, wo wir losgefahren sind.«
Ohne Zeit auf eine Antwort zu verschwenden, ließ sie sich sinken und verschwand. Ich holte noch einmal tief Luft und folgte ihr. Normalerweise schwimme ich gerne, aber das hier war ein bißchen viel. Mir ist es lieber, wenn ich weiß, daß das Wasser sauber ist. Ich ließ es langsam angehen, stieß immer wieder ein wenig Luft aus, wenn der Druck unerträglich wurde. Als ich schließlich nicht mehr länger unten bleiben konnte, ließ ich mich mit dem Gesicht nach oben hochtreiben. Nur Mund und Nase kamen kurz aus dem Wasser heraus.
Mit vier tiefen Atemzügen reinigte ich meine Lungen, wobei ich einen Blick zurück zur »Artina« riskierte. Ein Suchscheinwerfer schwenkte über die Wasserfläche, aber zum Glück nicht in meine Richtung. Als ich gerade wieder tauchen wollte, hörte ich ein Röhren: Ein schnelles Motorboot schoß auf mich zu. Gerade noch rechtzeitig ließ ich mich sinken.
Mit kräftigen Schwimmstößen kam ich tiefer, doch als das Boot direkt über mir vorbeizog, warfen mich die Wirbel seines Kielwassers doch noch hin und her. Dreimal mußte ich auftauchen. Dann war ich an Land – oder, genauer gesagt, an der langen Reihe der Jachten, die mit dem Heck an der Mole im Lazzaretto-Creek vertäut waren. Unter dem Bug einer schwimmenden Kneipe kam ich hoch. Schnaubend und prustend schnappte ich nach Luft, hielt aber gleich wieder den Atem an, als ich über mir nackte Füße über das Deck tapsen hörte.
Der Unbekannte schien wütend zu sein. »Schon wieder so ein Lärm – alle toben durch die Gegend, und das mitten in der Nacht. Was, zum Teufel, denken die sich eigentlich?«
Eine Frauenstimme beruhigte: »Ich glaube, ich habe vorhin Feuerwerkskörper gehört.«
»Quatsch, Feuerwerk – das ist morgen abend. Und wer,

zum Teufel, sollte schon zu dieser nachtschlafenen Zeit ein Feuerwerk loslassen?«
Mit höllischem Tempo kam das Motorboot zurück, so daß die Jacht, an der ich mich festhielt, von den Wellen hin und her geschleudert wurde. Das führte über mir zu einem neuen Wutausbruch. »Was, zum Teufel, denkt ihr euch denn eigentlich?« schrie der Mann. Ich stellte ihn mir vor als einen hitzigen Ex-Colonel mit schnarrender Stimme.
»Du machst mehr Lärm als alle anderen, George«, sagte die Frau. »Komm zurück ins Bett.«
Wieder hörte ich die nackten Füße auf dem Deck, als sie wegtapsten. »Schon gut, aber wenn du glaubst, daß ich jetzt noch viel schlafen kann ...?« schimpfte er. »Morgen spreche ich mit dem Geschäftsführer. Das kann doch nicht jede Nacht so weitergehen.«
Ich grinste, schwamm zwei Boote weiter und kletterte dann an Land. Im Dauerlauf rannte ich zu der Stelle, wo ich mit Alison verabredet war. Hoffentlich hatte sie es geschafft. Ich machte mir Sorgen um Alison – aus verschiedenen Gründen. Damals in Irland hatte sie mir nicht getraut und angedeutet, daß ich bei den Fluchtern gesungen hätte. Jetzt traute ich ihr nicht.
Wenn das, was Wheeler gesagt hatte, wahr war – wenn Mackintosh die Sache hatte auffliegen lassen –, dann steckte ich wirklich im Dreck. Mackintosh würde so etwas nämlich nicht ohne eine bestimmte Absicht tun. Aber warum sollte ich Wheeler glauben? Welchen Grund sollte er haben, mir die Wahrheit auf die Nase zu binden? Wenn er aber gelogen hatte, dann konnte uns nur einer verraten haben – Alison!
Die zurückliegenden Ereignisse auf der »Artina« sprachen eigentlich dagegen. Warum sollte sie mich retten, wenn sie mich vorher verraten hatte? Sie schoß mit ihrer zierlichen Pistole in der Gegend herum, verwundete einen Mann, tötete einen anderen, nur um Stannard aus dem Schlamassel zu ziehen. Das alles ergab noch weniger Sinn. Jedenfalls war ich entschlossen, in Zukunft ein wachsames Auge auf

Mrs. Smith zu haben – vorausgesetzt, sie war nicht von dem Motorboot überrannt worden.

2

Eine Viertelstunde lang wartete ich. Dann kam sie. Sie war so erschöpft, daß sie sich nicht mehr allein aus dem Wasser ziehen konnte. Ich hievte sie heraus und ließ ihr Zeit, sich zu erholen. »Dieses verfluchte Boot – zweimal hätte es mich beinahe erwischt.« Das waren ihre ersten Worte, als sie wieder sprechen konnte.

»Haben sie dich gesehen?«

Langsam schüttelte sie den Kopf. »Ich glaube nicht – das war aber reiner Zufall.«

»Fast wäre ich erledigt gewesen«, seufzte ich. »Was ist eigentlich mit unserem Boot passiert?«

»Ich habe gesehen, wie ein Mann den Enterhaken gefunden hat«, erzählte Alison. »Da wußte ich, daß du Schwierigkeiten bekommen würdest. Ich bin zum Bug gepaddelt und die Ankerkette hochgeklettert. Das Boot habe ich einfach treiben lassen.«

»Da hab' ich ja ein Mordsschwein gehabt. – Alles, was recht ist, du kannst ziemlich gut mit deinem Schießgewehr umgehen, das muß man dir lassen.«

»Das waren nicht mehr als sechs Yard. Jeder andere hätte das auch geschafft.«

»Jeder andere war aber nicht da. Du warst da.«

Sie sah sich um. »Wir hauen besser ab. Wenn wir hierbleiben, werden wir noch aufgelesen.«

Ich schüttelte den Kopf. »Ich glaube, wir können uns ziemlich sicher fühlen. Dieser Hafen hat so viele Buchten und Seitenarme, daß Wheeler zehn Meilen Küste absuchen müßte. Aber du hast trotzdem recht – hauen wir ab. Bis zum Hotel ist noch ein weiter Weg. Ich will da sein, bevor es hell wird. Wie fühlst du dich?«

Alison kam auf die Beine. »Von mir aus kann's losgehen.«
Meiner Schätzung nach würden wir gut eine Stunde bis zum Hotel brauchen. Keiner von uns sagte ein Wort. Woran Alison dachte, weiß ich nicht. Ich jedenfalls überlegte angestrengt, was wir als nächstes tun konnten. Schließlich sagte ich: »Na ja, diesmal haben wir versagt. Ich hatte den Auftrag, Slade zurückzubringen oder ihn zu töten. Weder das eine noch das andere habe ich getan.«
»Meiner Meinung nach konntest du gar nicht anders handeln«, tröstete Alison.
»Doch – ich hätte Slade drüben auf der Jacht umbringen können. Aber ich habe versucht, ihn herunterzubringen.«
»Einen schlafenden Mann zu töten ist nicht leicht«, sagte Alison fröstelnd. »Es ist überhaupt nicht leicht, jemanden zu töten.«
Ich sah sie von der Seite an und wunderte mich über sie. Dieses ganze Training konnte doch nicht ohne Auswirkungen geblieben sein. »Wie viele Menschen hast du schon auf dem Gewissen?«
»Einen«, sagte sie mit stockender Stimme. »Heute ... nacht.« Sie zitterte wie bei einem Fieberanfall.
Ich legte ihr den Arm um die Schulter. »Nimm's nicht so schwer. Zuerst ist es ein scheußliches Gefühl, aber das gibt sich. Ich kenne das.« Insgeheim verwünschte ich Mackintosh, daß er seine Tochter in so etwas hineingezogen hatte. Doch zumindest hatte er einen Profi aus ihr gemacht. Das heißt, sie würde sofort wieder voll da sein, wenn die Situation es verlangte. Damit sie nicht weiter über das Geschehene grübelte, sagte ich: »Unser Hotel müssen wir aufgeben.«
»Natürlich«, erwiderte sie. »Aber was dann?«
»Ich weiß es nicht, verdammt«, gab ich unwillig zu. »Alles hängt davon ab, welchen Schaden wir an Wheelers Jacht angerichtet haben. Wenn sie schon wieder startklar ist, sind wir erledigt.«
»Und wenn nicht?«
»Dann haben wir noch eine Chance.«

»Noch einmal kannst du nicht an Bord gehen – zweimal klappt so was nicht.«
»Ich weiß«, sagte ich. »Ich muß mir eben etwas anderes einfallen lassen.« Schweigend und entmutigt trotteten wir nebeneinanderher. Wir waren durchnäßt, und jetzt am frühen Morgen war es kalt. Außerdem waren wir hundemüde. Das alles machte es nicht gerade leichter, einen klaren Gedanken zu fassen.
Als wir nach Floriana kamen, ging gerade die Sonne auf. Die ersten Leute waren schon auf der Straße. Unsere Kleidung war während des langen Marsches ziemlich gut getrocknet, so daß wir kein Aufsehen erregten. Einige Arbeiter hängten gerade Girlanden mit bunten Fähnchen über die Straße. »Die Jungs sind ja ganz schön früh auf Trapp«, meinte ich. »Was wird denn hier gefeiert?«
»Heute ist eine Fiesta«, sagte Alison. »Die gibt es hier am laufenden Band.«
Ich erinnerte mich an den Mann, der über den Lärm im Hafen geschimpft hatte. »Wird es heute abend auch ein Feuerwerk geben?«
»Aber natürlich. Fiesta und Feuerwerk gehören in Malta zusammen.«
In meinem Hinterstübchen klingelte es – ich hatte eine Idee. Noch war sie unausgegoren, und ich mußte ihr Zeit lassen auszureifen. »Wieviel Geld haben wir?«
»Etwa dreitausend Pfund – einschließlich der fünfhundert, die ich dir gegeben habe.«
Zumindest hatten wir genügend Kampfmittel. Meine Idee nahm allmählich Gestalt an, doch bevor ich mehr darüber sagen konnte, mußte ich den Plan vom Schwesterschiff der »Artina« ein wenig gründlicher studieren. Im Hotel holten wir uns von einem verschlafenen Portier die Schlüssel und gingen auf unsere Zimmer. Vor meiner Tür sagte ich: »Komm noch auf einen Sprung mit herein.« Drinnen goß ich einen anständigen Schluck Scotch in ein Zahnputzglas und gab es Alison. »Kipp das runter. Dann fühlst du dich gleich besser. Stell dich unter die Dusche und zieh dich um.

Aber beeil dich. Wir ziehen uns zurück – in einer halben Stunde will ich hier weg sein.«
Sie brachte ein mattes Lächeln zustande. »Und wohin gehen wir?«
»Wir tauchen unter – wo, weiß ich selbst noch nicht. Wheelers Leute werden wahrscheinlich die Hotels überprüfen; vielleicht haben sie schon damit begonnen. Nimm nur das Wichtigste mit – Geld, Paß, Flugzeugpapiere.«
Als ich allein war, befolgte ich selbst den Rat, den ich ihr gegeben hatte. Ich kippte einen Whisky und stellte mich drei Minuten lang unter die heiße Dusche. Das wärmte mich wieder auf und vertrieb einige Schmerzen. Mein Magen war mit blauen Flecken nur so übersät. Dann zog ich mich schnell an und suchte das Notwendigste zusammen. Viel war es nicht. Dann nahm ich mir den Schiffsplan noch einmal gründlich vor. Zum Glück war der Maßstab angegeben, so daß ich alles ziemlich genau abmessen, konnte. Inzwischen hatte die Idee nicht nur Gestalt angenommen, sondern trieb schon erste Blüten. Alles hing davon ab, ob Wheeler noch eine weitere Nacht im Marsamxett Harbour festliegen würde.
Als Alison zurückkam, trug sie einen von diesen großen Beuteln, in die wunderbarerweise sechsmal mehr hineingeht als man für möglich hält. Durch den Hinterausgang verließen wir das Hotel. Fünf Minuten später stiegen wir am Kingsgate in einen Bus nach Senglea. Alison schien fast heiter und fragte: »Wo fahren wir hin – und warum?«
»Das erzähl ich dir, wenn wir dort sind«, sagte ich, während ich die Fahrscheine löste. Der Bus war voll, und ich hatte keine Lust, ihr vor versammelter Mannschaft auseinanderzusetzen, wie ich Wheeler und Slade umzubringen gedachte. Der Busfahrer schien unter der Wahnvorstellung zu leiden, daß er Jacky Stewart sei. Oder er glaubte, daß der kleine Heiligenschrein, der so fröhlich mit Blumen gekränzt war, die Bremsen ersetzen könnte. Auf jeden Fall kamen wir in bemerkenswert kurzer Zeit in Senglea an.
Senglea ist eine Halbinsel, die zwischen Dockyard Creek

und French Creek in den Hafen hineinragt. Da es mit der Königlichen Marine bergab gegangen war, die Marinewerft in Malta entmilitarisiert worden war, schien mir das der geeignete Platz zu sein, um zu finden, was ich suchte – einen Bootsschuppen, möglichst mit eigener Helling, einer schrägen Rampe, auf der man ein Boot ins Wasser lassen kann. Es war noch zu früh, um in dieser Sache etwas zu unternehmen. Da die Restaurants aber schon geöffnet hatten, frühstückten wir erst einmal ausgiebig. Wir hatten es verdammt nötig. Zwischen Eiern und Schinken fragte ich: »Bist du letzte Nacht gesehen worden – meinst du, man würde dich wiedererkennen?«

Alison schüttelte den Kopf. »Glaube kaum.«

»Wheeler schien nicht zu wissen, ob ich in Begleitung gekommen war«, sagte ich. »Jetzt weiß er natürlich, daß jemand bei mir war. Aber wer es war, weiß er immer noch nicht. Daher dürfte es das beste sein, wenn du einkaufen gehst. Für mich könnte die Straße zu unsicher sein.«

»Was brauchst du?« fragte sie lakonisch.

»Ich brauche einen Bootsschuppen. Ich brauche ihn nur für zwölf Stunden, aber das dürfen wir nicht erzählen. Wahrscheinlich müssen wir einen für drei Monate mieten. Ich bin ein Bootskonstrukteur, der an einem neuen ... äh, sagen wir ... Tragflügelboot arbeitet. Ich will nicht, daß mir dabei jemand über die Schultern schaut – zum Beispiel die Konkurrenz. Darum wünsche ich äußerste Diskretion und Stillschweigen. Diese Geschichte ist doch ganz glaubhaft, oder nicht?«

»Und was dann?«

»Dann ziehst du los und kaufst ein Boot. Etwas länger als zwanzig Fuß und irrsinnig schnell muß es sein, mit starken Motoren.«

»Außenborder, oder?«

»Das ist gleich. Mit Außenbordmotoren wird es billiger werden. Aber vor allem stark müssen sie sein. Das Boot bringst du zum Schuppen.« Ich blickte durchs Fenster. »Da drüben ist ein Altmetallhändler. Dort müßte ich das meiste, was ich brauche, finden. Der sollte mir auch ein Schweißgerät leihen können.«

Alison runzelte die Stirn. »Du hast also ein schnelles Boot und ein Schweißgerät.« Geduldig wartete sie.

»Dann mietest du einen Lastwagen. Kannst du einen Laster fahren?« Mit stummer Verachtung sah sie mich an. Ich grinste. Wahrscheinlich hatte sie ihren Führerschein *summa cum laude* bestanden – in einem Chieftain-Panzer. »Du nimmst den Lastwagen und kaufst so viele Feuerwerkskörper, wie ins Boot hineingehen.«

Jetzt wurde sie hellhörig. »Feuerwerkskörper!«

»Große – besonders solche, die in Kaskaden hübscher bunter Lichter explodieren. Nicht eure schäbigen Knallfrösche. Ich brauche das richtige Zeug, wie die Profis haben. Wenn man hier auf der Insel so scharf ist auf Feuerwerkskörper, dann sollte es auch irgendwo ein anständiges Lager davon geben. Meinst du, daß du das schaffen kannst?«

»Können schon«, sagte sie. »Aber zuerst möchte ich mal wissen, was du vorhast.«

Ich zog den Schiffsplan heraus und breitete ihn auf dem Tisch aus. »Soweit ich gesehen habe, stimmte alles an Bord der ›Artina‹ mit diesem Plan überein. Ich glaube, wir können uns darauf verlassen.« Ich tippte mit dem Finger darauf. »Hier ist der Maschinenraum mit zwei 350-PS-Rolls-Royce-Motoren, die eine Menge Sprit brauchen. Unter dem Maschinenraum liegen der Frischwasserbehälter und der Treibstofftank mit 1200 Gallonen für den Sofortgebrauch.«

Ich ließ den Finger über den Plan wandern. »Vor dem Maschinenraum liegt Wheelers Kabine, noch weiter im Vorschiff das Mannschaftsquartier. Darunter, auf einem Stück von knapp 7 Meter Länge, ist ein doppelter Boden. Hier lagert der Treibstoffvorrat – 5350 Gallonen Dieselöl. Wir wissen, daß die ›Artina‹ gerade gebunkert hat. Die Tanks sind also voll.«

Noch einmal maß ich einige Einzelheiten nach – da ich kein Lineal hatte, mit den Fingern. »Um den Tank anzuzapfen, müssen wir mindestens drei Fuß unter der Wasserlinie – wenn es geht, noch tiefer – ein Loch hineinrammen. Der Rumpf besteht aus schweißbarem, etwa einem halben Zentimeter starken Stahl. Wir müssen also ganz schöne Wucht dahintersetzen, um ein Loch hineinzustoßen.« Ich blickte auf. »An das Boot, das du mir besorgen wirst, werde ich einen Rammsporn montieren, Es gab einmal eine Zeit, da gehörte das Rammen zum Einmaleins der Kriegführung – alle Kriegsschiffe hatten einen Rammsporn. Wir machen es anders – wir bauen eine Kombination von Ramme und Feuerschiff. Das Boot wird bis zum Rand voll mit Feuerwerkskörpern sein. Wenn wir die Jacht rammen, fließt Öl aus. Es treibt auf dem Wasser. Dann gehen die Feuerwerkskörper los und setzen das Öl in Flammen.«

»Dann willst du Wheeler also ausräuchern!«

Schweigend sah ich Alison einen Augenblick lang an. Dann sagte ich: »Sei nicht albern. Lichterloh brennen lassen werde ich den Hund.«

3

Es brauchte alles seine Zeit. Zeit aber war knapp. Ich hatte recht behalten mit meiner Vermutung, daß wir in Senglea einen geeigneten Bootsschuppen finden würden. Das hieß aber noch nicht, daß wir ihn sofort übernehmen konnten. Nachdem wir in der Umgebung einige Erkundigungen eingezogen hatten, stießen wir schon bald auf das Richtige. Das Feilschen über den Preis aber drohte sich in die Länge zu ziehen. Erst um halb elf wurden wir handelseinig – und das auch nur, nachdem wir einhundert Pfund in nagelneuen britischen Fünfpfundnoten auf den Tisch geblättert hatten.

Wir mußten uns beeilen.

Ich schickte Alison sofort los, das Boot zu kaufen. Das

würde hoffentlich weniger schwierig und zeitraubend sein, als den Schuppen zu mieten. In der Zwischenzeit ging ich zu dem Altmetallhändler. Nach einigem Suchen fand ich, was ich brauchte. Ich entschied mich für ein paar Winkeleisen, eine Menge Schrauben und Muttern sowie für eine acht Fuß lange Eisenstange mit einem Durchmesser von eineinhalb Inch. Außerdem konnte ich dort ein Schweißgerät samt zwei vollen Flaschen Sauerstoff und Acetylen sowie eine Schutzbrille leihen.

Beim Zahlen kam mir der Gedanke, daß einem Verwalter der Staatskasse bei der Überprüfung unserer Spesenabrechnung für diese Scherzartikel wahrscheinlich die Haare zu Berge stehen würden. Ich konnte mir gut vorstellen, wie er den Kauf von etwa einer halben Tonne Feuerwerkskörper monierte und Mrs. Smith in einer bissigen Aktennotiz um nähere Auskünfte ersuchte. Aber wahrscheinlich hatte Mrs. Smith auch gelernt, wie man Abrechnungen frisiert.

Ich brachte meine ganze Ausrüstung zum Schuppen und wartete dort auf Alison. Über den Grand Harbour starrte ich nach Valetta hinüber. Schade, daß ich nicht auf die andere Seite sehen konnte, wo die »Artina« im Marsamxett Harbour noch immer vor Anker lag – das hoffte ich jedenfalls. Um halb zwei wartete ich noch immer, aber langsam fing ich an zu kochen. Die Zeit verging, und ich hatte noch verdammt viel zu tun.

Fast zwei Uhr war es, als Alison endlich kam. Ich war bereits auf hundertachtzig. Ich fing die Vorleine auf, die sie mir zuwarf, und fragte pampig: »Wieso hat das so lange gedauert?«

»Ich mußte nach Sliema. Gefällt dir das Boot?«

Ich sah es mir genauer an. Ein schnittiger Kahn, in Italien gebaut, mit zwei 100-PS-Kiekhäfer-Mercury-Außenbordmotoren. Das Boot sah sehr vielversprechend aus, und bei so vielen Pferdestärken würde es ganz schön auf Touren kommen.

»Dreißig Knoten habe ich auf dem Weg hierher herausgeholt«, sagte Alison.

»Von Sliema hast du es hergebracht? Da mußt du ja an der ›Artina‹ vorbeigekommen sein.«
»Ja, die liegt noch da.« Ich stieß einen Seufzer der Erleichterung aus. »Offensichtlich haben sie eine Menge Arbeit am Heck. Als ich vorbeifuhr, hievten sie gerade eine der Schrauben aus dem Wasser.«
Ich lachte. »Fein! Dann haben sie bestimmt noch den ganzen Tag zu tun.« Ich zeigte mit dem Daumen zum Schuppen. »Da drin ist ein Stapelschlitten. Hilf mir mal, das Boot auf die Helling zu ziehen. Dann ist es außer Sicht.«
Wir ließen den Schlitten ins Wasser, schoben das Boot hinauf und zogen das Ganze mit einer Winde in den Schuppen. Alison sah auf die Uhr. »Ich habe mich auch um die Feuerwerkskörper gekümmert. Um drei Uhr kann ich sie abholen.«
»Dann mach dich mal auf die Socken.«
»Schaffst du es denn allein?« fragte sie zögernd.
»Ich denke schon. Drinnen im Schuppen hängt ein Flaschenzug. Damit kann ich die Motoren abnehmen.«
»Im Boot ist eine Thermosflasche mit Kaffee, ein Butterbrotpaket und eine Flasche Whisky. Ich komme zurück, sobald ich kann.«
Sie war schon auf dem Weg, als ich sie noch einmal zurückrief.
»Noch etwas, Alison. Versuche, eine Axt aufzutreiben. Eine richtig große, um Bäume zu fällen.«
Verwirrt und zweifelnd sah sie mich an. »Ich glaube kaum, daß man so etwas auf Malta braucht – Bäume gibt's hier nämlich kaum.«
»Versuch dein Bestes.« Als Alison fort war, brachte ich erst einmal die Lebensmittel in Sicherheit – die Flasche sollte mir nicht zu Bruch gehen. Dann löste ich die Steuerkabel und hievte die Motoren vom Boot. Mit dem Flaschenzug drehte ich das Boot um, so daß es kieloben auf dem Schragen lag. Ich ließ mir, während ich meine Butterbrote verzehrte und den Kaffee trank, noch einmal alles durch den Kopf gehen. Den Whisky rührte ich nicht an. Da war noch

zu viel zu tun, doch würde ich vor meinem Start am Abend sicherlich einen kräftigen Schluck vertragen können.
Ich stürzte mich wieder auf die Arbeit. Der Bootsrumpf aus Fiberglas wurde nicht eben schöner, als ich an vorher genau berechneten Stellen Löcher hineinbohrte. Der Rammsporn mußte, wenn das Boot mit Höchstgeschwindigkeit fuhr, mindestens drei Fuß unter Wasser liegen und außerdem so fest am Rumpf verankert werden, daß er beim Aufprall nicht losgehen konnte, da sonst die Stoßkraft verpuffen würde und der Rammsporn die stählerne Wand der »Artina« niemals durchbohren könnte.
Ich schnitt die Winkeleisen auf die richtige Länge zu und machte sie am Rumpf fest. Damit sie nicht ausreißen konnten, schraubte ich sie durch querschiffs laufende Stahlstreben. Dann begann ich zu schweißen. Es sah nicht schön aus und hätte mir auf der Kunstschule auch bestimmt keinen Preis eingebracht – aber es hielt. Dafür sorgte ich schon. Als ich soweit war, zierten zwei eiserne Dreiecke den Rumpf, die Spitzen etwas über drei Fuß vom Kiel entfernt. An diesen Spitzen schweißte ich nun meine lange Eisenstange an. Sie lief parallel zum Kiel und stand vorne zwei Fuß über. Ich war noch längst nicht fertig, als Alison zurückkam. Sie half noch mit. Es war eine anstrengende und zeitraubende Arbeit. Erst abends um sieben konnte ich mein Werk vollenden. »Hast du die Axt mitgebracht?« fragte ich Alison.
Sie hatte genau das, was ich brauchte – eine Baumfälleraxt mit langem Stiel. Für den Stiel hatte ich keine Verwendung. Ohne mich lange damit aufzuhalten, schnitt ich ihn einfach mit dem Schweißbrenner ab. Dann nahm ich das Blatt und schweißte es senkrecht ans Ende der Eisenstange – als Spitze meines Rammsporns.
Aus einiger Entfernung betrachtete ich mein Werk. Seltsamerweise sah es wirklich aus wie ein etwas merkwürdiges Tragflügelboot. Wenn ich allerdings daran dachte, wie sich das schwere Eisenzeug unter dem Kiel auf die Gleitfähigkeit des Bootes auswirken würde, wurde mir mulmig. Mit

Sicherheit verlor es an Geschwindigkeit und vielleicht konnte ich es überhaupt nicht zum Gleiten bringen. »Jetzt könnte ich einen Schluck vertragen«, sagte ich zu Alison. Sie goß Whisky in die Tasse, die auf der Thermosflasche gesteckt hatte, und gab sie mir. Dabei schaute sie zum Boot hin und meinte: »Das wird gefährlich werden. Ich frage mich schon die ganze Zeit ...«
»Was fragst du dich?«
Sie schaute mich an. »Ob es nicht einen einfacheren Weg gibt – über die Polizei.«
»Phantastische Idee«, sagte ich ironisch. »Bildest du dir etwa ein, die hiesigen Greifer würden uns glauben? Mensch, Wheeler kommt jedes Jahr hierher und ist ein angesehener Mann. Er ist Parlamentsabgeordneter und ein bedeutender Wirtschaftsboß. Wahrscheinlich hat er für den Jachtclub schon mehrere Preise gestiftet, und es würde mich nicht wundern, wenn er das hiesige Waisenhaus finanziell unterstützte. Bis wir hier jemanden überzeugen können, sind Wheeler und Slade längst über alle Berge.«
»Immerhin liegt noch eine Leiche an Bord der ›Artina‹«, wandte Alison ein. »Die läßt sich nicht so einfach wegdiskutieren.«
»Trotzdem – das ändert nicht viel an der Sache. Vergiß es. Wir sehen uns besser mal die Feuerwerkskörper an.«
Es waren eine ganze Menge, und groß waren sie – Raketen mit eigenen Treibsätzen und Kanonenschläge, die normalerweise aus Mörsern in den Himmel geschossen werden. »Damit sollten wir unseren bescheidenen Beitrag zu den Festlichkeiten leisten können«, meinte ich voller Zufriedenheit. »Jetzt setzen wir aber besser das Boot wieder auf den Schlitten.«
Der Stapelschlitten büßte einige Ecken ein, damit unser seltsames Fahrzeug darauf Platz finden konnte. Für normale Boote war er jetzt nicht mehr zu gebrauchen. Weitere Kosten für die Staatskasse. Ich baute die Motoren an, hakte die Steuerkabel ein und überprüfte sie. Jetzt, wo es wieder richtig herum dastand, sah das Boot ganz brauchbar aus.

»Wieviel hast du für den Kahn bezahlt?« erkundigte ich mich neugierig.
»Fünfzehnhundert Pfund«, antwortete Alison.
»Nun ja«, sagte ich grinsend. »Ferngesteuerte Raketen sind immer kostspielig. Hilf mir, die Ladung aufs Boot zu bringen.«
Jede freie Ecke im Boot wurde mit den großen Feuerwerkskörpern vollgestopft. Alison, vorausschauend wie immer, hatte einen Kanister Benzin mitgebracht. Nachdem wir die Tanks aufgefüllt hatten, blieben immer noch einige Liter übrig. Das sollte genügen, um ein Feuerchen zu machen und die ganze Sache richtig in Gang zu bringen.
Im Augenblick hatte ich noch andere Sorgen: Um die Schrauben durchzuschieben, hatte ich ein Dutzend Löcher in den Bootsrumpf gebohrt. Ich hatte sie zwar mit Dichtungsmasse verschmiert, aber ob ich sie gut genug abgedichtet hatte? Erst wenn ich das Boot ins Wasser ließ, würde sich das zeigen. Dann aber würde es schon zu dunkel sein, um noch was zu ändern.
»Wann fängt das Fiesta-Feuerwerk an?« wollte ich wissen.
»Zwei Stunden nach Sonnenuntergang.«
»Ich will, um die Verwirrung noch schlimmer zu machen, die ›Artina‹ rammen, wenn das Feuerwerk gerade auf dem Höhepunkt ist.« Erschöpft ließ ich mich nieder und zog den Schiffsplan aus der Tasche. An den Faltstellen war er jetzt abgegriffen und schmutzig, doch immer noch zu entziffern.
»Es besteht die Gefahr, daß ich genau auf einen Hauptspant stoße«, meinte ich nachdenklich. »Da komme ich aber wohl kaum durch.«
Die Spanten lagen etwa zwei Fuß auseinander. Theoretisch hätte ich gute Chancen, daran vorbeizukommen. Alle Vorteile lagen auf meiner Seite.
Alison stand auf und brachte Tauchersachen angeschleppt.
»Wenn wir doch wieder tauchen müssen, wollen wir es so bequem wie möglich haben«, meinte sie. »Darum habe ich das hier vorsichtshalber ausgeliehen.«
»Daran hatte ich überhaupt nicht gedacht.« Ich fragte mich,

was ich sonst wohl noch alles vergessen hatte.
Als ich mir die Geräte anschaute, stutzte ich. Es waren zwei Ausrüstungen. »Heute bin ich dran mit Tauchen«, sagte ich. »Nicht du.«
»Aber ich komme mit«, protestierte Alison.
»Wozu denn? Dich brauche ich nicht.«
Sie zuckte zusammen, als hätte ich ihr ins Gesicht geschlagen. »Du hattest recht«, fuhr ich fort. »Es ist ein gefährliches Unternehmen. Darum ist es völlig sinnlos, wenn wir beide gehen. Außerdem wirst du für etwas anderes gebraucht.«
Ich tätschelte das Boot. »Ob nun alles so klappt, wie wir uns das vorstellen oder nicht – auf jeden Fall wird es nicht ohne Krawall abgehen, wenn die Feuerwerkskörper explodieren. Sollte ich nicht zurückkommen, muß jemand anderes in der Nähe sein, um sich Wheeler vorzuknöpfen. Dann bist du dran.«
Ich griff zur Flasche und goß mir noch einen Whisky ein. »Du kannst es dann ja bei der Polizei versuchen. Vielleicht sind sie bis dahin so aufgeschreckt, daß sie dich ernst nehmen.«
Sie sah ein, daß ich recht hatte, aber mein Plan gefiel ihr nicht. Man konnte es ihr vom Gesicht ablesen, daß sie gleich anfangen würde zu streiten. Ich kam ihr zuvor. »In Ordnung«, sagte ich. »Du kannst folgendes tun. Du wartest hier, bis es dunkel wird, und hilfst mir, das Boot zu Wasser zu lassen. Dann springst du nach Ta'Xbiex hinüber und mietest ein anderes Boot – falls du jemanden findest, der dir so viel Vertrauen schenkt.« Ich schmunzelte. »Wie du im Moment aussiehst, würde ich dir nicht einmal ein Plastikbötchen anvertrauen.«
Sie rieb sich das verschmierte Gesicht und betrachtete angewidert den Dreck unter ihren Fingernägeln. »Danke«, sagte sie. »Ich werde mich waschen.«

»Wenn dir niemand ein Boot leiht, stiehlst du eins. Genügend herrenlose Boote liegen ja an der Mole. Wir treffen uns am äußersten Punkt von Manoel Island, zur See hin. Dann folgst du mir – aber nicht zu dicht. Wenn die Bombe platzt, hältst du Ausschau nach Slade und Wheeler. Sollte alles nach Plan verlaufen, werden die auf jeden Fall noch versuchen, über Bord zu springen. Paß auf, daß sie nicht an Land kommen.«

»Die Pistole habe ich letzte Nacht verloren.«

»Dann schlag ihnen eben ein Ruder über den Kopf«, meinte ich. »Aber paß auf, daß du mich dabei nicht triffst. Ich werde irgendwo in der Nähe sein.« Ich blickte auf die Uhr. »In etwa einer Stunde wird es dunkel genug sein, um das Boot ins Wasser zu lassen.«

Diese Stunde zog sich endlos in die Länge, etwa so, wie man es angeblich auf einem LSD-Trip erlebt. Genau kann ich das nicht sagen, ich habe es nie probiert. Wir redeten nicht viel, und wenn wir miteinander sprachen, dann nur über Nebensächlichkeiten. Die Sonne ging unter, das Licht am Himmel verblaßte. Endlich war es dunkel genug, daß wir das Boot die Helling hinunterlassen konnten, ohne daß es jemand sah. Im Wasser würde es gar nicht mehr so verrückt aussehen.

Ich tätschelte das gefährlich schimmernde Axtblatt an der Spitze des Rammsporns und öffnete dann das große Doppeltor des Schuppens. Gemeinsam ließen wir den Schlitten die Helling hinunter. Im Wasser machte ich das Boot los. Den Schlitten zogen wir zurück. Dann drehte ich mich um und betrachtete mein Kunstwerk.

Es sah gar nicht so schlecht aus. Mit dem Bug lag das Boot zwar tief im Wasser, doch in Anbetracht des eisernen Gewichts am Kiel war das nicht einmal sehr tief. Bis auf die Stücke Winkeleisen, die auf beiden Seiten des Rumpfs aus dem Wasser kamen, wirkte alles ganz normal. In weiteren zehn Minuten würde es so dunkel sein, daß man nicht einmal sie mehr sehen könnte. Und selbst wenn ich draußen im Hafen in das Licht eines Scheinwerfers geriete,

würde niemandem etwas Außergewöhnliches an dem Boot auffallen.
»Das wär's dann wohl fürs erste«, sagte ich erschöpft. Ich war todmüde. Eine schlaflose Nacht, eine Tracht Prügel und ein harter Arbeitstag hatten mich nicht gerade aufgemuntert.
»Ich gehe jetzt«, sagte Alison leise. »Viel Glück, Owen.« Sie gab mir keinen Kuß und berührte mich nicht einmal. Sie lief einfach davon und nahm im Weggehen ihren Mantel mit.
Ich stieg ins Boot und schob ein paar Feuerwerkskörper zur Seite, um es mir etwas bequemer zu machen. Das Tauchgerät legte ich griffbereit neben mich und überprüfte noch einmal die Lunten, die ich miteinander verknüpft hatte. Dann konnte ich nur noch warten. Erst nach einer weiteren Stunde würde es Zeit sein abzulegen.
Noch einmal war es eine lange Stunde.

ELFTES KAPITEL

1

Während der letzten Viertelstunde hatte ich wohl zwanzigmal auf die Uhr geschaut. Schließlich hielt ich die Zeit für gekommen. Ich legte das Tauchgerät an, schnallte den Bleigürtel um die Hüfte enger und hängte mir die Tauchermaske um den Hals. Dann ließ ich den Motor an.

Das Boot bebte im Wasser. Ich warf die Vorleine los und stieß mich mit einer Hand ab. Vorsichtig gab ich Gas, eine Spur nur, denn ich hatte keine Ahnung, was passieren würde.

Bei niedriger Geschwindigkeit ließ sich das Boot recht gut manövrieren, obwohl es etwas ungenau auf das Ruder zu reagieren schien. Ich schaltete die Lichter an, damit mich die Hafenpolizei nicht anhielt, und fuhr durch den French Creek in den Grand Harbour. Hier hatte einst die britische Kriegsflotte vor Anker gelegen, Schlachtschiffe und schwere Kreuzer, ein Schiff neben dem anderen. Jetzt lief hier ein anderes Kriegsschiff aus, wenn auch ein etwas seltsames. Dieses hier führte eher eine ältere Tradition fort – es hatte Ähnlichkeit mit den Feuerschiffen des alten Freibeuters Drake.

Auf der anderen Seite des Hafens lag Valetta, in ein Lichtermeer getaucht. Farbige Lichterketten glitzerten über Floriana. Blecherne Musik klang über das ruhige Wasser, ab und zu unterbrochen vom Dröhnen einer Trommel. Das tolle Treiben schien in vollem Gange.

Ich umrundete die Landspitze von Senglea und nahm Kurs auf die Hafenmündung. Da mir niemand in die Quere kam, beschloß ich, Gas zu geben, um einmal zu sehen, wie sich das Boot verhalten würde. Das Dröhnen der Motoren wurde tiefer, ich spürte die Beschleunigung, als die 200 PS

den Kahn durchs Wasser schoben. Wenn man die Pferdestärken im Verhältnis zur Wasserverdrängung sah, war dieses kleine Boot 40mal stärker motorisiert als die »Artina«; daher die hohe Geschwindigkeit.
Die Steuerung war mehr als schlecht – sie war miserabel. Wild schlug das Ruderrad unter meinen Händen hin und her. Das Boot fuhr Zickzack. Ich jagte den Grand Harbour hinunter, als wollte ich einen Wasserläufer nachahmen – diese kleinen Insekten, die stoßweise und ruckartig über die Wasseroberfläche von Teichen flitzen.
Das verfluchte Boot dachte gar nicht daran, die Nase aus dem Wasser zu nehmen und zu gleiten. Meiner Schätzung nach kam es höchstens auf 12 Knoten. Das war nicht genug. Hohe Wellen, das war das einzige, was bei der ganzen Kraft, die auf die Schrauben einwirkte, herauskam. Aber schließlich wollte ich ja keine Wellen schlagen. Voller Verzweiflung gab ich Vollgas. Plötzlich stieg das Boot aus dem Wasser und zog ab. In zehn Sekunden legte es mindestens ebenso viele Knoten zu. Aber jetzt war es noch schlechter zu steuern. Viel zu lange dauerte es, bis es auf die Ruderbewegungen reagierte.
Ich nahm wieder Gas weg. Das Boot sackte ins Wasser und verlor so viel Geschwindigkeit, als wäre es gegen eine Wand gefahren. Das war eine kitzlige Sache. In Sekundenschnelle konnte ich das Boot auf Touren bringen – vorausgesetzt, die Motoren flogen nicht auseinander. Aber ich wußte nicht, ob ich es gerade genug steuern konnte, um mein Ziel zu treffen. Trotz der kühlen Nachtluft brach mir der Schweiß aus.
Wenn ich den Kahn nur mit Vollgas zum Gleiten bringen konnte, wollte ich es besser nicht noch einmal probieren. Also keine Versuchsläufe mehr, ich hatte Angst, daß die Motoren sonst ihren Geist aufgeben würden.
Wenn das Boot das nächste Mal auf vollen Touren lief, würde es das letzte Mal sein. Mit der Steuerung mußte ich fertig werden, so gut es eben ging.
Ich drosselte die Geschwindigkeit noch weiter und tuckerte

auf St. Elmos Point zu. Schwarz ragte das St.-Elmo-Fort in den nächtlichen Himmel, als ich zwischen Landspitze und Wellenbrecher durchfuhr. Jetzt war ich im offenen Wasser. Das Boot rollte, daß einem schlecht werden konnte. Die schwere Eisenstange drei Fuß unter Wasser wirkte wie ein Schwunggewicht. Bei diesem tollpatschigen Kahn hätte jeder standesbewußte Bootskonstrukteur, der auch nur etwas auf sich hielt, Zustände gekriegt.

Ich umrundete die Landspitze und war froh, wieder im geschützten Wasser zu sein, als ich in den Marsamxett Harbour hinein und auf Manoel Island zufuhr.

Valetta lag jetzt zu meiner Linken. Ich fragte mich, wo sie das Feuerwerk abbrennen würden. Ein Blick auf die Uhr zeigte mir, daß ich nur noch wenig Zeit hatte.

Als ich auf Manoel Island zukam, nahm ich das Gas weg, bis sich die Schrauben noch gerade genug drehten, daß ich das Boot auf Kurs halten konnte. Nicht weit entfernt flakkerte ein Licht auf. Alison wartete am vereinbarten Platz. Sie hatte ein Streichholz angezündet, in dessen Licht ich ihr Gesicht erkennen konnte. Ich steuerte auf sie zu und rief sie an.

Sie saß in einem kleinen Flitzer mit einem winzigen Außenbordmotor. »Hübsches Ding«, sagte ich. »Wo hast du das her?«

Sie lachte leise. »Ich habe deinen Rat befolgt und es gestohlen.«

In der Dunkelheit grinste ich. »Es ist unsere Pflicht, Staatsgelder zu sparen«, sagte ich tugendhaft.

»Wie bist zu zurechtgekommen?« fragte sie.

»Das Boot ist ein Aas«, schimpfte ich. »Unberechenbar wie der Teufel.«

»Als ich es von Sliema herüberbrachte, war es in Ordnung.«

»Da war es noch ein anderes Boot. Bei größerer Geschwindigkeit ist es kaum zu manövrieren. Wieviel Zeit haben wir noch?«

»Etwa zehn Minuten.«

Ich blickte mich um. »Am besten gehe ich jetzt in Stellung. Wenn wir hierbleiben, werden wir noch von der Sliema-Fähre überrollt – sie muß jeden Augenblick kommen. Liegt die ›Artina‹ noch an derselben Stelle?«
»Ja.«
»Dann mache ich mich jetzt auf den Weg. Ich fahre den Lazzaretto Creek hinunter und wende dann. So habe ich genügend Anlauf. Du wartest auf der anderen Seite der ›Artina‹. Aber komm nicht zu dicht heran.« Ich hielt inne. »Das Boot ist so verflucht schlecht zu steuern, daß ich beim erstenmal vielleicht an der ›Artina‹ vorbeischieße. In diesem Fall wende ich und versuche es von der anderen Seite noch mal. Sei mir dann nicht im Wege, sonst wirst du überrannt.«
»Nochmals viel Glück«, sagte Alison.
»Wenn du Wheeler siehst, zieh ihm eins über – mit besten Wünschen von mir. Dieser Lump hatte sich schon darauf gefreut, daß sein chinesischer Freund mich in die Mangel nehmen würde. Wenn alles klappt, treffe ich dich dann in Ta'Xbiex – am selben Platz wie letzte Nacht.«
Vorsichtig gab ich Gas und fuhr los. Ziemlich dicht kam ich an der »Artina« vorbei. Drei Mann waren an Deck – Wheeler, der Kapitän und Chang Pi-wu, der Chinese. Ich konnte sie deutlich erkennen, sie standen im Licht. Ich war unten auf dem Wasser aber im Dunkeln. Sie konnten mich unmöglich erkennen. Für sie war es nur irgendein Boot, das in der Dunkelheit vorbeifuhr.
Im Geist markierte ich die Stelle am Rumpf, die ich später treffen wollte, mit einem dicken Kreuz. Dann fuhr ich weiter den Lazzaretto Creek hinunter. Am Ende, in der Nähe der Manoel-Island-Brücke, wendete ich. Die Außenborder liefen im Leerlauf. Ich drehte die Luftzufuhr an der Sauerstoffflasche auf, überprüfte das Ansaugventil, nahm das Mundstück zwischen die Zähne und setzte die Tauchermaske auf. Wenn alles planmäßig verlief, würde ich dazu später keine Zeit mehr haben.
Auf der Uferstraße hinter mir war ziemlicher Verkehr. Eben kam gerade mit dröhnenden Trommeln und scheußlicher

Blasmusik ein Umzug vorbei. Ich achtete nicht weiter darauf. Worauf ich wartete, war das Feuerwerk, das jeden Moment drüben in Valetta losgehen mußte. Da, ein dumpfes Dröhnen. Zuerst dachte ich, es hätte jemand allzu kräftig auf die Pauke gehauen. Dann aber merkte ich, daß ein Mörser losgegangen war. Über Valetta zerbarst ein Kanonenschlag in einer strahlenden Lichtkaskade. Im Widerschein auf dem Wasser konnte ich einen Augenblick lang die »Artina« ganz deutlich sehen. Das Feuerwerk hatte begonnen. Jetzt war es Zeit, daß auch ich meinen Teil zu den Festlichkeiten beisteuerte.

Als eine Rakete aufstieg und zu einem rot-grünen Funkenregen explodierte, gab ich Gas und fuhr langsam los. Das Ruder hielt ich mit einer Hand. Die andere brauchte ich, um aus einem Kanister reichlich Benzin über meine Ladung zu gießen. Ich sandte ein Stoßgebet zum Himmel, daß die Funken des Feuerwerks verlöschten, bevor sie aufs Wasser trafen. Wenn auch nur ein einziger in mein Boot fiel, würde ich mit Feuer und Rauch zur Hölle fahren.

Ich gab etwas mehr Gas. Als das Boot langsam auf Touren kam, war der Himmel in ein Meer von Lichtern getaucht. Die Malteser waren wirklich großzügig mit ihren Feuerwerkskörpern. Deutlich konnte ich die Silhouette der »Artina« ausmachen, als ich Vollgas gab.

Die Motoren dröhnten auf. Das Boot hob sich aus dem Wasser. Als es zu gleiten begann, konnte ich es kaum noch manövrieren. Das Ruder schlug hin und her. Vergeblich versuchte ich, Kurs zu halten. Im Zickzack schoß ich gefährlich dicht an die Jachten heran, die nebeneinander an der Mole lagen. Mit aller Kraft riß ich das Steuer herum, doch das Biest von Boot reagierte zu spät. An Bord einer Jacht schrie jemand wutentbrannt auf. Es klang wie die schnarrende Stimme des Colonels. Er mußte sich zu Tode erschrocken haben, als ich ihm mit 20 Knoten fast die Farbe von der Bordwand kratzte. Dann war ich vorbei und schoß hinaus in den Hafen. Das Boot tanzte wie wild auf dem Wasser, jedem anständigen Steuermann wären bei meinem

Kurs die Tränen gekommen. Über mir explodierten Feuerwerkskörper in allen Farben des Regenbogens und spiegelten sich in einem verwirrenden Lichterspiel im Wasser. Plötzlich blieb mir das Herz stehen. Aus dem Nichts tauchte ein kleiner Flitzer auf und kreuzte direkt vor meinen Kurs. Ich stieß einen Fluch aus und riß das Steuer herum. Nur um Haaresbreite kam ich an ihm vorbei. Ich war also nicht der einzige Idiot, der um diese Zeit im Marsamxett Harbour herumkreuzte.
Als ich das Steuer wieder herumriß, blickte ich zur »Artina« hinüber. Es sah so aus, als würde ich sie um ein ganzes Stück verfehlen. Bei dem Gedanken, daß ich noch einen zweiten verrückten Anlauf machen mußte, entfuhr mir ein weiterer Fluch. Bei diesen Steuereigenschaften war es wohl das beste, wenn ich auf alles mögliche zielte, nur nicht auf die »Artina«. Dann hatte ich vielleicht eine Chance, sie zu treffen.
Ich rechnete mir gerade aus, daß ich unter ihrem Heck durchschießen würde, da spielte der überstrapazierte Backbordmotor nicht mehr mit. Unangenehm klackerte die zerbrochene Pleuelstange, als er seinen Geist aufgab. Dadurch brach das Boot ein wenig zur Seite aus. Sein Bug zeigte jetzt genau auf die »Artina«. Krampfhaft hielt ich mich fest, als drohend ihre Bordwand über mir aufragte. Mit erfreulicher Wucht traf mein Unterwasser-Rammsporn sie genau mittschiffs.
Ich wurde nach vorn geschleudert und stieß mir die Rippen am Steuerrad an. So fiel ich wenigstens nicht ins Wasser. Noch war meine Arbeit ja nicht beendet. Ich tastete nach dem Feuerzeug. Über mir an Deck hörte ich jemanden rufen. Ich blickte hoch. Meine Augen hatten sich an den Wechsel von Licht und Dunkel noch nicht gewöhnt. Daher sah ich nur schemenhaft, wie sich jemand über die Reling beugte, um zu sehen, was, zum Teufel, denn jetzt wieder los war. Viel konnte ich von dem Mann nicht erkennen. Er mußte mich aber ganz deutlich sehen können, denn gerade stiegen wieder einige Raketen hoch.

Ich versuchte, das Feuerzeug anzuzünden. Es gab Funken, aber keine Flamme. Im roten Schein der Raketen sah ich, daß der Bug meines Bootes beim Zusammenprall mit der »Artina« eingedrückt worden war. Der Rammsporn mußte tief eingedrungen sein, denn es machte keine Anstalten abzutreiben.
Verzweifelt versuchte ich noch einmal, daß Feuerzeug in Gang zu bringen, doch wieder kam keine Flamme. An Deck knallte ein Schuß. Direkt neben meinem Ellbogen schlug eine Kugel ins Armaturenbrett und ruinierte den Tourenzähler. Ins Boot drang Wasser ein. Bevor der Kahn absoff, mußte ich das gottverdammte Feuer ankriegen.
Ich beugte mich vor und hielt das Feuerzeug direkt an ein Bündel Raketen, das von Benzin triefte. Jetzt klappte es. Mit einer dumpfen Explosion ging die ganze Ladung in Flammen auf. Nur meinem Taucheranzug hatte ich es zu verdanken, daß ich nicht auf der Stelle eingeäschert wurde. Das Benzin brannte sofort lichterloh, und von der Druckwelle wurde ich über Bord geschleudert. Im Fallen spürte ich einen heftigen Schlag gegen meine Schulter.
Ich weiß nicht, ob ich wirklich einen Augenblick lang selbst in Flammen stand. Als ich auf das Wasser aufschlug, war ich benommen. Der plötzliche Schock löste jedoch eine Reflexbewegung aus, und ich tauchte in die Tiefe. Dabei merkte ich, daß ich meinen rechten Arm überhaupt nicht gebrauchen konnte. Das war nicht so schlimm, denn beim Tauchen kommt es mehr auf die Beinarbeit an. Dennoch machte ich mir Sorgen, weil ich nicht wußte, was los war. Eine Weile schwamm ich unter Wasser weiter. Dann hörte ich auf zu paddeln, weil ich keine Ahnung hatte, in welche Richtung ich tauchte. Ich hatte völlig die Orientierung verloren. Es konnte durchaus sein, daß ich ins offene Meer hinausschwamm. Deshalb tauchte ich vorsichtig auf, um zu sehen, wo ich war und was mit der »Artina« los war.
So weit, wie ich gedacht hatte, war ich gar nicht geschwommen. Die Jacht war nur hundert Yard entfernt. Das war entschieden zu nahe für meinen Geschmack, vor allem im

Hinblick auf das Höllenfeuer, daß ich mittschiffs entfacht hatte. Mein Feuerschiff war eine Wucht. Der Rammsporn hatte sich wie der Stoßzahn eines Narwals in die Seite der »Artina« gebohrt und hielt es unverrückbar fest. Aus den Feuerwerkskörpern, die wie ein Artilleriefeuer losknallten, stiegen vielfarbige Funkenfontänen und riesige Flammenzungen auf, die an der Seite der Jacht emporleckten. Ein Sonnensegel stand bereits in Flammen. Die Männer an Deck liefen wild durcheinander.
Ein mächtiger Kanonenschlag explodierte wie eine Haubitze. Ein grüner Flammenpilz schoß empor. Um mich herum rieselten Funken aufs Wasser und verlöschten mit häßlichem Zischen. Falls jemand an Bord der »Artina« Zeit finden sollte, sich umzusehen, konnte er mich immer noch entdecken. Ich ließ mich deshalb nach einem letzten Blick in die Runde absinken und tauchte aufs Ufer zu.
Nach kaum zehn Schwimmstößen spürte ich, daß etwas nicht stimmte. Ich fühlte mich seltsam schwach und benommen. Das dumpfe Pochen in meiner rechten Schulter wurde zu einem stechenden Schmerz. Ich schwamm langsamer und tastete mit meiner Linken über die Schulter. Vor Schmerz hätte ich fast laut aufgeschrien. Und das unter Wasser. So kann man sich leicht ersäufen.
Ich tauchte auf und ließ mich treiben. Mit jeder Minute ließen meine Kräfte in den Beinen nach. Ich fühlte mich immer benommener. Das Feuer brannte immer noch, doch ich sah alles nur noch verschwommen, wie durch eine Fensterscheibe, gegen die der Regen prasselt. Da wußte ich auf einmal, daß ich wahrscheinlich nicht lebend hier herauskommen würde, daß ich nicht mehr die Kraft hatte, ans nahe liegende Ufer zu schwimmen, daß ich aufs offene Meer hinaustreiben und ertrinken würde.
Ich glaube, ich verlor einen Moment lang das Bewußtsein. Das nächste, an das ich mich erinnern kann, war ein grelles Licht, das mir direkt in die Augen stach, und ein drängendes Flüstern: »Owen, hier, pack das.«
Irgend etwas trieb neben meinem Kopf im Wasser und

schlug mir ins Gesicht. Ich streckte die linke Hand aus und bekam ein Seil zu fassen. »Kannst du dich daran festhalten?« Ich wußte, daß es Alison war.
Ich hörte einen Motor tuckern, und das Seil spannte sich. Ich wurde durchs Wasser gezogen. Für mich gab es jetzt nur eins: Ich mußte das Seil festhalten. Noch einmal nahm ich alle Kraft zusammen und hielt mit der Linken das Seil umkrallt. Das Wasser schlug mir über dem Kopf zusammen. Im Schlepptau von Alisons Boot schob ich eine kleine Bugwelle vor mir her. Selbst noch in dieser verzweifelten Lage empfand ich Bewunderung für Alisons Tüchtigkeit und Mackintoshs Ausbildung. Sie wußte genau, daß sie einen fast bewußtlosen Mann nicht ins Boot ziehen konnte, ohne zu kentern oder, was noch schlimmer gewesen wäre, Aufmerksamkeit auf sich zu lenken.
Bis zum Ufer war es nur ein lächerlich kurzes Stück. Ohne Rücksicht auf Verluste jagte Alison das Boot eine Helling hinauf und sprang ins zwei Fuß tiefe Wasser. Mit vollem Körpereinsatz hievte sie mich heraus. »Was ist los mit dir, Owen?«
Ich ließ mich einfach fallen und saß im flachen Wasser. »Ich glaube, ich habe eine Kugel abbekommen«, antwortete ich matt. Meine eigene Stimme schien von weit her zu kommen. »In der Schulter, in der rechten Schulter.« Eine Welle von Schmerz überflutete mich, als sie die Wunde abtastete. Dann hörte ich, wie Stoff zerriß. Alison legte einen Verband auf die Wunde, nicht gerade schön, aber wirksam. Wenn sie die Kugel an Ort und Stelle mit Taschenmesser und Haarnadel herausgeklaubt hätte, wäre ich auch nicht überrascht gewesen. Allmählich gewöhnte ich mich daran, daß sie über ungeahnte Fähigkeiten verfügte.
»Was ist mit der ›Artina‹ los?« fragte ich erschöpft.
Alison trat einen Schritt zur Seite, so daß ich die Jacht im Hintergrund sehen konnte. Die See um sie herum stand in Flammen; über dem Feuer stieg eine teerschwarze Rauchwolke auf. Das konnte nur vom Öl kommen. Der Rammsporn hatte gute Arbeit geleistet. Während ich noch hin-

überschaute, schlug direkt unter dem Ruderhaus eine Stichflamme heraus. Und dann löste sich das Ruderhaus in seine Einzelteile auf, als unten im Nervenzentrum des Schiffes ein Öltank explodierte und die Druckwelle ein riesiges Loch ins Deck riß. Ein gewaltiges Dröhnen rollte über das Wasser. Die kliffähnlichen Befestigungen Valettas warfen das Echo gleich mehrfach zurück.
»Das wär's denn wohl«, sagte ich geistesabwesend.
Alison beugte sich zu mir herunter. »Kannst du laufen?«
»Weiß ich nicht. Ich kann es ja mal versuchen.«
Sie legte ihre Hand unter meinen linken Arm. »Du hast geblutet wie ein angestochenes Schwein. Du mußt sofort ins Krankenhaus.« Ich nickte. »In Ordnung.« Jetzt war mir alles egal. Mein Auftrag war ausgeführt. Wheeler und Slade waren erledigt, selbst wenn sie überlebt haben sollten. Man würde mich fragen, warum ich die »Artina« zerstört hatte. Dann würde ich die Wahrheit sagen, und man würde mir sehr gut zuhören. Schließlich läuft ja niemand in der Gegend herum und jagt für nichts und wieder nichts Millionärsjachten in die Luft. Darum würde man sich bestimmt anhören, was ich dazu zu sagen hätte. Ob man mir meine Geschichte glaubte oder nicht, das stand auf einem anderen Blatt. Auf jeden Fall aber würde genügend Dreck an Wheeler hängenbleiben, daß die harten Profis ihn nie mehr aus den Augen lassen würden. Auch Slade war fertig. Ich war mit ihm aus dem Gefängnis ausgebrochen. Wenn ich jetzt auf Malta auftauchte und erzählte, daß auch er in der Nähe war, würde er in kürzester Zeit geschnappt. Die Insel war nur klein; Fremde konnten sich nicht lange verbergen.
Was mit mir selbst geschehen würde, wußte ich nicht. Vielleicht konnte Alison unter Ausschluß der Öffentlichkeit Auskunft darüber geben, welche Rolle ich wirklich bei diesem Drama gespielt hatte. Die Frage war nur, ob ihr Wort genügend Gewicht hatte, wenn Mackintosh sterben sollte. Es bestand durchaus die Möglichkeit, daß ich den Rest meines Lebens unter strengsten Sicherheitsvorkeh-

rungen im Gefängnis von Durham verbringen mußte. Im Moment war mir das alles gleichgültig.
Alison half mir auf die Beine. Ich schwankte wie ein betrunkener Seemann, hielt mich kraftlos an ihrem Arm fest und stolperte die Helling hoch. Oben angekommen, blieb ich stehen und starrte entgeistert auf den Mann, der dort wartete. Er hatte verblüffende Ähnlichkeit mit dem zähen jungen Sergeanten Jervis, der mich damals einfach nicht leiden konnte, nur weil ich ein paar Diamanten gestohlen hatte und ihm nicht erzählen wollte, wo sie waren.
Ich wandte den Kopf und blickte in die andere Richtung. Dort stand Brunskill, und hinter ihm Forbes. Die beiden kamen schon auf uns zu.
»Das ist dann wohl das Ende«, sagte ich zu Alison und drehte mich um. Brunskill stand vor mir und sah mich mit ausdrucklosen Augen von oben bis unten an. Nichts entging ihm, weder meine schlimme Verfassung noch der Schulterverband. Er warf Alison einen Blick zu und deutete dann zum Hafen hinaus, wo die »Artina« in einem Flammenmeer versank.
»Ist das Ihr Werk?«
»Mein Werk?« Ich schüttelte den Kopf. »Daran war wahrscheinlich der Funkenflug vom Feuerwerk schuld.«
»Ich weise Sie darauf hin, daß jede Ihrer Äußerungen zu Protokoll genommen wird und gegen Sie verwandt werden kann«, meinte Brunskill grimmig lachend. Er sah Alison an. »Das gilt auch für Sie.«
»Soweit ich weiß, gehört Malta nicht zu Ihrem Zuständigkeitsbereich«, entgegnete ich gelassen.
»Keine Sorgen«, sagte Brunskill. »Wenn ich will, lasse ich ein ganzes Bataillon der hiesigen Polizei anmarschieren.« Er sah mich an. »Und wenn Sie sieben Leben hätten wie eine Katze – Sie würden alle sieben hinter Gittern verbringen. Ich werde Ihnen so viel ans Bein hängen, daß man für Sie ganz allein ein Gefängnis bauen muß.«
Im Geiste stellte er wohl schon die Anklageschrift zusam-

men. Brandstiftung, Mord, schwere Körperverletzung, illegaler Waffenbesitz und – noch schlimmer –Waffenbenutzung, eine ganze Latte von Verstößen gegen das Sprengstoffgesetz. Vielleicht schaffte er es sogar, mir dazu noch Piraterie und Brandstiftung in der Schiffswerft der Königin anzuhängen. Auf diese beiden letzten Verbrechen steht noch die Todesstrafe.
»Was, zum Teufel, haben Sie sich denn eigentlich dabei gedacht?« fragte er mit Verwunderung in der Stimme.
Ich konnte mich kaum noch auf den Beinen halten. »Das werde ich Ihnen erzählen, wenn ich beim Arzt gewesen bin.«
Als ich zusammensackte, fing er mich auf.

2

Im Gefängnis kam ich wieder zu mir. Zwar war es das Gefängniskrankenhaus, um genau zu sein, doch ich befand mich noch immer hinter dicken Mauern – und in Malta baut man dickere Mauern als irgendwoanders.
Wenigstens hatte ich ein Einzelzimmer. Zunächst glaubte ich, die Greifer wollten verhindern, daß ein hartgesottener Krimineller wie ich einen unheilvollen Einfluß auf die einheimischen Ganoven ausübte. Das war jedoch ein Trugschluß. Nachdem ein nicht sehr gesprächiger Arzt unter örtlicher Betäubung einen kleinen Eingriff vorgenommen hatte, wartete ich auf Brunskill und das unvermeidliche Verhör.
Während ich so dalag, vertrieb ich mir die Zeit damit, ein Lügenmärchen zu erfinden, das ich ihm auftischen wollte. In der Regierung Ihrer Majestät gab es einige Dinge, von denen ein einfacher Greifer am besten nichts erfuhr.
Dann aber wurde nicht Brunksill ins Zimmer geführt, sondern ein Fremder, ein hochgewachsener Mann mittleren Alters mit glattem, faltenlosem Gesicht. Aus seinem ganzen

Auftreten spürte man seine Autorität. »Armitage«, stellte er sich vor. Seine Referenzen konnten sich sehen lassen. Nachdem ich einen Empfehlungsbrief des Premierministers gelesen hatte, schob ich den restlichen Papierkram ungelesen zur Seite. Armitage zog sich einen Stuhl neben das Bett und setzte sich. »Nun, Mr. Stannard, wie fühlen Sie sich?«

»Wenn Sie wissen, daß ich Stannard heiße, dann müssen Sie über das andere Bescheid wissen. Hat Alec Mackintosh Sie geschickt?«

»Leider nicht«, sagte er bedauernd. »Mackintosh ist tot.«

Plötzlich hatte ich einen Kloß in der Kehle. »Dann ist er gar nicht mehr aus dem Krankenhaus herausgekommen?«

»Nein, er starb, ohne das Bewußtsein wiedererlangt zu haben.«

Ich dachte an Alison. Wie hatte sie es wohl aufgenommen? Bei der Haßliebe zu ihrem Vater war das schwer zu sagen.

»Weiß Mrs. Smith schon Bescheid?« fragte ich.

Armitage nickte. »Sie hat es sehr gefaßt aufgenommen.«

Wie willst du das denn beurteilen können? dachte ich im stillen.

»Es kommen eine Menge Schwierigkeiten auf uns zu«, sagte Armitage. »Ihre Aktivitäten, vor allem in der Irischen Republik, könnten die Regierung in eine unangenehme Lage bringen – falls sie in ihrem ganzen Ausmaß bekannt würden.«

Das konnte ich mir lebhaft vorstellen. Die Beziehungen zwischen den beiden Ländern waren wegen der Ereignisse in Nordirland ohnehin gespannt. Für die Presse wären die aufgebauschten Berichte über das Wüten eines britischen Geheimagenten im souveränen Freistaat Irland ein gefundenes Fressen.

»Und über meine eigene prekäre Lage brauchen wir wohl erst gar nicht zu reden«, warf ich ironisch ein.

»Genau«, bestätigte Armitage.

Wir starrten uns an. »In Ordnung«, sagte ich schließlich. »Wer hat gesungen? Noch nie zuvor habe ich bei einem

Unternehmen mitgemischt, das so strengen Sicherheitsvorkehrungen unterlag. Wie ist es aufgeflogen?«
»Gerade wegen dieser strengen Sicherheitsvorkehrungen ist es aufgeflogen«, seufzte Armitage. »Es ging schief, weil Mackintosh von Natur aus mißtrauisch war.« Er sah mir in die Augen. »Nicht einmal Ihnen hat er getraut.«
Ich nickte, und Armitage schnaubte mißbilligend. »Selbst den Premierminister hat er nicht ins Vertrauen gezogen. Er ließ sich nie in die Karten sehen und täuschte jeden über seine wahren Absichten.«
»Für mich steht hierbei ziemlich viel auf dem Spiel«, sagte ich leise.
»Ich finde, Sie sollten mir alles erzählen.«
»Alles hatte damit angefangen, daß sich die Gefängnisausbrüche plötzlich häuften und die Leute an der Spitze sich Sorgen zu machen begannen. Nach Mountbattens Untersuchungen über das Gefängnissystem wurden die Sicherheitsmaßnahmen verschärft. Dennoch sorgten die Gerüchte über die Fluchter-Bande auch weiterhin für Unruhe. Makkintosh erhielt den Auftrag, etwas zu unternehmen.«
»Schon damals war ich dagegen«, sagte Armitage mißbilligend. »Und das habe ich auch offen gesagt. Man hätte es der Spezialabteilung überlassen sollen.«
»Mackintosh erzählte mir, die hätte es versucht und versagt.«
Unwirsch nickte Armitage. »Ich weiß – aber sie hätten es noch einmal versuchen können. Mackintosh war ein einsamer Wolf. Er liebte die Geheimniskrämerei viel zu sehr.«
Was Armitage im Magen lag, war mir klar. Er war ein hoher Beamter – ein Mandarin in Whitehall – und hielt es für richtig, das alles auf dem Dienstweg erledigt wurde. Daß der Premierminister einen Privathenker beschäftigte, mißfiel ihm besonders. Das war etwas, was sich seiner Meinung nach nicht schickte. Er beugte sich nach vorn. »Makkintosh hatte Wheeler schon lange in Verdacht, aber niemand ahnte etwas davon. Seine Vermutungen behielt er für sich. Nicht einmal den Premierminister hat er informiert.

Was er sich dabei gedacht hat, werden wir nie mehr erfahren. Vielleicht nahm er an, man würde ihm nicht glauben. Wheelers Popularität und Einfluß nahmen ständig zu. Der Premierminister spielte sogar mit dem Gedanken, ihn zum Minister zu ernennen.«

»Hm, ich kann Alecs Probleme verstehen. Wie war er auf Wheeler gestoßen?«

»Keine Ahnung«, antwortete Armitage kopfschüttelnd. »Soweit ich weiß, hat der Premierminister Mackintosh sogar in die Sicherheitsvorkehrungen auf höchster Ebene eingeweiht.« Das klang noch mißbilligender als zuvor.

Dann hatte Mackintosh also sogar die Blüte der Nation unter die Lupe genommen. Das war die Antwort auf die Frage: »Quis custodiet ipsos custodes?« Wahrscheinlich hatte der Premierminister damit gerechnet, daß Mackintosh ein Mitglied der radikalen Linken oder Rechten als mögliches Sicherheitsrisiko entlarven würde. Wer wäre denn auch auf die Idee gekommen, daß ein bürgerlicher Kapitalist, der in keiner Weise aus der Rolle fiel, ein Maoist sein konnte. Schon die Vorstellung allein war absurd.

»Mackintosh hatte also einen Verdacht, den er nicht beweisen konnte«, schloß ich. »Er wollte nicht, daß Wheeler davon erfuhr, und hielt den Mund, bis er Wheeler auf frischer Tat ertappen konnte.«

»So etwa muß es gewesen sein«, stimmte Armitage zu. »Dann brachte er Sie ins Spiel und arrangierte den Diamantenraub. So kamen Sie in Slades Nähe.« Ein leichtes Lächeln hellte seine ernste Miene auf. »Äußerst erfinderisch. Aber Ihnen hat er nichts von Wheeler erzählt.«

»Das konnte ich auch nicht erwarten«, warf ich ein. »Zu jener Zeit brauchte ich es nicht zu wissen.« Ich kratzte mich am Kinn. »Aber ich hätte erwartet, daß er Mrs. Smith informierte.«

»Hat er aber nicht – dazu kommen wir später.« Armitage beugte sich vor. »Als Sie und Slade geflüchtet waren, suchte Mackintosh Wheeler auf. Wir haben herausgefunden, daß er Wheeler in dessen Club traf. Im Laufe der Unterhaltung ließ Mackintosh durchsickern, wer Sie wirklich sind. So ... äh ... platzte die Sache.«

Ich zuckte zusammen, schloß die Augen und ließ mich ins Kissen zurücksinken. »Er verriet es mit Absicht?« fragte ich leise ...

»Oh, ja. Er wollte Wheeler in Panikstimmung versetzen und ihn dazu bringen, etwas Unüberlegtes zu tun. Er wollte ihn *in flagranti* erwischen. Offensichtlich kam es ihm nicht darauf an, Sie zu opfern.«

Ich öffnete die Augen und sah Armitage an. »Damit mußte ich rechnen. So etwas gehört zum Berufsrisiko.« Trotzdem fand ich, daß Alec Mackintosh ein verdammter Schweinehund war.

»Mackintosh schaffte es, Wheeler aufzuschrecken. Doch ich bin mir nicht sicher, ob Wheeler unüberlegt handelte«, meinte Armitage nachdenklich. »Noch am selben Abend wurde Mackintosh von einem Auto überfahren. Wir haben alle Wagen Wheelers zur gerichtsmedizinischen Untersuchung beschlagnahmt. Mit ziemlicher Sicherheit finden wir auch nach so langer Zeit noch wichtige Spuren. Ich nehme an, daß der irische Fahrer diese Drecksarbeit erledigt hat.«

»Oder der chinesische Koch.«

Armitage zuckte die Achseln. »Da lag Mackintosh nun bewußtlos im Krankenhaus. Er ist auf dem Weg zu seinem Büro, wo Mrs. Smith auf ihn wartete, überfahren worden. Ob er ihr alles erzählen wollte, werden wir nie erfahren. Auf jeden Fall wußte zu dieser Zeit niemand in der Regierung über Wheeler Bescheid. Verstehen Sie jetzt, wieso ich glaube, daß die Sicherheitsvorkehrungen allzu lückenlos waren?«

»Aber irgend etwas muß doch durchgesickert sein«, wandte ich ein. »Sonst würde doch nicht ein so wichtiger Mann – Abgesandter von Whitehall – zu einem so günstigen Zeitpunkt aus heiterem Himmel hier in Malta auftauchen.«

»Sie haben recht. Mackintosh starb. Aber er hatte sich

rückversichert. Bevor er Wheeler aufsuchte, legte er alles in einem ausführlichen Bericht nieder und schickte den seinem Anwalt. Die Sache hatte nur einen Haken. Der Brief war versiegelt und trug die Aufschrift: ›Nur im Falle meines Todes zu öffnen!‹«

Armitage starrte mich an. »Mackintosh aber war in den Händen der Ärzte. Tot war er nicht, jedenfalls nicht im rechtlichen Sinne. Man konnte allerdings auch kaum sagen, daß er noch lebte. Er vegetierte dahin. Moderne medizinische Apparate und die Verpflichtung der Ärzte auf den Eid des Hippokrates ließen ihn nicht sterben. Eine solche Situation hatte er nicht einkalkuliert. Zwei Wochen lang dauerte es, bis Mackintosh starb. Die ganze Zeit über lag dieser verdammte Briefumschlag bei seinem Anwalt. Und dann war es fast zu spät. Es wäre zu spät gewesen, wenn Sie nicht eingegriffen hätten.«

»Alles gut und schön«, sagte ich. »Aber wie haben Sie mich gefunden? Mackintosh wußte doch nicht, wo ich war.«

»Wir stürzten uns geradewegs auf Wheeler«, erklärte Armitage. »Während wir noch überlegten, wie wir ihn packen konnten, haben Sie uns das Problem abgenommen.« Er lächelte. »Sie haben eine sehr direkte Art, um es vornehm auszudrücken. Wir hatten schon vermutet, daß Sie in der Nähe waren. Darum haben wir einige Leute mitgebracht, die Sie identifizieren konnten.«

»Brunskill und Genossen«, sagte ich. »Dann haben Sie Wheeler also geschnappt?« Er schüttelte den Kopf. »Nein. Wheeler ist tot, Slade ebenso. Sie waren sehr gründlich, wenn ich so sagen darf. Unsere Spezialabteilung überprüft gerade alle Verästelungen von Wheelers Unternehmen – der legalen ebenso wie der illegalen. Ich nehme an, daß das eine Weile dauern wird. Aber Ihnen braucht das kein Kopfzerbrechen zu machen.« Er lehnte sich in den Stuhl zurück. »Jedoch bereiten Sie der Regierung im Moment Kopfzerbrechen. Und darum bin ich hier.«

»Das kann ich mir gut vorstellen, daß ich einigen Leuten

ungelegen bin«, sagte ich und konnte ein Lächeln nicht unterdrücken.
»Kein Grund zur Heiterkeit, Mr. Stannard«, wies mich Armitage ernst zurecht. »Schon jetzt hat die Presse gemerkt, daß irgendwas im Busch ist.« Er stand auf und ging zum Fenster hinüber. »Zum Glück haben Sie Ihre schlimmsten ... äh ... Verbrechen außerhalb des Vereinigten Königreichs verübt. Dabei können wir ein Auge zudrücken. Aber da ist noch der Diamantenraub. Den können wir nicht so einfach unter den Tisch fallen lassen.«
»Haben die Versicherungen den Diamantenhändlern ihren Verlust nicht ersetzt?« fragte ich.
Armitage wandte sich um und nickte. »Ich denke doch.«
»Nun, dann lassen wir es dabei.«
Er war beleidigt. »Die Regierung Ihrer Majestät kann nicht stillschweigend einem Versicherungsbetrug Vorschub leisten.«
»Warum nicht?« fragte ich sachlich. »Die Regierung Ihrer Majestät schweigt doch auch zur Ermordung von Wheeler und Slade, oder? Was zum Teufel ist denn so Besonderes an den paar tausend Kröten?«
Daran hatte er zu knacken. Eigentumsrechte haben in der britischen Gesetzgebung Vorrang vor Menschenrechten. Verlegen druckste er herum. »Was schlagen Sie vor?«
»Wheeler ist tot, und Slade ist tot. Warum sollte Rearden nicht ebenfalls sterben? Er könnte doch bei einem Fluchtversuch erschossen werden – das ist leicht zu arrangieren. Sie müßten nur Brunskill, Forbes und Jervis zum Schweigen verdonnern. Mit der Vorschrift über die Wahrung von Dienstgeheimnissen könnten Sie sie vergattern. Oder Sie jagen Ihnen einfach höllische Angst ein. Ich kann mir nicht vorstellen, daß es der Bande gefallen würde, bis ans Lebensende auf den Orkney-Inseln Dienst zu tun.«
»Und Mr. Stannard wird wieder zum Leben erweckt?« fragte Armitage dazwischen.
»Genau.«
»Das wäre tatsächlich eine Möglichkeit, glaube ich. Aber

welche Erklärung sollen wir für Wheelers spektakuläres Ende geben?«
»Eine der Raketen, die über den Hafen geschossen wurden, muß aus der Bahn geraten sein und das Schiff getroffen haben. Es wurde gerade repariert – da stand bestimmt Treibstoff offen an Deck herum. Ich finde, ein Protest bei der maltesischen Regierung wegen mangelnder Aufsicht wäre durchaus angebracht.«
»Ein großartiger Einfall«, lobte Armitage und zog sein Notizbuch heraus. »Ich werde vorschlagen, daß unsere Marine sich bereit erklärt, ein Schiff und einen Taucher für die Bergungsarbeiten abzustellen. Den Taucher wählen natürlich wir aus.« Mit seinem Silberstift machte er eine Notiz.
»Das dürfte auch besser sein«, meinte ich und dachte an den Rammsporn, der wahrscheinlich noch immer in der Seite der »Artina« steckte. »Ein trauriges Ende für einen beliebten Abgeordneten. Höchst bedauerlich.«
Um Armitages Mund zuckte es, als er das Notizbuch wieder wegsteckte. »Die Organisation, für die Sie gearbeitet haben, bevor Mackintosh Sie aus Südafrika abzog, hat offensichtlich eine hohe Meinung von Ihnen. Man hat mich gebeten, Ihnen mitzuteilen, daß jemand mit dem Namen Lucy Kontakt mit Ihnen aufnehmen wird.«
Ich nickte. Ich konnte mir gut vorstellen, wie Mackintosh darüber gegrinst hätte.
»Außerdem hat mir der Premierminister aufgetragen, Ihnen für Ihren Einsatz bei diesem Unternehmen und für den erfolgreichen Abschluß seinen herzlichen Dank auszurichten. Er bedauert, daß er unter den gegebenen Umständen nicht mehr für Sie tun kann.«
»Nun ja, Orden machen auch nicht satt«, meinte ich philosophisch.

3

Ich saß im Salon des Hotels »Phoenicia« und wartete auf Alison. Die maßgeblichen Stellen hatten sie nach England zurückbeordert, damit sie an Alecs Begräbnis teilnehmen konnte. Auch ich hätte ihm gerne die letzte Ehre erwiesen. Weil jedoch mein Foto mit dem Namen »Rearden« drunter so oft in den britischen Zeitungen gestanden hatte, hielt man es für besser, daß ich mich erst dann wieder auf der Straße sehen ließ, wenn Rearden in Vergessenheit geraten war. In der Zwischenzeit ließ ich mir einen Bart wachsen.
Im Moment studierte ich ausgiebig eine Times-Luftpostausgabe. Ich hatte meinen Spaß dabei. Wheeler erhielt einen Nachruf, der eigentlich schon fast für eine Heiligsprechung gereicht hätte. Sein Einsatz für die Allgemeinheit wurde gepriesen, sein Gespür für finanzielle Dinge hervorgehoben und seine wohlbekannte Wohltätigkeit über alle Maßen gelobt. Im Leitartikel hieß es, im Hinblick auf Wheelers Arbeit für die Gefängnisse sei sein Tod der schwerste Schlag für die Bemühungen um einen humanen Strafvollzug seit dem Mountbatten-Report. Als ich das las, hätte ich mich fast verschluckt.
Der Premierminister erklärte in einer Rede vor dem Unterhaus, Englands Politik könne den Verlust eines so verdienstvollen Abgeordneten schwer verwinden (anschließend hätte er sich eigentlich den Mund ausspülen müssen). Die Parlamentarier erhoben sich und legten eine Gedenkminute ein.
Nur der Wirtschaftsredakteur der *Times* schien etwas zu riechen. In seinem Kommentar zum Sturz der Aktien von Firmen des Wheelerschen Imperiums stellte er die besorgte Frage, warum es für notwendig erachtet wurde, daß die Kassenprüfer schon anrückten, bevor Wheelers Leiche kalt war. Von dieser kleinen Spitze abgesehen, fuhr Wheeler mit großem Geleit zur Hölle.
Rearden kam schlechter davon. Er wurde als gefährlicher Gangster verdammt und sein Tod bei einem Schußwechsel

als lehrreiche Warnung für seinesgleichen allgemein begrüßt. Brunskill erhielt viel Lob für seine Ausdauer bei der Verfolgung des Schwerverbrechers und für seine Tapferkeit angesichts des sicheren Todes. »Das war doch nichts Besonderes«, sagte Brunskill bescheiden. »Ich habe nur meine Pflicht als Polizeibeamter getan.«
Man äußerte die Hoffnung, daß Slade bald gefaßt würde. Kein Sterbenswörtchen war über seinen Tod nach außen gedrungen. Ohne Zweifel würden in zehn oder zwanzig Jahren einige kriminalistisch interessierte Sachbuchautoren ihren Lebensunterhalt mit Büchern über das »Slade-Geheimnis« verdienen.
Ich blickte auf, als Alison in den Salon kam. Sie sah blaß und müde aus, lächelte aber, als sie mich bemerkte. Sie kam näher, ich stand vor ihr auf. Sie sah mich von oben bis unten an, betrachtete meinen Gipsarm und die Bartstoppeln im Gesicht. »Schlimm siehst du aus.«
»Ich fühle mich aber gar nicht so übel. Immerhin kann ich meinen linken Ellbogen noch bewegen. Was darf ich für dich bestellen?«
»Einen Campari.« Sie setzte sich, und ich rief den Kellner.
»Du hast alles gelesen, wie ich sehe«, sagte Alison und deutete auf die Times. Ich grinste. »Man soll nie alles glauben, was in der Zeitung steht.«
Sie lehnte sich im Sessel zurück. »Also, Owen, es ist vorbei. Alles ist vorbei.«
»Ja, um Alec tut es mir leid.«
»Wirklich?« fragte sie tonlos. »Er hätte dich fast umbringen lassen.«
Ich zuckte die Achseln. »Er hatte nicht damit gerechnet, daß Wheeler so schnell und gezielt reagieren würde. Sonst aber war es ein guter Plan.«
»Obwohl er dich dabei draufgehen lassen wollte?« fragte sie ungläubig.
»Verdammt noch mal. Wir haben doch nicht Räuber und Gendarm gespielt. Zuviel stand auf dem Spiel. Wheeler mußte einfach kaltgestellt werden. Wenn dabei ein Mann

an der Front mit draufgegangen wäre, dann mußte es eben sein. Wheeler wurde allmählich zu einer lebensgefährlichen Bedrohung für den Staat. Der Premierminister zog ihn für einen Ministerposten in Betracht, und weiß Gott, was Wheeler anschließend gemacht hätte.«

»Wenn alle Staatsmänner wie Alec sind, dann gnade uns Gott«, murmelte Alison.

»Du darfst nicht verbittert sein, Alison. Er ist tot. Sich selbst hat er umgebracht, und nicht mich, Vergiß das nie!«

Der Kellner brachte uns die Getränke. Wir schwiegen, bis er wieder gegangen war. Dann fragte Alison: »Was wirst du jetzt machen?«

»Ich hatte Besuch von Lucy. Natürlich kann ich nicht viel machen, bis meine Schulter ausgeheilt ist. Aber in vier bis sechs Wochen werde ich wieder fit sein.«

»Gehst du nach Südafrika zurück?«

Ich schüttelte den Kopf. »Soweit ich weiß, werde ich wieder für den aktiven Dienst in Betracht gezogen.« Ich nippte am Glas. »Und was ist mit dir?«

»Ich habe noch gar keine Zeit gehabt, darüber nachzudenken. Neben der Beerdigung hatte ich eine Menge zu tun in London. Ich mußte Alecs privaten Nachlaß regeln. Bei seinem Anwalt habe ich viel Zeit verbracht.«

Ich beugte mich vor. »Willst du mich heiraten, Alison?«

Ihre Hand begann zu zittern, sie verschüttete einige Tropfen roten Campari. Dann sah sie mich an, als wäre ich ein völlig Fremder: »Oh, nein, Owen.«

»Ich habe dich sehr lieb«, sagte ich.

»Ich liebe dich auch, glaube ich.« Ihre Unterlippe zuckte.

»Was steht uns denn dann noch im Wege? Wir passen doch sehr gut zusammen.«

»Ich will es dir sagen«, sagte sie. »Du bist ein zweiter Alec. In zwanzig Jahren wirst du – wenn du so lange lebst – in einem kleinen unscheinbaren Büro sitzen, die Fäden in der Hand halten und andere Männer nach deiner Pfeife tanzen lassen – genau wie Alec. Du tust es nicht, weil es dir Spaß macht, sondern weil du glaubst, daß es deine Pflicht ist. Du

wirst deine Arbeit hassen und dich selbst auch – genau wie Alec. Aber du wirst trotzdem weitermachen.«
»Irgend jemand muß es tun«, entgegnete ich.
»Aber nicht der Mann, den ich heirate«, sagte Alison. »Ich habe dir einmal erzählt, daß ich mir selbst wie eine Venusfliegenfalle vorgekommen bin. Ich will aber nur eine friedliche Pflanze sein, eine Hausfrau, die vielleicht im grünen Vorort eines Landstädtchens wohnt. Ganz bescheiden und bieder.«
»Nichts spricht dagegen«, versicherte ich.
»Soll ich allein zu Hause bleiben und auf dich warten, während du einen Auftrag ausführst?« Sie schüttelte den Kopf. »Das würde nicht gutgehen, Owen.«
Plötzlich war ich zornig auf sie und sagte brüsk: »Warum bist du dann eigentlich zurückgekommen – nach Malta?«
Bestürzt sah sie mich an. »Oh, Owen, das tut mir leid. Du hast gedacht ...«
»Du hast dich nicht verabschiedet, und Armitage erzählte mir, daß du nach dem Begräbnis zurückkommen würdest. Was sollte ich denn da denken?«
»Ich wurde in einem Frachtflugzeug der Luftwaffe nach England zurückgebracht«, sagte sie ruhig. »Ich bin zurückgekommen, um mein Flugzeug zu holen ... und um adieu zu sagen.«
»Um adieu zu sagen – einfach so?«
»Nein«, brauste sie auf. »Nicht einfach so.« Tränen stiegen ihr in die Augen. »Ach, Owen, alles läuft falsch.«
Ich nahm ihre Hand in meine. »Bist du schon einmal in Marokko gewesen?«
Durch den plötzlichen Themenwechsel aus dem Gleichgewicht gebracht, sah sie mich skeptisch an.
»Ja, ich kenne mich dort gut aus.«
»Könnte dein Flugzeug von hier aus nach Tanger fliegen?«
»Können schon«, antwortete sie verunsichert. »Aber ...«
»Ich brauche Urlaub«, sagte ich. »Und ich habe noch Gehalt für eineinhalb Jahre ausstehen. Das kann ich nicht allein ausgeben. Ich bin sicher, daß du in Marokko einen großar-

tigen Fremdenführer abgeben würdest. Ich brauche einen – ich selbst bin nämlich noch nie dagewesen.«

»Jetzt versuchst du es ja schon wieder mit Schmeicheleien«, sagte Alison mit unterdrücktem Lachen. »Maeve O'Sullivan hat mich davor gewarnt.«

Auch mir hatte Maeve gesagt, daß ich nicht der richtige Mann für Alison Smith wäre. Vielleicht hatte sie recht. Aber ich mußte es darauf ankommen lassen.

»Versprich dir nur nicht zuviel davon«, warnte Alison.

Ich lächelte. Sechs Wochen mit ihr zusammen, mehr brauchte ich gar nicht. In sechs Wochen konnte eine Menge passieren.

TOP-THRILLER

Wer Spannung sagt, meint Heyne-Taschenbücher

50/38

01/8045

01/6481

50/13

01/6644

01/7969

01/8078